Tod beim Rotweinfest

Ein Krimi aus Rheinhessen von Jean Becker

erschienen im Verlag Direkte Kommunikation, Gundersheim
Lektorat Herbert Hertling, Ingrid Behnke
Umschlaggestaltung, Karten und Bildbearbeitung:
Herbert Hertling, Wiesbaden
unter Verarbeitung von Fotos von Rainer Sauer
Druck: Rohrdruck, Kaiserslautern

2. Auflage 2000

Printed in Germany
ISBN 3-933797-07-1

www.jean-becker.de

In Liebe für
Marco und Jessica

Ich danke besonders Ingrid, Herbert und Sabine, die durch ihre wichtigen Beiträge und die stets motivierende Mitarbeit dieses Buch mitprägten.

Personen und Ereignisse in diesem Roman sind frei erfunden. Ähnlichkeiten mit lebenden Personen und Geschehen wären rein zufällig.

Zufrieden spürt ein Jedermann, dass man hier gut leben kann.

Illustrierter Wandspruch nahe der Kirche St. Cosmas und Damian in Gau-Algesheim.

Kapitel 1

Die weiten Felder zwischen Gau-Algesheim, Ingelheim und dem Rhein dampften in der Morgensonne des Herbsttages vor sich hin. An den Obstbäumen glänzten die Tautropfen im Licht. Von der Nachtkälte klamme Fliegen und Libellen wärmten sich in den Sonnenstrahlen und pumpten ihre Flügel auf. Die Spinnen brauchten noch etwas Zeit, bevor sie ihre von den Tropfen überstrapazierten Netze reparieren konnten und blieben erstmal unter den bereits welken Obstbaumblättern am Boden sitzen. In der Vertiefung des Welzbaches rostete die weggeworfene Coladose eines Naturliebhabers vor sich hin.

Auf den Rheinwiesen nahe der Fähre zwischen Ingelheim und Oestrich-Winkel erwachte ein kleiner Mistkäfer langsam aus der Nachtstarre und streckte seine Fühler in die Sonne. Seine Sensoren erfassten einen, wenn auch schwachen, Verwesungsgeruch und weckten sein Interesse.

An der Kreuzung beim Industriegebiet am Nahering machte sich ein Jogger auf seinen morgendlichen Weg durch die Gemarkung. Er folgte der Rheinstraße bis er hinter der Unterführung nach rechts abbog und an der Autobahn entlang zur B41 lief. An der ersten Möglichkeit überquerte er die Bundesstraße und lief Richtung Bingen durch die Obstbaumfelder, zwischen dem Damm und der Landstraße 419. Vor dem Pumpwerk der Rheinhessischen Wasserversorgung bog er nach rechts zum Damm hin ab. Auf der Brücke, die über die Autobahn führt, blieb er schwer atmend stehen und schaute den rasenden Autos zu. Direkt neben der Deutschen liebster Straße war die Natur noch weitgehend intakt und lud eine ganze Anzahl unterschiedlicher Zugvögel zum Verweilen auf die überschwemmten Felder und Weiden im Wasserschutzgebiet ein.

Inzwischen wurde der kleine Mistkäfer etwas reger und es zog ihn magisch in Richtung des immer stärker werdenden Verwesungsgeruchs. Mit ihren hochempfindlichen Geruchsorganen waren die Krabbeltiere mit als erste zur Stelle, wenn es irgendwo etwas zu verwerten gab.

Vom nahen Modellflugplatz der Modellfluggruppe Albatros trieb der Wind die Geräusche der fliegenden Zigarrenkisten herüber. Ein auf- und abschwellendes

Brummen, dann wieder das heisere Kreischen der fliegenden Bretter, die mitAsterix, Obelix oder anderen Symbolen spätpubertärer Lustausübung bemalt waren. Der Flugtag am folgenden Sonntag warf seine Schatten voraus und so tummelten sich trotz der frühen Stunde bereits die ersten Objekte der Hobbykeller-Bastelkunst am Himmel. Stolze Segler mit über drei Meter Spannweite und Nachbauten vierstrahliger Jets mit geräuschgedämmten zweitaktgetriebenen Propellern als Düsenersatz bildeten die Großflug-Abteilung. Dazu kamen giftig kreischende Kampfjets en miniature, die mangels Größe wohl eher dazu dienten, Nachbars Lumpi von Begattungsversuchen mit der Yorki-Hündin aus dem eigenen Haus abzuschrecken.

Hubschrauber und fliegende Bretter mit ihrem betrunkenen Flugstil vervollständigten das Spektakel am Himmel, das auch die noch schlaftrunkenen Graugänse auf den überschwemmten Wiesen des Wasserschutzgebietes auf die Beine brachte. Der Vogelreichtum im Europareservat am Rhein war nicht immer eine Freude der örtlichen Teichbesitzer, die Graureihern und Kormoranen den Fuchs - wenn nicht gar eine Schrotladung - an den biegsamen Hals wünschten. Machten die Fischfresser doch keinen Unterschied zwischen heimischen Spiegelkarpfen im Rheinschlick und teuren Japan-Kois in den Alibi-Teichen der Neubausiedlung am Blätterweg. Biologisch gesehen durchaus verständlich, sind doch die bis zu vielen Tausend DM teuren Schuppenträger aus dem Land der aufgehenden Sonne nichts anderes als auf spezielle Farbmuster getrimmte Karpfenzüchtungen.

Der kleine Mistkäfer hielt einen Moment inne und lies seine Antennen spielen. Der wechselnde Wind am frühen Morgen trieb für einen Moment die lockenden Düfte in eine andere Richtung. Doch da war er wieder, der süßliche Geruch. Sehr weit konnte es nicht mehr sein.

Während sich die Morgennebel langsam lichteten, reckten die Gänse die Hälse, plusterten sich auf und putzten ihr Gefieder. Das rege Geschnatter der angeblich monogamen Zugvögel weckte auch den Rest des Familienverbands auf und so entstand ein geschäftiges Treiben auf den morastigen Wiesen neben dem Wasserwerk. Auf der Landstraße von Gaulsheim nach Gau-Algesheim waren die Pendler und Samstagmorgen-Käufer bereits seit einiger Zeit auf ihrem Weg zur Arbeit nach Ingelheim unterwegs und zogen mit ihren Reifen dunkle Streifen von noch nassen Flecken in trockene Bereiche der Fahrbahn.

Das Rotweinfest mit seinem verkaufsoffenen Sonntag würde auch bereits heute, am Samstag, für einen erheblichen Besucherandrang in der Stadt sorgen. Rund um die imposante Burgkirche und die Stadtmauer lockte die dichte mittelalterliche

Atmosphäre die Besucher in Scharen an. Ritterturnier und mittelalterlicher Markt mit liebreizenden Mägdelein, robusten Nebenberufs-Rittern, freizügigen Badezuber-Freuden, deftigen Speisen und derben Sprüchen passten da optimal hinein. Und zogen auch magisch den publicitysüchtigen Oberbürgermeister vor die Linsen der Presse.

Doch das waren erst Aussichten für einen genußreichen Nachmittag und zunächst galt es, die überflüssigen Pfunde zu dezimieren. Entschlossen trabte der Jogger wieder los und lief weiter entlang des Damms zurück in Richtung Ingelheim. Auch der Mistkäfer krabbelte immer schneller, der Geruch wurde immer stärker. Da wartete eine prima Unterlage für seinen Nachwuchs, die es zu nutzen galt. Das Ziel bereits vor Augen, wechselte der Jogger auf den Damm. Von dort oben hatte man einen guten Blick auf den Rhein links und die weiten Felder in der Ingelheimer Gemarkung auf der rechten Seite.

Vor ihm lag nun Frei-Weinheim, offiziell inzwischen Ingelheim-Nord genannt, aber ein wenig Eigenständigkeit hatte sich im Sprachgebrauch und auf dem Ortsschild erhalten. Tatsächlich war Frei-Weinheim lange eigenständig und wurde erst im Zuge der Hitler´schen Landreform 1939 mit Nieder- und Ober-Ingelheim zusammengefasst. Bis dahin waren die Orte sehr auf ihre Selbstständigkeit bedacht gewesen. Man heiratete nur im eigenen Dorf und öfter setzte es Dresche, wenn Jungmannen aus dem Nachbarort bei der Kerb mit den örtlichen Mädels anbändeln wollten.

Nahe am Ingelheimer Hafen lief der Jogger einen kleinen Schlenker über die Rheinwiesen, überquerte wieder die Rheinstraße und lief an der Plakatwand zum Rotweinfest vorbei. Ein Auto mit beschlagenen Scheiben parkte einsam auf der Straße. Inzwischen war der Mistkäfer ganz nahe am Objekt der Begierde und hastete mit steigender Geschwindigkeit über das letzte Stückchen Asphalt auf sein Ziel zu. Viele tote Chitin-Kollegen lagen auf seiner Spur, seltsam aufgeplatzt.

Knaaatsch! Ein Laufschuh mit drei Streifen knackte den Chitinpanzer und stoppte das Krabbeltier kurz vor dem Ziel. Als endlich auch der erste Samstagmorgen-Jogger eine reglose Person im halbhohen Gras vor dem offiziellen Plakat zum traditionellen Rotweinfest entdeckte, war es bereits halb neun.

*

“Scheiße, Scheiße, Scheiße!” Tobte Helmut Kaulen, “Kann diese blöde Ziege auch nie den Hals voll bekommen!” In seiner Praxis in Nackenheim sah er seinen Geschäftspartner mit einem verzweifelten Ausdruck an. Sonst eher ein Langschläfer, hatte sich der notorisch nervöse Psychologe heute etwas früher in seine Praxis bequemt, nachdem er den Anruf erhalten hatte. Selbständigkeit war gegenüber seinem früheren Angestelltenjob in der Landesnervenklinik Bönen zumindest die Sicherheit, ausschlafen zu können. Mit sicherem Instinkt hatte sich der in jeder Beziehung zu kurz Geratene dann auf Vermittlung des Dicken direkt gegenüber dem Nackenheimer Amtsgericht niedergelassen. Waren doch Gutachten in Sorgerechtsstreitigkeiten ein optimales Mittel, mit wenig Aufwand richtig Kohle zu machen. Ein in der norddeutschen Heide erprobtes Konzept, das dem bereits betagten Gottfried Lüder den finanziellen Neid seiner Kollegen eingetragen hatte, die sich mit neurosengeplagten Kassenpatienten mühsam über Wasser hielten.

“Und was gedenken Sie zu tun, mein Lieber?” Die Stimme seines Gegenübers hatte diesen leicht spöttischen Unterton, der einerseits Belustigung zeigte und andererseits keinen Zweifel daran ließ, dass solche Fehler Konsequenzen haben würden. Der kleine, dickliche Mann steckte in seinem weißen Anzug wie die Wurst in der Pelle. Ein übriges zur Atemnot tat die hellgelbe Seidenkrawatte, die den fetten Hals einschnürte. Seine kalten Augen wanderten die weißgetünchten Praxiswände entlang und blieben dann wieder auf dem erröteten Gesicht des Psychologen hängen. “Ich nehme doch an, dass das Bandgerät nicht mitläuft, oder?”

“Nein, Herr Lüder, selbstverständlich nicht.”

“So wie sonst bei ihren Befragungen auch nicht. Ein kluger Zug, so kann man seine Gutachten biegen, wie man sie will. Aber bleiben wir beim Thema: Wie regeln Sie die Sache?” Der dickliche Mann schob seine rechte Hand betont langsam in die Jackentasche, die sich durch seine klobigen Finger ausbeulte.

“Woran denken Sie?”

“Nein, mein Lieber, so nicht. Das ist Ihre Sache.” sagte der Dicke und spielte mit herumliegenden Figuren aus dem Beziehungs-Baukasten. “Sie sind für diese Ziege zuständig, Sie müssen Sie kontrollieren.” Ein Schnipser beförderte eine Vaterfigur in den Papierkorb. “Ich lasse mir mein Geschäft nicht von Dilettanten kaputtmachen. Ich gebe Ihnen eine Woche. Eine Scheißhitze ist das hier. Da lob ich mir den Norden.”

Lüder war trotz seines fortgeschrittenen Alters ein Unternehmer neuen Typs, das musste Kaulen neiderfüllt anerkennen. Wer etwas selbst macht, hat nur Arbeit; wer andere arbeiten lässt, hat Kohle. Seine florierende Gutachterei für das OLG Bönen war ebenso einfach wie einträglich strukturiert: Lüder bekam die Gutachtenaufträge, Psychologiepraktikantinnen führten sie nach seinen Vorgaben durch und Lüder hielt die Hand auf. Interessanterweise werden Gutachten ja von den Opfern selbst bezahlt. In diesem Fall den Vätern, die der Lüder´schen Urgewalt unterlagen. Gute deutsche Tradition im Dritten Reich wie auch nach dem Krieg in Deutschland West wie Ost, beispielsweise wenn sich Flüchtlinge bei der Obrigkeit freikaufen konnten.

Dank Lüder war Kaulen nun Gerichtsgutachter in Nackenheim. Ein toller Begriff, der rechtlich nichts sagt, außer dem wesentlichen: Er bekam häufig Aufträge von der Richterin Kopro-Litt. Know-how zahlt sich aus, hatte der Fette immer gesagt.

“In der kommenden Woche rufe ich Sie an. Ich will Ergebnisse.” Lüder schaute noch einmal kurz auf den in seinem Sessel zusammengesunkenen Psychologen und ließ die Praxistür hinter sich zufallen. Seine schweren Schritte klangen noch auf der Flurtreppe nach.

Nachdem der Fette gegangen war, griff sich Kaulen erstmal einen Glimmstengel. Eigentlich lief es schon seit zwei Jahren bestens. Die Finanzen stimmten, die Gutachten machten mit wenig Arbeit die mangelnden Einkünfte aus der Therapie mehr als wett und den alten Golf mit seinen 210.000 km hatte er auch schon gegen einen neuen Astra eingetauscht. Ein gebrauchtes Haus war inzwischen angeschafft und bereits im Vorjahr billig von Polen renoviert worden. Wenn er auch noch erwischt worden war und einiges an Strafe zahlen musste, gelohnt hatte sich das immer noch. Und nun dieser Mist. So langsam ging ihm das an sein sonniges Gemüt.

Der Fette. Kaulen fröstelte und ein steigendes Gefühl der Unruhe machte sich in ihm breit. Mit dem war nicht zu spaßen. Solange alles gut lief, hielt der einem die Konkurrenz vom Leibe. Aber wenn es schlecht lief ...

Es hatte bereits einige Fragen gegeben, warum die Gutachten so merkwürdig teuer waren. Sechstausend für runde zweiundzwanzig Seiten schmal und zweizeilig geschrieben waren ja zugegeben ein bisschen viel, aber die Zusammenarbeit musste ja auch wie geschmiert laufen. Und jetzt wollte die Dürre mehr. Das konnte dem Fetten nicht schmecken und ihm auch nicht. Wie hatte der Fette überhaupt davon erfahren?

Leute, die zu viel wollen, sind unzuverlässig, hatte Lüder gesagt. Und bedeutungsvoll in seiner Jacke gekramt. “Ihr Problem”! Wie stellte der sich das vor? Sollte er der Dürren die Fernbedienung für den Fernseher klauen und sie so in die Depression treiben? Oder den Frühstücksjoghurt vergiften? Diese Bulimikerin behielt ja ohnehin nichts bei sich. Nein, so ging es nicht. Andererseits, wenn die sich was in den Kopf gesetzt hatte, dann war sie auch nicht umzustimmen. Kaulen zog seufzend an der Zigarette und rutschte auf dem zerknautschten Ledersessel hin und her. Die Lösung war so einfach wie unausführbar: Die Dürre musste verschwinden. Zumindest aus ihrer Funktion. Aber wie?

Vielleicht wusste Markus Chladmide Rat. Nach abgeschlossenem Jurastudium hatte er sich als Anwalt in der Mainzer Kaiserstraße niedergelassen und harrte dort der Mandanten, die da kommen sollten. Zunächst ein hartes Brot, aber die Kontakte des Fetten hatten sich auch hier ausgezahlt. Gegen die übliche Beteiligung von 16 Prozent versteht sich. Mehrwertsteuer im Wortsinne.

Kaulen drehte sich um und hangelte mit dem rechten Arm nach dem beigen Tastentelefon auf dem Schreibtisch. Mainz war ohnehin noch Ortsgespräch, da brauchte man einen privaten Telefonanbieter nicht vorzuwählen. Schon nach dem zweiten Tuten war Markus dran. Offensichtlich hatte er nicht viel zu tun.

“Rechtsanwaltskanzlei Chladmide.”

“Hallo Markus, hier ist Helmut. Ich habe da ein Problem. Hast du Zeit?”

“Aber klar, für dich immer. Du weißt ja, fragen kostet nichts.” Seine Stimme war von ausgesucht lukrativer Höflichkeit.

“Nur die Antwort, ich weiß schon. Um es kurz zu machen: Wie kann ich eine Richterin loswerden?” Bei diesem Winkeladvokaten kann man ohnehin nichts falsch machen, dachte sich Kaulen.

“Hängt davon ab. Welche meinst du? Etwa die Kopro-Litt? Ich denke, mit der bist du bestens Freund?”

“Ja und nein. Jedenfalls stört sie jetzt meine Geschäfte. Und das kann ich nicht akzeptieren.”

“Einfach wird das nicht, das kann ich dir sagen. In diesem unserem Lande kommt ein Richter oder eine Richterin schon ziemlich nahe an den Herrgott ran. Du kannst es höchstens formal versuchen, sachlich geht da ohnehin nichts. Es ist nicht jeder so dumm wie der Amtsrichter aus dem Rheingau, der seiner eigenen Tochter eine Verfügung zum Erdbeerfest bescherte, was ihn wahrscheinlich die Pension kosten wird. Nicht nur weil es die eigene Tochter war, sondern weil er darüber hinaus als Amtsrichter auch noch unzuständig war. Das gehört dann nämlich vors Verwaltungsgericht."

"Pensionierung wegen Präsenilität?"

Chladmide lachte. "Du kannst ja richtig witzig werden. Sollte man dir gar nicht zutrauen. Nein, nein, bis die abdankt, kannst du lange warten. Richter würden sich am liebsten nie pensionieren lassen. Und so altersschwach ist die auch noch nicht. Und so dumm wie der Erdbeer-Richter auch nicht. Wobei auch hier zu fragen wäre, ob ohne die Presse überhaupt irgend etwas herausgekommen wäre."

"Druck über die Richterkollegen?"

"Kannste auch vergessen. Jedenfalls bei der Kopro-Litt. Würde mich nicht wundern, wenn sie an Sylvester mit sich selbst vor dem Spiegel anstößt. Die hört auf keinen, glaube mir."

"Keine Chance?"

"Null."

"OK, danke erstmal."

"Die Rechnung bekommst du noch."

Kaulen legte auf und schob mit seinen nervösen Fingern seinen neuerstandenen Montblanc-Füller hin und her. Sah so aus, als würde alles bei ihm hängen bleiben. Nein, seine Zukunftspläne durfte er sich nicht durchkreuzen lassen.

Da schien nur die altbekannte Methode der Vivisektion zu funktionieren. Entfernung eines kranken Organismus aus der gesunden, profitorientierten Gesellschaft. Freies Spiel der Kräfte zum Wohl des Ganzen. Aber wie?

Hilflos sah der Psychologe aus dem Fenster der Weinlese zu. In den neu angelegten Rebkulturen röhrte ein Vollernter den Nackenheimer Hang hinauf. In den alten, eng stehenden Reihen bewegten sich langsam bunt gekleidete Flecken die Rebstockreihen hinunter. Eine Knochenarbeit, vor allem an Tagen, an denen das Wetter nicht so gut war wie heute. Welcher Deutsche machte diese Arbeit heute noch? Das waren sicher Polen, frisch und unverbraucht auf der Suche nach Geld. Siebenhundert Kilometer von der russischen Grenze zur Ernte nach Rheinhessen. Auch wenn die meisten inzwischen nicht mehr wie in der Zeit kurz nach der

Wende auf Feldwegen zu viert in 500er Fiats schliefen: Die waren sich für nichts zu schade.

Elektrisiert starrte Kaulen aus dem Praxisfenster. Da war die Lösung für sein Problem.

*

"Ruhe, Ruhe, wir fangen an." Katharina schwenkte die Glocke wie der Kanzler in der Kabinettsrunde, um den Geräuschpegel zu senken. Es war halb neun und obwohl der MachMit!-Treff "pünktlich um acht" beginnen sollte, brauchte die Clubgründerin doch mindestens eine halbe Stunde zum Einnorden der Neulinge. Altgediente Clubhasen wussten darum und kamen denn auch mit gebührender Verspätung die von der untenliegenden Pizzeria mit Knoblauchgeruch geschwängerte Treppe hinauf in den Gemeinschaftsraum im ersten Stock. Damit blieb Katharina und bereits anwesenden Hosenträgern die ehrenvolle Aufgabe der ersten Séance erhalten. So wurde spaßhaft das allgemeine Tisch- und Stühlerücken für die typische Sitzordnung genannt.

Ob Katharina der Job als Sachbearbeiterin für ruhenden Verkehr beim Polizeipräsidium Wiesbaden nicht ausfüllte? Knöllchen schreiben war zwar ganz angenehm, jedenfalls besser als Knöllchen bekommen. Dennoch: Etwas musste ihr fehlen, nachdem ihre beiden Töchter aus dem Haus waren. Jedenfalls war MachMit! schon bald zum Lebenselixier der resoluten Endvierzigerin geworden und ihre ständigen Presseaktivitäten hatten schon zu einer beachtlichen Anzahl von Veröffentlichungen geführt. Sorgfältig geordnet, machten sie die Bedeutung des erfolgreichen Freizeitklubs klar, der in Wiesbaden-Sonnenberg unter der Burg oder in Erbenheim seine Heimstatt hatte.

Durch ihre unermüdlichen Aktivitäten kamen ständig Neulinge in die Gruppe. Wer sich auf die Anzeigen meldete ("Freizeit. Frohsinn. Rauchfrei. MachMit!") hatte zunächst ein Telefongespräch vor sich, in dem die Clubgründerin erst einmal die Zielsetzung des Kontaktsuchenden erfragte. Das betraf vor allem die Neigung zum Rauchen und tatsächlich gibt es reichlich Leute, die die ständige Pafferei bei jeder Gelegenheit leid sind. Um diese Ehre des ersten Kontaktes kamen auch Neulinge nicht herum, die von MachMit!lern selbst mitgebracht wurden. Katharina war da sehr konsequent.

So stieg die Zahl der MachMit!-Mitglieder über die Jahre auf mehr als 700, inzwischen anderweitig verbandelte Karteileichen eingerechnet. Auch die Aktivenzahlen waren sehr ansehnlich. An diesem Donnerstagabend brachte der Andrang der mehr als 80 MachMit!ler den Versammlungsraum fast zum Platzen und verbannte die Spätkommer auf die ruhigeren Plätze im Hintergrund.

Inzwischen war MachMit! - nur original mit dem Ausrufezeichen - schon zehn Jahre alt. Neulinge kamen zunächst an den Einsteigertisch und wurden von Katharina argumentativ eingeführt. Mit ihrem zugreifenden Charme knackten sie und andere Clubmitglieder so manche harte Schale und machte Mauerblümchen zu vollwertigen Mitmachern. Insbesondere männliche Wesen integrierte die zweifache Mutter sehr schnell in die stets agile Gemeinschaft.

Eines ihrer unverwechselbaren Kennzeichen war das überdimensionale gestickte Namensschild zur allfälligen Identifikation und Ansprache auf der gut gefüllten, frischgestärkten Bluse. Dazu kam ihr ausladender Hut als kaum fehl zu interpretierendes Markenzeichen, ob im Fernsehen, Rathaus oder den Clubaktivitäten.

Als die Überleitung zum eigentlich interessanten Teil des Abends begann, wachten alle auf. Nach neun schlug die Stunde der Outdoor- und Indoor-Aktivisten, denn das reichhaltige MachMit!-Programm lebte von den stets neuen Ideen und Vorschlägen der Mitglieder. Rauchfreies Tanzen, Kegeln, Sonntagswanderungen und Bauchtanz gehörten zum Standard-Repertoire, dazu kamen größere Unternehmungen wie beispielsweise bayerische Abende mit Knödelessen, Edelsteinekursionen in Idar-Oberstein und eine Regenschlacht am Straßburger Münster (tapfer geschlagen von Irmgard mit vielen Regenschirmen). Auch weiter weg ging es wie nach Brüssel zur Jagd auf schmierig-klebrige Kalorienbomben (erfolgreich wie immer: Isolde), zum Hüttenzauber im Tiroler Schnee (mit Eberhard als Magier) oder zur 100-Kilometer-Wanderung (mit der feldweg-erfahrenen Erika). Dabei entbehrten die Berichte der Aktiven nicht einer teils freiwilligen, teils unfreiwilligen Komik und einer gewissen Dramatik. So auch, was Katharina vom letzten Waldspaziergang berichtete. Der machte die anatomischen Merkmale der Stinkmorchel zum Dauerthema und sollte auch die Mainzer Kripo noch beschäftigen.

“Wie ist es bei euch am Wochenende gelaufen?” Katharina bereitete routiniert den Gesprächsstoff für die Folgewoche vor. “Willst du was sagen, Ilse? Nein? Na gut, dann fange ich halt an. Bei der Pilzwanderung am Sonntag haben wir Hallimasch gesammelt. Da sah ich etwas weiß schimmern, gerade ein paar Schritte weiter. Und da bin ich natürlich hin. Was glaubt ihr, was es war? Ein Damenslip Größe XL."

"War das deiner von der letzten Wanderung?" kam eine männliche Stimme aus dem Hintergrund, begleitet von spontanem Gelächter auf den billigen Plätzen und unterdrücktem Glucksen an den Tischen direkt vor Katharina und ihrem Mikrofon.

"Quatsch, Olaf. Das hättest du wohl gern." Katharina erhöhte den Abenteuer-Poker um die nächsten pikanten Details. "Der hing sogar über einer Stinkmorchel."

"Bekannterweise Phallus impudicus genannt." prustete Christian los und auch der Rest der Versammlung konnte sich nicht mehr halten. Er hatte da wohl einmal genau in die Lieder seines Lieblingsbarden Ulrich Roski reingehört.

"Und," trieb es Katharina auf die Spitze, "etliche Stinkmorcheln nebenan waren abgebrochen. Ob die wohl jemand gebraucht hatte?"

Ein begeistertes Gekreische zeigte, wie dieses Thema die Phantasie der bekanntermaßen nicht prüden MachMit!ler anregte. Es war kein Zufall, dass Dessous-Lily mit ihrem Frauenwünsche-Männerträume-Sortiment eine beliebte und allseits lustige Gesprächspartnerin war, wenn eine Unterhaltung abzuflachen drohte.

"Hast du das Corpus vulgari eigentlich mitgebracht?" Olaf ließ nicht locker, wenn es um sexuelle Weiterbildung ging.

"Nein, das war mir zu eklig. Der muss schon ein paar Tage dort gelegen haben und war nass und dreckig." Katharina bedauerte ehrlich, solch einen Themenspender schnöde im Wald gelassen zu haben. "Kommt doch einfach bei meiner nächsten Sonntagswanderung mit."

Ob es Zweifel am Wahrheitsgehalt oder voyeuristische Neigungen waren: Katharinas Brennnessel-, Löwenzahn- und Pilztour am Folgesonntag war ungewöhnlich gut besucht. Schnatternd fiel die MachMit!-Meute in das Goldsteintal ein, das sich oberhalb von Sonnenberg in den Taunus hinein zieht, und zog in phantasiereich ausgestaltender Vorfreude an der Hubertushütte vorbei gen Wald. Zielsicher von der Anführerin gelotst, stand schließlich ein Zwanziger-Grüppchen mit neugierig vorgereckten Hälsen vor dem obskuren Objekt der Begierde. Gegenüber Katharinas Schilderung war offensichtlich allerdings noch jemand da gewesen, denn inzwischen waren fast alle Stinkmorcheln abgebrochen worden. Der Slip allerdings war noch da, stolz emporgereckt von dem Pilz, der bekanntlich einen ziemlich üblen Geruch ausströmt. Andächtiges Staunen machte sich breit. Das war der Stoff, aus dem MachMit! bestand, ein Gesprächsthema, das facettenreicher und phantasievoller kaum auszugestalten war. Das letzte Großereignis dieser Art war die Gala-Grabscherei gewesen und die lag immerhin schon fast ein Jahr zurück.

Damals hatte bei der feuchtfröhlichen Weihnachtsgala Wasser-Heinz traditionell wieder ein komplettes Hotel in Freudenberg im Sauerland gemietet. Ein umfangreiches Programm vom grazilen Bauchhüpfer im Spitzenröckchen bis zur Piaf-Imitation aus dem Rheingau verlieh dem bunten Abend den richtigen Schwung. Knapp sitzende Abendkleider, reif wuchernde Oberweiten und die angeheizte Atmosphäre nebst reichlichem Alkoholgenuss brachten die Hormone in Wallung. So auch bei Mehmet, einem Liebhaber orientalischer Ästhetik, der den wogenden weiblichen Formen nicht mehr widerstehen konnte und bei der Polonaise nach Zeugenschilderungen beherzt ins Wonnenland gegriffen hatte. Dabei aber - leider, wie einige anwesende Damen betonten - die notwendige Feinfühligkeit vermissen ließ. Nach den schwingenden Glocken im knapp sitzenden "kleinen Schwarzen" gab es dann folgerichtig Handfestes. Zunächst eine Ohrfeige von weiblicher Seite und dann einen kräftigen Schwinger von einem männlichen Beschützer. Zu Spekulationen führte dabei weniger die Reaktion selbst als ihre Verspätung. Was sollten Handgreiflichkeiten eine halbe Stunde nach dem Zugreifen bedeuten? Waren da Erwartungen geweckt und nicht befriedigt worden? Folgte der Ouvertüre nicht die erhoffte Fortsetzung? Schade um die verpasste Gelegenheit für alle Seiten, ward der Notgeile doch für den Rest des Abends gebranntes Kind und ausgeschlossen.

Nun also ein weiteres echtes Highlight direkt im Wiesbadener Grün und gar nicht weit vom Versammlungsort. Wie würden sich die puristischen Wanderfreaks der Kilometerwanderung irgendwo im Taunus ob der verpassten Gelegenheit grämen!

Olaf wollte wie immer der Sache auf den Grund gehen und wühlte unter den frisch gefallenen Herbstblättern. Vielleicht gab es ja noch Hinweise auf die Vergnügungssüchtige? Bei der näheren Untersuchung fand sich tatsächlich ein abgetretener Absatz (eines Damenschuhs, wie Ilse treffend bemerkte) und ein zusammengerolltes Stück Papier. Ein Knöllchen, wie Katharina zielsicher identifizierte. Eines von diesen Blanko-Überweisungsformularen, die allenthalben fröhlich an Auto-Scheibenwischern flattern, wenn die uniformierten Politessen ausschwärmen und ihr Terminal zücken. Der eingebaute Drucker spuckt dann einen kleinen Bon aus, der an den Überweisungsträger geheftet wird. Aufgerollt entpuppte sich auch das Waldknöllchen als vollständig, wenn auch der

Thermodruck-Streifen im Halbdunkel des Waldes kaum lesbar war. Der Feuchtigkeit nach war es scheinbar erst vor kurzem im Wald weggeworfen oder verloren worden.

Auch das sprach für einen kürzlichen Besuch der Lustgeplagten bei den Objekten der Begierde und Olaf bedauerte schon, nicht früher gekommen zu sein. Dass Knöllchen und Knollen zusammengehörten, war allen klar und so fieberten sie dem abschließenden Zusammensein in der Hubertushütte entgegen. In besserem Licht sollte eine Entzifferung des Terminal-Ausdrucks möglich sein und - wer weiß - vielleicht ließen sich ja einige Rückschlüsse auf die Inhaberin ziehen? Der nächste Donnerstagstreff würde ein Knaller werden, das war klar.

Frohgemut trabten die erfolgreichen Pilz- und Indizienjäger bergab gen Hubertushütte, während Katharina das Lustpapier sorgsam hütete. Anführerpflichten, die auch Frau gerne übernimmt. Den Slip aber hatte man dagelassen. Der war wirklich etwas zu sehr abgewrackt nach mehr als einer Woche mit einigen Herbstregen. Und natürlich die Phalli delicti, denn der Geruch dieser hochgiftigen Bodenfrüchte ward allgemein als unangenehm empfunden. Zumal die kurze Zeit nach Erreichen ihrer größten Höhe in sich zusammenfallen.

Es dämmerte bereits, als die Truppe in Vorfreude auf Jägerschnitzel mit Pommes die Stufen zur Gaststube heraufstieg. Die tiefstehende Sonne warf ein mildes Licht auf die Wiesen und Wälder des Goldsteintals. Alle warteten fieberhaft auf die Entschlüsselung des verräterischen Papiers.

*

Die Anfahrtsmöglichkeiten waren gut und so bog der Ascona der Ingelheimer Polizei bereits um zwanzig Minuten vor neun in den Fährzubringer ein. Vom Jogger-Handy informiert, waren sie aus der Bahnhofstraße direkt zum Rhein gefahren. Auch die Kripo Mainz war bereits informiert und so sperrte Kiefer, ein sportbegeisterter Polizeiobermeister aus dem Revier in der Bahnhofstraße, mit seinem Kollegen Thomm zunächst einmal den Fundort ab. Das erwies sich allerdings als nicht so einfach, weil es natürlich die Aufmerksamkeit der Fußgänger, Auto- und Radfahrer hervorrief, die zur Fähre oder einfach nur zum Rhein wollten. Eine vollständige Sperrung der Rheinstraße aber war durch den Fährverkehr nicht möglich. So sammelten sich dann auf der Dammkrone bald bedeutende Teile der

Frei-Weinheimer Einwohnerschaft. Vertreten waren einkaufende Väter mit Bäckertüten ebenso wie Mütter mit Kinderwagen. Dazu der unerlässliche Bestandteil der Generation X mit Baseballkappe und Skateboard unterm Arm. Nachdrängende Schaulustige sorgten dafür, dass die Menge stets in Bewegung blieb und sich langsam flankierend auf beide Seiten des Dammes ausbreitete.

Die Tote selbst lag zwischen der Rheinstraße und der Plakatwand zum diesjährigen Rotweinfest, mit dem Gesicht nach unten im halbhohen Gras. Ob die sich wohl ins feuchtfröhliche Getümmel stürzen wollte? Und jetzt logischerweise nicht mehr konnte? Tautropfen auf dem halblangen Mantel machten klar, dass sie schon einige Stunden hier lag.

“Irgendwie kommt die mir bekannt vor,” meinte Kiefer. “Aber solange die noch auf dem Bauch liegt, kann ich nix Genaues sagen.”

“Sollen sich die Mainzer drum kümmern. Wir werden schon genug Besuch bekommen, um den wir uns kümmern müssen. Nichts als Stress und Lauferei.” Thomm beschränkte seine sportlichen Aktivitäten lieber auf das nächtliche Ausfahren seines fuchsschwanz-bewehrten Mantas. “Hier kommen Jogger wie Radler auf dem Weg in die Stadt und raus vorbei. Und natürlich die Besucher der Fähre, die Ruderer, die Spaziergänger. Nicht zu vergessen die Camper und Restaurantbesucher. Würde mich nicht wundern, wenn wir bald Eintrittskarten und Fotoerlaubnisse verkaufen können.”

Kurz vor neun bog der graue Omega der Mainzer vor den Damm ein und hielt zwischen der Leiche und dem Jogger, der mit seinem Handy Ingelheim alarmiert hatte. Herbert Wülfing und Jana Haller waren ein eingespieltes Team, dessen Erfolge durch einige ausgesprochen vertrackte Fälle, die sich widerspenstig einer schnellen Lösung entzogen, in den letzten Monaten etwas in die Kritik geraten waren. Eine durchaus brisante Mischung aus einem bekennenden Bart- und Bauchträger im rentenverdächtigem Mittelalter und einer alternativ-flippigen Kommissar-Anwärterin knapp über dreißig, deren Rastlosigkeit sprichwörtlich war. Neben vielen Umzügen binnen weniger Jahre zeigte sich das in ihrem Psychologie-Studium, das sie vor vier Jahren begonnen hatte und nach Meinung ihrer Kollegen wohl irgendwann zwischen Mitternacht und Frühschicht erledigen musste. Erstaunlicherweise war sie dennoch bereits an der Diplomarbeit, so dass die Arbeitskollegen sich innerlich bereits auf einen Abschied der hübschen Rheingauerin in ein paar Jahren eingestellt hatten.

Da würde sicher so manche Hoffnung enttäuscht werden, wenn auch der exzessiv ausgereizte Zeitplan der angehenden Gemütsforscherin Männerbeziehungen bisher eher selten gemacht hatte. Man murmelte im Polizeipräsidium am Valenciaplatz in Mainz sogar, dass ihr Terminkalender ihr bestes Verhütungsmittel war. Bei Wülfing war das anders. Nach seiner Scheidung hatte der gebürtige Wiesbadener, den es auf die "ebsch Seit" verschlagen hatte, keinen richtigen Tritt mehr gefasst und turnte auf der Suche nach dem weiblichen Geschlecht in allen Kneipen der Gegend umher. Vor allem in der Wiesbadener Taunusstraße war er ein ständiger Gast, sofern es der Dienstplan erlaubte. Jana rümpfte darüber nur die Nase und vertiefte lieber dieselbe in ihre ausgeliehenen Psycho-Wälzer aus der IB, der Institutsbibliothek. Auch jetzt sah sie erst von ihrer Lektüre auf, als Wülfing den Wagen angehalten hatte und ausstieg.

"Handys sind echt ein Segen", knurrte Wülfing seine Assistentin an, "Vielleicht bekommen wir irgendwann auch einmal einen Anruf, bevor die Ameisen dran sind. Frag du den Jogger, ich schau mich mal um."

Wülfing wird seinem Schnauzer auch immer ähnlicher, dachte sich Haller, während sie zu dem abgekämpften Mittvierziger ging, der die Leiche entdeckt hatte. Erst letzte Woche hatte der kurz vor der Pensionierung stehende Kriminale eine Auseinandersetzung mit einem ausländischen Paar vor der Haustür gehabt. Kampfhund gegen Schnauzer war die Paarung, der Wülfing mit einem Hochspannungs-Knüppel die richtige Richtung gegeben hatte. Als die Wiesbadener Kollegen in der Adelheidstraße angekommen waren, war der Kampf bereits entschieden. Ob das freilich als Engagement außer Dienst gewertet werden sollte? Immerhin war es ohnehin Wülfings Heimat. Zwischen Arbeit und Vergnügen wusste er genau zu trennen. Haller zuckte die Schultern und blieb vor dem Jogger stehen.

"Sie sind der Finder der Leiche?"

"Kühnapfel ist mein Name, Renato Kühnapfel."

Der Jogger beugte sich leicht nach vorn, als wollte er seine Laufschuhe auf Blutspuren überprüfen.

"Bitte verstehen Sie, das ist meine erste Leiche."

"Kein Problem." beruhigte Haller den Nervösling, der beständig mit seinen Füßen wippte und schon eine recht ungesunde Gesichtsblässe entwickelte. Hoffentlich kippt der nicht gleich um, dachte sie.

"Setzen Sie sich einfach einmal hin, ich schaue mir erst einmal die Leiche an und frage Sie dann. OK?"

Sie ging zu Wülfing, der sich gerade mit Kiefer unterhielt.

"Der sie gefunden hat, den fragen Sie ja schon." meinte Kiefer. "Sonst wissen wir eigentlich nichts. Aber die Frau kommt mir irgendwie bekannt vor."

"Na dann wollen wir der Dame mal auf den Grund gehen." knurrte Wülfing. "Wie ist die eigentlich hierher gekommen? Sucht doch mal nach einem Auto. Ein Fahrrad dürfte sie in den Klamotten wohl kaum genommen haben. Das sieht mehr nach Disco als nach Biking aus."

"Warte mal, Herbert. Ich mache noch schnell die Fotos." Haller zückte ihre Balda Modell "Wirtschaftswunder" und montierte sorgfältig einen großen Aufsteckblitz, den sie vor zwei Wochen aus einem umgenieteten Starenkasten organisiert hatte, wie Blitzanlagen intern genannt wurden. Ob der Ministerialdirigent aus dem nebenliegenden Wirtschaftsministerium die Gebührenquelle an der Ampelkreuzung Kaiserstraße/Hindenburgstraße absichtlich umgefahren hatte, war nicht klar. Vielleicht wollte er halt nur ein bisschen zu früh einparken. In jedem Fall ersetzte Haller mit sprichwörtlichem technischen Geschick fehlende Haushaltsmittel, was ihr den Neid der Kollegen eintrug. "Wer wie ein Mann sein will, hat nur keinen Ehrgeiz" hatte sie triumphierend auf die organisierte Blitzbox geklebt, was wohl männliche Diebe abschrecken sollte.

"Moment, Herr Kühnapfel, treten Sie bitte etwas zur Seite."

Haller lupfte die Kamera und visierte die Leiche an. So viel zu sehen war ja eigentlich nicht, aber Ordnung muss sein. Eine erblondete, soviel war dem weiblichen Kennerblick sofort klar. Halblange Haare, dürr, Hot Pants unter dem kurzen Mantel, der seitlich verrutscht war. Na, das sind jetzt eher kalte Schlüpfer, dachte Haller und drückte ab. Ein Arm lag seltsam verrenkt nach vorn, die Hand umklammerte noch im Tod ein Grasbüschel. Der andere Arm lag teilweise unter dem Körper, die Hand griff zum Hals. Bänder, offensichtlich von einer Handtasche, verliefen von der Schulter unter den Körper. Vom Gesicht war nicht viel zu sehen, dazu war das Gras zu hoch.

Der Blitz hellte kurz die Schatten unter den umgebenden Büschen auf. "Einen Moment noch, Herbert."

Noch ein Foto über das Geländer gelehnt und dann noch einmal von der anderen Seite. "Jetzt können wir suchen."

"An der Straße habe ich nichts gesehen. Schauen wir uns mal hier kurz um." Wülfing ging mit dem Blick auf den Boden rund um die nächstgelegene Weide, dann um die Plakatwand und sprach in sein Diktiergerät. "Weibliche Leiche. Gefunden am 28. September um achtuhrdreißig am Fährzubringer Ingelheim-Nord, vor dem Damm auf der Wiese." Das Gras war relativ lang, das Unkraut relativ kräftig. Und die Leiche noch relativ frisch, dachte sich Wülfing und stapfte um den Mantel einen Bogen. Zu sehen war auf den ersten Blick nichts Ungewöhnliches. Außer dass halt da eine Leiche lag.

"Jana, wann kommt eigentlich der Gerichtsmediziner?"

"Der sollte eigentlich schon da sein. Ach ja, da ist er schon."

So langsam wurde es schwierig für die Ingelheimer Gesetzeshüter, die Menschentraube zurückzuhalten. Protestierende Rufe erklangen, als der Forensiker durch die Absperrung gewinkt wurde und der Rest der Menschenmenge mit "Wir-müssen-leider-draußen-bleiben-Miene" hinter dem Absperrband zurückbleiben musste.

"Die Neugier des Landvolks ist echt unglaublich. Tag, Herr Wülfing. Tag, Frau Haller." Dr. Zweipfennig schüttelte Hände. "Und da ist ja auch schon die Leiche."

Zweipfennig wieder, dachte Haller. Bei dem Namen sollte er lieber Steuerberater werden. Immerhin ist er ganz nett, nicht wie so manch andere Mediziner.

"Tja, Fotos haben Sie ja schon gemacht. Spurensicherung auch schon, nehme ich an."

"Nun, da gibt es nichts Ungewöhnliches. Der Täter hat sie wohl direkt an der Plakatwand umgebracht und dann einfach liegen lassen wie eine alte Gerichtsakte. Gegenstände im Gras haben wir bisher nicht gefunden und Reifenspuren auf dem Asphalt gibt es auch nicht. Leider scheint gerade hier die Sonne auf den Weg, sonst hätte die Morgenfeuchte das Profil vielleicht wiedergegeben, obwohl der Fährverkehr eigentlich zu stark ist. Spuren von Gewaltanwendung sind von hinten nicht zu sehen." Wülfing nickte Zweipfennig zu. "Dann wollen wir mal sehen, wer das ist."

Haller und Wülfing traten neben die Leiche. Die Totenstarre hatte schon eingesetzt, die rechte Hand hielt noch ein Grasbüschel umklammert. Dann fassten sie die tote Frau seitlich an und drehten sie um. Zuerst gab es einen Widerstand im Kopfbereich, doch schließlich gab der Körper ruckartig nach und gänzlich unspektakulär rollte er auf den Rücken.

Nachdem die Leiche auf dem Rücken lag, sahen Wülfing, Haller und Zweipfennig in ein schreckerfülltes Gesicht mit wässrig blauen Augen, Pagenfrisur, inzwischen verschmiertem Wangenrouge und - Gras zwischen den Zähnen. Die verkrampfte linke Hand griff an den Halskragen der eng geknöpften Glitzerbluse. Die Handtasche lag jetzt offen da.

“Die hat wohl im wahrsten Sinne ins Gras gebissen.” Haller mochte zwar Grünzeug, aber das ging ihr doch zu weit.

“Äußere Verletzungen sind auch nicht zu sehen. Was sagen Sie, Zweipfennig?” Wülfing trug diese Miene des Das-hab-ich-alles-schon-mal-gesehen zur Schau.

“Nun, offene Verletzungen sehe ich auch erstmal nicht. Auch keine Blutergüsse. Natürlich verdeckt die Kleidung sehr viel, aber einen Leichenstrip will ich vor der versammelten Menge hier nicht hinlegen. Dafür gibt es die Obduktion. Mal sehen, wann sie gestorben ist.” Zweipfennig zückte ein kleines Sekundenthermometer und legte den Sensor auf die Haut am Hals der Leiche. “Fragen wir mal dieses Wunder der Technik nach der Körpertemperatur. Aha, 18 Grad, also Umgebungstemperatur. Die Frau ist schon einige Stunden tot. Die Totenstarre haben Sie ja selbst beim Umdrehen bemerkt, also auf jeden Fall mehrere Stunden.” Zweipfennig zog die Bluse am Bauch der Toten etwas nach oben. “Auch nach den Totenflecken ist sie vor mehr als, sagen wir mal, fünf Stunden von uns gegangen. Länger als zwölf Stunden aber sicher auch nicht. Also gestern tagsüber war sie sicher noch nicht hier und am Leben auch noch. Genaueres kann ich Ihnen nach der Obduktion sagen. Anzeichen für eine Gewalteinwirkung von außen sehe ich jedenfalls noch nicht.”

“Und wieso greift sie dann an ihren Hals? Und dieses erschreckte Gesicht? Und das Gras zwischen den Zähnen?” Wülfing kam die Sache langsam merkwürdig vor. Da war jemand wahrscheinlich nicht ganz freiwillig aus dem Leben geschieden worden, aber zu sehen war nichts. Jedenfalls noch nichts.

“In meiner Laufbahn habe ich schon unterschiedlichste Todesarten gehabt. Das hier sieht so aus, als wäre die Dame erstickt. Und hat im Todeskampf krampfhaft nach etwas gegriffen, um sich festzuhalten. Aber,” Zweipfennig wandte sich ab und begann seine Pfeife zu stopfen “wie gesagt, warten wir auf die Obduktion.”

“Erstickt? Na toll. An einer viel befahrenen Straße fast direkt am Rhein und einer stark frequentierten Fähre. Ist vielleicht ein Manta vorübergezischt, dessen tuninggeiler Besitzer das Wort vom Vergaser zu wörtlich genommen hat?”

Haller adaptierte seinen Sarkasmus immer besser. Die wird eine würdige Nachfolgerin, dachte sich Wülfing, in dem sich langsam Unbehagen breit machte. Eine Frau, die sicher nicht zum Sterben hierhergekommen war. Sondern wahrscheinlich noch quietschlebendig und im Ausgehdress. Ein überraschender Tod wahrscheinlich vor einigen Stunden, mitten in der Nacht. Keine äußeren Verletzungen zu sehen und - so kannte er sein Glück - wahrscheinlich würde sich das auch nach der Obduktion nicht anders darstellen.

Wülfing seufzte. Das würde sicher mal wieder einer dieser Fälle werden, in denen er wochen- und monatelang hinter irgendwelchen Spuren herhecheln musste ohne Aussicht auf Erfolg. Vielleicht war sie ja auch eines natürlichen Todes gestorben und seine ganze Mühe von vornherein zum Scheitern verurteilt? Müde zuckte er mit den Schultern.

"Hast du was gefunden, Jana?" Haller hatte in der Zwischenzeit zielsicher die Taschen der Toten examiniert. In der Jacke fand sich außer einer Packung Tempo nichts. Ungeöffnet, blütenweiß und hauchzart, ganz wie auf der blauen Packung aufgedruckt. In den Hot Pants waren keine Taschen. Aber die Handtasche war da. Haller holte Einmal-Handschuhe und Rettungsdecke aus ihrer Fototasche, die sie kürzlich günstig beim nächstgelegenen Supermarkt erstanden hatte. Nachdem sie die goldglänzende Decke auf dem Boden ausgebreitet hatte, zog sie die Handschuhe über. Die Riemenschnalle der Handtasche war schnell gelöst und der Riemen unter der Schulter herausgezogen.

"Hier, Herbert. Schauen wir mal, wer das ist."

"Mach du mal auf, Jana. Fingerabdrücke wird es wahrscheinlich keine geben, aber sicher ist sicher."

Auch Wülfing zog sich Handschuhe über, nahm die Handtasche, öffnete den Schnappverschluss und und leerte den Inhalt aus. Auf die Rettungsdecke plumpsten Lippenstift, Rouge, Pinselchen, Puder, Terminkalender ("Mit roten Punkten" bemerkte Haller mit weiblichem Erfahrungsschatz),ein kleines Tampontäschchen, Haarbürste, Haarspray, Kondome ("Schwarz, originalverpackt, Lakritzgeschmack?"), Handy, ein Portemonnaie mit Kreditkarten und Führerschein. Und eine silberglänzende Pistole, Modell Zimmerflak.

Auch Kiefer kam inzwischen vorbei und stieß einen Pfiff aus. "Die kenne ich, Herr Wülfing. Da werden Sie Arbeit bekommen."

*

Eine Woche war wenig Zeit und so machte sich Kaulen auf den Weg in die Weinlese. Den Astra parkte er in gebührendem Abstand zum nächsten Traktor auf der Straßenseite. Ein leichter Regen über Nacht hatte etwas Erde auf den Asphalt geschwemmt, der in der Mittagssonne zu einem hellbraunen Wegeüberzug wurde.

Hier am Laubenheimer Hang, nahe dem Steinbruch der Heidelberger Zement, war die Erde sehr kalkhaltig und Steigungsquellen am Hang sorgten für eine großzügige Bewässerung der steil ansteigenden Weinbergswege.

Als er sich der ersten Erntegruppe näherte, flogen fremde Wortfetzen zwischen den hockenden Leuten hin und her und Augen musterten ihn misstrauisch-abschätzend. Die Angst vor den Fahndern des Sozialamts war deutlich abzulesen.

Als er den ersten Polen ansprach, verstand der nichts und deutete mit einem hart akzentuierten "Peter" nach oben, den Hang hinauf. Kaulen blieb nichts anderes übrig, obwohl er seine nicht alltagstauglichen Praxisschuhe anbehalten hatte. Immerhin gaben ihm auf dem Weg nach oben die Erdklumpen unter den Sohlen mit jedem Schritt ein paar Millimeter mehr der fehlenden Körpergröße zurück. Der Mann, auf den der erste Pole gedeutet hatte, musterte Kaulen aus wasserblauen Augen. Peter war ein kräftiger Mann mit mittellangen schwarzen Haaren unter vierzig, der ein fast akzentfreies Deutsch sprach.

"Guten Tag. Was wollen Sie hier?" Das Misstrauen war unüberhörbar.

"Ich habe eine Arbeit für Sie. Eine gut bezahlte Arbeit. Haben Sie Interesse? Es ist eilig." Kaulen zögerte, mehr zu sagen.

"Sind Sie vom Amt?"

"Nein, ich brauche privat einen guten Mann."

"Welche Arbeit? Bau oder Landwirtschaft? Wir sind alle Spezialisten."

"Das ist für einen Spezialisten. Da gibt es jemand, der mir Schwierigkeiten macht." Kaulen druckste herum und Peter wurde aufmerksam. Das klang nach mehr als achtmarkfünfzig die Stunde fürs Verputzen oder sieben Mark für Spargelstechen oder Weinlesen.

"Da kann ich Ihnen helfen, Herr ..."

"Müller."

"Wie viele Spezialisten brauchen Sie, Herr ... Müller?" Peter wurde immer aufmerksamer.

"Einer reicht."

"Und was zahlen Sie?"

"Darüber müssen wir uns noch unterhalten. Wo kann ich Sie heute Abend treffen?"

"Kommen Sie an den Kirchberg in Nackenheim. Um acht."

Kaulen war zufrieden, drehte sich um und schlitterte mit seinen verklumpten Schuhen den Hang hinunter, während sich Peter und die anderen Lesehelfer bedeutungsvolle Blicke zuwarfen. Auf der Straße musterte der Psychologe missmutig die verdreckten Schuhe und Hosen. Immerhin war er ein wichtiges Stück weitergekommen.

Allerdings auch der Bauer, der beim Rückwärtssetzen mit der Rolle sein Auto wohl übersehen hatte. Eine breite, tiefe Schramme auf der rechten Hälfte der Motorhaube zeugte von dem innigen Kontakt der Feststellbremsen-Kurbel mit blank poliertem Blech aus Rüsselsheim. Dass sein Auto nun endlich Unikat-Qualitäten aufwies, tröstete Kaulen nicht. Die Versicherung wird es schon zahlen, dachte er sich, und trat auf den wartenden Missetäter zu.

"Sie haben mein Auto beschädigt." Keine Frage, sondern eine Feststellung. "Sie müssen den Schaden regulieren. Haben Sie überhaupt eine Versicherung?" Sich im Recht wissend, blies sich Kaulen vor dem in einen Blaumann gekleideten Landwirt auf, der sich gemütlich an seinen grünen Schmalspur-Schlepper lehnte.

"Das sieht wohl so aus, Herr ...?" Belustigt sah der Winzer den Astra-Eigner an.

"Müll ...." der Psychologe fluchte innerlich. "Äh, Kaulen."

"So, so Herr Müll-Kaulen. Sie wollen also, dass ich Ihren Schaden zahle." Genüsslich musterte der Blaumann das rot anlaufende Gesicht seines kleinwüchsigen Gegenübers. "Was machen Sie eigentlich hier im Weinberg? Wollen Sie sich günstig Trauben besorgen?"

"Das tut nichts zur Sache. Zahlen Sie oder nicht? Ich habe einen guten Anwalt in Mainz." Markus Chladmide würde das schon regeln.

"Nu ma langsam, Herr Müll-..."

"Nein, nur Kaulen."

"Also, Herr Nur-Kaulen. Natürlich zahlt die Schlepper-Versicherung den Schaden. Aber warum sind sie so nervös?"

"Geben Sie mir ihre Daten. Ich habe es eilig. Hier haben Sie meine Karte." Kaulen überreichte bedeutungsschwanger seine Visitenkarte.

"So, so ein Seelenklempner." Der Blaumann schien nicht sonderlich beeindruckt. "Ganz schön therapiebedürftig für einen Therapeuten, oder?"

"Geben Sie mir endlich Ihre Daten. Ich muss weiter." Kaulen wurde immer nervöser. Nur weg von dieser selbstbewussten rheinhessischen Landjugend.

Locker griff der Blaumann in die Brusttasche des Hemdes, zückte seine Karte und gab sie Kaulen.

“Mike Schneider, Dr. rer. nat., Dipl.-chem., Dipl.-Agraringenieur.” Vor Verblüffung las Kaulen laut vor und Schneider grinste. Nach der Promotion hatte er seine Vorliebe fürs Landleben umgesetzt und lebte seitdem bei Wörrstadt auf einem Hof, den er selbst von Grund auf renoviert hatte. Im Gegensatz zu einigen seit der Uni arbeitslosen Kommilitonen hatte er sein geregeltes Einkommen und Spaß an der Arbeit.

“Ja, wenn das so ist.” Kaulen übte sich in Schadensbegrenzung. “Dann bringe ich den Wagen mal in die Werkstatt.”

“Halt, Sie wollten doch noch meine Versicherung notieren.” Der akademische Winzer zückte den Bogen, Kaulen notierte sich eifrig die Daten und machte sich grußlos vom Acker. Schneider schaute dem aufgeblasenen Stadtmenschen mitleidig lächelnd hinterher.

In der Werkstatt bedeutete man Kaulen, dass er zunächst einmal seine Rechnung von der Golf-Verschrottung zahlen sollte. Erst nachdem er widerstrebend seinem Portemonnaie die 300 DM entnommen hatte, wurde die neue Motorhaube bestellt. Die alte Haube war verzogen und ließ sich nicht mehr öffnen. Mit Lackieren sollte es etwa eine Woche dauern und so fuhr er zunächst mit seinem fahrbaren Untersatz zur Praxis. Die Werkstatt versprach anzurufen, wenn die lackierte Haube da war und ermahnte Kaulen, nicht zu versuchen, die Haube zu öffnen. Sonst, so stellte man in Aussicht, würde sie wahrscheinlich nicht mehr zu schließen sein.

Nach dem dermaßen verpfuschten Vormittag war Kaulen froh, die vertrauten weißgetünchten Wände wieder vor sich zu sehen. Vernünftigerweise legte er seine Arbeitszeit ohnehin auf den frühen Nachmittag. Insbesondere bei Sorgerechtsgutachten konnte er so einfach durch die Terminwahl dafür sorgen, dass Kinder ausschließlich durch die Mutter gebracht und geholt wurden, während die Männer arbeiteten. Damit die kleinen Biester gleich wussten, wer das Sagen hatte, blieb die Mutter gewöhnlich bei der Befragung dabei. Das war mit der Dürren so abgesprochen. Falls ein Kind dann trotz der Last der Umgebung einmal sagte, es wolle zum Vater, wurde halt mit Geschwistertrennung oder mangelnder Zeit des Vaters oder so argumentiert. Auch hier hatte sich die Zusammenarbeit mit der Amtsrichterin gut bewährt. Wenn die nur nicht so gierig wäre...

Entschlossen blickte Kaulen nach draußen. Das Problem würde sich vielleicht noch heute lösen lassen. Sein Magen meldete sich und so schob er einen tiefgefrorenen Hamburger in die Mikrowelle.

Eine Stunde vor drei meldete sich mit einem Telefonanruf die für heute terminierte alleinerziehende Mutter mit ihren Kindern bei ihm ab. Auch gut, dachte sich der Psychologe, nahm seinen inzwischen brutzelnden Bratklops aus der Mikrowelle und biss hinein. Dann bereitete er sich in Ruhe auf den Abendtermin vor.

Ein Blick aufs Konto machte ihm schnell klar, dass sein Spielraum begrenzt war. Die Raten für den neuen Wagen, die Zahlungen an die Dürre und den Fetten - Ausgaben, die nötig und auch wieder überflüssig waren. Mit einem Tausender für den Polen sollte es getan sein, oder? Das Geld hätte er beim nächsten Gutachten wieder eingespart. Neue Richter halten sich an erprobte Strukturen. Vielleicht bekam der Neue sogar erstmal gar nicht mit, was gespielt wurde. Das wäre in der Tat ein echter Vorteil.

Mit einem zufriedenen Schmatzen schob Kaulen den Rest seines fettigen Mittagsbrötchens in den Mund und spülte mit Lambrusco aus der Zweiliterflasche nach. Gute Angewohnheiten aus der Studentenzeit sollte man beibehalten dachte er sich, rülpste zufrieden und machte erst einmal ein Mittagsschläfchen. Danach konnte er sich ja noch ein paar “Teens, rated a perfect 10” aus dem Internet reinziehen. Die Alte zuhause sollte sich inzwischen ruhig um die Blagen kümmern. Wissenschaftler haben Wichtigeres zu tun.

Derweil dachte Peter im Weinberg zwischen Spätburgunder und Müller-Thurgau über seine Möglichkeiten nach. Da ging es um illegale Sachen, das war klar, so klar wie Müller nicht Müller war. Und die sind lukrativ, auch das war klar. Das wollte er lieber nicht allein machen und er zückte sein Handy. Schon nach dem zweiten Tuten war Marek aus Warzawa dran. Jetzt war es kurz nach zwei. Bis heute Abend um neun würde er da sein. Auch Müller würde kommen, da war sich Peter sicher.

*

Telefon, schon wieder Telefon. Mitten zwischen der asynchronen Vierfach-UART im Mezzanin-Standard für das MSR-Magazin und der ferrarischnellen igus

Energiekette in einer lineargetriebenen Fördereinrichtung klingelt das Telefon. Ich sollte mir eine 190er-Nummer geben lassen, dann käme wenigstens Kohle in die Hütte. Oder es riefe niemand mehr an. Am weißen Apparat lese ich die Nummer von Erichs Handy.

“Hi, Erich. Was gibt es denn?”

“Was Interessantes für dich. Ruf mich doch zurück.” Es wird Zeit für EG-Subventionen für Landwirte mit Handy. Mir zahlt das keiner. Eine Tastenkombination später habe ich meinen Nachbarn dran.

“Na los, jetzt sag endlich, was Sache ist.”

“Ich bin hier an der Fähre in Frei-Weinheim. Hier kannste was fotografieren.”

“Jetzt mach´s nicht so spannend. Wen oder was soll ich fotografieren?”

“So genau kann ich es nicht erkennen. Wahrscheinlich eine Tote. Die Polizei hat schon abgesperrt, aber auf dem Damm kannst du es gut sehen. Und du hast doch einen Presseausweis.”

“OK, ich komme. Bist du noch da?”

“Na klar.”

Sicherheitshalber lasse ich mir von meinem Telefon-Manager noch einmal die Kosten vorbeten und habe fest vor, sie den Leuten von der Mainzer Allgemeinen und der Mainzer Rhein-Zeitung draufzuschlagen. Ich habe es eilig und deshalb lasse ich mein Trekking-Rad vom Fahrrad Schön in Gau-Algesheim mal in der Garage, das mir bei meinen Fotoaufträgen und den ADFC-Radtouren schon beste Dienste geleistet hat. Heute düse ich mit meinem feldweg-erfahrenen Kombi los, was auch den Vorteil bringt, dass die Fotosachen nicht so geschüttelt werden. So eine Olympus ist halt kein Martini würde James sagen. Sie wissen schon, James Bond.

Ab durch die Breitgasse, eigentlich eine der engsten Gassen, links zwischen Obstfeldern und Weinbergen runter nach Gau-Algesheim, dann an der B41 rechts und unter Beachtung eventueller Blitzgefahr von unauffälligen Dienstwagen runter bis zur Rheinstraße. Schließlich links schnurgerade herunter zur Fähre, mitten durch Frei-Weinheim durch. Da steht auch schon die Meute. Inzwischen ist die Zahl der Schaulustigen angewachsen und weitere Beamte aus Ingelheim geben ihr Bestes, den Verkehr von und zur Fähre in Schwung zu halten. Respekt heischend schwenke ich mein Presseschild und werde tatsächlich durchgelassen.

Ich parke auf dem nebenliegenden Parkplatz vor dem Ruderverein, schnappe meine Fototasche und das Handy und mache mich auf den Weg. Erich wartet schon.

"Ah, da bist du ja endlich. Ja, ja die Selbständigen schlafen gern länger."

"Und können sich keinen Winterschlaf leisten. Schön, dass du angerufen hast."

Vielleicht kann ich die Bilder gut loswerden. Endlich einmal etwas anderes als die Jahreshauptversammlung des Schrebergartenvereins.

Ich drängele mich durch die protestierenden Sensationshungrigen hindurch und zücke an den Absperrbändern erneut meinen Presseausweis. Vor der Plakatwand knien etliche Leute, ein Körper liegt offensichtlich im Gras. Ich muss näher heran.

"Sie dürfen hier nicht durch." zeigt sich der Absperr-Beamte unnahbar, wird aber unsicher, als ich darauf beharre. "Einen Moment, ich frage kurz nach."

"Was, jetzt auch noch die Presse? Verdammte Handys. Wo ist der Schreibtischtäter?" Ein massiger Mann Ende Fünfzig erhebt sich schnaufend und kommt auf mich zu. Kurze graue Haarstoppeln umrahmen ein Gesicht, aus dem einige durchzechte Nächte und angehäufter Frust sprechen. Die wachen Augen bilden einen eigenartigen Kontrast dazu.

"Guten Tag. Ich bin Hauptkommissar Wülfing. Sie wollen uns also über die Schulter sehen. Für welche Zeitung schreiben Sie denn?" Wülfing hatte einen angenehm festen Händedruck.

"Ronni Sander. Ich bin freier Journalist und arbeite für verschiedene Medien. Kann ich mich hier mal umsehen?"

"Nur sehr eingeschränkt, normalerweise nicht. Fotos der Toten dürfen Sie in jedem Fall nicht machen. Und treten Sie nicht so viel im Gras herum, sondern bleiben sie direkt bei uns. Wir hoffen noch auf Spuren und wollen nicht, dass die zertrampelt werden."

Zunächst banne ich die drängende Menschenmenge hinter dem Absperrstreifen auf Zelluloid. Das Bild der Menge auf dem Damm erinnert mich an den Berliner Mauerfall 1989. Dann gehe ich über den Radweg, den ich schon bei meinen Radtouren am Rhein entlang oder auf die andere Rheinseite genutzt habe. Wann haben die Gaffer eigentlich genug? Inzwischen ist der Asphalt völlig trocken und auch das Gras trocknet schon stark ab. Spurensuche? Es war also Mord.

Wülfing hat sich zu drei anderen Männern gestellt, während die Beamten der Spurensicherung ausgeschwärmt sind.

“Kommen Sie ruhig her, Sander. Sie kennen sich hier ja sicher aus. Vielleicht können Sie uns helfen. Hier ist Dr. Zweipfennig, der Forensiker, Frau Haller, meine Assistentin und Polizeioberrat Kiefer.”

Vor Wülfing liegt die Leiche im Gras. Daneben eine Rettungsdecke mit den Utensilien aus der darauf liegenden Handtasche. Die Tote ist mir nur zu bekannt. Kopro-Litt, Richterin am Amtsgericht Nackenheim.

“Da hinten - das könnte das Auto sein, das Sie suchen.” Kiefer hat die Zwangspause bei der Leichenuntersuchung dazu genutzt, sich ein bisschen umzusehen und deutet auf einen roten Corsa, der direkt auf der Rheinstraße neben dem Parkplatz steht und den Verkehr schon einige Zeit behindert. Die beschlagenen Scheiben zeigen, dass er mindestens einige Stunden nicht bewegt wurde.

Ich muss mich erst langsam an die vielen Leute gewöhnen. Die zwei von der Spurensicherung scheinen nicht recht glücklich zu sein, weil sie wohl bisher noch nichts gefunden haben. Sie sehen aus, als ob sie schon an den Heimweg denken. Kiefer mit seinem markanten Kinn und seiner durchtrainierten Fitness-Figur kenne ich ja schon lange. Dazu Wülfing mit seinem gemütlichen Bierbauch und Dr. Zweipfennig, mit seiner zierlichen Figur und den schlohweißen Haaren, die sein feingliedriges Gesicht umrahmen. Ein bereits auf den ersten Blick sympathischer Mensch, trotz seines Berufes. Leichen sezieren wäre nicht mein Ding, ganz sicher nicht. Wülfings Assistentin Haller fällt mir gleich auf, mit ihrem hübschen Gesicht, den leicht spöttisch schauenden Augen und der schlanken Figur. Sie ist fast so groß wie ich, ich schätze so eins fünfundsiebzig. In ihrer alternativ-lässigen Kleidung mit eng sitzenden Jeans bildet sie einen merkwürdigen Kontrast zu Wülfing in seinen ausgebeulten Cordhosen und dem über dem Bauch recht gut sitzenden kurzärmeligen Pullover.

Das wäre sicher ein super Partnerin für mich, aber das wird sicher nichts. Schichtdienst ist der Keim vom Untergang jeder Beziehung. Auch den Mann im bunten Jogginganzug, der sich der sensationshungrigen Menge betont locker präsentiert, kenne ich. Renato turnt in vielen Singlegruppen herum und hatte offensichtlich beschlossen, seinem Erfolg beim weiblichen Geschlecht mit einem stählernen Körper nachzuhelfen. Zur Zeit verbirgt allerdings der gnädig weit geschnittene Mikrofaser-Stoff seine zweifellos noch vorhandenen Fettpolster um den Bauch.

Aber eigentlich bin ich ja zum Arbeiten gekommen. Fangen wir mit einem Bild des Autos an. Die Zeitung serviert das Grauen den braven Bürgerinnen und Bürgern dann morgens passend zu den Spitzweck auf den Frühstückstisch. Natürlich schwärzen wir dabei das Nummernschild auf dem Foto. Der Corsa der Richterin ist ein weit verbreitetes Modell und erleichtert damit die Identifikation des Lesers mit dem Opfer. Zumal das große Automobilwerk in Rüsselsheim direkt vor der Haustür liegt und viele Schichtler auch in Gau-Algesheim und sogar noch weiter im Hinterland wohnen.

“Einen Moment, ich bin gerade bei den Papieren.”

Wülfing wühlt auf der Rettungsdecke im Handtascheninhalt herum.

“Sie haben recht, Kiefer, es ist die Kopro-Litt. Woher hat die eigentlich diesen tollen Namen? Seltsam, aber passend.” Wülfing hatte sich offensichtlich auch einmal mit der griechischen Sprache beschäftigt. Oder sollte er sich für Fossilien interessieren? Koprolithen waren versteinerte Exkremente, die beispielsweise im Mainzer Muschelkalk häufig zu finden waren.

“Und hier die Fahrzeug-Papiere MZ-HR 888. Das lobe ich mir. Und den Fahrzeugschlüssel auch noch. Geld ist reichlich da, dazu Kreditkarten. Die Pistole hat ihr jedenfalls nicht geholfen. Raubmord scheidet wohl aus und für Mord haben wir ja streng genommen auch noch keinen Beweis. Doch fangen wir einmal mit dem Auto an. Jana, hier hast du den Autoschlüssel, geh doch schon mal vor. Und bitte rufe mal bei der zu Hause an. Vielleicht warten da Angehörige.”

“Auf der Visitenkarte ist keine Privatnummer.” Haller dreht das Stück Papier um. “Ich versuche es über die Auskunft. Sie wohnt ja in Heidesheim-Heidenfahrt.”

“Ich frage mal den Sander und den Kiefer. Die kennen die Kopro-Litt scheinbar beide. Unser Jogger sieht inzwischen auch wieder etwas belastbarer aus. Vielleicht weiß er was.”

“Kann ich mitkommen, Frau Haller?” Eine gute Gelegenheit, sich von der Toten zu entfernen, die eine unangenehme Kälte ausströmt, auch wenn Zweipfennig ihr inzwischen die Augenlider geschlossen hat. Lebendiger war ihre Aura zu Lebenszeiten allerdings auch nicht.

“Einen Moment. Ich muss noch einmal telefonieren.” Sie zückt ihr Handy. “Mist, der Akku ist schon wieder leer.”

“Nehmen Sie meins, wenn es nur Ortsgespräch ist.” biete ich ihr an. Meine Freisprech- und Ladeeinrichtung im Auto ist wirklich sinnvoll.

“Na gut, danke.” Die Ausstattung der Polizei ist nicht so doll, stelle ich immer wieder fest.

Haller stellt sich etwas abseits und spricht ein paar energische Worte in das Handy. Dennoch bekommt sie offensichtlich nicht, was sie will und kommt schulterzuckend zu mir.

"Die hat natürlich eine Geheimnummer. Wohl eine Vorsichtsmaßnahme. Einen Moment noch. Einer von den Ingelheimer Kollegen kann da ja mal kurz vorbeifahren."

Haller geht zu Wülfing und kommt dann wieder.

"So jetzt wollen wir uns mal mit dem Jogger unterhalten." Haller mustert mich mit einem kurzen Seitenblick. "Aber die Namen werden nicht veröffentlicht."

"Kein Problem, den Renato Kühnapfel kenne ich ohnehin."

Ihr verblüfftes Gesicht macht mir Freude.

"Hier scheint wohl jeder jeden zu kennen. Die Tote kennen Sie wohl auch, oder?"

"Leider ja." Da kommt sie wieder hoch, diese miese Szene im Nackenheimer Amtsgericht. "Aber darüber mag ich jetzt nicht sprechen."

"Nun, Sie müssen uns Auskunft geben, das wissen Sie." Haller bleibt stehen und dreht sich mir zu. Wieder dieser forschende Blick aus braunen Augen. Bernstein? Nein, wohl eher Tigerauge. Das muss sich vertiefen lassen, verdammt noch mal.

"Sehen Sie, diese Familienrichterin erinnert mich an die schlimmsten Stunden meines Lebens. Mehr noch, sie war maßgeblich daran beteiligt." Ich versuche, neutral zu wirken, um Haller nicht direkt zu verschrecken. "Natürlich gebe ich Ihnen gern Auskunft, aber bitte verstehen Sie, dass ich erst einmal meine Gedanken sortieren muss."

"Das klingt fast so, als hätten Sie ein Motiv, die Richterin umzubringen." Hallers Blick ist gespannt auf meine Reaktion. "Wo waren Sie letzte Nacht?"

"Ganz wie im Krimi, oder?" Ich muss lachen. "Freitag abend spiele ich Basketball bei der TG Nieder-Ingelheim und danach sind wir in die Rüwekaut in Ingelheim gegangen. Sie dürfen sich sicher sein, ich war es nicht."

"So ganz ausgeschlossen ist das immer noch nicht. Wo waren Sie danach?" Bingo! Haller ist offensichtlich energisch und lässt nicht locker, wenn sie einmal auf einer Spur ist.

"Ich bin nach Hause gefahren und habe mich ins Bett gelegt."

"Kann das jemand bestätigen?" Ist da ein interessiertes Aufblitzen in ihren Augen? Nein, ich muss mich täuschen.

“Nein, seit meiner Trennung lebe ich allein. Nur ein paar Fische und Meerschweinchen leisten mir derzeit Gesellschaft.” Ziemlich desolate Erklärung, warum reite ich auf der Mitleid-Tour? “Das sind die Tiere meiner Kinder, die leider nur jedes zweite Wochenende zu mir kommen dürfen.” Traurig, aber wahr.

“Gehe ich recht in der Annahme, dass diese Richterin daran ihren Anteil hatte?”

Die ist kalt wie Hundeschnauze, lass die Finger von ihr. “Sie dürfen.”

“Das war nicht schwer zu erraten.”

“In jedem Falle muss ich erst einmal meinen Kollegen fragen, ob Sie beim Gespräch mit Kühnapfel dabei sein dürfen. Warten Sie hier.”

Sagt sie und lässt mich stehen. Wülfing sieht kurz auf, als seine Assistentin ihn anspricht, schaut zu mir, schüttelt den Kopf und kommt dann die paar Schritte auf mich zu.

“Nun, Sie waren also gestern noch weg. Wann sind Sie denn aus der Rüwekaut nach Hause gefahren?” Wülfing ist sichtlich nicht begeistert von der Aussicht, noch mehr personelle Verstrickungen beachten zu müssen.

“Wir von den alten Herren und der ersten und zweiten Mannschaft der TG Nieder-Ingelheim haben noch bis Mitternacht dagesessen und dann hat Wilfried uns rausgeschmissen.” Da hat er soviel Zeugen, wie er will, denke ich.

“Wilfried ist der Wirt, richtig?”

“Exakt.”

“Herr Dr. Zweipfennig, können Sie einmal kurz kommen?” Auf Wülfings Rufen schaut der Forensiker kurz hoch und winkt ab.

“Keine Zeit, später.”

“Na gut, also mindestens fünf Stunden hat er uns schon gegeben. Sie,” Wülfing schaut mich an. “Sie waren also bis Mitternacht unter Zeugen. Die Tote wurde um halb neun gefunden. Was ist mit der Autonummer, Kiefer?”

“Die stimmt, Herr Kommissar.” meldet Kiefer pflichtgemäß, der inzwischen die Gegend erkundet hat und auf dem Rückweg zur Untersuchungsgruppe ist. “MZ-HR 888.”

“Da passen also Auto und Leiche zusammen. Der Todeszeitpunkt dürfte also irgendwo zwischen gestern Abend neun Uhr und heute Morgen vier Uhr liegen.” Wülfing fasst die bisherigen Ermittlungsergebnisse zusammen.

“Nicht ganz.” korrigiert Haller ihren Chef. “Acht Uhr dreißig minus fünf Stunden sind drei Uhr dreißig und die zwölf Stunden minus sind dann ... zwanzig Uhr dreißig.”

“OK, ich weiß, du studierst gerade.” Wülfing schmunzelt über die eifrige Anwärterin. “Also drei Uhr dreißig. Herr Sander ist potenziell verdächtig, aber das dürften nach Sanders Ausführungen derzeit sehr viele Leute sein.”

Er wendet sich wieder an mich.

“Wir werden Sie sicher noch einmal genauer befragen. Für den Moment reicht das, was sie uns gesagt haben. Wenn Sie Herrn Kühnapfel kennen, werden Sie mit ihm ohnehin darüber sprechen, nehme ich an. Also bleiben Sie einfach dabei. Sie können uns ja mit Ihrem Blatt bei den Ermittlungen helfen. Über die Interna haben sie ohnehin Stillschweigen zu bewahren.”

Inzwischen stößt auch Dr. Zweipfennig zu uns.

“Sie wollten wahrscheinlich nach dem Todeszeitpunkt fragen.” beginnt er. “Also viel weiter bin ich noch nicht gekommen. Nach der Totenstarre und den Totenflecken würde ich inzwischen etwa auf acht bis neun Stunden tippen. Jetzt ist es -” er sieht auf seine Swatch Nekrologie “neun Uhr dreißig. Ein paar Krabbeltiere sind auch schon an der Leiche, merkwürdigerweise auch einige tote Käfer. Mistkäfer sind bekanntlich die ersten Aas-Besucher. Ich habe auch noch eine Idee, wie wir den Todeszeitpunkt vielleicht recht genau feststellen können.”

“Und welche?” Wülfing hasst es offensichtlich, auf die Folter gespannt zu werden.

“Darüber will ich noch nichts sagen. Sie ist - sagen wir mal - etwas ungewöhnlich. Eine Obduktion muss ich ohnehin durchführen. Rufen Sie einfach am Montag vormittag bei uns in der Uni an. Dann kann ich Ihnen sicher mehr sagen. Und jetzt muss ich los.”

Zweipfennig zieht die Handschuhe aus und geht nach dem Händeschütteln mit ruhigen Schritten durch die Menschenmenge.

“Bis Montag vormittag!”

“Der hat Wochenende. Und wir dürfen weitermachen.” Zweipfennigs Abschied verbessert Wülfings Laune nicht, aber jetzt hat der alte Spürhund offensichtlich eine Fährte aufgenommen.

“Fangen wir mal mit unserem Jogger an, wenn der inzwischen nicht vor Langeweile Tischdeckchen häkelt. Kommen Sie ruhig mit, Sander. Dafür machen Sie uns nachher noch ein paar Bilder, einverstanden?”

Wülfing wird von Haller mit einem wütenden Blick bedacht.

“Entschuldige, aber du kannst mit der Sucherkamera keine Nahaufnahmen machen. Sie können das doch sicher?”

Sein Blick schwenkt auf meine umfangreiche Fototasche.

“In Ordnung. Welchen Film brauchen Sie denn?” Kooperation ist die Seele vom Geschäft, vor allem in der Presse.

“Wir nehmen unseren eigenen Film, Frau Haller hat sicher noch welche dabei. Und nun endlich zu unserem Jogger.”

Kühnapfel häkelt keine Deckchen, sondern telefoniert. Dank der günstigen Handy-Ortstarife weiß inzwischen sicher schon ganz Gau-Algesheim und Ingelheim von der Sache. Als wir näher kommen, steckt er sein 130-Gramm-Mobilo in die Gürteltasche.

“Na, Herr Kühnapfel, geht es wieder?”

Meistens fangen sich unbeteiligte Zeugen recht schnell, Angehörige leiden mitunter noch viele Monate unter dem Schock. Kühnapfel ist sicher kein Angehöriger. Die Verblüffung kommt, als er mich erkennt.

“Hallo Ronni, was machst du hier? Mal wieder der rasende Reporter?”

Wülfing und Haller sehen sich vielsagend an.

“Kennen Sie die Tote oder das Auto dort?” Jana Haller nimmt energisch das Gespräch in die Hand.

“Die Frau kenne ich nicht. Aber das Auto stand gestern Abend um neun noch nicht da. Als ich zurück kam, war der ganze Parkplatz leer und auch auf der Straße war niemand.” Renato ist sich sicher. “Das ist meine normale Laufstrecke von Ingelheim nach Gaulsheim, abends nach der Arbeit.”

“Und haben Sie sonst noch Beobachtungen gemacht?”

Renato war noch nicht so trainiert und machte sicher öfter Pausen, das ist mir klar.

“Nur einen einsamen Mann mit Rad habe ich gesehen, aber nicht viel erkennen können, weil es schon dämmerte. Er kam von dem Radweg hinter mir und überholte mich. Dann fuhr er weiter auf dem Radweg hinter dem Damm entlang. Hinter den ersten Häusern konnte ich ihn nicht mehr sehen.”

“Und das ganze gegen etwa 9 Uhr abends?”

Renato nickt.

“Ich mache an der Brücke, die über die Autobahn führt, immer eine, ahem, schöpferische Pause. Nachdem ich dann weitergelaufen bin, kam von hinten der Radler. Na ja, so ein eher wilder Geselle mit ziemlicher Mähne. Ganz vorschriftsmäßig mit Licht und mit recht gemütlichem Tempo.” Renato deutet mit Handbewegungen eine Haartracht an, deren Volumen an schwarze Aktivisten zur Black-Power-Blütezeit erinnerte. “Sah jedenfalls so aus.”

“Und haben Sie den Mann irgendwie angesprochen?” Haller zeigt sich kampfeslustig.

“Ach wissen Sie, um diese Zeit bin ich nicht so neugierig. Und komme lieber ungeschoren nach Hause.” Neugierig ja, aber ein Draufgänger ist Renato sicherlich nicht.

“Haben Sie das Rad erkennen können?”

Auch Wülfing trägt seinen Teil zum Fragespiel bei.

“Es war halt kein Mountainbike, sondern ein normales Trekking-Rad. Eines von diesen Allerweltsdingern mit Gepäckträger.”

Renato klingt etwas abwertend. Wie ich weiß, ist er sehr stolz auf sein eigenes vollgefedertes MTB von Jürgen Meinings Bike´n Fun Radschmiede mit seinen Mountainbikes und Fahrrad-Anhängern aus eigener Produktion. Erst letzte Woche hat er bei mir zu Hause sein neuestes Fully vorgeführt. Bald werde ich einmal ein kleines Wettrennen mit ihm veranstalten.

“Für diese Zeit haben Sie aber erstaunlich viel gesehen. Hat er etwas dabei gehabt?”

Wülfing macht sich eifrig Notizen, während ich überlege, ob ich mein Diktiergerät unbemerkt einschalten sollte, es dann aber bleiben lasse.

“Gut, dass Sie fragen! Er transportierte eine große Tasche auf dem Gepäckträger. Und er fuhr, wie ich schon sagte, sehr vorsichtig. Hatte wohl Angst, sein Gepäck zu verlieren. Mein Bike ist ein echtes Sportbike. Da kommt mir kein Gepäck drauf.” Besitzerstolz leuchtet in seinen Augen.

“Ist Ihnen sonst noch etwas aufgefallen, was hatte er an?” Wülfing ist mit der Ausbeute der Befragung noch nicht ganz zufrieden.

“Das sah mir nach normaler Straßenkleidung aus. Jedenfalls keine richtigen Radklamotten. Hose, Jacke, Jeans. Ja, Jeans hatte er an. Und so eine Jeansjacke. Das war´s”.

“Danke, dann sind sie entlassen. Wir werden Sie aber wahrscheinlich noch einmal befragen.” Wülfing ist froh, die Zahl der Leute am Tatort wenigstens um einen zu reduzieren. “So und jetzt machen wir noch Fotos. Mal sehen, ob die Spurensicherung was entdeckt hat. Ich will die Leiche endlich hier weghaben. Sollen sich die Gerichtsmediziner drum kümmern.”

Renato macht das Telefonzeichen zu mir und verdrückt sich auf die Zuschauerseite der Abdeckung. Eilig scheint er es nicht zu haben und er genießt es sichtlich, wie die Menge sich um ihn schart und begierig seine Informationen aufsaugt.

“So werden Legenden geboren.” Haller betrachtet spöttisch den Tumult um den Jogger. “Nachher konnte Kühnapfel nur durch beherztes Weglaufen Ingelheim und ganz Rheinhessen vor bösen Mächten retten.”

An der Leiche hatte die Spurensicherung ihre Arbeit inzwischen beendet. Keine ungewöhnlichen Gegenstände im Gras oder auf dem angrenzenden Asphalt, keine Kampfspuren.

“Das sieht ja trübe aus.” seufzend wendet sich Wülfing an mich. “Na, dann legen Sie mal los mit ihren Fotos.”

Während ich noch in meiner Fototasche nach den Zwischenringen krame, streckt mir Haller mit spitzen Fingern einen Farbnegativ-Film entgegen.

“Nehmen Sie den, Sie Meisterfotograf.” Offensichtlich Kompetenzgerangel.

“Wie Sie wünschen, junge Dame.” Inzwischen habe ich den passenden Zwischenring gefunden und montiere ihn vor das 135er Tele. Dazu den TTL-Blitz, auf einer schwenkbaren Schiene seitlich abgesetzt und mit einem Diffusor abgesoftet. Schließlich den Film mit tausendfach geübten Handgriffen eingesetzt und fertig ist das Nahaufnahmesystem.

Ich beginne mit einer Nahaufnahme der Zähne, verbissen in das Gras. Nicht sehr appetitlich, aber vielleicht nützlich. Auch die Abdruckstelle, wo die Tote auf dem Bauch lag, kommt dazu. Im Maßstab 1:2 kommen die Details plastisch heraus. Zerfaserte Grashalmspitzen, darunter Käfer und Grillen. Wieso bewegen die sich nicht? Ein kleiner Stupser mit einem abgebrochenen Grashalm erzeugt keine Reaktion bei einem Mistkäfer, der scheinbar unverletzt am Boden liegt. Lediglich die Ameisen sind schon am Aufräumen.

“Merkwürdig.” Ich blicke auf, argwöhnisch von den umstehenden beäugt. “Auch die Tierwelt scheint einiges abbekommen zu haben.”

“Wie meinen Sie das?” Nachdem die nahende Mittagspause Wülfings Gedanken zunächst auf die nächstgelegene Bratklopsbraterei gelenkt hatte, ist er plötzlich hellwach.

“Nun, auf einem weitgehend naturbelassenen Boden wie diesem ungenutzten Grasstück hier lebt normalerweise ein halbes Biologiebuch: Käfer, Raupen, Grillen, Ameisen, Milben und so weiter. Und wenn dann plötzlich Futter im Überfluss vorhanden ist, kommt noch einiges dazu. Hier aber ist so einiges an toten Tieren unter den lebenden Krabblern.” deute ich auf die Umgebung. “Schauen Sie doch selbst einmal.”

Das lassen sich Wülfing und Haller nicht noch einmal sagen und mit dem Eifer eines Kontaktlinsenträgers, der seine verloren gegangenen Haftschalen sucht, nehmen beide den Boden unter die Lupe.

“Tatsächlich, jetzt wo Sie es sagen, fällt es mir auch auf. Vielleicht Gift? Aber dann müsste die Tote ja irgendwie behelligt worden sein. Eine Spritze? Fragen über Fragen.” Haller macht plötzlich einen frustrierten Eindruck, ihre Selbstsicherheit ist wie weggeblasen.

“Warten wir auf die Obduktion.” Wülfings Routine setzt sich durch. “Und packen so viele tote Käfer wie möglich ein. Da wird Zweipfennig sich freuen, wetten?”

“Schauen wir uns jetzt einmal auch das Auto an. Vielleicht finden wir einen Hinweis.” Haller wechselt schnell auf sicheres Terrain.

“Ich denke, wir sollten hier mal Platz schaffen.” Wülfing winkt die Assistenten des Forensikers zu sich. Ihm knurrt wohl der Magen, er will endlich zu seinen geliebten Bratklöpsen im Labberbrötchen mit Senf-Ketchup-Majo. Gelbrotweiß nennt er das, wie ich später von Haller erfahre, so wie seinen Lieblingsverein aus der Mainzer Vorstadt. “Nehmen Sie die Tote mit ins Institut.” Braucht Wülfing nicht zweimal zu den bereits seit über einer Stunde wartenden Männern zu sagen. “Vielleicht verdrücken sich dann auch die Gaffer.”

“Sind Sie beim Wagen fertig?” Die Spurenleute warten bereits darauf, sich ins Wochenende zu verabschieden.

“Fingerabdrücke haben wir genommen. Sonst haben wir nichts Ungewöhnliches außen herum gesehen. Das Auto war abgeschlossen, aber mit dem Schlüssel aus der Handtasche der Toten problemlos zu öffnen. Innen liegt einiges an Krimskram. Da sollten Sie selbst einmal drüberschauen. Hier haben Sie den Schlüssel, wir haben sicherheitshalber wieder abgeschlossen. Das Schiebedach ist einen kleinen Spalt offen.” Auch der berichtende Beamte will sichtlich den schönen Herbsttag woanders genießen. “Wir haben den Radweg untersucht. Aber der ist asphaltiert und wird so häufig genutzt, dass wir auch dort nichts Ungewöhnliches entdecken konnten.”

"In Ordnung, dann gehen Sie ruhig ins Wochenende. Wir schauen mal kurz ins Auto. Kommen Sie, Jana. Auch Sie wollen sicher dabeibleiben, Sander."

Im regen Ausflugsverkehr an diesem schönen Morgen wäre das Auto längst vollständig zugeparkt, wenn Kiefer nicht schon vor neun drumherum seine Plastikstreifen gezogen hätte. Ich montiere den Zwischenring von meiner Kamera und mache mit dem Weitwinkel einige Übersichtsaufnahmen. Der Morgentau auf der Scheibe ist inzwischen weggetrocknet. Fahrer- und Beifahrersitz sind sauber, auf der Rückbank unterschiedliche Papiere durcheinander, auch einige Aktenordner. Ich mache noch ein paar Aufnahmen und auch Haller setzt ihre Balda wieder in Aktion.

"Na gut, dann beschlagnahmen wir den Wagen." Wülfing überlegt. "Wir könnten ihn zwar abtransportieren lassen, aber das geht auch schneller. Jana, fahr du bitte den Wagen zur Untersuchung nach Mainz ins Präsidium."

"Geht klar. Sander, geben Sie mir mal Ihre Adresse, Telefon und so weiter. Wir haben sicher noch Fragen." Ihr Ton ist wieder rein geschäftlich.

Ich zücke meine Karte und schreibe noch Handynummer und E-Mail drauf. "Sie können ruhig Morgens ab sieben anrufen. Ich bin Frühaufsteher. Oder mailen Sie halt."

Haller steigt in den Corsa und startet den Motor. Nach einem kurzen Stottern ist er sofort da. Kiefer und Kollegen lösen das Band und machen eine Gasse durch die Menge frei. Haller fährt langsam aus dem Parkplatz in den Kreisel. Enttäuscht zerstreuen sich die Schaulustigen und machen sich auf den Weg zu ihren Autos. Genau das richtige Thema für die Erbsensuppe mit Würstchen am Mittag und den Stammtisch am Abend. Auch für den eifrigen Knöllchenschreiber vom Amt für ruhenden Verkehr in Gau-Algesheim hat sich der Vormittag gelohnt, wie die fröhlich im Wind flatternden Zettel hinter den Scheibenwischern wild geparkter Autos zeigen, als wir Haller auf ihrem Weg zur Autobahn nachsehen. Das Erfreulichste: meine Kollegen haben wohl Termine beim Kleintierzüchter-Verein wahrgenommen, so dass ich der einzige Fotograf war. Das wird wenigstens eine kurze Linderung in meine chronisch leere Kasse bringen.

Wülfing und ich trotten zu unseren Autos. "Was werden Sie schreiben?"

"Das hängt vom Medium ab. Vielleicht bekomme ich es noch in die Bild am Sonntag. Die wollen es, sagen wir mal, fetzig. Die AZ und die MRZ bringen es dann eher neutral am Montag." Ich muss noch zur Ein-Stunden-Kodak-Entwicklung in den Globus, damit ich meine Bilder vor Ladenschluss in den Händen habe.

“Nun, wir werden noch miteinander sprechen, Herr Sander. Bringen Sie mir Ihre Bilder einfach am Montag ins Präsidium, sagen wir neun Uhr dreißig.”

So schnell wie sie entstanden war, so schnell hat sich die Menge inzwischen zerstreut. Als ich an meinem Omega ankomme, sind die Wildparker schon wieder weg. Ich lasse mich in den Fahrersitz fallen, starte den Zweiliter-Motor und mache mich auf den Weg zur Filmentwicklung. Endlich einmal in der Bild-Zeitung. Schlecht fürs Renommee, aber gut für die Kasse. Zwei Äpfel von einem verwilderten Baum nahe der Einfahrt geben mit einem matschenden Geräusch dem Druck meiner Autoreifen nach, als ich stadteinwärts in die Rheinstraße einbiege.

Der Kodak-Express im Globus ist zwar gut belagert, aber Frau Tobe zieht mich vor. Eine Autodidaktin, die auf dem Printer das letzte aus den Negativen herauskitzelt und auch noch so nebenbei klasse Hochzeitsfotos macht. Während sie werkelt, lasse ich mich von den Wochenendeinkäufern in das Warenhaus spülen und erledige den Einkauf. Nachdem Bananen und Tiefkühlkost verstaut sind, noch ein schneller Happen an der Pasta-Theke. Die fertigen Fotos sind gut gelungen, jetzt nach Hause und den Text dazu.

Zuerst einmal rufe ich bei der Bild am Sonntag an, die allerdings nach dem Formel1-Rennen schon für Schumis Beinbruch die Titelseite reserviert haben. Der Chef vom Dienst ist kurz angebunden und schon in der Druckphase.

“Tote Familienrichterin? Na gut, die können wir zwischen den Prügelprinz und Thomas Gottschalk in Mallorca schieben. Wann ist der Text fertig? In einer Stunde, um fünf? Sagen wir vier Uhr dreissig, fünfzehnhundert Anschläge. Zwei Bilder als TIFF per E-Mail, wie üblich. Und natürlich exklusiv. Was, kein Bild vom Gesicht, nur von der Seite der Leiche? Nehmen Sie sich mal ein Beispiel an Barschel. Na gut, so gibt es noch einen Tausender.”

Also ran an den Rechner und hinein in die Tasten:

Tod am Damm

Richterin beißt ins Gras

Einem mysteriösen Kapitalverbrechen ist die Kripo Mainz auf der Spur. In der Nacht von Freitag auf Samstag kam etwa um Mitternacht die Richterin K.-L. aus H. ums Leben. Auf dem Weg in die Disco schlug der Tod kurz vor Null Uhr am Ingelheimer Damm zu. Der Täter lockte sie hinterhältig in eine Falle und tötete sie auf eine bisher ungekannte Weise. Anzeichen für ein Sexualverbrechen oder einen Raubmord gibt es nicht - was waren die Motive? Wie starb die Richterin? Was wollte der Mörder? Die Familienrichterin war mitverantwortlich für das

Leid vieler Kinder aus zerrütteten Ehen und wurde von vielen Seiten angefeindet. Die Kripo sucht daher den Mörder oder die Mörderin zunächst in diesem Umfeld.

Da biss die Richterin ins Gras: Die Kripo untersucht die Leiche. (seitliche Aufnahme)

Wer wird das nächste Opfer des lautlosen Mörders sein? Angst geht um in Nackenheim. (Bild Amtsgericht Nackenheim)

Pünktlich sind zwei Bilder gescannt und dank Internet binnen weniger Sekunden mit dem Text in der Redaktion.

So, und jetzt die harmlose Variante für die Allgemeine Zeitung und die Mainzer Rhein-Zeitung.

Richterin unter mysteriösen Umständen gestorben

Am frühen Samstagmorgen fand ein Spaziergänger nahe der Fähre von Ingelheim nach Oestrich-Winkel die Leiche der Richterin K.-L. Wie die Polizei mitteilte, trat der Tod etwa um Mitternacht ein. Die Todesursache ist derzeit noch ungeklärt, ein Verbrechen wird nicht ausgeschlossen. Das Ergebnis der Obduktion wird für Montag erwartet. Hauptkommissar Wülfing von der Mordkommission bittet die Bevölkerung um Mithilfe. Wer hat in der Nacht von Freitag auf Samstag etwa um Mitternacht verdächtige Beobachtungen am Fährzubringer zur Ingelheimer Fähre, auf den Wiesen vor oder auf dem Damm selbst, gemacht?

Danach füttere ich die Fische und die Meerschweinchen, schreibe den Energieketten-Artikel und die Kurzberichte. Der Alltag hat mich wieder. Zumindest vorläufig. Das mit der Kopro-Litt wird noch ein dickes Ding werden, das ist klar.

*

Mit einem kräftigen Gähnen erwachte Willi auf seiner Bodenmatratze und blinzelte in die Nachmittagssonne, die von Westen in das Fenster fiel. Der Abend war wieder lang gewesen. Das Experiment hatte optimal hingehauen. Ratatazong, Ratatazong, weg ist der Betong, bong.

Er rieb sich zufrieden die Hände und schob mit dem Fuß einen angetrockneten Pizzarest zur Seite unter einen Stapel Internet-Magazine. Auf der Fensterbank blubberte das Wasser aus der Kaffeemaschine in den Filter und verbreitete ein angenehmes Aroma in der Kellerwohnung. Tropfen für Tropfen füllte sich die Kanne mit dem Muntermacher. Willi seufzte und zündete sich erst einmal einen Glimmstengel an. Aufstehen war schon immer der mieseste Anfang des Tages gewesen. Dann noch dieser Brummschädel! Irgendwie war das alles nix Genaues, aber so schlecht auch wieder nicht. Mann muss halt sehen, wo man bleibt.

Dreihundertfünfzig warm war irgendwie angemessen und dumme Fragen hatte die IHK auch nicht gestellt, als sie einen Mieter für ihre frei gewordenen Kellerräume in Bingen gesucht hatte. Na klar, duster war sie schon, aber was machte das für einen Nachtmenschen. Dafür haste in der Nebenstraße keinen Verkehr und wirst auch durch die träge eintrudelnden Beamten nicht gestört. Ein Katzensprung in die City und zum Supermarkt. Und natürlich voll Rohr das Internet. ISDN legen die Strippenradler ja in die kleinste Bleibe, logo. Und so klein war seine Bleibe ja auch wieder nicht. Bad, Diele und Wohn-, Schlaf-, Esszimmer in der eleganten Kombi, die viel Platz zur kreativen Entfaltung von Essen, Schlafen und Surfen ließ. Frauen ist das ohnehin nicht fein genug. Und dann bekommen die eh nur Klaustrophobie. Auch gut, da reicht eine Matratze auf dem Boden. Die Typen vom Asta nennen das Wohnklo. Sollen sie ruhig. Die Studentenzeiten sind eh vorbei, es lebe das freie Unternehmertum. Viva Internet. Androgyn und anonym: Eine einfache Option und die Strippenzieher von der Telekom schalten die ISDN-Kennung aus.

Überhaupt ist das Internet eine feine Sache. Das Richtige für Weltgewandte. Von Bingen bis Sydney in Nullkommanix, mit oder ohne Tee online oder Ah-Oh-Elle. Spießbraten, Spießbürger, Spießrutenlaufen. Vorbei! Im Internet gilt Darwin. Survival of the fittest. Für die einen ein verlockender Zugang zur Online-Bestellung des röhrenden Hirsches beim Ramona-Versand für neunundfünfzigachtzig. “Wir liefern jetzt ohne Aufpreis im vierundzwanzig-Stunden-Service.” Ha, ha, das ist zu lang. Für die Fitten der ultimative Zugang zu allem, was Spaß macht. Genial. XXX und SM, Titfucking und Shitpainting, Toiletcam und Peecam, Bondage, Cum Shots und Anal Torture. One Size fits all. Da gerät die kleinste Höhle zum Palast. Grenzenlose Freiheit zwischen Mietskasernen. Gute Anleitungen für gute Bomben, schöne Überraschungen für die lieben Mitbürger. Ein bisserl Physik dazu und fertig ist eine gesunde Geschäftsbasis. Dienstleistung ist das Gebot der Stunde, Flexibilität die Seele des Geschäfts. Was braucht man sonst noch? Natürlich die Glotze. Alle neunundneunzig Programme zum Abzappen. Statt teuer und zensiert über Kabel, lieber günstig und frei aus dem All.

Also her mit der Schüssel. War ein echt gutes Ding. Geil. Zweiachtundneunzig. Mit Märchensteuer hat die Märchentante gesagt und gelächelt.

Echt geile Weiber haben die da im Prolomarkt. In Nullkommanix bist du gut drauf und die Kohle los. "Sie können auch gern unseren Finanzkauf nutzen. Neunundneunzig Monate zu zweikommasiebenundvierzig Prozent effektivem Jahreszins. Sie brauchen nur Ihren Personalausweis."

Als ob ihm jemand Kredit gibt, seit der alte Weber seine Absteige dicht gemacht hat. Das war nicht doll, aber reell. Schon neben der Uni ein lukrativer Nebenjob, danach eine an den Tagesablauf angepasste Geldquelle. Nachtschicht hinter der Glotze, besoffene Firmenreisende kriechen mit den Hostessen aus der nächstgelegenen Bar die Treppe hoch. Die kommen selbst kaum hoch, wie sollen die noch einen hochbringen? Aber egal, Hauptsache die störten nicht. "Hier haben Sie den Schlüssel." "Sie", denn Form muss sein. Hatte der alte Weber immer gesagt. Eine Zeit lang liefs ja auch ganz gut, bis die Konkurrenz die Bumsfabrik direkt vor der Nase baute. Und dann liefs bergab, ging wäre zu langsam. Nicht lang, und Weber machte dicht. Schließlich dann Stütze. Ist ja auch OK. Oder? Immer noch mehr als Bafög.

Damit kann man ganz ordentlich leben, nicht wie diese Berber, deren Plastikfolien den Rheinuferpfad dekorieren. Überladene Räder, müde Knochen. Dagegen fand es Willi hier richtig gemütlich. Geradezu feudal, direkt neben dem Pleitegeier des Amtsgerichts. Der hält noch immer seinen Lorbeerkranz in den Krallen - gerade so wie zurzeit der Erbauung. Wahre Größe verschwindet nicht durch einen Klimawechsel in der Politik. Im Studium erzählen die so einen Unsinn von wegen Gesetzesauslegung. Nobel, nobel, hier wird Recht gesprochen. Oder gebrochen. Was soll´s. Juckt nicht. Das einzige, was zählt, sind gute Ideen.

Ob er Lucy zum Patent anmelden sollte? Dann würde alle Welt von Lucy wissen. Lucy war aber nicht ganz einfach. Willi grinste. Vor allem leicht eifersüchtig. Aber auch ungeheuer vielseitig. Eine echte Lady. Halt eine perfekte Willi-Schöpfung. Klein, handlich und vielseitig. Der Weg zu Lucy war nicht ganz einfach, aber wozu gibt es das Web?

Nicht nur für die Arbeit. Sondern natürlich auch für Sina, Siiiina. Romance, Romance. Eine echt scharfe Braut. Chatten weltweit, coole Typen auf dem ganzen Globus. So wie er. Jagen, jagen nach neuen geilen Webseiten. Und geilen Weibern. Spass an der Welt, während die Spießer zuhause in ihre Federbetten furzen. Nach Australien war Willi müde. Minus Zeitverschiebung war es schon hell geworden, als er den Rechner vom Netz nahm und sich in seinen Schlafsack rollte.

Das Gesicht, das ihn aus dem Spiegel ansah, zeigte schwarze Locken, fahle Gesichtszüge und dicke Tränensäcke unter den Augen. Ein hageres Gesicht mit stechenden, dunklen Augen. Die Frauen lieben Latin Lover, so auch Sina. Der Dreitagebart kratzte. Statt des Kurzhaarschneiders sollte er sich doch lieber einen neuen Rasierer zulegen. Dann lohnte sich auch eine WebCam. So richtig voll dabei. Toilet Cam, Pee Cam, Shower Cam, Willi Cam.

So eine Dusche am Morgen wäre nicht schlecht. Willi stieß beim Einstieg mit dem Fuß an die Duschwanne und verzog schmerzhaft das Gesicht. Diese Duschtassen aus dem Baumarkt für hundertneunundzwanzig Mark hatte damals auch Weber installieren lassen. Bis dann schnell das Ende kam. Das Wasser stach in dünnen vereinzelten Strahlen aus dem verkalkten Brausekopf und zeugte vom hohen Härtegrad im Mainzer Becken. Mangels Durchfluss schaltete der Elektro-Durchlauferhitzer ständig ein und aus. Ein Wechselbad. Der Hausmeister tat nichts und verzog sowieso das Gesicht, wenn er ihn sah. Spießbürger!

Was würde die Nacht bringen? Der letzte Trip war schon geil gewesen, und Sina würde sicher auch wieder online sein. Willi trocknete sich ab, warf das verdreckte Handtuch in den Lavamat und denselben an. So ein bisschen frische Wäsche ist nicht schlecht, vielleicht geht es mit Sina ja bald offline weiter? Zum Kaffee Käse aus dem Kühlschrank und vorgewürzte Hähnchenschenkel aus der Pfanne. Während die Erzeugnisse der Massentierhaltung im Fett brutzelten, warf Willi schon einmal den Rechner an und fragte den E-Mail Eingang ab.

Sina hatte ihre E-Mail verraten und er natürlich auch seine. War eh nicht nachzukontrollieren und ohnehin war für jeden Zweck eine kostenlose E-Mail-Adresse auf jeder großen Homepage im Internet zu haben. Das war nicht nur nicht nachkontrollierbar, sondern auch noch günstig, weil von jedem Internet-Terminal abzufragen. Einfach in die jeweilige Homepage einloggen und schon kann man seine Mails abfragen. Bei manchen Providern geht das nicht immer so einfach.

Aha, "Sina hat ihnen eine Nachricht geschickt. Laden oder Löschen?"

Dumme Frage.

“hallo willi, schönen samstagmorgen wünsch ich. du hast recht: chatten ist absolut langweilig .... eine echte e-mail komm-uni-kation ist dem chat um das x-fache vorzuziehen. wer ich bin, fragst du? sina, siiiina, ehedem flora44.

have a good hunting.”

Das klang gar nicht schlecht. “have a good hunting.” Wenn die wüsste ... Willi zog sein Natural Keyboard auf die Knie. Immerhin das Beste, was Microschrott je produziert hat, dachte er und lies die Finger fliegen:

“kryptisch - eukalyptisch.” Eine Überschrift für Intellektuelle.

“kein schwein ruft mich an, keine sau interessiert sich für mich.” Die Melodie war so schön zu summen. “ha, ha (LOL). willst du mit einem physiker zu den sternen fliegen? ;-) oder lieber acapulco? willi.”

Schön kurz, das hält die Frauen bei der Stange. Inzwischen waren die Hähnchenschenkel braun. Das Ganze kurz mit Käse belegt und fertig war der Brunch. Mitten im dritten Schenkelchen mit garantierter EU-Qualität meldete der Messenger schon eine Antwort auf dem Schirm. Willi schlang den Rest hinunter, spülte mit Lambrusco nach und wischte sich die Finger mit einem Küchentuch ab. Klebrige Tastaturen konnte er auf den Tod nicht ausstehen. Wie gedacht: es war Sina.

“es gibt natürlich einen persönlichen grund, dass ich dich anmailte: ich will dich!!! was hast du mit mir vor? .... och.... tja ... hm ....!!!

flora 44 ist übrigens rot/grün... öko ... akad ... um dich mich besser imaginieren zu können, ist ein pic erforderlich!!!!!!!! kriegst dann auch eins....”

Na, das kannste haben, dachte sich Willi. Ein Griff zum Scanner, ein Foto aus der Zeit in der Mainzer Uni und das TIFF-Format in den Anhang.

“hi, sina, :) ;-),

wie wärs mit mir. da ist echt was los. denke das undenkbare und wir werden fliegen. jetzt rück auch mal dein bild rüber, versprochen ist versprochen. wo wohnst du eigentlich?”

Ob das zu direkt war? Sina verstummte. Vielleicht war sie auch nur mal weg vom Rechner, dachte sich Willi und vertiefte sich erstmal wieder in die Abrechnung. Mit seinen Fähigkeiten sollte es kein Problem sein, Geld zu verdienen, richtiges

Geld. Dann käme als erstes ein neues Fully rein und ein neues Notebook mit einem PentiumIII als Investitions- und Struktur-Prozessor für die Zukunft.

Am Sonntagabend war die Antwort da. Sina war schon wieder online. Das versprach ein gutes Wochenende zu werden.

“hallo ... mein kleiner ... locki ....,

knuffig siehst du aus ... bald verlier ich mein Herz ... spring doch mal rüber zu mir ... kostet nicht die welt, nur dein leben .... you know: lioness are the queen of the dschungel ... sag mir deine Nummer, dann geb ich dir meine. vielleicht ....”

Das wäre ungeschickt, Willi überlegte. Zu viele Spuren zu ihm und Lucy? Nein! Wozu gibt es das Internet?

“siiina,

ganz physisch-metaphysisch: ich setze auf das geschriebene wort und das bild. kein telefon, nein. treffen wir uns, einfach so ....

tiger.”

Sina rührte sich nicht mehr. Warum nicht?

*

Samstag Abend machte Kaulen zunächst einmal einen Abstecher zur Nackenheimer Bank und zog 1000.- DM aus dem Geldautomaten. Danach parkte er den Astra in einer Seitenstraße und ging zu Fuß zum Kirchberg. Das allein stehende Gebäude entpuppte sich als eine geschlossene Hofreite, typisch für Rheinhessen. Ein großes, hölzernes Tor mit eingelassener Tür und Eisenbeschlägen. Dahinter ein abgeschlossener Innenhof mit Scheune. Ein Name stand nicht dran, eine Klingel gab es nicht und das Hoftor war geschlossen. Gegenüber, halb auf dem Bürgersteig, stand ein neuer hellgrüner Astra mit polnischem Kennzeichen. Hinter den notdürftig mit Decken zugehängten Fenstern des alten Hauses war Licht zu erkennen. Wenn eine Tür aufging, wehten fremde Wortfetzen auf die Straße und ein Lichtschein streifte kurz den Hof.

Als Kaulen kurz nach acht klopfte, kam zunächst keine Reaktion. Erst als er fester das eiserne Tor bearbeitete, verstummte die Unterhaltung und im oberen Stockwerk zeigte sich ein Schatten am Fenster. Dann verschwand der Schatten und jemand kam in den Hof. Es war Peter selbst, der das Hoftor öffnete.

“Kommen Sie herein und machen Sie nicht einen solchen Krach.” Peter schaute kritisch auf die Nachbarhäuser, in denen sich die Gardinen verdächtig bewegten und schloss das Tor direkt hinter Kaulen. Der Hof stand voll mit gut gebrauchten Familienkutschen deutscher Provenienz. Nur echt mit der gehäkelten Klorolle auf dem Rücksitz, dachte sich Kaulen, der sich in diesen unverzichtbaren Accessoires deutscher Automobilkultur gut auskannte und sie pflegte. Im Flur standen rauchend weitere “Spezialisten”, die den Ankömmling interessiert musterten. Peter führte Kaulen in das Haus, das nach frischer Farbe roch. Die Zimmer waren nicht möbliert, als Schlafstellen dienten Isomatten und Schlafsäcke auf dem Boden. Ein kleiner Elektrokocher mit zwei Kochfeldern und ungeöffnete Ravioli-Dosen lagen daneben.

“Wir wohnen hier während der drei Monate. Sie wissen, das Arbeitskontingent. Und verputzen dafür dem Besitzer das Haus. Sie verstehen?”

Kaulen nickte. Er fühlte sich nicht wohl. Hier folgten ihm Augen und dieWände hatten Ohren. Doch zum Aussteigen war es zu spät und die Zeit drängte. Peter ging die Treppe hinauf und trat in ein Zimmer, ebenso kahl wie die unteren.

“Kommen Sie herein, hier sind wir ungestört.”

Die klare 60 Watt-Glühbirne zeichnete harte Schatten auf Wand und Boden des spärlich möblierten Zimmers. Drei alte Holzstühle und ein klappriger Tisch. Der mittlere Stuhl stand mit der Lehne zum Tisch. Darauf saß ein kräftiger Mann, der seine Arme auf die Lehne stützte und durch seine dunklen Augen Kaulen interessiert ansah. Sein dichter Oberlippenbart und die schwarzen Augenbrauen Waigelscher Prägung verrieten kein Mienenspiel, was den auf nonverbale Kommunikation getrimmten Verhaltenstherapeuten weiter verunsicherte.

“Das ist mein Schwager Marek, Herr Müller. Er ist der Mann, den Sie brauchen. Welches Problem haben Sie?”

Hier zählt nur entschlossenes Auftreten, das war dem Psychologen klar.

“Es gibt da jemand, der ... meine Geschäfte stört. Sie sollen für Ruhe sorgen, verstehen Sie?”

“Kein Problem.” Peter führte weiterhin die Konversation. “Was stellen Sie sich vor?”

“Das überlasse ich Ihnen. Ich will Ruhe, in jedem Fall. Egal wie. Sie bekommen fünfhundert. Nicht mehr.” Kaulen legte ein Bild der Kopro-Litt auf den Tisch.

“Eine Frau. Das wird teurer.” Peter schaute zu Marek, der in seiner schwarzen Lederjacke auf dem wackligen Stuhl saß und keine Miene verzog. “Tausend Mark, sofort in bar.”

Um den Worten seines Schwagers Nachdruck zu verleihen, stand Marek auf und stützte seinen Oberkörper mit den Fäusten auf den Tisch, der unter seinem Gewicht nachzugeben drohte.

“OK, hier haben Sie die Adresse.” Kaulen verabschiedete sich schon mal schweren Herzens von seinem Vorrat. “Die Frau geht morgens etwa um acht aus dem Haus und fährt von Heidesheim-Heidenfahrt durch den Gonsenheimer Wald nach Mainz. Am Wochenende führt sie ihren Hund morgens um neun an den Rhein aus. Ein nackter Rehpinscher, darauf müssen sie nicht achten. Versuchen Sie es morgen.”

“Marek macht klar.” Der frisch Zugereiste wurde geradezu zur Plaudertasche und nickte seinem Schwager zu. Kaulen zog umständlich zehn Hunderter aus der Jackentasche. Peter zählte nach, gab acht davon Marek, steckte den Rest ein und nickte.

“Geht klar.” Peter öffnete die Tür und schob Kaulen auf den Hausflur. “Kommen Sie morgen um drei hierher.” Vorbei an den neugierigen Hausgenossen führte Peter den Psychologen nach draußen.

“Bis Sonntag mittag, Herr Müller.”

Kaulen nickte und blieb erst einmal auf der Straße vor dem Hoftor stehen. Tausend waren viel Geld, aber wenn dadurch Ruhe war, lohnte die Ausgabe. Allerdings würde er sein Konto überziehen müssen. Geld für die neue geile Kiddie-Homepage im Internet war da erstmal nicht drin. Die ließen sich ihre Bilder über Kreditkarten bezahlen. Immerhin, eine wichtige Sache war erledigt. Marek strahlte die Zuverlässigkeit aus, die man von billigen Fernsehproduktionen kannte.

Auf dem Weg zum Auto trat Kaulen in einen Hundehaufen, ein widerlich glibberndes Gefühl. Wut stieg in ihm hoch. Als ein schwarzgelockter Promenadenmischling der Sorte Loreley - ich weiß nicht, was soll es bedeuten - um die Ecke bog, wähnte er den Täter in Reichweite. Die gassiführende Frau allerdings war eine Augenweide. Da galt es den Rachegedanken zu begraben und die Gelegenheit zu ergreifen.

“Guten Abend, das war doch nicht zufällig ihr Hund, schöne Frau?” Anklagend zeigte der Psychologe auf das Objekt des Anstoßes.

“Mein Bärchen macht so etwas nicht!” Die energische Antwort war eindeutig. Der blonde Engel bedachte den Möchtegern-Anmacher eines spöttischen Seitenblicks, drehte sich auf dem Absatz um und zog den unentwegt in Kaulens Richtung knurrenden Schwanzwedler mit sich.

Fluchend versuchte er, den Kothaufen am Bordstein abzustreifen, was auch leidlich gelang. Wenigstens das Grobe war erledigt, dachte er sich und ging in die Seitenstraße, wo sein Astra stand. Jedenfalls vorher. Der Besitzer des Weingutes, dessen Hofeinfahrt er zugeparkt hatte, hatte den Wagen inzwischen abschleppen lassen. Kaulen bekam von der Polizei noch einmal 135 Mark abgeknöpft und konnte sein Auto erst kurz vor Mitternacht auf dem Abstellplatz in Wiesbaden an der Mainzer Straße abholen. Wie sollte er das zu Hause erklären? Da fiel ihm wieder die Schramme ein. Irgendetwas Gutes musste sie doch auch haben ...

Marek hatte die Nacht komfortabel in Nackenheim verbracht und machte sich am Sonntag morgen pünktlich auf den Weg nach Heidesheim. Die Zeiten, da er noch im Auto geschlafen hatte, waren vorbei. Ein leichter Job wartete auf ihn. Das Knistern der Hunderter in seiner Lederjacke beruhigte. Seine Makarow war genau das Richtige für solche Jobs: Billig und effektiv. Nach dem glorreichen Ende der Sowjetunion war der Schwarzmarkt bestückt mit guten Waffen aller Art. Von der Armeepistole bis zum Kernsprengsatz - ganz wie man es braucht.

Der Weg von Nackenheim zur A60 war ein Katzensprung, dann noch 10 km und Marek bog mit seinem Astra in die Ausfahrt Heidesheim ein. Dann rechts nach Budenheim und gleich wieder links nach Heidenfahrt. Müller hatte auf einer Karte das Haus markiert und tatsächlich war es leicht zu finden. Marek fuhr Punkt acht in einen Feldweg und stellte das Auto so, dass er den Hauseingang im Blick hatte. Wann würde die Frau aufstehen? Schläft sie zu lang, scheisst der Hund auf die Teppiche. Marek grinste und schaute noch einmal auf das Bild, das ihm Müller gegeben hatte. Das würde der Frau sicher nicht gefallen. Als sich um neun Uhr noch nichts rührte, rief er von seinem Handy aus die Telefonnummer im Haus an. Nur ein Anrufbeantworter meldete sich und er hörte den Hund heiser kläffen. Was sollte er tun? Er wartete weiter. Noch ein Anruf, wieder der Hund, wieder nichts.

Langsam wurde Marek unruhig und als eine halbe Stunde später ein Streifenwagen der Polizei vor dem Haus anhielt, schaute er sich nervös um. Hatte jemand der Polizei einen Tipp gegeben? Doch in den Feldern rührte sich nichts und Marek blieb auf Posten. Zwei Polizisten stiegen aus dem Auto und gingen in das Haus. Jetzt durfte auch einmal der Hund nach draußen. Danach gaben die Polizisten den Hund bei den Nachbarn ab, stiegen wieder in den Streifenwagen und fuhren davon.

Noch eine Stunde Warten, immer noch nichts. Gegen elf Uhr trödelten die ersten Ausflügler mit ihren blank polierten Familienkutschen zum Spaziergehen am Rhein ein. Ein Golf mit Wiesbadener Kennzeichen hielt in seiner Nähe. Eine Frau stieg mit ihrem Hund aus, einem dieser kleinen nervösen Ach-ist-er-nicht-süß-AUA! Yorkis, und begann ihre Gassi-Runde. So einen Hund hatte Marek noch nicht gesehen und fasziniert schaute er zu, wie sich das Wesen mit allen Pfoten in den Boden krallte und gegen das Gassigehen opponierte. "Molli, jetzt komm endlich!" klang energisch die helle Stimme der Frau, als der Sofalöwe mit seinen Krallen Furchen in den Boden zog und nur widerwillig in Gang kam.

Doch in dem Haus tat sich immer noch nichts. Inzwischen wurde es warm in seinem Auto und er öffnete die Fenster. Dummerweise hatten die Bauern vorher gerade die Felder gedüngt und Mücken drangen in den Innenraum ein. Fluchend schloss Marek das Fenster und rief wieder in dem Haus an. Erneut nichts, nur der Köter bellte wieder sein Kastraten-Bellen, diesmal allerdings wohl aus dem Nachbarhaus. Um zwölf rief er Peter an.

"Hier rührt sich nichts, aber die Polizei war da. Was soll ich machen?"

"Komm einfach her. Wir sagen Müller, die Sache ist erledigt. Heute Abend sind wir sowieso wieder zu Hause. Und was soll Müller wollen? Soll der vielleicht zur Polizei gehen?"

Marek ließ sich das nicht zweimal sagen und fuhr zurück zur Autobahn, während Sonntagsausflügler aus dem Hinterland zum Rhein fuhren. Die Yorkie-Besitzerin im Golf hatte gerade auch das Gassigehen beendet. Mit einem Satz war das sprunggewaltige Etwas auf dem Beifahrersitz und thronte hinter der Windschutzscheibe, während sich der Golf hinter Marek auf der Autobahn einfädelte.

In Nackenheim war schon allenthalben Aufbruchstimmung. Nach drei Monaten Schufterei auf dem Bau oder bei der Ernte freuten sich die billigen Arbeitskräfte auf die Heimfahrt. Die günstig erstandenen Autos waren inzwischen repariert und reisefertig. Das Tor wurde geöffnet und die ersten drei vollbeladenen Autos rollten auf die Straße.

Auch “Müller” schaute von der anderen Straßenseite dem Treiben zu. Als er Marek und Peter sah, stutzte er, gab sich aber mit dem erfolgreich nach oben gereckten Daumen des “Attentäters” zufrieden. Er beoachtete noch die Abfahrt und wusste das Grinsen der beiden zielsicher als Erfolgsbeleg zu deuten. Den saharabeigen Golf, aus dem die Szene interessiert beobachtet wurde, sah er nicht. Die Hundebesitzerin, Laura Anders von der Sozialfahndung, griff kurz zum Handy und telefonierte. Dann sah sie dem Treck gen Osten nach, aber folgte ihm nicht.

Am nächsten Kiosk kaufte Kaulen sich die BamS. Prügelprinz, na ja, so neu war das nicht. Thomas Gottschalk in Mallorca? Sonnenbrand im Rentnerland. Tod im Discodress? Schon besser. Richterin beißt ins Gras. Wie bitte? Aufgeregt schaute sich Kaulen um, ob nicht jemand seine Gedanken las. Blödsinn, wer sollte schon etwas wissen und die Polen waren ja schon weg. Er sah ihre Autos noch auf die B9 einbiegen, die zur Autobahn Richtung Frankfurt führte.

Gierig las er weiter. Wunderbar! Alles wie geplant. Allerdings ... der Psychologe stockte. Die Kopro-Litt hatte nach der Zeitung schon Freitag Nacht ins Gras gebissen und Marek war erst Samstag Abend gekommen. Da hatte ein anderer seinen Job gemacht, wunderbar. Schade ums Geld. Wenn er das gewusst hätte. So aber war er in jedem Fall aus dem Schneider. Gute Ideen pflanzen sich halt fort.

Schnell in die Praxis. Lüder würde zufrieden sein. Er erreichte ihn auf dem Handy beim Golfspielen.

“Was wollen Sie? Ich habe zu tun.” Der Dicke drosch eine flotte Kugel in seiner Freizeit. Und davon hatte er reichlich.

“Ich habe das Problem gelöst. Sie können es in der Bild nachlesen.” Kaulen fasste sich knapp.

“Ich melde mich morgen bei Ihnen.” Lüder drückte den roten Knopf auf seinem Mobilo.

Kaulen wollte sich zur Feier des Tages eine kleine Nummer mit seiner Mariella gönnen, als das Telefon schrillte. Wer sollte am heiligen Sonntag in der Praxis anrufen? Er stopfte die halb aufgeblasene Gummipuppe wieder in den Wandschrank und wartete ab, bis das Band ansprang.

“Hier ist die psychologische Praxis Kaulen. Unsere Praxiszeiten sind Montag bis Freitag von zehn bis zwölf. Unser Band nimmt ihre Nachricht auf.”

“Lass den Quatsch, Helmut. Deine Frau hat gesagt, dass du mal wieder am Wochenende arbeitest. Wenn du da bist, heb endlich ab!”

Kaulen ärgerte sich über die Störung. Die Sachbearbeiterin beim Kreisjugendamt in Ingelheim war eine dieser Parasiten, die nur Geld kosteten, mit denen er aber zusammen arbeiten musste. Schlecht ausgebildet, unterqualifiziert und überideologisiert. "Hallo Frieda, schön dich zu hören."

"Lass das, was ist mit Kopro-Litt passiert?" Die Stimme wurde aufgeregter.

"Wie die Zeitungen schreiben, ist sie wohl ermordet worden." Ganz der Coole, oder?

"Und von wem? Und weshalb?"

"Woher soll ich das wissen?"

"Das glaube ich dir nicht, du hast doch in letzter Zeit Streit mit ihr gehabt. Kopro-Litt hat darüber in unserer Gruppe gesprochen." Die Stimme bekam einen scharfen Beiklang.

"Habt ihr euch wieder bei Vollmond selbst verwirklicht?" Diese Spitze musste er loswerden.

"Ekelhaftes Macho-Paket. So eine miese Type wie dich gibt es nur einmal. Ich warne dich: Wenn da irgendetwas dran ist, mache ich dich fertig." Die Drohung war perfekt.

"Beruhige dich doch, Frieda. Ich schwör dir, ich habe damit nichts zu tun." Kaulen fühlte sich sicher.

"Morgen spreche ich mit Maggi, dann sehen wir weiter." Frieda legte auf.

Das war nun wirklich keine besonders gute Idee, fand der Psychologe. Diese vertrocknete Kollegin grub ihm mit ihren Feministen-Zirkeln die lukrativste Klientel ab. Sie behandelte ausschließlich Frauen und ihre Kinder, Väter oder Männer überhaupt kamen in ihrer Welt nicht vor, höchstens als gewalttätige Bestien und Frauenschänder. Auch auf den Formularen, die er gesehen hatte, stand immer nur "Unterschrift der Mutter" und "Unterschrift des Kindes". So offensichtlich, da hätte selbst er Hemmungen. Der war alles zuzutrauen.

Kurz vor acht sahen die Zöllner in Frankfurt/Oder den kleinen Treck der Erntearbeiter aus dem Westen näher rollen. Vorfreude auf den Gesichtern der Heimkehrer, die nur noch eine gute Staustunde nach Hause zurückzulegen hatten. Der Astra von Marek und Peter war der letzte in der Kolonne und wurde zur Seite gewinkt, während sich die vorher Fahrenden erstaunt umdrehten und aus dem Heckfenster deren Zurückbleiben beobachteten.

“Bitte steigen Sie aus.” Zöllner Gawlizcek, der Name verriet seine polnischen Vorfahren, war ein bulliger Mann und wurde einem BGS-Kollegen mit umgehängter Uzi-Maschinenpistole eskortiert. Nach den blutigen Vorfällen vor einem halben Jahr, bei denen zwei Zöllner ermordet wurden, herrschte hier dauerhaft Alarmstufe rot.

Marek und Peter blieben mit Pokermiene sitzen. “Was wollen Sie, Herr Kommissar? Hier haben Sie mein Arbeitskontingent.” Peter kurbelte das Beifahrerfenster herunter und reichte das Papier aus dem Auto, doch der Zöllner winkte nur ab, während sein Kollege die Uzi etwas fester in den Griff nahm.

“Bitte steigen Sie aus.” Der Tonfall wurde energisch. “Nehmen Sie Ihre Fahrzeugpapiere und den Führerschein mit. Stellen Sie sich dort hin.”

Widerstrebend kletterten Peter und Marek aus dem Auto und reichten Gawlizcek die Papiere, während sich von der Grenzstation zwei weitere BGS-Kollegen dazugesellten.

“Das Arbeitskontingent ist in Ordnung.” Peter atmete auf. Dann wandte sich Gawi an Marek. “Sie haben ein Touristenvisum. Was wollten Sie in Deutschland?”

“Schwager abholen.” Marek deutete auf Peter.

“Und das ist ihr Auto?” Gawliczek sah den neuen Astra mit polnischem Nummernschild zweifelnd an.

“Auto von Freund.” stellte Marek fest.

Das Gesicht des Zöllners verriet steigendes Interesse. Die polnischen Fahrzeugpapiere schienen in Ordnung und doch ...

Die Tipps aus Mainz waren normalerweise immer richtig gewesen. Vielleicht hatte er auf der Hinfahrt Zigaretten geschmuggelt, vielleicht war das Auto nicht ok? Gawlizcek beugte sich ins Auto und entriegelte die Motorhaube, während sich Marek nervös eine Zigarette anzündete.

Die Fahrgestellnummer war sauber weggefeilt und mit einem neuen Typenschild überklebt, aber nicht sauber genug für den erfahrenen Gawi, wie ihn seine Kollegen nannten.

“Dieses Auto ist wahrscheinlich gestohlen.” Beschied der Zöllner die BGS-Kollegen. Marek und Peter wurde es ungemütlich. “Durchsuchen Sie die beiden.”

Als Mareks Armeepistole aus der Jackentasche auftauchte, war es zu spät zur Flucht. Dazu kam das Geld und ein Frauenbild in der Lederjacke. Peter und Marek wurden in die Grenzstation geleitet und in die Zelle geführt. Eine halbe Stunde später war Schichtwechsel und Gawlizcek ging langsam nach Hause. In Mainz würde er morgen früh anrufen, dann mussten die beiden zum Haftrichter.

Auch die polnischen Kollegen waren an dem Fang interessiert, den der deutsche Zöllner am Sonntagabend gemacht hatte und so war ein polnischer Kollege beim Verhör am nächsten Morgen mit dabei. Während Peter nichts Illegales nachzuweisen war und er von seinem Bruder an der Grenze abgeholt wurde, traf es Marek härter. Der Haftrichter verordnete Untersuchungshaft. Pistole, Geld und Auto wurden beschlagnahmt. Bei der Kripo Mainz kam es in die Abteilung Ausländerkriminalität, einen Stock über der Mordkommission.

Hier hatte Sonja Laube bereits im Vorjahr den Fall Kaulen bearbeitet und 10.000 DM Bußgeld zugunsten der Staatskasse vereinnahmt. Die großgewachsene Frau mit Wuschelkopf, die prinzipiell nur Sunny genannt wurde, kleidete ihre Abneigung gegen Männer in derbe Witze, die sie ungeniert zum Besten gab. Auch Psychologen kamen in diesem Bild nicht besonders gut weg. Und jetzt war es schon wieder dieser Psychologe, den Laura mit ihrem detektivischen Spürsinn aufgegabelt hatte. Es war doch sicher kein Zufall, dass er sich bei diesen Polen aufgehalten hatte, die bereits im letzten Jahr sein Haus verputzt hatten. Wie die Pistole hineinpasste, das würde sich noch zeigen. Auf den Gedanken, einmal bei den Kollegen einen Stock darunter nachzufragen, kam sie nicht. Es hätte auch keinen Sinn gehabt. Noch nicht.

*

In der Hubertushütte im Goldsteintal verlief zunächst alles wie gehabt - Jägerschnitzel mit Pommes für die mehr vollschlanken Damen und Herren, Grünfutter für die dünnere Saunagänger-Fraktion mit Irmgard und Erika, dazu je nach Temperament Bier bis Früchtetee. Doch genug der Gedanken an leibliche Genüsse. Katharina hatte ihren Triumph gehabt, die Meute verlangte mit Macht nach ihrem Recht. Harter Tobak musste auf den Tisch oder Butter bei die Fische, wie Hartwig aus Ostfriesland immer betonte. In diesem Falle also das hoffentlich verräterische Papier aus dem Morchelwald. Und zwar noch bevor die dralle Bedienung mit den überladenen Tabletts aus der Küche ankam. Genüsslich und sich ihrer Bedeutung wohl bewusst, zückte Katharina das leicht angeknitterte Knöllchen und las vor:

“Stadtverwaltung Ingelheim - Ordnungsbehörde - Neuer Markt , 55218 Ingelheim. Verwarnung mit Zahlungsaufforderung.”

“Wenn die nicht in der Nachbarschaft wohnt.” Maria Radeberg aus der Rotweinstadt malte sich genüsslich einen Erfahrungsaustausch mit der Knollenliebhaberin aus. “Lies doch endlich weiter.”

“Tattag 9.9.99. Uhrzeit 17.30h. Kennzeichen: ... Aufpassen, ihr Bagage!” Katharina hatte alle Mühe, die Hintergrundgespräche auf erträglicher Lautstärke zu halten, denn auf Wanderungen hatte sie ihre Entertainer-Ausrüstung mit Mikrofon und Lautsprecher natürlich nicht dabei. “MZ-ED 666. VW Golf”.

“Sechs-Sex-Sex. Da ist das Nummernschild Programm.” Maria grinste und erzielte den nächsten Lacherfolg, während die biederen Sonntags-Ausflügler im Biedermeier-Alter an den Nachbartischen schon erschreckt die Köpfe hoben. Ein solcher Lärm zu solcher Zeit im stillen Goldsteintal! Das verschreckt ja den anhänglichsten Kurschatten! Missbilligend zogen einige die Stirn kraus.

“Tatort, eine klasse Bezeichnung.” Christian hatte inzwischen in einem unachtsamen Augenblick den Protokollzettel stibitzt, was Katharina stinksauer machte. “Ingelheim, W.v.Erl.Str./KV. Wo ist das, Maria, du wohnst doch da?”

“KV ist die Kreisverwaltung in der Wilhelm-von-Erlanger-Straße, nicht weit vom Bahnhof, mitten im Zentrum.” Maria kannte sich aus. “So ein rundes Gebäude. Außen rund und innen hohl. Das passt.”

Begeisterte Zustimmung kam von ämtergeschädigten Wanderfreunden, während an den Nachbartischen getuschelt und schon nach der Bedienung gewinkt wurde. Geldbörsen wurden gezückt. Hauptsache, weg von diesem Chaotenhaufen. Doch der war noch lange nicht am Ende, denn inzwischen machte das Knöllchen die Runde.

“Tatbestand! Ruhe bitte.” Jetzt war auch einmal Hartwig an der Reihe. “312. Lasst mich mal nachsehen, auf der Rückseite steht die Erläuterung.” so der knöllchenerfahrene Direktverkäufer mit seinen 30.000 km in der Frankfurter Innenstadt pro Jahr. “Komisch, dass ich es noch nicht kenne.”

“Vielleicht unerlaubte Pilznutzung im Innenstadtbereich.” Maria fütterte die Stimmung weiter, während sich die Nebentische zusehends leerten. Wer weiß, wozu solche Vandalen sonst noch fähig sind! Schnell in den Passat und ab nach Hause. Im Ohrensessel unter dem röhrenden Hirsch im Wohnzimmer wartete schon das Wunschkonzert der Volksmusik.

“Du brauchst gar nicht nachzusehen.” Katharina meldete sich wieder zu Wort. “Parken ohne Parkscheibe auf einem Parkplatz. Kostet zehn Mark.”

“Stimmt.” Verblüfft pflichtete Hartwig bei. “Na gut, ist ja dein Job. Und ich parke sowieso nur im Halteverbot. Da kann ich es ja nicht kennen.”

Olaf hatte sich inzwischen eifrig Notizen gemacht und, als die Bedienung das ersehnte Essen hereinbalancierte, alles Wesentliche notiert. Der durchtrainierte Dresdner machte sich keine unnötigen Probleme, vor allem nicht, wenn es ums andere Geschlecht ging. Da sollte man mit etwas Ausdauer doch fündig werden, dachte er sich und malte sich das nächste sexuelle Abenteuer aus. Vielleicht eine nach außen biedere Hausfrau, vielleicht jemand, der in der Kreisverwaltung dem Beamtenhabitus Geltung verlieh?

Während mit scharfen Steakmessern eifrig an soßengetränkten Fleischstücken herumgesäbelt wurde und die Vollwertkostler die Sojasprossen einzeln aus der Salatschüssel pickten, reifte in dem Ex-Ossi ein verwegener Plan. Noch am selben Abend würde er sich einmal die Kreisverwaltung in Ingelheim ansehen. Vielleicht stand das Auto ja da und mit Maria würde er sowieso einmal gern nach Hause fahren.

Seine direkte Frage “Hast du Lust, mit mir zusammen zu fahren?” lehnte sie allerdings zwischen Pommes und Beilagensalat mit einem entschiedenen “Nein, danke. Ich bin schon zusammengefahren, als ich dich gesehen habe.” ab. Sie meinte das allerdings nicht so, sondern wollte lieber noch einmal in den Tanzbrunnen gehen.

Also gut, dann würde ihn sein Trabbi halt auch allein gen Westen auf die andere Rheinseite tragen. Ob Potsdamer Platz oder Schiersteiner Brücke, war letztlich egal. Eins wie das andere eine ewige Baustelle.

Um acht löste sich die Wandergruppe nach einem erfüllten Tag auf und verstreute sich in alle Himmelsrichtungen. Das Einzugsgebiet reichte von Offenbach bis Bad Schwalbach, von Bad Homburg bis nach Fulda, von Mainz bis zum Feldberg. Reichlich Gesprächsstoff für die nächste Woche und für die Arbeitswoche. Dem ist noch einiges hinzuzufügen, dachte sich Olaf und startete seinen Zweitakter aus Zwickauer Produktion. Mit heftigem Getrieberühren brachte er die Rennpappe in Gang und röhrte aus dem Goldsteintal auf die Sonnenberger Straße.

Wilhelmstraße, Hauptbahnhof, dann die Biebricher Allee und die Autobahnauffahrt auf die A66, schließlich Richtung Bingen über die Dauerbaustellen-Brücke auf die andere Rheinseite. Ingelheim Ost oder West? Er hätte Maria fragen sollen, aber das würde er auch so finden. Schließlich gab es in Ingelheim nur drei große Kreuzungen und in der Nähe vom Bahnhof musste es ja sein. Also Abfahrt Ingelheim-Ost runter, geradeaus und - da war schon das Hinweisschild auf die Kreisverwaltung.

Zuerst wollte er in die Tiefgarage fahren, aber die war nur für Bedienstete, auch für diese nach 17 Uhr gesperrt und am Wochenende sowieso. Also einmal rund um den Block. Tatsächlich: außen rund und innen hohl, mit Innenhof. Rundum Parkplätze. Da musste die Perverserin geparkt haben. Jetzt waren reichlich Autos da. Wohl vor allem Besucher des Bistros Täglich schräg gegenüber dem Haupteingang. Sonntagabend ist eigentlich optimal zum Ausgehen. Jetzt war es kurz vor neun Uhr abends, also auch eine gute Zeit, selbst für Frühaufsteher. Doch die ersehnte Autonummer war leider nicht zu erspähen. Vielleicht rührte das Protokoll von einer Spät-Einkäuferin oder Behördenbesucherin am langen Donnerstagabend?

Noch einmal umrundete Olaf den Block auf der Suche nach dem Abenteuer, die große Runde über die Binger Straße, und parkte vor dem Bücherwurm. Von dort konnte man gut den Platz zwischen Rathaus und dem Einkaufszentrum mit seinen Restaurants überblicken, wo sich auch Sonntags noch viele trafen. Doch es war nichts Auffälliges zu sehen. Leider. Nächster Versuch an der Bahnhofskreuzung vor Bücher Wagner, die Ladenzeile vor sich und den Bahnhof im Rückspiegel. Wieder Fehlanzeige. Also ab nach Hause gen Osten, über den Rhein und dann ins Bett. Aufgeschoben ist nicht aufgehoben. Morgen früh drohte der Wecker. Im Tanzbrunnen war sicher auch keiner mehr, als er mit blauen Auspuffwolken seinen Trabi auf die Autobahnauffahrt zubewegte und einen verspäteten Treckerfahrer ausspurtete. Dann mit quietschenden Reifen in die Auffahrt und rauf auf die Autobahn, während der Intercity auf der parallel zur A60 verlaufenden Bahnlinie mit seinen drei Positionslampen in die Dunkelheit stürmte. Olaf ließ die Kolben tanzen und summte fröhlich vor sich hin. Montag abend würde er wieder da sein, so viel war sicher.

Kapitel 2

Guten Morgen, liebe Sorgen, seid ihr alle auch schon da? Jürgen von der Lippe grüßt aus dem Radio den dünnen Montagmorgen-Nebel über den Hängen des Westerbergs. Ein typisch schönes Wetter für die Federweißer-Zeit in Rheinhessen. Bald wird sich die Sonne durchsetzen und in meinem Arbeitszimmer eine heimelige Atmosphäre schaffen.

Gegen elf sind die MSR-Berichte schon fast fertig, als sich - wie auch sonst - das Telefon rührt. Eine Mainzer Nummer, lese ich am Display ab. Es ist Haller.

“Tag Herr Sander. Ich dachte, dass Sie das Ergebnis der Obduktion vielleicht interessiert.”

“Na, aber klar. Wie sind eigentlich ihre Bilder geworden?”

“Danke der Nachfrage, gut wie immer. Auch die Nahaufnahmen mit Ihrer Kamera. Noch mal danke dafür.” Die Kriminalkommissaranwärterin - welch ein typisch deutsches Wortungetüm - ist gut drauf. Was will sie tatsächlich von mir?

“Aus der Untersuchung des Autos und des Handtaschen-Inhaltes haben sich einige Fragen ergeben, bei denen Sie uns vielleicht helfen könnten.”

Aha, das ist des Pudels Kern. Werde mal konkreter, junge Frau.

“Und das wäre?”

“Das sollten wir am besten persönlich besprechen. Können Sie ins Präsidium kommen?” Haller ist - klick - wieder formell.

“Ich habe wenig Zeit, aber wenn es nötig ist ...?” Aber natürlich will ich!

“Geht es heute Nachmittag, sagen wir drei Uhr?” Hallers Tonfall signalisiert Interesse.

“Laden Sie mich einfach etwas früher zum Mittagessen in ihre Kantine ein.” Das spart Kosten und ich habe noch genug Zeit, das neue Material in die Dienstag-Ausgaben der Zeitungen zu bringen. “Ab vier habe ich noch einige Fototermine in Wiesbaden. Das wird sonst zu knapp. Sagen wir also von eins bis drei?” Nur nicht zu weit entgegenkommen, um den Marktpreis zu erhöhen.

“Na gut, ein Uhr geht klar. Kommen Sie zum Polizeipräsidium am Valenciaplatz. Ich sage an der Pforte Bescheid. Oder haben Sie Angst vor mir?”

Sie lacht und legt auf. Was soll das jetzt wieder? Ist jemand ins Zimmer gekommen? Mein Magen meldet sich ohnehin, also mache ich mich schon einmal auf den Weg. Vielleicht hat sie ja eine Spur? Ganz in Gedanken, fahre ich eine Abfahrt zu früh, in Mainz-Gonsenheim ab, wo die Kiefern des Naturschutzgebiets Großer Sand bis unmittelbar an die Autobahn rücken und die gigantischen Wohnblocks der Elsa-Brandström-Straße die Einfamilienhäuser der Nachbarstraßen dominieren. Also fahre ich am Werksverkauf der Schott Glaswerke vorbei, über den ich bereits einen Bericht schrieb. "Der Glaspalast in der Hattenbergstraße" ist ein interessanter Platz nicht nur für Schnäppchenjäger.

Das neue Polizeipräsidium am Valenciaplatz löste bereits vor einigen Jahren das alte "Bullenhauptquartier" in der Stadtmitte ab. Jetzt haben die Staatsdiener einiges mehr an Platz in den Amtsstuben und einen ganzen Antennenwald auf dem Flachdach. Der Parkplatzmangel hat sich auch etwas verbessert, die Laune des Pförtners nicht:

"Zu wem wollen Sie?" Mißmutig drückt der Mann im einheitsgrauen Halbarm-Hemd den Sprechknopf hinter der schusssicheren Scheibe. Die nüchterne Bürouhr zeigt 13 Uhr.

"Mein Name ist Sander. Frau Haller erwartet mich." Ich zücke meinen Perso, wie der Personalausweis von Maria immer genannt wird.

Ungerührt schaut sich der beamtete Pfortenwächter die Identifikationskarte an und wählt dann eine interne Rufnummer.

"Frau Haller? Hier ist ein Herr Sander für Sie. Kommen Sie? In Ordnung." Er legt auf.

"Warten Sie hier. Sie kommt gleich." meint er und legt derweil meinen Ausweis auf den Scanner der internen Computeranlage. Mißmutig registriert er, dass kein Lämpchen schrillt.

"Holen Sie den Ausweis nach Ihrem Besuch wieder ab."

Endlich kurvt Haller um die Ecke.

"Kommen Sie, Herr Sander. Die Bratklöpse warten schon." Mit einem schelmischen Zwinkern registriert sie mein wenig erfreutes Gesicht. "Na, lassen Sie mal. Sie müssen nicht das "Graue Geheimnis" nehmen. Es gibt auch Vegetarisches." Auf dem Weg in die Kantine dackele ich brav neben ihr her, während sich der Geruch der Massenfütterung immer mehr verdichtet.

Aus den drei Menüs wähle ich wie Haller den Kartoffel-Getreidebratling aus, dazu eine Cola, während sie auf gesunden Karottensaft schwört. An einem abseits gelegenen Tisch ohne Nachbarn setzen wir uns.

"Sie fragen sich sicher, was ich Ihnen erzählen kann." Haller scheint die wandelnde Gedankenleserin zu sein. "Nun, Sie haben uns geholfen und Sie können uns vielleicht weiter helfen." Eine bedeutungsschwangere Pause. "Außerdem wollen Sie doch sicher wissen, was die Obduktion ergeben hat."

"Nun, was denn? Nachher erzählen Sie es ja doch in der Pressekonferenz auch den anderen Kollegen." Ich setzte mein liebenswürdigstes Lächeln auf.

"Gemach, gemach. Ganz so schlecht ist Ihre Position auch nicht. Oder wollen Sie sich beschweren?"

"Nein, natürlich nicht. Aber was soll das herumgeheimnissen? Was ist im Busch?"

"Nun, wir haben ein Problem."

"Dachte ich mir´s doch. Die Dame starb an präseniler Demenz mit typischer Fernseh-Überdosierung."

"Lassen Sie den Blödsinn. Das ist zu ernst dafür. Hören Sie erst einmal zu. Um es kurz zu machen: Wir haben nichts gefunden. Eigentlich müsste die Frau noch leben."

"Tut sie aber nicht. Was soll das überhaupt heißen: Nichts gefunden?"

"Keine Vergiftung, keine Verletzungen, keine Einstichlöcher von Nadeln, keine Würgemale."

"Und was sagen Sie dann meinen Kollegen?"

"Genau das ist das Problem. Zwar hat Zweipfennig schließlich einen Hirnschlag als Todesursache ausgemacht. Blutklumpen im Gehirn, würden Laien sagen. Theoretisch ist ja ein organisches Versagen möglich, aber die Umstände sind doch zu merkwürdig. Vorher war sie recht gesund, auch die Ärzte wissen nichts von einer Atemproblematik oder Thrombosenbildung in der Familie." Ein etwas ratloses Schulterzucken zwischen der angemehlten Zucchini-Beilage und dem gesunden Karottensaft aus dem Kantinenglas.

"Und wie kam es zur Thrombose?"

"Zweipfennig kann sich eben noch keinen Reim darauf machen. Eine lokale Überhitzung möglicherweise, aber keine äußeren Spuren bis auf eine leichte

Hautblässe unter den Haaren an einer Stelle. Mehr kann ich Ihnen nicht sagen, die Tote kennen Sie ja ohnehin."

"Das ist in der Tat etwas dürftig." pflichtete ich ihr bei. "Haben Sie wirklich keine Idee, wie es zu dieser lokalen Überhitzung kam?"

Haller schüttelt den Kopf. "Leider nein. Zweipfennig hat das bisher nur bei Brandopfern gesehen, aber dann waren äußere Verbrennungen da und die geronnene Hirnflüssigkeit war flächig ausgebildet. Auf jeden Fall dürfen wir davon ausgehen, dass die lokale Überhitzung ursächlich für die Thrombose und damit den Tod ist."

"Dennoch bleibt es ein Fragezeichen-Mord. Da freuen sich meine Kollegen und meine Leser gleichermaßen. Und was wollen sie in der Pressekonferenz erzählen? Fiel tot um und das war´s. Nicht wie, nicht warum, nicht von wem? Die Ermittlungen dauern an, lautet dann der Standardsatz."

"Mit dem Lästern kommen wir nicht weiter, Herr Sander. Wollen Sie nicht einmal etwas Konstruktives beitragen? Sonst können wir unsere Zusammenarbeit auch lassen."

Au, das sitzt. Welcher Gaul reitet mich da? Diese Chance darf ich nicht leichtfertig vergeben, schließlich will ich ihr nahe kommen und Exklusiv-Informationen sind auch wichtig. Das weiß sie und sie weiß, dass ich es weiß. So beschließe ich wieder nett zu werden und suche nach Ansatzpunkten. "Pardon, Frau Haller, da kam der rasende Reporter durch. Immerhin ist der Fall sehr interessant und stellt die Kripo in ein ganz schön dummes Licht. Das Volk ruft nach Gründen, Hintergründen ...."

"... und Tätern. Das wissen wir schon."

"Streng genommen können wir fast gar nichts sagen, noch nicht einmal, ob es ein Mord war."

"Doch, ich denke, das können wir schon sagen. Die Todesursache ist nach Zweipfennig sicher nicht natürlich."

"Gehen wir also von Mord aus. Es gibt jede Menge Leute mit Motiv, aber keine Ahnung, wie der Mord geschah, welche Waffe benutzt wurde und um welche Zeit. Nur ein paar tote Käfer, die uns nicht viel erzählen können."

"Nein, ein wenig weiter sind wir schon: Der Todeszeitpunkt lag etwa eine Stunde vor Mitternacht, zwischen 23 Uhr und 23 Uhr 30 von Freitag auf Samstag. Sie fallen also nicht mehr unter die Tatverdächtigen." Ein entzückendes Lächeln mit frischgeschminkten Lippen. “Zweipfennig hat das übrigens so genau hinbekommen, weil er die Verdauung der Grashalme im Mund des Opfers mit seiner eigenen Spucke in einer Petrischale nachgestellt hat. Wenn Sie also mit den Basketballern unterwegs waren, dürften Sie aus dem Schneider sein.” Aufmunternd schaut sie mich durch ihre Tigeraugen an. Ich muss mich konzentrieren.

“Es bleiben X andere Gerichtsopfer, die allen Grund hätten, sich an der Richterin zu rächen. Wenn ich nur an das denke, was sie meinen Kindern angetan hat ...” Da kommt wieder diese ekelhafte Szene hoch.

“Wie lange ist es bei Ihnen her?”

“Nun, schon fast fünf Jahre.” Warum erzähle ich ihr das?

“Sehen Sie, aus psychologischer Sicht ist die Trauerzeit sehr abhängig von den Umständen, der Persönlichkeit und den Verarbeitungsstrategien. Das können drei Monate sein oder zehn Jahre.”

“Oder irgend etwas dazwischen.”

“Genau. Aber hier geht es wohl eher um Strategien zur Konfliktbewältigung, würde ich von außen sagen, ohne Sie und Ihre Umstände näher zu kennen. Aber ich habe den Eindruck, dass Sie auf einem guten Weg sind.” tröstet sie mich.

“Danke, aber woher wissen Sie das?” Ihre Anteilnahme verwundert mich.

“Hier weiß es sowieso jeder.” Sie lacht. “Ich bin fast mit meiner Diplomarbeit in Psychologie fertig.”

“Da können Sie ja sicher schon einiges zum Täterprofil sagen.” betone ich meine Kenntnisse in TV-Kriminologie.

“Das ist noch ein wenig früh und hat auch mit dem Thema meiner Diplomarbeit wenig zu tun.”

“Und das wäre?”

“Ganz kurz gefasst: Die Ursachen für die erhöhten Scheidungsraten bei Schichtarbeitern.”

“Also auch bei der Polizei.”

“Richtig.” Sie lächelt. “Aber bleiben wir beim Thema: Wie Sie schon sagen: Verdächtige gibt es viele. Zu viele. Zuerst überprüfen wir natürlich die Alibis. Parallel dazu müssen wir weitersehen. Immerhin ist der ungewöhnliche Tod ein Hinweis auf einen ungewöhnlichen Täter.”

“Was sagen Angehörige und Freunde?”

Haller hat ihr Menü beendet und lehnt sich entspannt zurück. Ihr Pullover lässt ihre zarten weiblichen Formen ahnen. “Kopro-Litt scheint eine Einsiedlerin gewesen zu sein. Keine Familie, keine Freunde - nur ein kläffender Vierbeiner, den wir gestern den Nachbarn gegeben haben, damit er nicht im Tierheim in der Zwerchallee landet.”

Sie beugt sich vor:

“Was ich jetzt sage, darf nicht in die Presse, verstehen Sie?”

“OK, wenn Sie mich weiterhin als Ersten versorgen, bringe ich nur das, was ich bringen darf.” Ich bin lange genug im Geschäft.

“Also: Wir brauchen Ihre Hilfe.” Haller fixiert mich mit ihren Augen. “Wir haben verschiedene Hinweise auf Aktivitäten der Richterin in Single-Kreisen, Frauen-Gruppen und dem Internet vor ihrem Tod. Da haben Sie doch reichlich Erfahrung, wie wir aus ihren bisherigen Veröffentlichungen wissen. Und wir wollen schnell vorankommen. Schließlich,” sie lehnt sich wieder zurück, “könnte der Täter oder die Täterin ja auf die Idee kommen, sich auch noch an anderen zu rächen. Beispielsweise an ehemaligen Vorgesetzten oder anderen Amtsträgern oder oder oder. Als Richter oder Richterin würde ich mich nicht sehr wohl fühlen. Schon mehrfach wurden Familienrichter bzw. Familienrichterinnen bedroht oder sogar umgebracht. Ich glaube mich an Fälle in Kiel und Frankfurt zu erinnern.”

“Das gab natürlich entsprechendes Rascheln im Blätterwald, die Leute sind ja scharf auf ungewöhnliche Ereignisse. Ganz anders läuft das bei Eltern, die sich das Leben nahmen, weil sie von der anderen Seite zu Unrecht des Kindesmissbrauchs beschuldigt wurden und in die Mühlen der Justiz kamen. Das taucht dann gar nicht erst auf und läuft, wenn doch, allenfalls nach dem Motto: Siehst du, ich habe ja gewusst, dass da was dran war.”

“Bleiben wir lieber beim Thema, das andere führt jetzt nicht weiter.”

“Sie haben Recht. Also: Besonders beunruhigt Sie, dass Sie nicht wissen, wie Kopro-Litt ums Leben kam, oder? Keine Fingerabdrücke, keine Spuren, nur ein paar tote Käfer.”

“In den Käfern hat Zweipfennig übrigens auch kein Gift gefunden.” ergänzt Haller. “Die sind einfach aufgeplatzt und auch dort sind die Körperflüssigkeiten koaguliert, also infolge Hitze geronnen.”

“Das ist ja interessant. Aber auch hier keine Brandspuren, oder?”

Haller schüttelt den Kopf. “So, nun wissen Sie das Wesentliche. Helfen Sie uns nun, in die Single-Gruppen herein zu kommen, ohne Aufsehen zu erregen? Falls der Täter oder die Täterin sich dort aufhalten, sollten wir es möglichst geräuschlos machen.” Klar mache ich mit. Klar weiß sie es schon.

“Aber logo. Oder haben Sie etwas anderes erwartet?” Ihre Augen fangen zustimmend meine Antwort ein. “Wann fangen wir an?”

“Wenn Sie wollen, gleich. Gehen wir hoch zu Wülfing.” Sie nimmt ihr und mein Tablett, bevor ich reagieren kann und befördert es mit Schwung in den Abräumwagen. Leichtes Gläserklirren zeugt von etwas zu viel Energie. Auf dem Weg aus der Kantine folgen ihr neugierige Blicke ihrer vornehmlich männlichen Kollegen, was sie mit einem spöttischen Lächeln registriert.

“Herein!” Der knorrige Unterton hätte das Namensschild an Wülfings Tür entbehrlich gemacht.

“Na, hat dir der Frischkornbrei gemundet, Jana?” Auf Wülfings Schreibtisch liegen noch die Reste einer Fastfood-Mahlzeit. Der Geruch nach billigem Frittierfett und industriell konfektioniertem Pressfleisch zieht erst langsam durch das geöffnete Fenster hinaus.

“Aber klar, Herbert. Meinen Gast kennst du ja schon.”

“Tag, Herr Sander.” Der Händedruck passt zur knorrigen Stimme. “Setzen Sie sich. Lassen Sie uns reden.” Er weist auf seinen Leukoplast-Besucherstuhl, Jana lehnt entspannt am Kopierer, der sein Ozon ungehemmt in den Raum absondert.

“Ich nehme an, Frau Haller hat Ihnen schon das Wesentliche gesagt.” Ein zustimmender Blickkontakt vom Kopierer. “Die Zeitungen sind voll, vor allem weil es natürlich ordentlich was hermacht, wenn so ein “Schwarzkittel” einmal auf der Verliererseite steht. Wir haben hunderte von Verdächtigen mit Motiv, einen Waldschrat, nach dem wir schon fahnden und Spuren in Bereiche, die zumindest für mich Neuland sind. Dazu höchstwahrscheinlich eine Tötungsart, die nicht nur mir völlig unbekannt ist. Von den direkt hinter dem Damm wohnenden Frei-Weinheimern hat übrigens keiner etwas bemerkt. Wie nicht anders zu erwarten.” Wülfing fixiert mich.

“Unser Dr. Zweipfennig weiß auch nicht, wie der Täter die Thrombose erzeugt hat. Das ist natürlich gleich tödlich, wie Sie sich vorstellen können. Gift und alles andere uns Bekannte scheidet nach dem jetzigen Stand aus. Was soll ich der Presse sagen? Die spekulieren, was das Zeug hält.”

“Ich denke, wir sollten einfach einmal bei den Hausaufgaben beginnen.” Haller schaute gelassen zu dem verknittert wirkenden Hauptkommissar. “Fangen wir einfach mal in den Single-Gruppen und im Internet an. Und ich versuche mich an einem Täterprofil. OK?”

“Vielleicht kann ich auch etwas beitragen.” mische ich mich ein. “Tote Käfer ohne Gifteinsatz schreien nach einem guten Biologen, genauer gesagt einem Käferkundler, einen Koleopterologen. Vielleicht ist das ja ein uns noch unbekanntes technisches Gerät zur Schädlingsbekämpfung.”

“Wobei böse Zungen behaupten würden, es sei jetzt erstmals erfolgreich getestet worden.” Wülfing hat schon einen derben Humor.

“Haben Sie noch einige der Käfer?” leite ich zurück aufs Wesentliche. “Dann kann ich sie einem befreundeten Biochemiker geben, der eine komplettes Labor zur Verfügung hat. Und auch noch Käfer sammelt. Vielleicht hat der eine Idee.”

“Na, von mir aus.” Wülfing zieht aus der Schublade einen Kasten mit diversen Utensilien aus der Handtasche der Toten, dazu einen Plastikbeutel mit schwarzem Krabbelgetier. “Das ist eben aus dem Labor gekommen. Die Körperflüssigkeiten der Käfer sind halt auch koaguliert, teilweise ist auch der Panzer von innen aufgeplatzt. Fingerabdrücke am Auto: Fehlanzeige. Nur die der Toten.”

“Halt, da kenne ich etwas.” unterbreche ich den Kommissar. “Das ist ein Mitgliedsausweis von MachMit! in Wiesbaden.”

“Und was wissen Sie darüber?”

“Es gibt Single- und Freizeitclubs in Wiesbaden, bei denen auch ich sporadisch mitarbeite. Da kenne ich jede Menge Leute.”

Haller schaut belustigt. “Und weshalb sind Sie nicht so häufig da?”

“Nun, einmal habe ich jedes zweite Wochenende meine Kinder bei mir. Und im Sommer mache ich lieber fetzige Radtouren mit dem ADFC als gemütliche Wanderungen.”

“Wanderungen mit netten Frauen wäre doch auch was für Dich, Herbert.” frotzelt Haller.

“Spott ist das Vorrecht der Jugend.” setzt sich Wülfing zur Wehr. “Wie wär´s, wenn Sie uns dort einführen, Herr Sander?”

“Das kann ich schon machen.” Ich male mir schon die Einführungsstunde mit Katharinas Integrationskünsten aus. “Die Treffen sind immer Donnerstag abend um acht. Vorher aber müssen Sie Katharina anrufen. Die Nummer gebe ich Ihnen gern."

"Gut, also dann diesen Donnerstag. Wann kommen wir ins Internet? Wann erreichen Sie ihren Biologen? Jana, wann hast du das Täterprofil fertig?" Der Hauptkommissar verplant mich schon voll. Immerhin bin ich dann mit Haller unterwegs. Vielleicht ....?

"Langsam, langsam, Herr Hauptkommissar." zücke ich meinen Terminkalender. "Donnerstag abend geht es zwar, aber ich muss irgendwann auch noch mein Geld verdienen."

"Ach, machen Sie das doch mit Frau Haller aus. Ich kümmere mich um die Standard-Fahndung. Übrigens: Es soll so etwas wie Selbsthilfegruppen betroffener Väter geben. Haben Sie da Zugang? Immerhin könnten die eine Motivation haben, auch einmal gegen die Justiz vorzugehen."

"Tja, das sollte man meinen, Herr Wülfing." Stimme ich zu. "Grund für Rache an einseitigen Familienrichtern, voreingestellten Jugendamts-Mitarbeitern und unfähigen Gutachtern hätten einige sicher. Allerdings," jetzt mache ich eine Kunstpause. "Es ist nicht so, zumindest habe ich das noch nicht erlebt. Ob man hier das Wort "leider" verwenden sollte, darüber bin ich mir nicht sicher. Tatsache ist, dass die meisten dieser Väter so tief von ihrem Unglück und dem ihrer Kinder getroffen sind, dass sie eher depressiv als aggressiv reagieren."

"Und wenn ein Neuer, den Sie noch nicht kennen, dort aufgetaucht ist? Einer, der wirkliche Rachegedanken verfolgt und auch umsetzt?" Wülfing hat Recht, diesem Gedanken muss nachgegangen werden. "Herr Sander, tun Sie uns auch noch diesen Gefallen. Sie sind doch in diesen Kreisen eingeführt." Ich nicke.

"Sie wollen, dass ich da mal die Ohren aufstelle?"

"Genau. Horchen Sie doch einfach einmal rein."

"Mach´ ich gern für Sie. Wenn ich mich nicht irre, haben die gerade heute Nachmittag ihren monatlichen Treff. Jeden ersten Montag im Monat."

"Sie geben mir oder Frau Haller Bescheid?"

"Alles klar, Herr Kommissar!"

Wülfing wendet sich grinsend an Haller. "Bitte sage mir morgen nachmittag Bescheid. Du bist doch morgen früh auf der Uni. Vielen Dank für Ihre Hilfe, Herr Sander."

“Auf eine informative Zusammenarbeit.” Die Bild will mehr über den Mord und auch die AZ und die MRZ erscheinen in der Woche täglich.

Haller begleitet mich nach draußen. “Ich muss jetzt auch gleich auf die Uni. Ein Seminar um fünf, eine Vorlesung um sechs. Wenn Sie heute Abend noch fit sind, können Sie um sieben ins Rechenzentrum kommen und wir wühlen einmal im Internet. Die Internet-Adressen der Toten habe ich ja.”

Ich überschlage kurz die Zeit. Jetzt ist es drei. Zuerst sollte ich es beim Väteraufbruch für Kinder versuchen, in dem sich betroffene Väter und auch wenige Mütter organisiert haben. Dann um sieben auf die Uni. Um diese Zeit kann ich direkt reinfahren und vor dem Rechenzentrum parken. Haller scheint ja echt den 24-Stunden-Tag zu haben.

“Ich habe Zeit. Und komme gern.”

Ein fester Händedruck an der Tür, ein kurzer Blickkontakt, dann ist Haller wieder im Haus verschwunden und ich hole meinen Ausweis beim Pförtner ab. Mein Auto steht noch unverändert da, auch kein Knöllchen flattert im Herbstwind, der das Laub auf den Bürgersteigen herumtreibt. Nur ein paar Kinder haben mit ihren kleinen Fingern ein Herzchen auf die verdreckte Heckscheibe gemalt.

*

Mit dem Handy rufe ich Thorsten Mahler an, der die Ortsgruppe des Väteraufbruch Mainz/Wiesbaden mitgegründet hat. Seine private Telefon-Nummer ist eine echte Notfallnummer für Betroffene geworden, die für sich und ihre Kinder das Recht auf Umgang erkämpfen müssen. Thorsten ist sogar zu Hause, weil er heute einen halben Tag frei genommen hat, um den Auftritt bei der nächsten Fernsehdiskussion vorzubereiten. Es ist schon erstaunlich, wie viel Geld dieser unser Staat in Frauengruppen steckt, während Selbsthilfegruppen für Männer bundesweit nicht einen Pfennig bekommen und alles aus der ohnehin scheidungsgebeutelten Tasche bezahlen müssen.

“Hallo Thorsten, wie stehen die Akten?” begrüße ich ihn flapsig.

“Ach, du bist es, Ronni. Der Spruch lautet übrigens auf Aktien.”

Als ich seinen Einwand nur grinsend kommentiere, erkennt er die Fehlleitung.

“Kannst du Deine Flapserei nicht mal in so ernsten Dingen lassen? Na gut, es gibt eigentlich nichts Neues. Ich sehe meine Kinder schon seit Jahren nicht mehr. Meine Ex hat auch den neuerlich ausgesprochenen Umgang unter Aufsicht des Jugendamtes wieder boykottiert. Fand die Richterin nicht weiter bemerkenswert. Aber wir sind mit unserer Gruppe sehr aktiv und in der Presse häufig vertreten.”

Für mich ist erstaunlich, dass er trotz jahrelanger Probleme noch konstruktiv arbeiten kann. “Es ist wirklich traurig. Wer glaubt, wir leben in einem Rechtsstaat, der hat noch keine Scheidung mit Kindern erlebt. Ich wollte dich fragen: Wann ist euer Treff genau?”

“Heute Abend ab 18 Uhr. Du bist ein seltener Gast. Willst du mal wieder kommen?”

“Ja, aber ich habe nur wenig Zeit. Um 19 Uhr bin ich auf der Uni verabredet. Kann ich vorher zu dir kommen, sagen wir jetzt gleich, so gegen vier?”

“Kein Problem, ich bin sowieso an meinem Schreibtisch.”

Auf der Brücke staut sich der Pendlerverkehr und kurz vor 16 Uhr bin ich bei Thorsten angelangt. Er begrüßt mich herzlich und ist wegen der bevorstehenden Diskussion doch sehr angespannt.

“So, Ronni. Jetzt sage endlich, was los ist. Hat es was mit dem Mord an der Richterin Kopro-Litt zu tun?”

“Erraten, Thorsten. Da wird in etliche Richtungen ermittelt.”

“Auch in unsere, vermute ich, Ronni. Ja, die Kopro-Litt war wirklich eine etwas, sagen wir mal, ungewöhnliche Frau.”

“Nun, ich möchte dich eigentlich einmal fragen, ob in Deiner Gruppe vielleicht jemand aufgetaucht ist, der entsprechende Äußerungen gemacht hat. Vielleicht ein Neuer?”

“Lass mich mal nachdenken. Nun, da war die Lesung im Gesundheitszentrum und unser regelmäßiges Treffen. Bei beiden sind leider diesmal keine Neuen aufgetaucht. Anders bei der Matussek-Lesung vor zwei Monaten. Da hatten wir reichlich Zulauf. Ein bekannter Name aus der SPIEGEL-Redaktion zieht halt.”

“Und Äußerungen bekannter Leute?”

“Die Leute sind sehr betroffen, aber versuchen auf gutem Weg etwas für die Kinder zu erreichen. Wir haben übrigens gerade unsere neuen Merkblätter fertig.”

Er reicht mir die Seiten. Alles selbst gemacht und selbstfinanziert, während die Frauen- und Alleinerziehenden-Verbände mit Steuermillionen ihre Mitarbeiter entlohnen und Hochglanz-Broschüren drucken.

Vielleicht sind die Botschaften von Väterseite auch deshalb so einfach und klar: Kinder benötigen beide Elternteile für ihre Entwicklung und haben ein Recht auf persönliche Fürsorge durch beide Elternteile. Umsetzung der UNO-Menschenrechts- und Kinderrechts-Konvention und der Europäischen Menschenrechtskonvention.

“Freunde und Geschäftspartner aus dem Ausland können gewöhnlich nicht glauben, dass ich meine Kinder nur nach dem Gusto der Richterin sehen kann und fragen mich, ob Adolf und seine braunen Horden noch an der Macht sind.”

“Ich weiß, Ronni. Aber was bleibt uns anderes übrig, als immer und immer wieder wenigstens die Einhaltung der Menschenrechte anzumahnen? Im Gegensatz zu mir siehst du Deine Kinder immerhin noch regelmäßig. Meine Ex-Frau hält sich noch nicht einmal an die drei Stunden Umgang pro Monat, die sogar einseitige Richter noch zugestanden haben. Und dieselben Richter unternehmen gar nichts, wenn dieses ihr Urteil von der Mutter einfach missachtet wird. Ich habe meiner Tochter auf einer Plakatwand vor der Schule zum Geburtstag gratuliert, weil ich sie noch nicht einmal telefonisch erreichen kann und Geschenke und Briefe von der Mutter abgefangen und zurückgeschickt werden.”

“Aber zurück zu unserem Fall. Die Kripo tappt noch im Dunkeln. Du sagst, dir sei in deiner Gruppe nichts aufgefallen. Hast du vielleicht aus Frankfurt oder anderen Bereichen etwas gehört?”

“Nein, Ronni, tut mir leid. Aber vielleicht hat Holger Infos.” Holger Partikel ist Gründer von Pappa.com, der Internet-Homepage. Sie unterstützt Interessierte, die trotz Trennung und Scheidung den Kindern den Kontakt zu beiden Eltern erhalten wollen. Holger weiß, was abgeht in der Szene.

“Gute Idee. Rufen wir ihn mal an.” Holger ist auch gleich dran, er beaufsichtigt gerade die Kinder seiner neuen Lebensgefährtin. Ein toller Vater, der seinem Kind sogar hinterher gezogen ist, als die Mutter ihren Wohnort wechselte. Aber auch er hat nichts wirklich Neues gehört. Klar, die üblichen Gerüchte der irgendwo herumgeisternden “Radikalen Väter”, die der Sache der Kinder nur schaden, weil sie der “Gegenseite” Munition liefern. Aber keine konkreten internen Informationen. Immerhin machte die Pressemeldung vom Tod der Kopro-Litt die Runde.

Wir schauen noch einmal ins Internet und wühlen die Mitteilungen unter www.pappa.com durch. Viel Material, viel Betroffenheit, viele Lösungsansätze, aber nichts, was uns bei unserer Mördersuche weiterhilft. Die Richter kennen offensichtlich kein Maß und kein Ziel. Da stehen wieder Fälle, bei denen eine Stunde Umgang pro Monat per Urteil verordnet und dann selbst diese lächerlich geringen Kontaktminuten in der Praxis wegen angeblicher Krankheit und anderen Vorwänden immer wieder verhindert werden. Merkwürdigerweise betrifft ein solcher Schwachsinn fast immer nur den Umgang zwischen Kindern und Vätern, äußerst selten nur aber zwischen Kindern und ihren Müttern.

Inzwischen ist es schon 17 Uhr 30 und es wird Zeit für den Treff. Ich nehme Thorsten im Wagen mit und werde von den anderen mit Hallo begrüßt. Neue Leute? Nein, auch heute Fehlanzeige. Ungewöhnliche Äußerungen betroffener Väter sind nicht in Erinnerung, wohl aber einige Entscheidungen diverser Familienrichter, die sich hinter sogenannten erprobten Gutachtern verstecken. Auch am Wiesbadener Amtsgericht gibt es so einen Eine-Stunde-pro-Monat Richter, erfahre ich.

So breche ich denn meinen Besuch ab und mache mich auf den Weg zu Jana Haller in die Uni. Vielleicht hilft die Suche nach dem Täter ja auch diesen betroffenen Vätern.

*

Die Atmosphäre auf der Uni Mainz am Abend erinnert mich an den Beginn meiner Studienzeit. Einzeln oder in kleinen Gruppen nach Hause bummelnde Studenten, vereinzelte Studierfreudige in den Bibliotheken, die Mehrzahl der Arbeitsräume ist bereits dunkel. An der Muschel, den gedrungen in die Erde gebauten Vorlesungsräumen vor der Naturwissenschaftlichen Fakultät brummen die ersten Nachtschwärmer gegen die eher trüben Weglampen an. Zerfetzte alte Plakate und neue Wandzeitungen dekorieren die Außenwände. Zerstreuung ist angesagt. Aufrufe linker Gruppen zu Initiativaktionen gegen bourgeoise Versumpfung haben schon seit einigen Jahren Platz gemacht für Aufrufe zu Festen mit milieugerechten Preisen. Alkohol und Musik sind in stressigen Zeiten wichtiger als selbstbeweihräuchernde Weltverbesserer. Statt Mao hoch ist Alk runter angesagt.

Abgerundet wird das Programm für Gemüt und Magen durch leckere Spezialitäten der ausländischen Kommilitonen, die sich damit ein paar Mark zum mickrigen Bafög dazuverdienen.

Im Erdgeschoss der NatFak brennt noch Licht und die doppelkopferprobten Tische und Bänke auf dem Flur dienen wieder ihrer Bestimmung. Direkt hinter dem Eingang links lehnt sich Haller gegen eine Ausstellungs-Vitrine mit einer versteinerten Seekuh aus dem Mainzer Becken, einer Schenkung von H. Meitzler, wie das Schild ausweist. Die hatte der Vater meines Kommilitonen Ludwig beim Zaggern oder hochdeutsch Pflügen aus der Esselborner Ackererde gehoben. Auch Haifische gab es damals im Mainzer Becken, aber das ist eine andere Geschichte.

Haller sieht für ihren Fulltime-Job noch ganz fit aus. "Sie sind zehn Minuten zu spät. Oder hatten wir c.t. ausgemacht?" Ein Lächeln verrät, dass sie sich nicht wirklich über meine Verspätung ärgert.

"Mea culpa, Frau Haller. Dafür spendiere ich Ihnen eine Sinalco aus dem Automaten, ok?"

"Ein Kaffee ist mir lieber."

Also gehe ich zum Heißgetränke-Automat, der auch tatsächlich auf einen Pfennigfünfziger der Bank deutscher Länder einen Kaffee ausspuckt. Ich staune über die hochentwickelte Technik, waren doch zu meiner zehn Jahre zurück liegenden Studentenzeit die Automaten ein stete Quelle kreativer Kaffee-Kakao-Suppen-Mixturen.

"Bitte sehr, junge Dame." überreiche ich die wacklige Plastik-Tasse. "Sonst noch einen Wunsch?"

Sie lacht: "Nein, fangen wir endlich an. Wohin geht es?"

"Folgen Sie mir bitte zu den Quellen des Wissens." Im Verschwörerton führe ich sie in den Nebengang mit den Internet-Anschlüssen. Wir haben Glück: Ein Internet-Terminal ist frei und zwei Stühle sind schnell organisiert. Der relativ kleine Monitor und die räumliche Enge lassen uns zusammenrücken. Ich spüre ihre Nähe.

"Übrigens: Ich bin der Ronni." Warum unnötig komplizieren?

"Und ich die Jana." Ein belustigter Seitenblick - ob meines langen Zögerns?

Da die Uni einen eigenen Server im Internet hat und daher keine Leitungskosten entstehen, logge ich uns erst einmal ein.

"Wo fangen wir an, Frau Kommissarin?"

“Danke für die Lorbeeren, Ronni, aber so weit ist es noch nicht. Was wir haben, sind drei E-Mail Adressen der Toten und zwei Chat-Groups. Auf ihrem privaten Rechner haben wir außerdem noch zwei Mails gefunden, die offensichtlich im direkten Zusammenhang mit dem Mord stehen. Leider hat sie sonst ihre Platte recht sauber gehalten.” Sie reicht mir einen Ausdruck:

von: jump.tiger@hotmail.com

an: sexy_green-eyes@t-online.de

lust auf offline

lust auf mehr. lust auf dich. freitag disco, ok?

tiger is waiting for you ...

“Und hier wohl die Antwort.” Jana reicht mir den nächsten Ausdruck von einem Tintenstrahldrucker.

Von: sexy_green_eyes@t-online.de

An: jump.tiger@hotmail.com

hallo tiger,

lass mich sehen, wie gut du springen kannst. disco ist geil. freitag um 11 Uhr nachts an der fähre ingelheim. direkt am damm. sei pünktlich.

sexxxyyy ....

“Na, die scheint es nötig gehabt zu haben, Ronni. Blind Dates sind immer ein Risiko, vor allem Nachts.”

“Immerhin hatte sie ihre Pistole dabei. Die schien sich nicht so besonders wohl in ihrer Haut zu fühlen. Bei ihren üblen Entscheidungen wundert mich das nicht.” Ich weiß nur zu gut, dass ich kein Einzelfall bin.

“Sie hat ihren Treffpunkt mit Bedacht gewählt. Direkt hinter dem Damm beginnt Frei-Weinheim, eine beleuchtete Telefonzelle ist in der Nähe. Die Fähre fährt zwar nur bis 21 Uhr 30, aber es kommen sicher auch später noch Abendbummler oder die Dorfjugend dort vorbei. Vor allem bei gutem Wetter dürfte nicht nur beim Rotweinfest am Rhein einiges los sein. In jedem Fall hat ihr das alles nichts genutzt. Der Mörder wusste, was er tat. Und wie er es tat.”

“Nur wir noch nicht.” fasse ich zusammen. “Einen Knall hätte sicher jemand gehört, der Tod kam lautlos. Und so schnell, dass sie ihre Pistole nicht nutzen konnte. Aber wie kam der Täter überhaupt nahe genug an das Opfer, ohne dass sie sich wehren konnte?”

“Also ein intelligenter Mörder mit speziellen Kenntnissen im Töten.”

“Vertrauensselig dürfte sie nicht gewesen sein. Und dass sie einen Bekannten traf, ist doch sehr unwahrscheinlich, oder?”

“Wohl kaum. Mit Spekulationen kommen wir nicht weiter. Setzen wir doch einmal beim Täter an.” Jana wandte sich dem Monitor zu. “Erfahrungsgemäß neigen solche Leute dazu, sich selbst zu outen, um den Lob der Umwelt einzufahren. Schauen wir doch einfach einmal in die Chatgroups der Toten.”

Ich tippe “www.liebe.de” ein. Bing! “No access”. Wie bitte? Verdammt noch mal, was ist los?

“Was ist denn, Ronni?” Jana ist verblüfft.

“Das werden wir gleich rausbekommen.” Ich greife mir das nächste Intern-Telefon und rufe Friederich an, der nach seinem Physik-Studium zum Netzmanager im Rechenzentrum avancierte. So brauchte er sich nicht mehr wie im Studium einschließen zu lassen, um den Rechner über Nacht für sich allein zu haben. Jetzt hat er alle Schlüssel und - tatsächlich, er ist auch da.

“Rechenzentrum, Neugebauer. Was kann ich für Sie tun?” Der alte, vertraute Bass, der bereits in so mancher Christmette dem Chor das nötige Fundament verlieh.

“Hallo Friederich. Hier Ronni. Wieso komme ich nicht ins Netz?”

“Langsam, langsam. Das Netz läuft. Zumindest vor zehn Sekunden noch. Was hast du denn eingegeben?”

“Liebe.de.”

“Na, das kannst du dir leider abschminken. Für Sex-Chat haben wir keine Kapazität.” Friedrichs Stimme klingt bestimmt.

“Ihr habt die Seite gesperrt? Die ist aber doch harmlos.”

“Ach, wir haben nicht die Zeit, das immer genau zu prüfen. Aber was willst du denn da? Immer noch auf der Suche?”

“Nicht, was du denkst. Nein, ich muss da recherchieren. In einer vertraulichen Sache. Neben mir sitzt Frau Haller von der Kripo.”

“Warte mal, ich komme.”

Eine Minute später geht die Glastür auf und Friederich steht mit seiner von sportlichen Aktivitäten völlig unberührten schlaksigen Figur vor uns. Seine bleiche Hautfarbe verrät den dauernden Aufenthalt in Räumen mit Neonröhren. Sonnenlicht war wohl auch in den letzten Jahren Fehlanzeige bei dem Computerfreak.

“Tag Frau Haller, hallo Ronni.” Er gibt uns die Hand. “Wenn es vertraulich ist, solltest du ohnehin nicht hier recherchieren. Möchtegern-Hacker gibt es auf der Uni reichlich. Wenn ich dich richtig verstanden habe, willst du in eine Chat-Group. Und vielleicht auch E-Mails lesen. Von welchem Provider?”

“T online.”

“Dann solltest du von dem Anschluss aus arbeiten, der normalerweise genutzt wird. Bei T-online kommst du sonst gar nicht dran. Die checken beim Einloggen die Telefonverbindung ab.”

“Das heißt, wir müssen an den Original-Rechner am Original-Ort.” Jana schaltet sich ein.

“Genau. Sonst werdet ihr nicht weit kommen.” Friedrich sagt das mit der Beflissenheit eines seine Herde umsorgenden Hirten.

“Ja, wenn das so ist.” Ich schaue zu Jana. “Dann sprechen wir uns besser draußen ab. Danke Friederich.”

“Immer zu Diensten, Ronni.” Friederich verschwindet grinsend wieder hinter der Glastür in sein Reich der Bits, Bytes und Megaworte. Scheinbar ist er heute bis neun für die User da. Im Vergleich zu früher nimmt er sich jetzt allerdings mehr Zeit für seine Familie.

“Ein kurzes Gastspiel, Jana. Was schlägst du vor?” Wir sind schon auf dem Weg zur Tür.

“Was hältst du von einem Besuch bei der alten Dame?” Jana schätzt offensichtlich Dürrenmatt.

“Nun, von mir aus. Wenn es dir nicht zu spät ist. Wo wohnte sie eigentlich?”

“In Heidenfahrt. Du kennst das sicher. Nicht weit hinter dem IBM-Club.” Ihre Augen blinzeln unternehmungslustig und wir bleiben kurz auf der Außentreppe der NatFak stehen. “Oder hast du Angst?”

“Ein bisschen makaber ist das schon. Mitten in der Nacht kurz nach einem Mord in das Haus der Toten einzudringen.” Ganz wohl ist mir bei dem Gedanken nicht.

“Nun komm schon. Ich bin ja bei dir.” spöttelt sie und fasst mich leicht am Arm. Sie schaut mir frech in die Augen und meine Knie werden wacklig.

“Na gut. Es ist ja erst halb acht und mein Auto steht da vorn. Aber bitte erwarte keine besondere Ordnung in meinem Arbeitsgefährt.” Ich fasse mich wieder und wir gehen zu meiner alten Kiste.

“Einen Moment noch, Jana.” Ich greife Bonbontüten und Manuskriptvorlagen vom Beifahrersitz und werfe sie auf die Rückbank. “Voila, mein fahrbarer Untersatz.”

“Auf meinem R4 hat “Alt, aber bezahlt” geklebt.” Sagt sie und lässt sich in den Sitz fallen.

“Bei mir kommt “und rostig” dazu.” Ich steige ein und starte den Motor.

Über den Ausgang Dahlheimer Weg fahren wir auf die Saarstraße, vorbei am neuen Stadtteil Kisselberg, dann kommen die Felder rechts und links der Ausfallstrecke zur Autobahn. Schließlich Richtung Bingen und die Abfahrt Heidesheim-Uhlerborn herunter. Die recht enge Straße schlängelt sich durch die Obstbaumfelder, bis sie schließlich direkt am Rhein endet. Doch wir biegen schon vorher ab, in die erste Straße links. Unser Ziel entpuppt sich als Reihenhaus mit Vorgarten im Standard-ich-pass-mich-an-Stil. Wozu in dieser Gegend unstrittig Krüppelkiefern aus dem Hochgebirge und Thuja aus Griechenland gehören. Waschbetonstufen führen zur Haustür mit ihrem milchigen Sicherheitsglas. Der Abstellplatz vor dem Haus ist verwaist und kommt meiner Familienkutsche mit ihrem enormen Wendekreis gerade recht. Jana zückt den Schlüssel und öffnet die Tür.

“Die Spurensicherung ist sowieso schon fertig, den Schlüssel habe ich von heute morgen noch behalten.” Sie schaltet das Licht im Flur an und ich gehe hinein. “Der Hund ist schon beim Nachbarn, das habe ich dir schon gesagt. Hier links ist das Arbeitszimmer.”

Aufgeräumte, sterile Ordnung sonst allenthalben, aber im Arbeitszimmer liegen Stapel an Papier und Ordner über- und nebeneinander. Hier also hat sie wohl auch meinen Fall abgefertigt. Ich nehme eine Kurzmappe in die Hand und blase drüber. Eine Staubwolke illustriert die Gründe für die lange Verfahrensdauer. Für meine Scheidung brauchte diese furchtbare Juristin volle vier Jahre, obwohl der Scheidungsantrag bereits nach einem Jahr gestellt wurde und beide Seiten die Scheidung wollten.

“Die Kollegen vom Nackenheimer Gericht werden da wohl einiges aufarbeiten müssen. Vielleicht hast du auch eine neue Chance, Ronni.” Janas Stimme klingt tröstlich.

“Leider nicht, Jana. Meine Ex ist mal eben so einfach in den tiefsten Taunus zu einem Watzelheini gezogen. Und hat natürlich die Kinder mitgenommen. Damit ist jetzt wieder ein anderes Gericht zuständig.” Ich nehme mit leichtem Frösteln auf dem Totensessel Platz.

“Konzentrieren wir uns zunächst einmal auf die Arbeit.” Jana räumt einen Aktenstapel von einem Holzstuhl und nimmt in angenehmer Nähe neben mir Platz. “Unsere Computerspezialisten haben schon eine Kopie der Festplatte gemacht. Gut, dass sie wenigstens den Rechner dagelassen haben.”

Nach dem Einschalten fährt der Rechner mit dem üblichen Ventilatorbrummen hoch. Windows meldet sich, ein Passwort gibt es nicht.

“Ganz schön leichtsinnig, wenn man hier die Akten bearbeitet, Jana.”

“I wo, unsere EDV-ler haben schon gesagt, dass da nichts Gerichtsrelevantes drauf ist. Zuhause hat sie scheinbar nicht richtig gearbeitet, sondern nur Akten gelagert. Wohl damit es in ihrem Büro im Gericht nicht zu wüst aussieht.”

“Jetzt lästerst du aber mal zur Abwechselung.”

Jana grinst vielsagend und greift entschlossen zur Maus, als der Desktop-Bildschirm erscheint. Tatsächlich findet sich auf der Festplatte auf Anhieb nur wenig, leider ist auch der Papierkorb von Windows leer. Das T-online E-Mail Programm hat in der Ablage nur die letzte Mail an den “Tiger”, im Eingang die letzte Mail von ihm. Leider ist auch hier der Papierkorb geleert. Vielleicht gibt es was Neues auf dem Server. Auf Abholen geklickt und tatsächlich ...

“Der hat echt einen Sprung in der Schüssel! Das ist ja eine Unverschämtheit.” Ich kann es nicht fassen. Eine neue Mail von jump.tiger mit Hi_Hi als Betreff.

Jana fängt sich schnell: “Na also, das habe ich so ähnlich erwartet. Lass mich lesen.”

Ich hole die Mail vom Server, eine Datei namens surprise.exe hängt dran. Die öffne ich erstmal nicht, denn vielleicht will der jump.tiger uns damit die Platte killen und wichtige Spuren verwischen. Die Plattenkopie enthält ja nicht alle Daten auf einer Platte, beispielsweise gelöschte Dateien, die man mit speziellen Programmen sehr wohl wieder zurückholen könnte. Der Text ist ebenso derb wie einfach:

"hallo jungs von der kripo. da schaut ihr dumm, wa? viel spaß beim ermitteln, ihr trantüten. ich warte auf euch."

"Na also, da haben wir ja schon was." Jana lehnt sich zufrieden zurück. "Der weiß, dass die Richterin nicht mehr mailt."

"Und wer außer dem Mörder sollte das wissen?"

"Keiner. Logo."

"Aber warum gibt der seine Anonymität auf?"

"Nun, der kann sich ausrechnen, dass wir seine alte Mail ohnehin haben und ihn verdächtigen. Immerhin ein echt kommunikativer Mensch." Jana ist an Ausgeflippte gewohnt. "Finde doch mal die Adresse raus."

"Können vor Lachen. Die E-Mail Adresse ist von Microsoft und wird damit irgendwo in den USA verwaltet. Da kommen wir höchstens über nationale amerikanische Gerichte ran. Und das dauert. Friederich kann auch nur was machen, wenn sich dieser Mensch über den Uni-Server einloggt. Haben wir dann die persönlichen Daten zur E-Mail-Adresse, nutzt uns das wohl wieder nicht viel, denn die Daten werden bei der Anmeldung der Adresse nicht geprüft. Wenn der Täter vorsichtig ist, und davon ist auszugehen, kommt uns Tante Emma aus Ladenburg entgegen oder so."

"Also sind wir nicht wirklich weiter als vorher. Und wie können wir die Anlage lesen, Ronni?"

"Am besten, ich kopiere die Mail auf Diskette und stecke sie in meinen Spielrechner zuhause. Falls der Virenscanner nichts findet und doch ein gefährlicher Virus drauf ist, lösche ich einfach die Platte. Hier ist mir das zu gefährlich. Wer weiß, ob wir auf der Platte nicht noch was finden. Schauen wir aber erst einmal ins Internet. In Liebe.de. Raum18 oder Chat18."

Gesagt, getan. 22543 Partner haben sich schon über die Liebe.de gesucht, wirbt die Begrüßungsseite. Wie viele gefunden, steht nicht drin. Im Chat sind etwa 50 Leute, das Einloggen kündigt die Chat-Verwaltung automatisch an.

Chat18: sexy_green_eyes loggt sich ein

Lattex: haaalllllooooo :)

steven: da bist du ja wieder. :) :) :) :)!

jump.tiger: ach schau mal da, die schnüffler. LOL.

Steven: schnüffler? was soll das?

Chat18: steven loggt sich aus

Lattex: was ist los?

Chat18: jump.tiger loggt sich aus.

"Mist, der war´s." Wann hat man schon mal die Gelegenheit, mit einem Mörder zu chatten, bevor er gefasst wird?

"Sag mal, Ronni, geht das immer so schwachsinnig ab?" Jana ist ziemlich fassungslos ob des hochstehenden Kommunikationsniveaus. "Wer oder was ist Lattex? Und dieses LOL?"

"Chats sind fast immer so. Da spielen manche Männlein Weiblein und umgekehrt. Und lallen ziemlich ausnahmslos viel dummes Zeug. LOL gehört auch dazu, das bedeutet "Lough out loud" oder auf gut deutsch: Jetzt breche ich in Gelächter aus. Wer da ernsthaft sucht, braucht einen langen Atem. Aber viel wichtiger: Unser Tiger war da. Ganz schön dreist, der ist sich seiner Sache sicher. Das ist unser Täter, weshalb sollte er auf unsere Nutzung der E-Mail Adresse der toten Richterin sonst so reagieren? Wer sonst kann schon wissen, das es Kopro-Litt nicht mehr gibt?"

"Die Zeitungen haben ausführlich berichtet."

"Nein, der hier hat die E-Mail Adresse der Toten. Und die Mail ist von Sonntag Morgen. Da war noch nichts in der Zeitung. Nein, nein, er spielt mit uns."

"Und was macht er jetzt? Ist eine Fangschaltung möglich?"

"Nur bedingt. Wenn der Provider mitspielt und wenn er die notwendige Technik installiert hat. Das alles aber muss bereits in Betrieb sein, wenn er sich einloggt. Rückwirkend geht das ohnehin nicht. Das Internet macht keine Kopien. Wir müssen nochmal Friederich fragen."

"Dazu ist es jetzt aber zu spät, Ronni. Lass uns das auf morgen verschieben." Jana gähnt. "Ich muss ins Bett. Morgen Frühschicht auf dem Amt und dann Supervisionsgruppe nach vier nachmittags. Bringst du mich nach Hause?"

Kurz nach halb elf verlassen wir das normkonforme Reihenhäuschen und steigen in meinen immer noch verstaubten Omega. Im Flur berühren wir uns flüchtig, als ich ihr in die Jacke helfe. Im Auto wird es auch kälter geworden sein. Jana ist viel zu müde, um noch das Herzchen auf der Heckscheibe zu bemerken. Auf dem Weg nach Wiesbaden tanzen die Lichter der Baustellenbeleuchtung auf der Schiersteiner Brücke über ihr Gesicht. Mit halbgeöffneten Augen blinzelt sie in die Halogenlampen, wendet dann ihren Kopf zu mir und schaut mich nachdenklich an, sagt aber nichts. Auch als ich rübersehe, wendet sie ihren Blick nicht ab. Leider muss ich mich aufs Fahren konzentrieren und den Wagen durch die schmalen Baustellenspuren fädeln.

An ihrer Wohnung steige ich mit aus, um mich gebührend von ihr zu verabschieden. Sie drückt mich, in der rechten Hand bereits den Hoftor-Schlüssel.

"Du, Ronni, morgen habe ich zu viel zu tun. Machen wir Mittwoch weiter. Ich rufe dich an, wahrscheinlich am Nachmittag, ok?"

"Klar, Jana. Ich freue mich drauf." Ich drücke sie nochmal und sie gibt mir einen Kuss auf die Wange. Dann dreht sie sich um und schließt das Hoftor auf. Als ich zurück nach Hause fahre, verschieben sich die Perspektiven vor dem nächtlichen Hintergrund. Lichter strahlen heller und wandern zur Seite, wenn das Auto näher kommt. Bei Ingelheim-Ost biegt ein Trabi in der Gegenrichtung auf die Autobahn ein. Das typisch matte Licht ist nicht ganz West-Standard, aber es spart Strom. Das dürfte Olaf sein; so viele Rennpappen gibt es schon einige Jahre nach dem Mauerfall nicht mehr. Vielleicht war er bei Maria, seinem Schwarm. Auf den letzten Kilometern nach Hause erfüllt mich eine seltsame Leichtigkeit und ich habe das Gefühl, dass ich Jana nahe kommen werde. Ganz nahe. Zu Hause rolle ich mich in meine Decke und schlafe sofort ein.

*

Wozu eine Zeitung kaufen? Im Web ist alles zu lesen. Frischer als druckfrisch. Info-Vitamine. Lucy hat sich eine Familienrichterin ausgesucht, scheint es. Ein voller Erfolg. Willi grinste zufrieden in die untergehende Sonne. Und jetzt waren sie schon hinter ihm her. Wie langweilig wäre das Leben ohne das Web. Wer hat Probleme? Willi hilft.

Willi hilft sich auch selbst. Er führte seinen Kurzhaarschneider auf Stufe ultrakurz durch seine Locken. Der Boden füllte sich langsam mit den Resten der Studentenzeit. Nach fünf Minuten war die Frisur modern. Modern und stoppelkurz. Vielleicht noch eine Nickelbrille dazu, dann würde er aussehen wie Gandhi.

Was zum Teufel ist mit Sina los? Keine Antwort seit gestern und davor Süßholz in Mengen, die das Reaktorbecken in der Kernchemie locker gefüllt hätten. Bestimmt wieder so eine dieser ganzheitlichen Selbstverwirklicherinnen. Na wartet, Lucy kennt keinen Pardon.

Mal schauen, was die schon wissen. Willi loggte sich in www.polizei.rlp.de ein. Polizeisportverein, dein Freund und Helfer und so einen Mist. Wo sind die Unterlagen der Mordkommission? Aha, die Telefonnummern, ein geschlossener Nummernkreis mit einigen Lücken. Willi notierte die Nummern, loggte aus und wählte einige der freien Nummern an. Nach dem zweiten Versuch war er drin. Das Passwort war der Trainername von der Judo-Gruppe aus der Homepage. Wie intelligent ....

Zehn Minuten später wusste Willi, was er wissen wollte. Wülfing und Sander waren auf den Fall angesetzt. Die also hatten ihn im Internet gesucht. Die Obduktion gab Rätsel auf, was Wunder. Die dürre Blonde wohnte in Heidenfahrt. Interessierte jetzt ohnehin nicht mehr. Er loggte sich wieder aus. Diese mistige Sina hatte sich immer noch nicht gemeldet. Was soll´s. Jetzt ging es erst einmal um die Vermarktung. Wie viel sollte er verlangen? Fünf? zehn? Oder fünfzehn? Tausend natürlich.

Willi durchwühlte das Netz nach alten Spuren und löschte sie. E-Mail Adressen weg, E-Mails weg. Neue Adressen anlegen, rückdatierte harmlose Mails an sich selbst schicken. Nach zwanzig Minuten war aus jump.tiger eine gelockte junge Schönheit namens Ayse geworden. Zumindest im Chat.

In Chat18 war jetzt richtig was los und Willi fluchte schon, sich einen Frauennamen zugelegt zu haben. Jeder baggerte ihn an. Smiley auf Smiley, LOL auf LOL. Die Schnüffler waren scheinbar nicht da.

Ayse: ich hatte ein grosses erlebnis.

Stefan45: great pleasure, bingo. yeah!!!:):)!!!

Ayse: lucy war böse.

Stefan45: wer ist lucy? :(!!!

Lattex: wer?

Body_perfect: wer????

Ayse: eine gute freundin. war sauer auf eine andere.

Lattex: und?

Body_perfect: ???

Ayse: lucy ist richtig heiss. und macht ihre sache gut.

Stefan45: welche sache??? LOL. DIE sache?

Body_perfect: komm rüber ayse. erzähle.

Ayse: da war so eine mistkuh. unzuverlässig. blöd. arrogant. jetzt ist sie weg.

Stefan45: wie weg?

Lattex: ganz weg?

Body_perfect: du machst wohl quatsch, oder?

Ayse: es kostet was. aber wenn euch einer nervt, denkt an mich. wer mich braucht, wird zufrieden sein. bald mehr hier.

Chat18: ayse loggt sich aus.

Lattex: die hat ein Rad ab.

Stefan45: mit der will ich mal meinen 5er diesel ausfahren. scharfe braut.

Chat18: body_perfect loggt sich aus.

*

Unweit vom Mainzer Hauptbahnhof schaltete Sunny in ihrer kleinen Dachwohnung den Computer aus und starrte nachdenklich auf die Dauerbaustelle vor dem Eisenbahntunnel unter dem Kästrich. Statt des erhofften Märchenprinz-Chats war das sehr merkwürdig. Das Internet barg immer neue Überraschungen. Worum ging es hier tatsächlich? Auftragsmord? Sie machte einen Ausdruck des Chats seit Ayse drin war. Halb zwölf, Zeit fürs Bett. Mal sehen, was Herbert morgen dazu sagte. Er saß ja gerade nur einen Stock tiefer. Während Willi weiter seine Netze auswarf, schlief die Leiterin der Abteilung Ausländerkriminalität der Frühschicht entgegen.

*

In Wülfings Zimmer war dicke Luft. Nicht nur, dass Zweipfennig immer noch nicht wusste, wie Kopro-Litt ermordet worden war, jetzt war auch noch die Kaffeemaschine kaputt und rotzte braune Flecken auf die daneben gelagerten Akten. Ein schneller Griff zum Stecker war das einzige gewesen, was geholfen hatte. Jetzt galt es aufzuwischen. Schnaufend beugte sich der massige Kommissar nach unten - und erhielt von der Tür einen dezenten Schubs von hinten, der ihn vornüber auf den Boden warf.

“Entschuldige, Herbert. Ich wusste nicht, dass du Pilze sammelst.” Feixend stand Sunny in der Tür mit einem Blatt Papier in der Hand.

Stöhnend stemmte sich Wülfing auf. “Wer den Schaden hat, spottet jeder Beschreibung. Was willst du denn?”

“Ach, ich war gestern im Internet und habe da was entdeckt, was vielleicht interessant für dich ist.” Sie schwenkte triumphierend das Blatt.

“Internet, Internet, immer nur Internet. Eben war schon Jana da und hat von ihren Internet-Abenteuern gestern erzählt. Virtuelle Welten, virtuelle Leute.” Wülfing ließ sich in seinen Drehstuhl fallen, der unter dem Gewicht knarrte. “Die haben wohl sogar mit dem Mörder kommuniziert, ohne ihn irgendwie festmachen zu können. Virtuelle Mörder, nur die Leichen sind echt. So ein Unsinn!”

“Lies doch erst mal das hier, Herbert. Hier bietet ein oder eine Ayse ihre Dienste beim Beseitigen von Leuten an. Ganz schön dreist, nicht?”

“Ist ja interessant.” Wülfing hielt das Blatt auf Armlänge weg, da er seine Lesebrille nicht aufhatte. “Wie war noch der Name eures Mörders, Jana. Jumbo oder so?”

Haller, die im Hintergrund des Zweimannbüros gerade ihren konventionell gebrühten Kaffee schlürfte, kam interessiert näher.

“Ich habe dir doch den Ausdruck gegeben, Herbert.” Sie wühlte auf dem Schreibtisch und zog mit spitzen Fingern ein Blatt heraus. “Hier: Jump.Tiger.”

“Und die hier ist Ayse. Was hat das miteinander zu tun?”

“Alles und nichts. Jeder kann sich kostenlos soviel E-Mail Adressen holen, wie er will. Wenn ich der Täter wäre, würde ich so oft wechseln wie möglich.” Haller schaute sich den neuen Ausdruck an. “Die Ausdruckweise ist ähnlich, aber das ist im Internet meist so, weil die Leute keine Lust haben, Romane zu schreiben. Wer ist diese Lucy?”

“Das weiß ich auch nicht, Jana.” Sunny zuckte die Schultern. “Vielleicht kannst du dir ja einen Psycho-Reim drauf machen.”

“Inhaltlich passt das gut zusammen. Frech wie Oskar, unser Mörder. Geltungsbedürfnis. Einzelgänger. Offensichtlich intelligent und ohne Hemmungen. Der macht Mord zum Beruf. Da steht uns noch einiges bevor.” Haller schaute mit einem seltsamen Blick zum Fenster raus.

“Vielleicht kann uns Ronni Sander weiterhelfen. Sein Freund Friederich scheint der Meister aller Netze zu sein.”

“Na, von mir aus. Aber er darf nur rausgeben, was wir vorher gesehen haben.” Wülfing warf einen vielsagenden Blick auf Haller, die wieder zum Fenster herausstarrte und dann zu Sunny. Die grinste und verabschiedete sich nach oben.

In ihrem Zimmer erwartete sie ein Fax aus Frankfurt/Oder. Ein Pole namens Marek war wegen unerlaubten Waffenbesitzes festgenommen worden. In der Jacke war ein Bild gefunden worden, das Marek als Cousine identifiziert habe. Dieses Bild käme mit einem anderen Fax am Nachmittag. Zuerst wollte man ein Bild von diesem Marek machen. Im Verhör hatte dieser davon gesprochen, dass er die Pistole nur so dabei gehabt habe und ansonsten von einem Herrn Müller um Mitarbeit im Haus gebeten worden sei. Müller habe ihm das Geld gezahlt und sei auch bei der Abreise da gewesen, um ihm für die gute Arbeit auf Wiedersehen zu sagen. Laura Anders hatte doch irgendjemand bei den polnischen Arbeitern geortet ....

Sunny wählte kurz die Nummer des Nachbarzimmers. “Laura, wen hattest du noch bei den polnischen Arbeitern gesehen?”

“Den Kaulen, den Psychologen. Warum fragst du?”

“Einer der Polen hatte eine Pistole dabei und sagte, er habe für einen Herrn Müller Hausarbeiten ausgeführt. Er hatte achthundert Mark dabei. Und ein gestohlenes Auto. Und ein Foto, dessen Herkunft er nicht richtig erklären konnte. Dieser Müller sei bei der Abreise da gewesen.”

“Natürlich kenne ich nicht jeden Müller, aber was wäre, wenn es Kaulen war?”

“Hast du ein Bild vom Kaulen, das wir den Kollegen faxen könnten?”

“Nein, noch nicht.”

“In jedem Fall werden wir den Kaulen mal kurzfristig zum Verhör bestellen. Dann machen wir auch ein Foto von ihm. Ich habe keine Lust, den Polen wieder bis hierhin karren zu lassen. Danke.”

Sunny zückte das Telefonbuch und brauchte im Nackenheimer Ortsregister nicht lange zu suchen.

Psychologische Praxis Helmut Kaulen

Ehe- und Konfliktberatung

Einzel- und Gruppentherapie

Gerichtsgutachter

Nach dem dritten Klingeln war Kaulen dran. Seine Fistelstimme geriet leicht ins Zittern, als er seine Gesprächspartnerin erkannte. Die wiederum ahnte schon, dass ihr Schuss ins Blaue tatsächlich ins Schwarze treffen würde.

“Herr Kaulen, wir haben ein paar Fragen an Sie. Und wir bräuchten ein Foto von Ihnen. Es ist eilig. Könnten Sie noch heute zu uns kommen? Falls Sie ein Foto haben, bringen Sie es bitte mit, falls nicht, werden wir hier eins machen.”

“Worum geht es? Ich habe heute Nachmittag und den ganzen Rest der Woche wichtige Termine.” Kaulen wirkte reichlich nervös, seine Erregung konnte man sogar ohne Bildtelefon spüren.

“Nun, es gibt da ein paar Unstimmigkeiten, die möglicherweise ins Ausländerrecht fallen. Und zu denen sie uns Auskunft geben könnten. Es dauert auch nicht lange. Ich sage Ihnen was, Herr Kaulen: Kommen Sie heute um 15 Uhr ins Präsidium, Sie kennen es ja noch aus dem letzten Jahr. Wenn alles glatt läuft, sind wir um 16 Uhr wieder fertig. Wenn Sie ein Bild mitbringen. Sonst dauert es etwas länger.”

“In Ordnung, ich komme, wenn es denn sein muss. Aber ich behalte mir vor, die ausgefallene Therapiestunde bei Ihnen geltend zu machen.”

“Tun Sie das, wenn Sie wollen.” Sunny war sich ihrer Sache immer sicherer, legte auf und wählte Lauras Nummer an.

“Kannst du mal um 15:00 h vorbeischauen? Dein Psycho-Freund kommt.”

“Na aber klar doch. Molli wird sich freuen, ihn wieder anzuknurren.” Ein zustimmendes Grollen kam von unterhalb ihres Tisches. “Schließlich hat er sie letztes Jahr Köter genannt.”

Viertel vor zwei brachte der Hausbote die erwarteten Faxseiten von den Kollegen an der Ostgrenze des sich - allerdings gewaltig ausbreitenden - real existierenden Kapitalismus und legte sie schnaufend zu Sunny auf den Tisch. “Das ist der Marek, Frau Laube. Und das Bild aus seiner Jacke. Und der Fahrstuhl ist wieder ausgefallen.”

“Sie sollen doch nicht immer alle Faxe lesen, aber lassen Sie´s gut sein.” Sunny zeigte das Fax mit dem Männerbild Laura. “Kennst du den?”

“Klar, das ist der, der so merkwürdig lange in Heidenfahrt in die Gegend guckte und dann mit dem anderen Polen nach Hause gefahren ist. In dem giftgrünen Astra.” Lauras Beobachtungsgabe wurde allgemein geschätzt. “Das Frauenbild kenne ich nicht.”

“Na, dann wollen wir mal sehen, was um fünfzehn Uhr herauskommt. Kommst du mit essen?”

*

Nachdem ich die Artikel fürs MSR-Magazin bei den Vereinigten Fachverlagen abgegeben habe, stellt sich die Frage nach dem Mittagessen. Der Magen knurrt, weil ich schon um halb sechs mit dem Schreiben angefangen und darüber meinen Magen vernachlässigt habe. Meine Gedanken wandern zu Jana. Zu ihren Augen, zu ihrem Lachen, zu ihrem Körper. Weit weg ist sie nicht und eine Kantine gibt es auch im Polizeipräsidium am Valenciaplatz. Wozu habe ich das Handy dabei? Sie geht gleich ans Telefon.

“Kriminalpolizei, Haller.”

“Hallo Jana. Hast du Lust, mit mir zu Mittag zu essen?”

“Du lässt aber nicht locker, Ronni.” Sie lacht. “Jetzt geht es nicht gut, aber wenn du um zwei kommst, habe ich etwas Zeit.”

“Gut, dann helfe ich noch ein paar Omas über die Straße bis dahin.” In ihr Lachen hinein lege ich auf.

Omas zum über-die-Straße-bringen sind keine da und so schaue ich den Skatern auf der Quarterpipe am Rheinufer zu. Durchtrainierte Jungs mit reichlich Bewegungstalent, abgenutzten Sturz-Protektoren und zerfetzten, weiten Jeans. Mit einem Aufhell-Blitz werden die Bilder relativ gut, wenn auch eine Kamera mit Zentralverschluss wesentlich bessere Ergebnisse liefern könnte.

Das Rheinwasser ist herbsttypisch wieder angestiegen und wälzt sich graubraun im uralten Flussbett Richtung Norden. In augenfälligem Kontrast dazu steht die Wasserstation der Stadtwerke im Brückenkopf der Theodor-Heuss-Brücke. Im dortigen Schaubecken tummeln sich in sauberem Leitungswasser typische Rheinfische, während rote Leuchtanzeigen Sauerstoffgehalt und andere Parameter des Rheinwassers zeigen. Geschickt gemacht, wahrscheinlich auf Verlangen des Tierschutzvereins ....

Der Magen meldet knurrend sein Recht an und so trolle ich mich wieder Richtung Kaiserstraße, wo meine meist nur noch allein genutzte Familienkutsche auf dem Alleenstreifen in der Mitte parkt. Direkt gegenüber dem städtischen Amt für Verkehrsüberwachung. Hier fliegen die Politessen ständig ein und aus. So dicht an der Quelle sind die Parkplätze zwar etwas billiger, aber trotzdem oft nicht belegt. Fünf Minuten später habe ich meinen Stammplatz vor dem Polizeipräsidium wieder. Der Pförtner kennt mich noch und Jana ist schnell unten. Die Begrüßung fällt amtstypisch knapp aus. Es gibt Folienkartoffel mit Quark. Immerhin ist auch noch ein Seelachs-Filet da, aber "Es dauert ein paar Minuten". Besser als nichts, also bestelle ich es. In Gedanken verspeise ich dazu schon mal im Voraus das letzte Schwenksteak aus dem Gefrierfach meines Kühlschranks.

"Schön, dich zu sehen, Jana. Gibt es etwas Neues?"

"Man soll es nicht glauben, Ronni, aber du hast den richtigen Riecher. Wir wissen zwar noch nicht genau, ob es unser Mann - oder unsere Frau - ist. Aber gestern Abend hat eine Kollegin beim Chatten eine "Ayse" aufgestöbert, die sich einer Problembeseitigung mit einer "Lucy" rühmte. Wer da was ist, ist natürlich noch nicht genau zu sagen. Aber," Sie macht eine bedeutungsvolle Pause, "es spricht einiges dafür, dass es sich um unseren Mörder handelt."

"Und was sagt Wülfing dazu?"

"Der ist ziemlich genervt." Jana lacht ihr bezauberndes Lachen. "Seine Personenüberprüfung der ganzen Urteilsopfer der Richterin hat außer zerstörten Existenzen und Justizhassern bisher nichts gebracht. "Die jehört´ eh unner die Erd´. Dat kann ma ga nit mehr jutmache, wat die jemacht hot." "Die dumme S...,

Sch... Schwarzkittel." Waren da noch eher die gemäßigten Kommentare. Und die Kollegen wollten wohl auch nichts mit ihr zu tun haben."

"Das klingt vielversprechend bei der Motivsuche."

"Ach, I wo. Wo willst du da anfangen? Die Alibis hunderter Leute überprüfen? Klar machen wir das, aber ich sage Dir, dass Herbert so kurz vor der Pensionierung Besseres verdient hat."

"Und sonst hat keiner was gesehen oder gehört?"

"Auch wenn man es kaum glauben kann, haben auch die direkt hinter dem Damm wohnenden Frei-Weinheimer wohl nichts gesehen oder gehört. Alles in allem hat Wülfing noch so etwa 200 Leute vor sich. Ganz im Vertrauen," sie beugt sich zu mir über den Tisch, haarscharf über die Quarkreste auf der Alufolie, "wir sind seine Hoffnung. Er kommt nicht weiter und dieser Internet-Kram ist ihm zu neu. It´s on us!"

"An mir soll´s nicht liegen. Habt ihr inzwischen eine Idee über die Todesart?"

"Eigentlich nichts Neues. Es muss eine lokale Überhitzung entstanden sein, auch die Kopfhaut ist an einer Stelle gebleicht. Wenn in der Nacht keiner was gesehen oder gehört hat, sollte es keine offene Flamme und kein Lärm erzeugendes Instrument sein. Du bist doch Naturwissenschaftler. Was kommt da in Frage?"

"Nun, pure Strahlungshitze scheidet aus, da wäre dann die Kopfhaut verbrannt. Theoretisch wären Röntgenstrahlen in der Lage, aber wer schleppt schon so einen Apparat in der Gegend herum? Und außerdem würde man bei einer letalen, also tödlichen Dosis noch Reststrahlung nachweisen können."

"Eine Strahlungsquelle aus der Onkologie der Mainzer Uniklinik? Mit Kobalt-Bomben oder so machen die ihre Strahlentherapie."

"Theoretisch durchaus möglich. Volle Ladung ist sicher lethal. Aber nicht binnen weniger Sekunden. Und das wäre relativ schmerzfrei und wohl nicht mit Erstickungs-Symptomen verbunden. Abgesehen davon ist so eine Strahlungsquelle dick in Blei gekapselt."

"Also gut, die könnte mit dem Rad doch transportiert werden, oder?"

"Schon, aber nur mit Mühe. Durch den dicken Bleimantel ist sie sehr schwer, wahrscheinlich zu schwer, um noch selbst mit dem Rad zu fahren."

"Was erzeugt denn sonst noch sehr schnell Hitze?"

“Ein Herd.” Jana schaut mich böse an, doch gerade in diesem Moment hält die Dame hinter der Kantinentheke meinen inzwischen heißen Fisch hoch. “Ich hole gerade mal meinen Fisch.”

Als ich wieder am Tisch bin und die Folie aufreiße, ist Jana immer noch sauer. “Lass diesen Blödsinn mit dem Herd. Wir sind in einer Ermittlung. Wieso ist eigentlich dein Fisch erst jetzt fertig?”

“Tja, Mikrowellen brauchen halt ihre Zeit. Dafür kannst du Dinge in geschlossenen Behältern erwärmen.” Siedenheiß fällt mir etwas ein. “Hast du einen Mikrowellen-Herd?”

“Was soll das, Ronni? Willst du dich zum Single-Essen mit eingeschweißtem Tiefgefrorenen einladen? Bleib bitte bei der Sache.” Jana schaut indigniert.

“Wenn du eine Mikrowelle hättest, könntest du ein Experiment machen. Nimm ein rohes Ei, stelle es in der Mikrowelle und schalte das Gerät ein. Es macht bumm, das Ei explodiert, die Tür fliegt auf und innen ist das Eiweiß teilweise koaguliert. Eine schöne Sauerei.” Ich muss bei der Vorstellung grinsen, da ich es schon einmal erlebt hatte. “Und was lernen wir daraus? Mikrowellen erhitzen nur wasserhaltige Materialien wie Eiweiß und erhitzen nicht wasserhaltige Materialien wie Eierschalen so gut wie gar nicht.”

“Du meinst ...” Jana ist plötzlich ganz aufgeregt.

“Genau, der Täter könnte mit Mikrowellen gemordet haben. Immer vorausgesetzt, es ist ein Täter und keine Täterin, Jana. Aber lassen wir es einmal einfach beim Mörder.”

“Aber wie soll der den Kopf in die Mikrowelle gesteckt haben? Und außerdem hast du eben selbst gesagt, dass Mikrowellen nur langsam erhitzen.”

“Das muss er gar nicht. Mikrowellen-Strahler gibt es in vielen Bereichen, auch Radaranlagen arbeiten beispielsweise mit Mikrowellenstrahlen. Und die haben eine andere Leistung als Haushalts-Mikrowellen. Da ist es sicher schon zu Unfällen mit Gareffekt gekommen. Entschuldige, ich meine es nicht so kannibalisch, wie es klingt. Das kann man - na wo schon - im Internet nachlesen.”

“Ja, aber wo bekommt der so einen Strahler her? Mensch, Ronni, das müssen wir Herbert sagen, ich meine Wülfing. Und Zweipfennig dürfte auch brennend, oder vielleicht eher strahlend, daran interessiert sein. Lass uns hoch gehen. Es ist ohnehin gleich drei. Die Kantine macht zu.” Sagt´s, nimmt noch schnell einen Löffel von dem Griespudding Marke Südzucker und steht schon fast an der Tür.

“Langsam, langsam, ich komme ja schon.” Den Pudding verkneife ich mir und schnappe meine Fototasche, bevor es ein anderer tut.

“Der Aufzug ist seit heute defekt. Wir müssen die Treppe nehmen.” Kein Problem für meinen durchtrainierten Athletenkörper. Ich hechte keuchend hinter Jana die Stufen in den vierten Stock hoch. Im dritten haben wir eine Begegnung der denkwürdigen Art.

“Herr Kaulen, was machen Sie denn hier?” Ich bin echt verblüfft, diesen Möchtegern-Experten in diesem Umfeld zu sehen. Doch der schaut verbissen weiter nach vorn, tut so, als würde er mich nicht sehen und geht weiter nach oben. Ich bleibe mit Jana kurz stehen.

“Merkwürdig, das ist also der Kaulen, Ronni? Der steht auch noch auf unserer Liste.” Sie hechtet ihm hinterher und hat ihn bereits auf der Treppe zum vierten leicht eingeholt.

“Einen Moment, Herr Kaulen.” Er bleibt schwer atmend stehen und schaut auf den standardgrau gefliesten Boden. “Wir müssen uns auch einmal mit Ihnen unterhalten. Wohin gehen Sie jetzt?”

“Zu Frau Laube. Im vierten Stock.” Er deutet auf den letzten Treppenabsatz und setzt sich bereits wieder in Bewegung.

“Einen Moment, Herr Kaulen.” Jana wird energisch. “Können Sie es einrichten, danach zu uns in den dritten Stock zu kommen? Wenn nicht, müssen wir zu Ihnen kommen.”

Kaulen schaut gehetzt. “Heute ist es sehr knapp. Rufen Sie in meiner Praxis an und machen Sie mit meiner Sprechstundenhilfe einen Termin aus. Ich muss weiter, Frau Laube wartet.” Er nimmt die letzten Stufen in Angriff.

Jana wartet, bis er um die Ecke verschwunden ist und winkt mich dann in den Gang zu Wülfings Zimmer. “Woher kennst du den schon wieder?”

“Wo die Richterin war, war dieser Herr nicht weit. Ein eingefahrenes Gespann zur Geldmache auf Kosten der Kinder.”

“Na, na. Psychologie ist eine Wissenschaft. Ich studiere sie.”

“Ich zeige dir gern mal das Schlechtachten, mit dem dieser Pfuscher die Kindheit und Jugend meiner Kinder zu einem großen Teil versaut hat. Du wirst staunen, mit welcher Dreistigkeit dieser Herr mit wissenschaftlichen Grundsätzen umgeht.”

Sie seufzt. “Na gut, lass uns erst einmal Wülfing über deine Ideen informieren.”

Wir ertappen Wülfing beim Hantieren mit dem Kaffeeautomaten.

“Da sind Sie ja schon wieder, Herr Sander. Sie sind doch Naturwissenschaftler. Da könnten Sie doch sicher die Kaffeemaschine reparieren.”

“Leider nein, Herr Kommissar.” bescheide ich den Koffeinsüchtigen.

“Herbert, Ron... Herr Sander hat eine Idee, die uns weiterbringen könnte.” Jana ist ganz aufgeregt. “Er meint, dass die Richterin mit Mikrowellen umgebracht worden sein könnte.”

Wenn Sie erwartet hatte, Wülfing würde “Hurra, jetzt hat sie´s” schreien, so wird sie enttäuscht. Der Hauptkommissar geht langsam um den überladenen Arbeitstisch und lässt sich in den ächzenden Drehstuhl fallen.

“Und sonst geht Dir´s gut? Was soll das alles? Virtuelle Mörder und jetzt soll jemand wie Popcorn in der Mikrowelle gar gekocht worden sein?” Sein Gesicht spricht Bände. “Erläutern Sie doch einmal, was Sie sich ausgedacht haben, Herr Sander.”

Jana zieht sich beleidigt ans Fenster zurück, während ich Wülfing die Charakteristik von Mikrowellenstrahlung skizziere.

“Donnerwetter, aber so einfach kann das doch nicht gehen. Wie soll der Kopf in die Mikrowelle?” Schon wieder die selbe Frage.

“Nun, die Haushaltsgeräte haben ein Schutzgehäuse, das die Strahlung zurückhält. Hier aber lässt jemand die Strahlung frei, was nicht ungefährlich ist - auch für ihn selbst.” Während ich erläutere, wird Wülfings Gesicht immer länger. “Er oder sie hat jedenfalls exzellente technische Kenntnisse. Um schnell zu töten, braucht man schon einen starken Strahler, der genau gerichtet wird und nur wenig Streustrahlung abgibt. Dazu die passende Stromversorgung ist relativ einfach. Die gute Bündelung dürfte allerdings das schwierigste Problem sein.”

“Aber technisch durchaus möglich.” Wülfing scheint Geschmack an meiner Idee zu finden.

“Durchaus.” stimme ich zu. “Wenn man die Kenntnisse hat. Eine perverse Idee, aber eine lukrative, wenn es stimmt, was Frau Haller mir sagte.” Jana soll endlich aus dem Schmollwinkel am Fenster heraus.

Dankbar nimmt sie den Faden wieder auf. “Aus psychologischer Sicht passt das alles gut zusammen: Ein Mörder, der sich als High-Tech Killer versteht. Lautlos, geräuschlos und berührungslos. Der damit Geld verdienen und sich Achtung verschaffen will. Wenn dies so ist, dürfte die Richterin nicht das letzte Opfer in der Reihe sein. Verhasste Funktionsträger gibt es noch reichlich."

"Bleiben wir auf dem Teppich. Ob das Teile eines oder mehrerer Puzzles sind, muss sich erst noch zeigen. Auch wenn ich zugeben muss, dass einiges dafür spricht." Er bremst vorsichtshalber ein wenig.

"Und es gibt noch ein Puzzlesteinchen, von dem wir nicht wissen, wie es hineinpasst." Jana spielt auf die Treppenbegegnung an. "Sunny hat Besuch von dem Psychologen Kaulen. Wegen einer komischen Geschichte. Kaulen ist jedenfalls kein Unbekannter hier im Hause und arbeitete eng mit der Ermordeten zusammen. Ob es da Zusammenhänge gibt?"

"Das klingt interessant. Wir könnten ihn gleich einmal hierher einladen."

"Ich weiß nicht. Wir sollten uns erst einmal mit Sunny zusammensetzen und dann entscheiden, was zu tun ist. Jetzt ist schon fast vier und ich muss auf die Uni." Sie schaut lächelnd zu mir, was Wülfing amüsiert. "Lass es uns morgen vormittag besprechen, ok?"

"Wie du meinst. Meine Skatbrüder warten auch noch. Vielleicht kann dich Herr Sander" seine Stimme klingt etwas anzüglich "auf die Uni fahren. Dann sparst du Zeit."

"Nein, danke, ich fahre allein!"

Oh, da hat der Alte Jana an ihrem Selbstbewusstsein gekratzt. Und ich muss es erst wieder gerade biegen. Heute ist allerdings schon genug geschehen, ich fahre lieber zum Basketball-Training nach Ingelheim. Ich verabschiede mich von Jana und Wülfing und gehe zur Treppe. Kaulen ist nicht zu sehen, Gottseidank. Dieser ewig grinsende Nervösling ist schon ein echtes Brechmittel.

Draußen saugt ein Mitarbeiter der städtischen Reinigung das Laub vom Bürgersteig. Er bleibt kurz stehen, da ein neuer Astra mit einer Schramme auf der Motorhaube fast den Bürgersteig zugeparkt hat. Er drückt sich mit seinem umförmigen Laubsauger am Heck vorbei und ein Lächeln überzieht sein Gesicht. Der Parkrowdy hat das Fenster auf der Beifahrerseite nicht ganz geschlossen. So ein Pech aber auch! Genüßlich richtet der Mann im reflektierenden Arbeitsdress das Saug-/Blas-Rohr in das Auto. Ein kurzer Tastendruck schaltet von Saugen auf Blasen. Genüsslich sieht er zu, wie sich der Innenraum erstaunlich schnell mit dem gehäckselten Inhalt des Laubfangsackes füllt.

Als ich aus meiner Parklücke ausfahre, ist es kurz nach vier. Im Stoßverkehr fädele ich mich in den Mombacher Kreisel ein und staue bis zum Mainzer Dreieck, danach geht es flott bis Ingelheim-West. Zu Hause versorge ich erst einmal die Meerschweinchen und Fische, bevor ich Pläne für den morgigen Mittwoch schmiede. Das Steak mit Zwiebeln ist schnell gemacht und so habe ich die Grundlage für das Basketball-Training am Abend.

Hier haben die Lauhoffs und Axel mal wieder die Lufthoheit unter dem Korb. Tricky Harry kommt durch die langen Arme nicht immer durch und Holger missachtet mal wieder alle Geschwindigkeitsbegrenzungen bei Gegenstößen. Gerd und Erwin schießen Dreier um die Wette und Bernd macht Ellbogen-Blocks in Kopfhöhe. Simon spurtet seinen Vater Hans aus und wirft die Bälle mal eben so von der Dreierlinie rein. Thomas spielt den Wirbelwind und Alexander versucht vergeblich, mit Holger zu wetteifern. Alles wie gehabt. Mittwoch früh wird mich wieder ein guter Muskelkater begrüßen.

*

Kaulen fühlte sich unbehaglich, als er fünf nach drei in die Abteilung Ausländerkriminalität kam. Unbehaglich wie immer, wenn nicht er am Schalthebel der Macht saß.

"Kommen Sie herein, Herr Kaulen. Wir haben geheizt." Sunny und Laura Anders winkten den kleinen Schrat herein, während Molli unter dem Tisch die Zähne fletschte und knurrte. Als Kaulen näher kam, schoss sie unter dem Tisch heraus auf ihn zu und bellte ihn schwanzwedelnd an. Der Psychologe blieb schreckensbleich stehen, während sich die beiden Kriminalistinnen ausschütten wollten vor Lachen.

"Molli, komm zurück. Wie kannst du den armen Herrn Psychologen so erschrecken." Durch Lauras Stimme schien die Ironie deutlich durch. Ursprünglich durfte sie Molli nicht mit zur Arbeit nehmen, aber da sich ein Einschmuggeln des Winzlings ohnehin nicht verhindern ließ, fügte sich die Amtsleitung nach Befürwortung des Betriebsrats dem unabänderlichen Schicksal.

"Nun, beginnen wir einmal mit der Arbeit." Sunny nahm den Faden auf. "An der Grenze wird ein Pole festgehalten, der sagt, er habe für Sie gearbeitet. Ist das richtig?" Mit leichter Hand legte sie die erste Seite des Faxes mit Mareks Konterfei vor Kaulen.

Dieser schaute konsterniert auf das Fax.

"Das kann schon sein, dass ich den Polen schon mal gesehen habe. Hier gibt es eine ganze Menge, die zur Ernte kommen." Er fasste sich wieder. "Was hat das mit mir zu tun?" "Er sagt, er hätte bei Ihnen Fliesen gelegt." Laura spann den Bogen weiter.

"Das ist Quatsch. Das letzte Jahr war mir eine Lehre, glauben Sie mir." Der Psychologe war sich zumindest in dieser Hinsicht keines Fehlers bewusst.

"Nehmen wir also einmal an, er hat keine Fliesen für Sie gelegt. Dann" führte Sunny das Gespräch fort "stellt sich die Frage, was er dann für Sie gemacht hat."

"Nichts natürlich, warum auch? Was wollen Sie?"

"Für nichts werden Sie doch nicht achthundert Mark gezahlt haben."

"Die wird er sich halt anderswo verdient haben."

"In der Tat, ein fürstlicher Lohn. Dieser Marek ist nämlich, wie wir wissen, erst Samstag nachmittag eingereist."

"Und was hat das mit mir zu tun?"

"Nun, Sie wurden zusammen mit Marek gesehen. Am späten Sonntag vormittag."

"Auch das bedeutet noch nichts."

"Marek hatte ein Pistole dabei, als er geschnappt wurde."

"Was wollen Sie, das hat alles mit mir nichts zu tun." Kaulen bekam offensichtlich feuchte Hände und rutschte auf dem Stuhl hin und her.

"Marek beobachtete am Sonntag Morgen ein Haus in Heidenfahrt mehrere Stunden. Danach fuhr er nach Nackenheim und traf sich mit Ihnen. Zum Spaß hat er das sicher nicht gemacht."

"Das stimmt nicht, das war ... Mist!" Kaulen fluchte.

Sunny beugte sich vor. "Wann war das? Ich glaube, Sie werden uns noch so einiges zu erklären haben."

"Nichts werde ich erklären. Sie konstruieren da etwas, was nicht stimmt. Ich werde erst einmal mit meinem Anwalt sprechen und muss jetzt gehen. Meine Kun .. Patienten warten." Mit einem Ruck stand Kaulen auf.

Sunny und Laura schauten sich zustimmend an.

“Sie dürfen gehen. Haben Sie das Bild dabei?”

Wortlos reichte der Psychologe ein Passfoto über den Tisch.

“Na ja, ganz aktuell ist das nicht, aber es wird reichen, um es diesem Marek zu zeigen. Der sitzt sowieso noch eine Woche. Unerlaubter Waffenbesitz ist kein Kavaliersdelikt. Morgen werden wir uns bei Ihnen melden.”

Schnell war Kaulen auf dem Gang. Als er zurückschaute, rief ihm Laura noch nach: “Übrigens: Schöne Grüße an Herrn Müller!”

Kaulens Gesicht verfärbte sich dunkelrot, während sich die beiden Frauen einen starken Kaffee eingossen und sich zu ihrem gelungenen Bluff gratulierten. Der Feierabend nahte mit Riesenschritten. Müller war Kaulen, so viel war schon jetzt klar.

Als Kaulen auf die Straße kam, bog der Wagen der Stadtreinigung gerade um die Ecke. Sein Auto sah so merkwürdig anders aus. Als er die Wagentür öffnete, kamen ihm einige Blätter entgegen. Das zerhäckselte Zeug hatte sich regelrecht in die Polster verhakt und er brauchte eine halbe Stunde, um fluchend wenigstens den Fahrersitz zu entlauben, damit er losfahren konnte. Während der Fahrt mischte sich unter den Geruch faulender Blätter die dezente Note von Hundegrüßen, groß und klein. Der Laubscheucher hatte ganze Arbeit geleistet.

Olaf hatte an diesem Tag keine Zeit mehr für seinen abendlichen Ausflug nach Ingelheim und verschob seine Tour auf morgen. Am Montag war er leider ebenso wenig erfolgreich gewesen, was die Alternativen offen ließ, ob es sich um einen tiefgaragenparkenden Mitarbeiter der Kreisverwaltung handelte oder eine spätkommende Einkäuferin. Vielleicht hatte er am Mittwoch Abend Glück, einen Tag vor dem MachMit!-Treff.

*

Mittwoch Morgen gab es ein abteilungsübergreifendes Treffen in Wülfings Büro. Laura und Sunny waren zur umfassenden Konferenz gekommen und Haller kochte richtig heißen Kaffee mit dem Tauchsieder, weil Wülfings Kaffeemaschine immer noch streikte.

“Soweit ich euch verstanden habe, gibt es Neuigkeiten zu unserem Herrn Kaulen, der ja auch mit der Familienrichterin zusammenarbeitete. Na, dann lasst mal die Fakten sprudeln.” Eröffnete der Hauptkommissar das Gespräch. Er fühlte sich wohl als Hahn im Korb unter gut aussehenden Frauen und entsprechend gut gelaunt war er auch.

“Der Kaulen ist kein unbeschriebenes Blatt für uns. Illegale Beschäftigung und so weiter. Als Laura mit Molli” ein zustimmendes Knurren kam hinter dem Rollcontainer hervor “spazieren ging, fiel ihr dieser Marek auf. Er beobachtete ein Haus in Heidenfahrt.”

“Was war so ungewöhnlich daran?”

“Wenn ein Mann offensichtlich mehr als eine Stunde aus dem Auto heraus die Häuser am Ortsrand beobachtet, ist das schon ungewöhnlich.” Laura war sich sicher.

“Halt, stop.” Unterbrach Haller. “Am Ortsrand, sagst Du. Die Reihenhaus-Siedlung?”

“Genau.” Bestätigte Laura.

“Da genau ist auch das Haus der toten Richterin. Ob die da einbrechen wollten?” Haller war verwirrt. “Aber weshalb sollte er dann eine Pistole dabei haben, den Kaulen treffen und bereits am selben Tag zurück nach Polen?”

“Rein hypothetisch: Was will man mit einer Pistole? Einschüchtern oder morden. Sonst ist so ein Schießprügel zu nichts nütze, nicht einmal zum Nasenbohren.” Der Hauptkommissar spann den Faden weiter. “Angenommen, er wollte das tun, in wessen Auftrag sollte das geschehen? Weshalb sollte ein Erntearbeiter überhaupt so etwas tun?”

“Entschuldige, ich vergaß zu erwähnen, dass dieser Marek erst einen Tag vorher aus Polen angereist war. Und außerdem hat man bei ihm noch ein weiteres Bild gefunden. Hier auf dem neuen Fax von heute Morgen hast du es.” Sunny reichte es Wülfing.

“Gut, dass du es sagst. Er ist also für einen kurzen, gut bezahlten Auftrag mit einer Pistole angereist. Hat er ihn ausgeführt? Ich denke nein. Er konnte ihn nur zwischen seiner Ankunft am Samstag abend und seiner Abfahrt am Sonntag mittag erledigen. Den Sonntag vormittag hat er nichts gemacht, sonst hätte er nicht so lange gewartet. Wenn er aber seinen Auftrag bereits Samstag Nacht erledigt hätte, hätte er Sonntag Morgen nicht warten müssen." Er schaute das Fax an und pfiff durch die Zähne. "Das Bild übrigens zeigt die Richterin. Da gibt es einige Fragen, die ich Herrn Kaulen gern einmal stellen würde."

"Beispielsweise, wo er Samstag Abend war. Und woher Marek das Bild hat." Ergänzte Haller. "Wenn er den Marek beauftragt hat, muss er ihn getroffen haben. Vielleicht haben die Nachbarn was gesehen."

"Wir gehen heute Mittag ohnehin nach Nackenheim. Die Praxis ist am Rhein, während die Polen am Kirchberg wohnten." Laura kannte sich aus. "Da können wir beides auf einmal erledigen. Komm doch einfach mit, Jana."

"In Ordnung, meine Damen." Meinte Wülfing genüsslich. "Dann kann ich ja mal im Büro bleiben. Ich denke, dass zwei reichen, um diesen Herrn und die Nachbarn zu befragen. Nur eine kleine Frage noch: Ist Ihnen schon einmal aufgefallen, dass die Richterin nicht mit einer Schusswaffe umgebracht wurde? Und dass Marek auch schon deshalb nicht der Mörder sein kann, weil er erst nach dem Tod der Richterin einreiste?"

Betroffene Mienen überall.

"Ganz schön unübersichtlich." gab Jana zu. "Aber dass der Psychologe Dreck am Stecken hat, ist klar wie Klosbrühe."

"Schön, aber was? Und wie passt dann dein Internet-Mörder in das Bild?"

Betretenes Schweigen.

*

Die Sekretärin von Kaulen nannte als einzigen möglichen Termin vierzehn Uhr, sonst sei der Herr Psychologe auf Wochen hinaus ausgebucht. Aber das passte terminlich ohnehin und so fuhren Jana und Sunny mit dem Dienstwagen über die B9 nach Nackenheim. Für heute hatten Sie sich etwas Besonderes in der Zuckmayer-Heimat ausgedacht: Ein Mittagessen im Alten Zollhaus, einem ausgesprochenen Feinschmecker-Restaurant, urgemütlich und von der engagierten Besitzerin umsichtig geführt. Der Biergarten war wetterbedingt schon geschlossen und so tafelten die beiden in den heimeligen Innenräumen. Dermaßen gestärkt machten sie um halb zwei einen kleinen Verdauungs-Spaziergang die wenigen Meter bis zum Kirchberg, wo die Polen gewohnt hatten. Ein älterer Herr, der interessiert ihr Kommen beobachtet hatte, war ganz direkt: "Suchen Sie die Polen? Die sind schon weg."

"Nein," antwortete Haller, "wir wissen schon, dass sie weg sind. Haben Sie aber vielleicht Herrn Kaulen, den Psychologen, gesehen?"

"Nein, solche Leute brauche ich nicht."

"Oder sonst etwas Ungewöhnliches, kurz bevor die Polen weggefahren sind?"

"Eigentlich nicht." Der Alte zuckte die Achseln. "Oder doch: Am Samstag abend wurde ein Auto abgeschleppt. So ein neuer Astra mit einer Schramme auf der Motorhaube. Aber das weiß sicher die Polizei."

"Wo stand denn das Auto?"

"Da drüben, vor dem Gutsausschank. Der Besitzer ist aber jetzt nicht da, sondern im Feld. Und seine Töchter sind auch nicht da."

"Wir fragen dann einmal bei der Polizei nach, besten Dank."

Die Kollegen von der Oppenheimer Polizei-Inspektion brauchten nicht lange zu überlegen. "Klar, das war das Auto von diesem Psychologen, dem Kaulen, was wir abgeschleppt haben."

"Wissen Sie vielleicht, wo er gewesen war?" Vielleicht ließ sich da noch mehr herausholen, dachte sich Sunny.

"Nein, in den umliegenden Häusern nicht. Da haben wir nachgefragt. Vielleicht bei den Polen, da waren wir nicht drin."

Sie bedankten sich und fuhren gleich zu Kaulen. Punkt zwei klingelten sie an der Praxistür.

Schlurfende Schritte von innen, dann ein Auge am Türspion, schließlich ging die Tür auf: Kaulen war offensichtlich allein. "Kommen Sie herein und setzen Sie sich."

Die beiden Ermittlerinnen nahmen Platz auf den niedrigen Besucherstühlen, während der Psychologe auf seinem Chefsessel hin und her wippte und sich hinter dem brummenden Computermonitor und der polierten Teakholz-Schreibtischplatte verschanzte.

"Nun, Herr Kaulen, Ihre Geschichte interessiert uns. So ein Mord erregt natürlich Aufsehen. Wie arbeiteten Sie mit Kopro-Litt zusammen?"

"Nun, ich erstellte in Sorgerechts-Angelegenheiten Gutachten in ihrem Auftrag."

"Und sonst verband Sie keine Beziehung mit ihr?"

Kaulen rutsche unbehaglich auf seinem Ledersessel herum. Was wussten die beiden?

"Nein, eigentlich nicht." Das war eine dumme Antwort, das war ihm in dem Moment klar, als er sie ausgesprochen hatte.

"Wie eigentlich?"

"Nun, es kann schon sein, dass wir uns auch einmal über andere Dinge unterhalten hatten, halt so Belangloses."

"Beispielsweise?"

"Na ja, so Urlaub und so etwas. Jedenfalls nichts Persönliches."

"Und wie würden Sie sie beschreiben? War sie beliebt?"

"Das lässt sich schlecht sagen. Ich jedenfalls hatte eine rein geschäftliche Beziehung mit ihr."

"Und Äußerungen von anderer Seite?"

"Nicht dass ich wüsste."

"Nun gut, kommen wir zu dem Polen ... Marek. Sie sagen, Sie haben nicht mit ihm gesprochen?"

"Die sehen alle so ähnlich aus. Ich kann mich nicht erinnern."

"Es ist ja schon mehr als zwei Tage her, dass Sie bei den Polen im Haus waren. Marek hat Sie übrigens sofort erkannt. Und er hatte ein Bild von Kopro-Litt dabei. Er sagt, er hätte es von Ihnen. Ein bisschen viel Zufälle auf einmal, finden Sie nicht?"

"Woher wissen Sie das alles?" Kaulen wurde immer erregter.

"Sie hätten halt mit ihrem Auto nicht anderer Leute Zufahrt zuparken sollen. So ganz nebenbei: Woher hatten Sie beispielsweise das Bild der Kopro-Litt? So gänzlich geschäftlich scheint das alles ja doch nicht gewesen zu sein ..."

Die Aufregung schlug dem Psychologen auf die Blase. "Entschuldigen Sie mich einen Augenblick. Ich muss gerade einmal auf die Toilette."

"Tun Sie sich keinen Zwang an." Lächelte Haller. Kaum hatte der Psychologe die Toilettentür hinter sich geschlossen, flitzte Haller an seinen Computer, zückte eine Diskette und durchsuchte seinen E-Mail Ordner unter Windows. In weniger als 10 Sekunden war die gesamte E-Mail Korrespondenz auf der Diskette, die sie in ihrer stets wohlgefüllten Handtasche unterbrachte. Sie hätte sich gar nicht so beeilen brauche, denn erst fünf Minuten später ertönte das Spülgeräusch und der Psychologe kam wieder.

“Das Bild hatten wir übrigens einmal bei einem gemeinsamen Grillen im Sommer gemacht, ist mir inzwischen eingefallen. Aber mehr Fragen beantworte ich Ihnen jetzt nicht, ich werde erst mit meinem Anwalt sprechen.”

Sunny und Haller sahen sich vielsagend an.

“So so, und weshalb haben Sie es dem Polen gegeben? Geben Sie zu, am Samstag Abend mit den Polen gesprochen zu haben? Und dabei das Foto übergeben zu haben?”

“Ich sagte Ihnen schon: Ich werde keine weiteren Fragen beantworten, ohne mit meinem Anwalt gesprochen zu haben.” Kaulen wurde laut. “Ich habe mit dem Mord an Kopro-Litt nichts zu tun und fertig. Meine Strafe aus dem letzten Jahr habe ich bezahlt. Wenn Sie mich entschuldigen. Ich habe zu arbeiten.” Der Psychologe hatte offensichtlich auf der Kloschüssel seine Selbstsicherheit wiedergefunden, dachte Haller belustigt und verabschiedete sich mit ihrer Kollegin.

Kaulen wollte sich gerade wieder am Wandschrank entspannen, als das Telefon erneut klingelte. Maggi war dran. Maggi war eine Psychologin, die schon lange mit Kaulen zusammen arbeitete. Eine hundertzehnprozentige Vertreterin der Ein-Eltern-mein-Kind-gehört-zu-mir-Familie, wie sie von manchen führenden Funktionärinnen im Verband Alleinerziehender Mütter und Väter - kurz VAMV - propagiert wird. Das brachte ihr Empfehlungen dieser offiziell gemeinnützigen Gruppe und damit lukrative Kunden. Die Aufteilung war eigentlich einfach: Einer machte die Therapie, der andere die Gutachten. Das machte den Eindruck der Neutralität nach außen. Beides war außerdem ähnlich lukrativ, das eine durch schnelles Geld mit wenig Arbeit, das andere durch einen kontinierlichen Geldfluss über Jahre. Allerdings kam wie immer der Appetit mit dem Essen und im Laufe der Jahre sank die Hemmschwelle bei Kaulen wie bei Maggi beständig. Das Wildern in des anderen Revier wurde von beiden schon unter der Hand betrieben. Über kurz oder lang würde sich eine Auseinandersetzung nicht mehr vermeiden lassen. Noch aber war der schöne Schein gewahrt. Noch empfahl Kaulen den Müttern der von ihm abgegutachteten Kinder Maggi als Therapeutin und Maggi wiederum empfahl den Müttern therapiebedürftiger Kinder Kaulen als Gutachter für die Gerichtsauseinandersetzung. So lange musste sich Kaulen auch noch mit Maggi beschäftigen, dieser einkommensbedrohlichen Nervensäge.

“Was hast du mit Kopro-Litt gemacht?” Eine kalte, schrille, dürre Stimme. Passend zu der Person, dachte sich Kaulen.

“Nichts. Was willst du überhaupt? Du hast doch von unserer Gruppe am besten profitiert! Und ich habe den meisten Stress.”

“Das nehme ich dir nicht ab. Denke immer dran, dass Frieda und ich dich jederzeit hochgehen lassen können!” Maggi legte auf.

Der Tag war gründlich versaut, das war Kaulen klar. Jetzt fehlte nur noch, dass das Telefon noch mal schrillte und ....

Doch das Telefon tat ihm den Gefallen nicht. Der Hörer hing auf dem Grundmodul wie angenagelt und zeigte keine Rührung. So hing Kaulen Mariella an die kleine Elektropumpe und schaltete sie ein. Das Plastikwunder kam langsam in Form, Kunststoff-Falten rundeten sich, als die Pumpe weiterbrummte. Schwupps traten Rundungen aus dem Oberleib, gerade griffen schon die Arme nach ihm. Zu früh gefreut! Das Telefon schrillte wieder. Lüder war dran.

“Nach der Zeitung scheint da ja einiges schief zu laufen, mein Lieber. Wie kommt es, dass Kopro-Litt schon tot war, bevor wir darüber sprachen? Was haben Sie überhaupt getan?” Die Stimme war unpersönlich wie immer. “Haben Sie die Sache überhaupt im Griff?”

“Aber klar doch. Lassen Sie mich nur machen, ich bringe alles auf die Reihe.”

“Das will ich hoffen, es gibt noch andere Anwärter auf ihren Platz.” Lüder legte auf. Und schon klopfte die nächste Therapiepatientin an der Tür. Kaulen zuckte zusammen und stopfte die Gummipuppe schnell in der Schrank zurück, vergaß aber die Luftpumpe auszuschalten. Er ging mit der Patientin in den Besprechungsraum und vergaß darüber die brummende Pumpe im Wandschrank. Nach fünf Minuten siegte der sich ständig aufbauende Luftdruck über den Zuhaltemechanismus der Schranktür. Sie flog auf und die grotesk überblasene Puppe mit abnormen Formqualitäten schnellte heraus und hing nur noch an der Luftleitung. Als diese endlich riss, jagte sie unter obszönen Geräuschen der ausströmenden Luft wie ein wildgewordener Luftballon in der Praxis herum. Ein spitzer Schrei war alles, was der Psychologe noch von seiner Patientin wahrnahm, als diese die Flucht ergriff.

*

“Wo bleibst du denn, Jana?” Seit drei habe ich vergeblich versucht, sie auf dem Dienstapparat zu erreichen. Jetzt ist sie wieder da.

“Ich war dienstlich unterwegs. Jetzt gibt es Neuigkeiten. Wie wär´s, willst du zu mir kommen?”

“Ich bin gleich ohnehin in Mainz, zu dir ins Präsidium?”

“Klar doch, ich glaube, du kannst uns noch einige wichtige Tipps geben.”

“Ich bin gleich da.”

Ich warte sowieso schon einige Zeit darauf, endlich loszufahren und so bin ich acht Minuten später auf der Autobahn und nach 20 Minuten beim Präsidium. Der Pförtner kennt mich schon und Jana schenkt mir zur Begrüßung ihr schönstes Lächeln.

“Komm, Ronni, wir gehen direkt zu Wülfing.” Inzwischen funktioniert der Fahrstuhl wieder und Wülfing erwartet uns bereits. “Wenn der Feierabend kommt, kommt der Sander. Na, dann setzen Sie sich mal.”

“Jana, was ist in Nackenheim herausgekommen?”

“Nun, Kaulen verheimlicht uns einiges. Auch wenn immer noch unklar ist, was dieser Marek sollte oder wollte, der Psychologe sagt uns immer nur das, was wir bereits wissen.”

“Wir haben immer noch nicht darüber gesprochen, welche Motive denn Kaulen haben sollte, die Kopro-Litt loszuwerden.” Erinnert Wülfing. “Schließlich gab sie ihm die Aufträge, von denen er offensichtlich gut lebte.”

“Vielleicht wollte sie das ändern? Wer weiß?” Jana zuckt die Schultern.

“Oder sie wollte ihren Anteil am dicken Kuchen.” Diesen Verdacht hege ich schon lange.

“Damit unterstellen Sie der Richterin Korruption.” Wülfing weiß nicht, wie er das werten soll. “Beweise dafür haben Sie aber wohl nicht?”

“Natürlich ist das jetzt erst einmal Spekulation, Herr Wülfing. Aber denken Sie beispielsweise an die Korruption im Baugewerbe, wo Staatsdiener ungeniert in vorderster Front mitmischen. Oder bei der Visa-Erteilung. Oder der Führerscheinprüfung. Sogar in der Polizei gab es entsprechende Fälle.”

“Leider wahr, Rotlicht hat nicht immer nur schleimlösende Wirkung.” gibt Wülfing zu.

“Aber da geht es um richtig viel Geld. Wie sieht es denn in unserem Fall aus .... Ronni?” Jana wird mutiger, sich offen zu mir zu bekennen, stelle ich erfreut fest.

“Zunächst steht die Macht, die schon so ein Amtsrichter ausübt, in krassem Gegensatz zu seinem Salär. Übrigens auf dem Jugendamt auch, wenn auch auf niederer Ebene. Da könnte man schon auf die Idee kommen, das aufzubessern. Dagegen stehen dann die enormen Einnahmen durch die Psychologen. Ein vom Gericht in Auftrag gegebenes Gutachten kostet zwischen 6000 und 10000 DM, einfach so. Ein Umfang ist nicht vorgeschrieben, nicht wie es durchgeführt werden muss, nicht wie es zu berechnen ist. Und natürlich nicht, wieviel Zeit dafür aufzuwenden ist. Zwanzig Seiten sind eine Woche Arbeit - höchstens. Davon alle zwei Wochen eins und man ist zufrieden. Soviel Geld in so wenig Zeit, das kann schon Begehrlichkeiten wecken.”

“Ja, aber das ist doch dann angreifbar. Gutachter können doch vor Gericht zitiert werden, um ihr Gutachten zu erläutern.” Jana ist ziemlich konsterniert.

“Na klar, aber was bringt das? Zum einen gibt es, wie gesagt, keine Richtlinien für psychologische Gutachten. Und zum anderen entscheidet über die Qualität des Gutachtens derselbe Richter, der es in Auftrag gegeben hat. Ein Schelm ist, wer hier Schlechtes denkt. Solange der Richter oder die Richterin mitspielt, kann der Psychologe machen, was er will. Er muss sich nur an das halten, was ihm von dieser Seite vorgegeben wird. Da vom Gericht aber bereits vor dem Gutachten festgelegt ist, wo die Kinder “vorläufig” bleiben, ist klar, was rauskommen muss. Macht der Gutachter da nicht mit, ist das sein letzter Auftrag vom jeweiligen Richter oder der entsprechenden Richterin gewesen.”

“Aber immerhin hätte er in einem Falle vielleicht etwas Sinnvolles getan.”

“Leider auch nicht. Schließlich muss sich ein Familienrichter nicht an ein Gutachten halten, auch wenn er es selbst in Auftrag gab. Er ist halt nur seinem Gewissen verpflichtet. Und wenn er keins hat, dann gute Nacht.”

“Genau. Stell dir einfach mal mein Gutachten, besser gesagt Pfuschachten vor. Da bestellt der Kaulen die Mutter mit den Kindern zur Befragung. Dann bleibt die Mutter bei der Befragung dabei. Und selbst in dieser Situation, also unter den Augen der Mutter, sagt mein Sohn, dass er beim Vater leben will und nirgendwo sonst.”

“Bist du sicher?”

“Du kannst es schriftlich nachlesen, ich gebe dir das gern. Er hat es bei meiner Tochter selbst dokumentiert. Dort schreibt er, dass sie mal eben die Mutter in ihr Vorspielen einbezogen hat. Also war die Mutter direkt dabei, was er ja auch bei der Befragung nach ein paar Ausflüchten zugab. Wenn also der Sohn unter den Augen der Mutter den Vater nennt, ist ihm das egal. Bezieht die Tochter aber die Mutter in ihr Spiel ein, dann ist das von nicht zu überbietender Relevanz.”

“Du erzählst mir keinen Unsinn?” Jana zweifelt an ihrem Studienziel.

“Leider nein, lies es nur nach. Und da er nichts gegen mich finden kann, erfindet er etwas. Ich bagatellisiere Probleme, weißt Du?”

“Ich habe eher den gegenteiligen Eindruck. Mit welchem Test hat er das herausgefunden?”

“So ein Super-Gutachter braucht keine Tests. Kaulen erkennt so etwas, sogar ohne mit den Leuten zu sprechen. Ihm reichen die Schilderungen der Kindesmutter, dass ich einmal schmutzige und saubere Kinderwäsche vermischt habe. Das war zwar gelogen, aber so etwas genügt diesen Leuten.”

“Und über die Richterin konntest du dich nicht beschweren?”

“Sich über einen Richter zu beschweren ist von vornherein praktisch aussichtslos. Aber was das System Richter-Psychologe-Jugendamt betrifft: So richtig perfektioniert hat das Lüder in Bönen. Der beschäftigt auf freier Basis mal locker so dreißig Psychologie-Praktikantinnen. Er bekommt die Gutachten-Aufträge von seinem Ansprechpartner im entsprechenden Oberlandesgerichts-Senat und lässt die Praktikantinnen schreiben. Dabei gibt er vor, was geschrieben wird, oft genug, ohne überhaupt irgendeinen Kontakt mit den Leuten zu haben, die er begutachten soll. Was meinst du, was passiert, wenn eine sich trauen sollte, etwas anderes als vorgegeben zu schreiben? Und was denkst du, Jana, wer den Löwenanteil der horrenden Gutachten-Kosten absahnt?”

“Danke, danke, Ronni. Ich kann es mir ausmalen.” Jana wird zornig. “Tatsächlich haben sich einige Kommilitoninnen schon darüber beschwert, dass sie für ihre

Arbeit nur einen Bruchteil der Gesamtsumme bekommen. Und dabei könnten wir alle das Geld gut gebrauchen. Mit sechstausend Mark kommen wir locker ein halbes Jahr aus, während die Karossen spazieren fahren, deren Leasingraten höher liegen als unser kompletter Monatsbedarf."

"Wie sagte mir ein befreundeter Richter: Was suchst du vor Gericht? Gerechtigkeit oder Recht gibt es hier nicht. Vor Gericht gibt es ein Urteil. Ganz einfach." pflichtet mir Wülfing bei. Bei seiner Scheidung war auch so einiges schief gelaufen.

"Und es geht weiter: Werden die Kinder durch die falsche Entscheidung krank, geht das Geldverdienen erst richtig los. Dann kommen wieder Psychologen als Therapeuten dazu. Und die therapieren dann jahrelang an den Symptomen herum - zu 140 DM die Stunde. Oder mehr. Die Krankenkasse bezahlt erstmal fünf und dann weitere 25 Stunden pro Kind. Danach muss dann wieder um weitere 25 verlängert werden."

"Macht 4200 DM pro Kind - bereits in der Grundstufe." überschlägt Jana.

"Da kommt was bei rüber. Derzeit gibt es in Deutschland pro Jahr etwa 300.000 Trennungskinder, davon 180.000 aus Ehen und 120.000 aus nichtehelichen Lebensgemeinschaften, ein fürchterliches Wort. Da macht es Sinn, möglichst viel Streit zu produzieren, um die Kasse aller professionellen Beteiligten zu füllen. Zwar enden nicht alle Scheidungen im Dauerstreit, aber gehen wir von zwei Drittel der Scheidungskinder als Patienten aus, sind das leicht 200.000 mal 4200 DM, also 800 Millionen DM pro Jahr für die notleidenden Psychologen. Plus die Gutachterkosten. Zwar sind die Richter gehalten, eine Vermittlung zu fördern, de facto machen aber auch einige das Gegenteil. Wie Kopro-Litt bereits bei der ersten Verhandlung sagte: "Einigen Sie sich mit Ihrer Frau, sonst lege ich etwas fest und dabei kommen Sie schlechter weg." Das, nachdem sie meine Kinder fragte, wo sie leben wollen und beide für mich, ihren Vater, plädierten."

"Dreister geht´s nimmer. Und damit kommt die durch? Die kannst du doch wegen Befangenheit ablehnen."

"Da hat meine erste Anwältin jämmerlich versagt." Auch sie war blond und dünn, denke ich mir, sage das aber lieber nicht. Schließlich sind Äußerlichkeiten ja nur Zufälle der Evolution. "Nachträglich aber ist das nicht mehr möglich. Und selbst solche Äußerungen reichen gewöhnlich nicht einmal. Als ihr der Fauxpas bewusst wurde, gab sie überhaupt keinen Kommentar mehr in der Verhandlung ab. Noch ist nichts bewiesen, aber Geld und Macht sind schon immer die beste Motivation gewesen." schließe ich meinen Vortrag ab.

"Gehen wir einmal von Ihrem Ansatz aus, Herr Sander." Entwickelt Wülfing das Szenario. "Dann sollten eine ganze Menge Leute daran Interesse haben, am Kuchen teilzuhaben. Das wäre ein Motiv für den Mord an der Richterin. Aber: Der Pole war es nicht, der ist überhaupt nicht in der Lage, eine neue Waffe zu entwickeln. Kaulen hat ein Motiv, aber er war es sicher nicht selbst, wir haben inzwischen sein Alibi geprüft. Und nach wie vor sind da natürlich noch die Vielen, die aus eigener Erfahrung allen Grund hätten, diese Richterin, salopp gesagt, um die Ecke zu bringen. Theoretisch ja auch Sie. Und wie ist es mit den Anwälten? Auch die verdienen am Streit."

"Das ist nicht so eindeutig." Gebe ich zu bedenken. "Schlechte Anwälte schon. Gute Anwälte, die genug Mandanten haben, machen das anders und versuchen Kompromisse herbei zu führen. Das ist erheblich effektiver, wenn man Zeit und Geld in Beziehung setzt."

"Wir sind halt noch mitten in den Ermittlungen. Und Ronni hat ein Alibi." bemerkt Jana. "Vielleicht ist ja auf Janas Diskette etwas Interessantes drauf." leitet Wülfing die Diskussion auf ein neues Gleis. "An der Jumbo ..."

"Jump.Tiger." verbessert Jana.

"... Jump.Tiger-Mail ist surprise.exe tatsächlich wie befürchtet ein Virus gewesen. Der hätte die Platte formatiert, sagen unsere Spezialisten. Was auch immer das sein mag, die Daten wären weg gewesen. Gottseidank waren wir vorsichtig."

"Na, dann kann ich mir die Arbeit ja sparen." hake ich diesen Punkt ab und beschließe, die Mail rückstandsfrei zu entsorgen.

"Vielleicht bekommt ihr ja heute etwas aus der neuen Kaulen-Diskette heraus, die ich übrigens offiziell nie gesehen habe. Viel Spaß bei der Nachtschicht, ich habe Feierabend." Wülfing greift sich seinen Blazer und trollt sich von dannen.

"Wollen wir zu mir, Ronni? Ich habe heute keine Vorlesung und auch einen Computer zu Haus..." Jana lächelt vielsagend und unsere Blicke verhaken sich. Mir wird ganz warm.

"Gern, Jana."

Sie lächelt belustigt. Heute bemerkt sie auch das Herzchen auf der Heckscheibe meines Kombis. Und schreibt noch schnell ein Fragezeichen hinein.

Den Weg zu ihr nach Hause kenne ich ja schon und so kann ich meine Gedanken fliegen lassen. Der Himmel ist plötzlich so frei und nur vereinzelte Wolken hängen wie ockerfarbige Regenbehälter schwer in der untergehenden Sonne. Als wir aussteigenden, riecht es nach Herbst. Braune Blätter machen den Bürgersteig rutschig. Mit schnellen Schritten huscht sie durch das Treppenhaus in den ersten Stock und lässt mich in ihre penibel saubere Wohnung ein. Nachdem wir unsere Jacken ausgezogen haben, drücken und küssen wir uns ganz fest. Mir wird schwindlig und als sie mich wieder loslässt, schwanke ich leicht.

“So, Ronni, das war die Vorspeise. Wie ist es mit chinesischen Gemüsenudeln als Hauptgang?” Und sie zaubert einen Geschmack in den Edelstahltopf, der einfach überirdisch ist. Dazu ein kleines Glas Dornfelder aus Rheinhessen und der Abend kann beginnen. Nach dem Essen machen wir es uns an ihrem Computer bequem und sie packt die Diskette aus, die sie illegalerweise bei Kaulen kopiert hatte.

Der Windows Explorer zeigt eine hohe Anzahl an Dateien mit merkwürdigen Namen. Vor allem Bilder im JPEG-Format. Beim Öffnen tauchen widerliche Kinderpornos auf.

“Bingo, hier haben wir einen der üblen Sorte. Glaub mir Jana, nicht alle Männer sind so.” Jana ist geschockt. Im Internet gibt es auch noch Inzest-Bilder und Haustier-Sex, aber das muss ich ihr ja nicht auch noch auf die Nase binden. Mit dieser Diskette müssten die Sexualdelikt-Fahnder eigentlich einiges anfangen können.

Die Mitteilungs-Dateien sind auf Anhieb nicht so interessant. Scheinbar belanglose Mails mit black.beauty, wobei es sich offensichtlich um Kopro-Litt handelt und mit einem golf.hit. Kaulen firmiert als hot.balls. Diese Mails sind ohne richtigen Absender oder Adressaten. Themen sind irgendwelche Veranstaltungstermine, die man sich empfiehlt. Hier wird offensichtlich mit gezinkten Karten gespielt. Das macht Jana und mich natürlich noch neugieriger.

“Wie kommen wir da ran, Ronni?”

“Da müssen wir die Zeit für uns arbeiten lassen, würde ich sagen. Wir haben die E-Mail Adressen, die wir brauchen und jetzt gilt es nur noch, die darüber laufenden Mails abzufangen. Dann wissen wir Bescheid. Es wäre gut, die Päderasten zwar schnellstmöglich zu enttarnen, bevor sie ihre E-Mail Adresse wechseln. Sie sollten aber noch nicht festgenommen werden, damit Kaulen uns bei der Suche nach dem Mörder weiterbringt.”

“Streng genommen haben wir in Sachen Kopro-Litt nichts gegen ihn in der Hand. Jede Menge Indizien, aber er selbst kann es nicht gewesen sein. Er muss aber eine Verbindung dazu haben, das rieche ich förmlich. Die müssen wir finden.”

“Wir sollten auf jeden Fall auch das Telefon überwachen.”

“Das lässt sich sicher machen, Ronni. Spätestens mit den Kinderpornos spielen die Richter da mit. Morgen mache ich einmal eine genaue Aufstellung der Termine aus den Mails. Vielleicht bekommen wir darüber auch den golf.hit raus. Doch lass uns jetzt einmal sehen, was der Chat18 draufhat.”

In Chat18 ist wieder einiges los, aber Ayse ist nicht da. Dafür aber Kaulen! Er sondert sich allerdings gerade mit in einen eigenen privaten Raum ab, in den wir nicht kommen. Ganz so öffentlich ist der Cyber-Raum für Normalnutzer wie uns leider auch nicht.

“Treffer! Mit wem macht Kaulen die nächsten Pläne?” Jana würde jetzt einiges dafür geben, zu lauschen. So lassen wir die zurückliegenden Chat-Sequenzen hochrollen. Kaulen hat sich etwa eine halbe Stunde vor uns eingeloggt und erstmal in Small Talk gemacht. Dann kam Lucille und warb um milde Spenden für gute Taten. Kaulen hatte offensichtlich sofort erkannt, worum es ging und nun mauschelt er mit “Lucille”. Unser Mörder oder nur ein Trittbrettfahrer? Wir werden es bald wissen. Ich hoffe, nicht zu spät.

Eine Stunde später loggt sich zwar perfect_body ein und wir grüßen Sunny auch noch kurz, aber die uns interessierende Sache ist wohl schon gelaufen. Wir loggen aus. Ein Anruf in Kaulens Praxis bringt das Freizeichen und dann den Anrufbeantworter. Das ist halt der Nachteil bei mehreren Leitungen. Ein Besetztzeichen wäre immerhin ein Anhaltspunkt gewesen. Wir kommen nicht weiter und es ist spät genug, an schönere Dinge zu denken.

Ich stehe auf und ziehe Jana mit hoch. Sie drückt sich fest an mich, als ich über ihren Rücken und den Po streichle. Wir sind so eng zusammen, dass wir uns kaum küssen können. Ihre festen Brüste sind durch den dünnen Pullover wunderbar zu fühlen und sie gibt mir einen heftigen Zungenkuss. Als ich ihren Po knete, spüre ich gar keine Kante eines Slips.

“Nanu, hast du keinen Slip an?”

“Noch nichts von einem String-Tanga gehört?” Sie lacht und kneift in meinen Po, um mir dann kreisend den Rücken zu kneten.

“Wollen wir ins Bett gehen?”

Sie vergräbt sich in meiner Schulter und unsere Hände verknoten sich ineinander.

“Du, ich habe Lust, solche Lust.” Sie beißt in mein rechtes Ohr und krallt ihre Nägel in meine Schulter. “Ich habe dir aber noch nicht gesagt, dass ich ich meine Schwester Anne am Flughafen abholen will. Sie kommt um elf aus Mallorca und will bei mir übernachten. Jetzt ist es zehn, kannst du mich noch schnell zum Bahnhof fahren?"

"Ich kann dich auch direkt zum Flughafen bringen."

"Nein, lass mal, Ronni. Wenn zwei Frauen sich was zu erzählen haben, störst du nur. Und die S-Bahn ist ja gleich da."

Aus der Traum von der ersten Nacht.

"Sei bitte nicht sauer, Ronni. Und außerdem habe ich in weiser Voraussicht einen Aids-Test gemacht. Die Ergebnisse bekomme ich morgen. Wir sollten auf Nummer sicher gehen, meinst du nicht?"

"Na klar, Jana. Meiner ist übrigens auch schon da. Aber für das Warten revanchiere ich mich und vernasche dich morgen mit Haut und Haaren."

"Au ja." Sie krallt ihre Nägel wieder in meinen Rücken. "Komm, lass uns fahren."

Hormonüberflutet gehen wir eng verschlungen zum Auto und können auch auf dem Weg zum Bahnhof unsere Hände nicht voneinander lassen.

Als wir ankommen, ist es zehn nach zehn. Noch fünf Minuten Zeit für die S8 nach Frankfurt Flughafen.

"Bis morgen, Ronni. Ich bin bis etwa um vier auf der Uni. Willst du mich da abholen?"

"Aber sicher. Denkst du daran, dass wir morgen zum MachMit!-Abend wollen?"

"Ach ja, das auch noch! Aber danach gehen wir zu endlich zu Dir, ja? Bis dann!" Sie lächelt verführerisch, gibt mir noch einen Kuss und verschwindet auf dem Bahnsteig, wo die S-Bahn inzwischen eingefahren ist und noch erstaunlich viele Fahrgäste ausspuckt. Sie nimmt im hell erleuchten Waggon Platz und winkt mir noch zu, als die S8 wieder Fahrt aufnimmt und sich auf ihren Weg über Mainz und Rüsselsheim nach Frankfurt Flughafen macht. Ich schaue ihr noch lange nach und fahre ganz in Gedanken an den morgigen Abend nach Hause.

*

Nett, nett, nett, das Internet. Nur kein Schreck, beherrsch das Web. Reim dich oder ich fress Dich. Es reimt sich nicht, aber es dichtet auch nicht. Und sowieso dieser elende Brummschädel. Welcher Tag war heute? Dienstag? Nein, Mittwoch. Zumindest noch zwei Stunden. Noch ein Aspirin und noch etwas Kaffee. Obwohl man Nachdurst mit Bier löschen soll. Grund zum Feiern! Der eine Fisch noch frisch und den anderen schon an der Angel. Die Geschäfte lassen sich gut an. Willi ist für alle da. Alle brauchen Willi. Willi ist gut und preiswert. Das spricht sich rum.

Das vertraute Flimmern des 19-Zoll Monitors, das Fenster zur Welt. Willi war bereits wieder online. Ein schönes Spiel, warum hatte er das nicht schon immer gemacht? Jump.tiger, Ayse, Lucille, was wäre die nächste ID? Irgendwas Griechisches wäre angesagt. Zeus! Zeus, der Vater der Götter. Mit seinem Blitz zerstört er alles. Wie Willi. Aber Willi kann es nicht nur literarisch, sondern tatsächlich. Klinisch sauber, porentief rein. Ohne äußere Verletzungen, ohne Krach. Umweltschonend, recyclingfreundlich. Erde zu Erde.

Eigentlich war die Idee ebenso nahe liegend wie Lünings Backstube um die Ecke. Die Russen verscherbeln alles auf dem Weltmarkt. Auch leistungsfähige Radarstrahler. Für einen Hunderter. Eine gute Investition. Dann noch abschirmen. Wozu hatte er Physik studiert? Die gute alte Experimentalphysik, dazu etwas Elektronik.

Die Schnüffler würden nie dahinter kommen. So viel Phantasie hatte da keiner. Perfect_body war so merkwürdig still in den Chats, ob die sauber war oder nur schüchtern? Auch das würde er herausfinden. Und dann die Dreistigkeit, es mit dem Kopro-Litt-Synonym zu versuchen. Als ob er nicht wüsste, dass es kein Zurück gab, wenn Lucy einmal zugepackt hatte.

Lucy hatte einen guten Wintermantel, passend zur Jahreszeit. Ein Horn, das irgend so ein Höhlenforscher in Australien entwickelt hatte, um mit Radar schmale Öffnungen zur Unterwelt zu erkunden. Auf drei Meter eine eins-a-Bündelung, perfekt. Als deutscher Späleologe ist man da schnell unter Brüdern.

So wie mit hot.balls. Sein nächster Kunde, logo. Auch der will eine von diesen Emanzen loswerden. Eine, der mit den Jahren in der Beratung die Machtgier den Weg zu den Fleischtöpfen in unserem Dienstleistungs-Staat gezeigt hatte. Wie die, die auch seiner Mutter immer zugeredet hatten, gegen den Vater. "Ich habe die Eineltern-Familie als die beste Form erfahren". Toll, wie blasiert und ungeniert die steuergeld-genährten Selbstversorgungs- und Selbsterfahrungs-Kreise sich selbst bedienen. Ach, die bösen Väter, Vergewaltiger eigener Kinder und wenn nicht, so doch mindestens verdächtig. Wo war sein Vater? Noch nicht einmal als

Erwachsener bekam er Auskunft, wer denn sein Erzeuger war, der sich ja angeblich noch nie um ihn gekümmert hatte. Ob er es überhaupt versucht hatte? Seine Mutter wollte es nicht und ihr Recht auf Auskunfts-Verweigerung rangierte sogar vor seinem eigenen Auskunftsrecht. Selbst als Erwachsener dürfe er nicht seinen eigenen Vater kennen lernen, beschieden ihm die Schwarzkittel. Wann wird man eigentlich von diesen Rechtsverdrehern in den Senaten als gleichwertig akzeptiert?

Ist jetzt auch egal, wozu einen Vater? Willi war gleichwertig. Mindestens. Mindestens zwei Kilowatt, das reicht als Leistung. Eine normale Autobatterie, 250 Ampere Spitzenstrom genügen. Dennoch: die Spannungsversorgung war noch ein kleiner Schönheitsfehler seiner Lucy. Sie war ein wenig schwer. Fast wäre sie auf dem rubbeligen Feldweg heruntergefallen, seine gute Lucy. Ein paar Goldcap-Kondensatoren würden es besser machen. Leistungsdichte zwar geringer, aber dafür leichter. Und eine noch höhere Spitzenleistung, damit müsste man eigentlich auch durch Beton kommen. Streueffekte? Ohne Metall müsste es gehen.

Eine E-Mail ist da.

hot.balls an Lucille: Treffen Freitag Mittag, 12.00h in Bingen. Platz vor Life&Art. Bild Maggi als .JPEG dabei.

Willi machte erstmal die Anlage auf und überlegte. Eine Frau mit Frust- und Hassfalten im Gesicht. Die Haare schon weiß-grau und die besten Jahre lang hinter sich. Mit langen Haaren der ebenso verzweifelte wie nutzlose Versuch, noch etwas Jugendliches vorzutäuschen. So waren auch die "Beraterinnen" seiner Mutter gewesen, verhärmt und verbittert. Ihm hatten sie nie zugehört, sondern sich nur gegenseitig in ihrem Hass auf die Männer und speziell der Väter ergänzt. Der Treffpunkt zwar reizvoll, aber ungeeignet. Ein bisserl intimer muss es schon sein.

Lucille an bots: Zu öffentlich. Neuer Treffpunkt: Einfallstraße von Kempten Richtung Stadtmitte. Plakatwand vor Brücke zu Fähre und Rheinanlagen. Freitag 12 Uhr zu früh, 17 Uhr ist in Ordnung. Fünftausend morgen deponieren. Hindenburgbrücke, Brückenkopf Kempten, in hochliegende Maueröffnung zum Rhein hin. 20 Uhr.

Dann wieder die Lust an weltweiter Kommunikation. Sina war zwar nicht mehr da. Hatte sich wohl eine neue ID gegeben, so wie er auch. Mal weiterchatten und sehen, was sich tut. Was Besseres als Lucy war auch heute nicht im Web. Donnerstag Nachmittag. Ja, Donnerstag Nachmittag ist ein klasse Termin, um Lucys neue Kraftzellen mal auszuprobieren.

*

Als Kaulen am späten Donnerstag vormittag die E-Mail las, hatte er ein indifferentes Gefühl. Zum einen wurde es teuer. "Lucille", wer immer das war, wollte fünftausend. Wenn es richtig war, was sie oder er sagte, dann hatte dieses Phantom immerhin schon die dünne Blonde in die ewigen Aktengründe befördert. Da konnte man also eigentlich schon zwei für eins rechnen. Andererseits glitt ihm die Sache aus der Hand. Die Kripo war ihm wegen diesem dummen Marek auf der Spur und Maggi wollte ihre Kollegin aus der Frauengruppe rächen. Und Lüder dachte beim Golfen zwischen dem siebzehnten und achtzehnten Loch auch nur dran, wie er sein Imperium vergrößern konnte. Nach Maggi würde auch Frieda Ruhe geben. Ohne Unterstützung würde Frieda vom Wadenbeißer zum Schwanzklemmer werden. Kaulen gab sich einen Ruck: Die Fünftausend von der Bank würden sich lohnen.

Noch am Vormittag ging er zur Rheinhessen-Bank in Nackenheim. Maria Radeberg war wie immer bester Laune. Ein echtes Energiebündel mit enormer Abstrahlung positiver Wellen.

"Hallo Herr Kaulen! Na, womit kann ich Ihnen heute dienen?" Ihre ansteckende Fröhlichkeit infizierte den nervösen Psychologen aber nicht.

"Ich brauche fünftausend Mark."

"Aber klar doch. In kleinen gebrauchten Scheinen?" Die flotte Bankangestellte konnte das Frotzeln nicht lassen. "Spaß beiseite: Von Ihrem Girokonto oder als Einzelkredit?"

"Nehmen Sie es vom Girokonto. Bitte in Hundertern." Kaulen wollte die Geschichte schnellstmöglich hinter sich bringen.

"Ok, bitte Ihre drei Kreuze hier. Bei Ihnen reicht auch eins, wir kennen uns ja." Fröhlich hielt Radeberg den Auszahlungsbeleg hin, während im Hintergrund schon der zeitgesteuerte Tresor die Hunderter ausspuckte. Bei dreitausendsiebenhundert gab es allerdings einen Knacks und das Ausgabefach war verstopft.

"Oh, da wollen die Scheine nicht zu Ihnen. Haben Sie etwas angestellt?" Sie schaute kurz in den Ausgabeschlitz und wechselte dann auf die Handkasse. "Hier haben Sie die restlichen dreizehnhundert. Dann steht Ihrem Schäferstündchen nichts mehr im Wege." Meinte sie augenzwinkernd.

Kaulen packte wortlos das Geld zusammen und verließ den Bankcontainer so schnell wie möglich. Auf der Schwelle nach draußen stolperte er über die Abschlussleiste des Teppichbodens und die Hunderter flatterten auf den Vorplatz. Belustigt schauten Passanten zu, wie der puterrot angelaufene Mann den Scheinen nachjagte, die vom Herbstwind im Kreis herumgetrieben wurden.

Am frühen Nachmittag erreichte er Maggi am Telefon. Die war zunächst gar nicht begeistert von der Aussicht, den Termin zu verlegen, sah aber ein, dass zu viele Zeugen auch nicht gut seien. Kaulen gab daraufhin Lucille das OK.

Abends fuhr der Psychologe mit seinem Astra langsam den Weg von der Eisenbahnbrücke herunter zum Rhein und deponierte das teure Bündel sauber verschnürt in der Maueröffnung zum Rhein hin. Um diese Zeit jagten nur noch vereinzelte Hundeliebhaber ihre Chappi-Prachtkerle über den Übungsplatz neben der Hindenburg-Brücke, die in den letzten Tagen des Zweiten Weltkriegs von deutschen Pionieren gesprengt worden war, um den Amerikanern den Vormarsch zu erschweren. Das Tor zum unmittelbar angrenzenden Campingplatz war längst geschlossen und nur noch Fledermäuse und Eulen huschten lautlos durch die Nacht. Kaulen war froh, als er wieder ins Auto stieg. Beim Zurücksetzen prallte er allerdings gegen einen der großen Steine, die in den mannshohen Brennnesseln lagen und die hintere Stoßstange bekam eine nicht unbeträchtliche Beule. Fluchend besah er sich den Schaden im kümmerlichen Schein der Campingplatz-Beleuchtung und verlies den ungastlichen Ort. So konnte er nicht sehen, dass ganz in der Nähe ein Radfahrer aufmerksam die Szene beobachtete und sich das Päckchen schnell aus der Öffnung angelte. Auf seinem Rad rollte er lautlos über den asphaltierten Fahrradweg nach Bingen.

Kapitel 3

Donnerstag Morgen kommt mir endlos vor. Ich kann es kaum erwarten, endlich Jana bei mir zu haben. Ein Fest für die Sinne, alle Sinne soll es werden. Und so wirbele ich eifrig durch die Räume meines Hauses, Spinnweben und schlechte Geister jagend. Während die unaufgeräumte Unterwelt der Betten so manches Geheimnis im Wollmaus-Design verbirgt (auch meinen langgesuchter Fernauslöser für die Mittelformat-Kamera aus der Ukraine) und weitgehend dem Staubsauger-Zyklon zum Opfer fällt, rufen die Bäder mehr nach dem Polieren ehedem blanker Oberflächen. Das Timing ist ganz auf unser Treffen abgestimmt und keine Sekunde zu früh bin ich - OK nicht ganz - fertig. Aber immerhin, Küche, Bad, Wohnzimmer glänzen und natürlich das Schlafzimmer. Und schon bimmelt das Telefon.

"Ronni, ich bin fertig auf der Uni. Kommst du?"

Ein Blick auf die Uhr: Es ist schon fünf. Nichts wie zur Uni. Zwanzig Minuten später bin ich am Dahlheimer Weg und nehme sie in die Arme. Dann nach Wiesbaden zu ihrer Wohnung, wo wir ein gemütliches Abendessen haben. Spaghetti Bolognese mit der weltbesten Soße, keine Frage. Eine gute Grundlage für die Nacht.

Zunächst allerdings der Pflichttermin bei der MachMit-Gruppe. Wasser-Heinz und Irmgard bauen das Mikro auf und verkünden die wöchentlichen Aktivitäten. Sie registrieren erfreut meine Anwesenheit und Irmgard setzt sich danach gleich einmal zu mir und Jana an den Tisch.

"So, so, Ronni. Das ist also der Grund, warum du dich so rar machst." Sie lächelt zu Jana.

"So falsch liegst du da nicht, Irmgard. Wir sind aber heute hier, weil ihr uns vielleicht helfen könnt. Kennt ihr diese Frau?"

Als wir das inzwischen von der Grenze aufgetriebene Kopro-Litt-Foto zeigen, ist Irmgard sehr interessiert:

"Die kam so etwa vor vier Wochen, hat sich aber nicht so richtig in die Gruppe integriert. Eine sonderbare Frau, irgendwie verklemmt. Heute ist sie nicht da."

"Die kommt auch nicht mehr." kläre ich Irmgard auf. "Sie ist ermordet worden. Mit wem in der Gruppe hatte sie Kontakt?"

“Ermordet? Das ist ja erschreckend.” Irmgard ist bestürzt. “In unserer Gruppe? Ja, wie ich schon sagte, war sie ein Einzelgänger. Vielleicht ist sie bei Wanderungen dabei gewesen? Frag doch mal Maria und Christian, die wanderten in den letzten Wochen. Oder Olaf? Der ist gerade zu neuen Damen besonders fürsorglich.”

Maria und Christian sind heute nicht da. Nur Olaf kommt zwar spät, aber er kommt.

“Hallo Ronni, was machst du denn hier? Und mal wieder in neuer, aufreizender Begleitung?” Olaf lässt das Lästern nicht, so wenig wie sein Trabbi das Qualmen.

“Danke für die Lorbeeren, du verhinderter Asphalt-Akrobat. Jana und ich suchen nach einer Frau, die vor einigen Wochen zum ersten Mal hierher kam.” Es würde mich wundern, wenn er da nichts bemerkt hätte.

“Du meinst die Blonde, Dünne? Hilda? Ja, die ist mal mitgewandert. Mit neuen Schuhen, hat sich Blasen gelaufen und dann fürchterlich gejammert.” erinnert er sich.

“Und du hast sie getröstet?” bohre ich nach.

“Leider nein.” Er zuckt die Schultern. “Jammern ja, aber trösten nein. Hat nur von ihren Freundinnen erzählt. Maggi und Frieda, aus einer Frauengruppe. Die sind aber beide nicht hier gewesen. Ich weiß nicht, ob ich das bedauern soll, wie ich sie so gesehen habe.”

“Wahrscheinlich nicht.” Gebe ich ihm Recht. “Und sonst Kontakte mit jemand aus der Gruppe?”

“Nein, ist mir nicht aufgefallen. Die war und blieb ein Fremdkörper.” Olaf hatte offensichtlich sein Interesse an einer Eroberung schneller als sonst verloren. “Warum fragst Du?”

“Nun, Hilda ist umgebracht worden. Die war übrigens Familienrichterin und hatte ihren MachMit!-Ausweis dabei. Ist dir sonst etwas aufgefallen?”

“Na ja, ich weiß nicht, ob das relevant ist, aber du kennst doch die Stinkmorchel-Geschichte.”

“Nur die Grundzüge, nur das, was ich von Maria gehört habe.”

“Also: du würdest sagen, wir haben eine heiße Spur nach Ingelheim. Leute mit so merkwürdigen Neigungen, vielleicht hat das was mit dem Mord zu tun.” Er fängt an zu spekulieren.

“Also, Sherlock Holmes, was ist das für eine Spur?”

“Ein Knöllchen von der Kreisverwaltung.”

“Ob das heiß ist, weiß ich nicht. Immerhin ist darin auch das Jugendamt. Das würde mit der Richterin zusammenpassen, meinst du nicht, Jana?”

Jana hat sich bisher mehr belustigt unseren Dialog angehört und nimmt nun Stellung.

“Ausschließen kann man das nicht, aber diese Frauengruppe scheint interessant zu sein. Da werde ich morgen mal hingehen. Welche Gruppe war das genau, Olaf?”

“So genau weiß ich das nicht. Frauen-Selbsthilfe und Selbsterfahrung, mit Psychologen oder so. Am Freitag abend in Mainz.”

“Das bekomme ich raus, Ronni. Danke, Olaf.” Jana klinkt sich wieder aus dem Gespräch aus.

“Und was hast du mit dem Knöllchen gemacht, Olaf?”

“Nachgeforscht, was denkst du?” Olaf lacht. “Bisher ohne greifbaren Erfolg, aber bald habe ich sie. Es muss jemand aus der Kreisverwaltung sein, ich habe das Auto einmal aus der Tiefgarage herausfahren gesehen, konnte aber gerade nicht hinterher, weil so ein Bagger die Ausfahrt blockierte. Ein roter Polo. Morgen habe ich keinen Dienst, dann lege ich mich Mittags auf die Lauer und schwupp - habe ich sie!”

“Gute Idee, Olaf.” pflichte ich ihm bei. “So, ich denke, jetzt haben wir einiges erfahren.”

“Wollen wir gehen, Ronni?” Jana drängt zum Aufbruch. “Wir müssen noch etwas vorarbeiten.”

Olaf grinst im Hintergrund, als wir uns langsam zum Ausgang trollen und gegen die Küchenschwaden die Treppe hinunter zum Auto gehen.

Ganz schnell nach Hause, keine Minute verschenken. Die Vorfreude lässt meine Gedanken so fliegen, dass das Auto rückwärts zu fahren scheint. Und dennoch sind wir ganz schnell da. Schnell schließe ich die Haustür auf und lasse sie ein, dann sind wir allein.

Lippen treffen sich, drücken und bewegen sich, liebkosen Hals und Schultern, ziehen spielerisch an Ohrläppchen. Sie riecht nach Frau, sie riecht nach Vorfreude, nach dem Wissen um das, was kommen kann und kommen wird. Mein Körper zittert nach der langen Zeit ohne sexuellen Kontakt zu einer Geliebten. Finger erkunden ihr Gesicht, streichen die Haare nach hinten, ziehen sie nach vorn, verwirbeln sie, streichen sie glatt. Behutsam gleiten sie über den Rücken, kreisen über den Schultern, fließen mit ihren Linien zum Po hinunter. Ein leises Seufzen zeigt den richtigen Weg und sie drängt sich stark mit ihrem Becken gegen meins. Wie zart ihr Po ist, wie heftig sie auf meine knetenden Bewegungen reagiert! Ich fasse sie unter dem Po, drücke sie fest an mich und hebe sie hoch. Leicht wie eine Feder, meine Fee. Ihre Finger pressen die Haut auf meinem Rücken zusammen, was mich weiter antörnt und auch meine Finger kreisen und kneifen in ihren Rücken. Die Augen geschlossen kämpfen wir einen stillen Kampf darum, den anderen aus dem Gleichgewicht zu bringen. Jede Bewegung nutzen, um den anderen zu streicheln, zu drücken, zu kratzen, zu petzen. Ein wunderbares Gefühl der Leichtigkeit kommt, es wird warm und die Sinne öffnen sich. Ich rieche sie, spüre sie, sehe sie, fühle sie, ganz nah.

Ich will sie nehmen und sie will mich nehmen. Schon der Weg ins Schlafzimmer wird von Liebkosungen gesäumt, dann sind wir am Ziel der Wünsche. Auf dem Bettrand sitzend ziehe ich sie an mich heran und streiche über ihre Brüste, liebkose und küsse sie. Die Bluse ist schnell über den Kopf gezogen und die Knospen ihrer Brüste werden steif in Erwartung meiner Lippen. Sie reagiert stark und ich lasse meine Zunge kreisförmig über ihre Brüste und den ganzen Oberköper gleiten, während sie sich an mir festhält. Ihr Bauch ist ganz weich, der Nabel ein nächster Anhaltspunkt zum Reiben, während die Hände bereits die Pobacken kneten. Ihr Becken drückt nach vorn gegen mein Gesicht und meine Nase und ganz natürlich ziehe ich ihren Slip herunter und presse meine Lippen gegen ihre Scham. Ein Kribbeln von den Schamhaaren, die urweibliche Weichheit. Lust, Lust, Lust. Vertrautheit von der ersten Sekunde an. Wie in Trance atme ich die feuchte, warme Luft und ziehe tief den Geruch ein.

Sie zittert und presst meinen Kopf noch dichter an sich. Dann gleitet sie schnell neben mir ins Bett. Sie ist schön, so schön. Zart und zerbrechlich, fest und stark. Wir rollen uns herum, drücken uns aufeinander, reiben aneinander. Ich wollte sie am ganzen Körper küssen und ich tue es. Von den Haaren bis zum Knie. Ein Lachen. Es kitzelt! Scheinbar entzieht sie sich, dreht sich auf die Seite, dann auf den Bauch und gibt so Gelegenheit, den bisher vernachlässigten Rücken zu küssen. Hände und Lippen arbeiten sich von den Schultern bis zum Po vor. Die Fingerspitzen streichen die Schenkel nach unten entlang und dann auf der Innenseite nach oben, berühren kurz ihr Schamhaar und sind wieder auf der Rundreise. Sie stöhnt und dreht sich um.

Näher dran, noch näher dran. Die Schenkel öffnen sich, eine schönere Einladung kann es nicht geben. Zunächst finden meine Lippen ihren Weg und dann dringt die Zunge spielerisch zwischen ihre Schamlippen. Riechen, schmecken, fühlen. Ihre heftige Reaktion fordert mehr. Meine Nase drückt gegen ihre Lust, meine Zunge streicht über ihr Geschlecht. Ihr Becken bewegt sich auf und ab, kreist. Noch mehr, noch mehr. Ihr gertenschlanker Körper biegt sich, die Schenkel zucken und mit einem festen Griff reißt sie mich zu einem harten, langen Kuss. Wir tanzen wie wilde, vergängliche Derwische. Tanzen, Lachen, da, weg und wieder da.

Komm. Komm!! Die gespreizten Schenkel drücken gegen meinen Penis, der zur Scheide weiterrutscht. Schnell hinein. Ihre Hand hilft mit, die Glückspforte ist weit offen. Ein sinnenbetäubendes Eindringen, Stöhnen, Verkrallen. Kratz mich, beiß mich. Ganz tief rein, noch mehr! Noch viel mehr! Sie wirft sich hin und her, ihre Augen werden ganz groß, bevor sie in meine Schulter beißt. Heiß läuft es meinen Rücken herunter. Ich kratze ihren Rücken, beiße sie, knete ihre Haut zwischen meinen Fingern, presse ihre Pobacken zusammen, streiche spielerisch über ihren Anus. Sie weicht etwas aus. Spielerei, unangenehm? Weiter, neue Felder warten. Das Boot der Lust reißt uns unbändig weiter voran.

Ein Schrei und sie kommt. Sie brandet über mich, die Innenseiten ihrer Schenkel pressen mich so tief in sie, dass kein Entkommen ist. Warum auch? Hinter den geschlossenen Augenlidern zeichnet die Lust wirre Muster, Lichtblitze, ein pulsierendes Auf und Ab. Dann ist der erste Höhepunkt vorbei. Sie entspannt sich, lässt sich sinken. Wir treiben ans Ufer der Gefühle.

Meine Zunge windet sich genießerisch und leckt über die Lippen. Unsere Lippen pressen sich aufeinander, ziehen sich auseinander, ihre Zunge erkundet meinen Mund. Sie bewegt sich an mir herunter und liebkost meine Brust, meinen Bauch. Mit ihrer Hand umfasst sie den Penis und gleitet mit ihren Lippen über die Eichel, drückt die Vorhaut zurück. Ihre Zunge liebkost mich und ich schließe genießerisch die Augen. Erst langsam, dann schneller bewegt sich ihr Mund auf und ab und lässt meine Gedanken fliegen. Eine kurze Pause, dann wieder weiter.

Ihr Mund zieht sich zurück, wir müssen enger zusammen. Die Haut, jede Faser, muss aufeinander liegen. Wir umklammern uns seitlich, mein Penis findet allein den Weg in das Glück. Wir verschlingen uns, in der Löffelstellung komme ich zum Höhepunkt, eng umklammert. Sie hält mich fest, wir wiegen uns in die glückliche Erschöpfung. Eine Ekstase, die erst nach vielen Stunden in einen tiefen, engen Schlaf mündet. Erst ein knurrender Magen weckt mich.

Ich kann kaum gehen, alle meine Muskeln sind auf wunderbare Art leicht und schwer zugleich. Ein Ziehen im ganzen Körper begleitet jede Bewegung. Dennoch ziehe ich mich an und schwinge mich auf das Rad, das den Weg zum Bäcker allein findet. Ein paar leckere Spitzweck, mit pieksenden Krümeln ans Bett gebracht, das wird sie mögen. Sekt und Kaviar am Sonntagmorgen sind langweilig gegen Spitzweck und Prodomo am Freitagmorgen. Sie liegt noch eng vergraben in den Decken, die zerknüllt und verwunden einen Teil der Gute-Nacht-Geschichte erzählen. Auf mein Streicheln gräbt sie sich noch tiefer ein und umklammert mich dann mit ihrem judo-geübten Griff.

"Wieso weckst du mich, Ronni? Willst du noch mehr?"

"Jana, stärke dich doch erst einmal."

Erst so langsam dringt der Kaffeeduft in ihre betäubten Sinne vor. Sie schlürft genießerisch die Tasse und knabbert am Croissant. "Wie spät ist es?"

"Kurz vor neun, du wolltest doch um elf auf der Uni sein."

Sie gähnt, stellt die Tasse zur Seite und umschlingt mich gebieterisch. "Komm!".

Der pure Wahnsinn, dieser Morgen. Noch halb betrunken lassen wir schon wieder die Hormone fluten und unsere Körper vereinigen. Ob wir noch einmal aufstehen können? Halb bewusstlos dämmern wir schließlich erschöpft dahin, ein Knäuel von unentwirrbar verzahnter Lust, von Verlangen. Vorsichtig blinzelnd öffne ich ein Auge und schiele auf den Funkwecker. Viertel nach zehn? Bunte Muster tanzen auf der weißen Decke, neben mir hebt und senken sich Janas feste Brüste im Atemrhythmus. Als ich meine Nase an ihrem Arm reibe, streckt sie sich langsam und schaut mich aus großen Augen fragend an.

"Magst du noch auf die Uni, Jana?"

Sie streckt sich noch einmal, dreht sich um und schaut dann wieder zu mir. "Ja, auch wenn ich den ganzen Tag mit dir im Bett bleiben könnte. Obwohl ich so fertig bin, habe ich immer noch Lust." Sie klammert wieder.

"Warte, Jana." Ich mache mich sanft frei und strecke mich vor dem Fenster. Die Nachbarin kann auch mal was zu sehen bekommen. "Ich gehe als erster ins Bad und mache dir noch einen extrastarken Kaffee."

"Du Quälgeist." Der Protest nutzt nichts, die Uni wartet. Schnell noch ein paar Brötchen geschmiert und dann fährt? gleitet? fliegt? mein Auto dem Campus entgegen, wo Jana heute in der psychologischen Beratung arbeitet. Ihre Patientin wird eine sehr entspannte Therapeutin bekommen, die vor positiven Wellen nur so sprüht - und Schwierigkeiten haben wird, Schwierigkeiten als solche ernst zu nehmen.

Heute Abend geht Jana dann in die Frauengruppe, wohl eine weitere regionale Wildwasser-Gruppe. Männer müssen da draußen bleiben. Auch hier ist wieder erstaunlich, wieso solche Organisationen Steuergelder bekommen, die berechtigte Anliegen von Frauen in fröhlich feministischer Weise mit oft allzu offensichtlichen Machtinteressen auf dem Rücken von Kindern austragen. Die Wormser Prozesse waren ein beredtes Beispiel dafür. Was da über Jahre in enger Kooperation von Wildwasser, Jugendamt und Staatsanwaltschaft auf dem Rücken der Eltern und Kinder ausgetragen wurde, entsprach in vielen Punkten den Hexenverbrennungen des Mittelalters.

Bei einer Recherche hatte ich einmal versucht, mit der örtlichen Wildwasser-Gruppe Kontakt aufzunehmen. Fehlanzeige! Die sprechen noch nicht einmal mit Männern, geschweige denn dass sie Arbeitsstellen für Männer haben. Missbrauch wird konsequenterweise ausschließlich beim weiblichen Geschlecht verfolgt. Selbst Jungen fallen durch deren einseitiges Weltbild. Wenn unsere Theorie richtig ist, könnte Jana so einiges dabei herausbekommen. Der Mord an Kopro-Litt, einem offensichtlich führenden Mitglied der Gruppe, dürfte für reichlich Aufregung sorgen.

An der Bushaltestelle an der Saarstraße lasse ich Jana heraus, bevor der nächste Bus seinen Platz beansprucht. Zunächst einmal fahre ich ein paar Meter weiter zu Mohamed. Der ehemalige Kommilitone und promovierte Chemiker hat hervorragende Mikroskope für seine Genanalysen. Da werden die geplatzten Käfer ihr Geheimnis preisgeben. Bereits im Flur rieche ich seine Pfeife, er ist da.

"Hallo Ronni, wie geht´s dir?" Der gebürtige Ägypter begrüßt mich wie üblich mit überschwänglichem Tonfall.

"Ich habe da eine Bitte, Mo." Ich schütte ein paar Käfer auf den Tisch. "Können wir die unter Deinem Mikroskop anschauen?"

"Aber klar doch. Floureszierend, polarisiert?"

"Normales Licht wird reichen."

Er richtet das Binokular ein.

"Geronnene, trockene Körpersubstanz. Unregelmäßig gezackte Öffnungen im Chitinpanzer. Hast du die im Heißluftgrill für das Abendessen zubereitet?" Mit einem breiten Grinsen schaut er über die Schulter.

“Wie wär´s mit Mikrowelle?”

“Also doch Abendessen. Wir mögen sie aber lieber geröstet a la Gizeh, im Pyramiden-Stil auf der Warmhalteplatte gestapelt und mit einer leckeren Wurmsoße.” Er lacht laut und ich muss einstimmen. Dann schaut er durch´s Okular.

“Ja, mein Lieber, Mikrowelle ist möglich. Verbrennungsspuren sehe ich keine. Wie kommst du dazu, deine Ernährung so umzustellen?”

“Langsam, Mo. Jana und ich sind einem Mörder auf der Spur, der wahrscheinlich mit Mikrowellen mordet.”

Mo pfeift anerkennend. “Mal eine neue Mordmethode. Warum macht der das?”

“Vielleicht Demonstration von Macht. Nach der Methode, was ich kann, kann sonst keiner. In jedem Fall lautlos und auf den ersten Blick spurenlos.”

“Da solltest du aufpassen!” Mo ist echt besorgt.

“Nein, nein, es scheint wohl eher mit der Scheidungs-Mafia zu tun haben. Vielleicht ein rachsüchtiger Betroffener, vielleicht ein Machtkampf untereinander. Wer weiß? Etwas Gutes hat es jedenfalls: Bei den Ermittlungen habe ich Jana kennen gelernt.”

“Ist die bei der Polizei?”

“Erraten.”

“Ich gratuliere ehrlich. Wie läuft es?”

“Phantastisch, ich bin ganz hin und weg.”

“Na, dann drücke ich dir die Daumen. Kann ich dir noch bei deinen Käfern helfen?”

“Nein, Mo. Du hast schon soviel Zeit für mich geopfert. Ich überlasse dich wieder der Jagd nach Alicyclo-Sporen in Fruchtsäften mit dem Durchfluss-Zytometer. Grüße deine Frau von mir.”

Auf der Rückfahrt nach Hause freue ich mich schon auf das unmittelbar bevorstehende Wochenende mit den Kindern, die ich Punkt 16 Uhr im tiefsten Taunus abhole. Leider nutzt meine Ex jedes Abholen, um sich vor den Kindern als Machthabende aufzublasen, mich anzuschnauzen und dabei die Kinder fest zu halten, bis sie ihren Sermon abgelassen hat. Die Folgen für beide sind logischerweise verheerend, aber auch das lässt die Richter bekanntermaßen kalt.

Ebenso kalt wie der Taunus im Winter, der auf der anderen Rheinseite sanft bis zu 600 Meter Höhe ansteigt.

Um halb drei mache ich mich auf den Weg zur Binger Fähre, um über den Rhein zu setzen und von dort das schöne Wispertal hochzufahren. Eine gute Möglichkeit, die Dauerbaustelle Schiersteiner Brücke zu umgehen. Gerade als ich an der Abfahrt Bingen Kempten abbiege, düst Olaf mit seinem Trabbi vorbei und jagt auf der B9 einen roten Polo vor sich her in Richtung Koblenz. Ob seine planwirtschaftlich getunten 114 Stundenkilometer Spitze ausreichen, mit dem Wolfsburger Volkswagen mitzuhalten? Geduckt hinter dem Lenkrad sitzend, ist ihm der Jagdeifer ins Gesicht geschrieben. Schneller fährt sein Asphalt-Radierer dadurch zwar nicht, aber es kommt ihm wohl schneller vor.

Ich jedenfalls fahre schnurstracks Richtung Fähre, auf der Mainzer Straße durch Kempten hindurch und an der Rheinberg-Kellerei vorbei nach rechts in den Hafen.

*

Maggi Jola-Fuhr machte sich wie geplant um vier auf den Weg zum vereinbarten Treffpunkt in Bingen. Zuerst auf den Mainzer Ring, dann weiter Richtung Bingen. Der Verkehr war relativ dicht, aber durchaus dünnflüssig.

Diesem Psychologen war nicht zu trauen, das war ihr klar. Maggi passierte die Autobahn-Abfahrt Ingelheim-West. Hier in der Nähe war ihre Freundin Hilda Kopro-Litt ermordet worden. Sie sollte in der nächsten Woche beerdigt werden, ein genauer Termin stand aber noch nicht fest. Sicher würden die anderen der Gruppe mitkommen. Kaulen? Sicher nicht. Der war ohnehin absolut nicht vertrauenswürdig, hatte aber immerhin er einige Kinder zur Therapie geschickt. Und nun dieses Treffen? Sicherheitshalber hatte sie Frieda über das Treffen informiert, falls diese später zur Gruppe kommen würde. Und sowieso konnte man bei Männern nie wissen.

Der Kinderschutzbund hatte es gerade wieder rechtzeitig vor Weihnachten plakatiert. Jedes zweite Kind wird missbraucht, dazu kommt die Dunkelziffer. Einige in der Gruppe rechneten daraus ohne weiteres eine Missbrauchsrate von 80 Prozent aus. Wer will da nicht helfen? Und tatsächlich bescherten die Plakataktionen vor

Weihnachten dem Kinderschutzbund und auch Wildwasser alljährlich einen reich gedeckten Spendentisch. Schließlich mussten die PsychologInnen und SozialarbeiterInnen auf den fremdfinanzierten Stellen unterhalten werden.

Den Abzweig von der A60 auf die B9 Richtung Bingen hätte Maggi fast verpasst, konnte aber durch die sehr lange Abbiegespur doch noch wechseln, wenn auch unter wildem Gehupe der nachfolgenden Laster. Ein Stinkefinger aus dem Seitenfenster war alles, was sie für diese Asphalt-Cowboys übrig hatte. Dann die Abfahrt Bingen-Kempten, vorbei am Industriegebiet, schließlich Richtung Innenstadt. Rechts die Hafenanlagen mit den Schüttgut-Kränen, links die Weinberge der Rheinberg-Kellerei. Von der anderen Rheinseite grüßte aus den Weinbergen die Germania mit hochgerecktem Arm herüber. An der Ampel zum Fähren-Abbieger hielt sie an und schaute auf die Uhr. Noch dreißig Minuten bis zum Treff. Sie parkte am rechten Fahrbahnrand, stellte den Motor ab und kurbelte das Seitenfenster herunter.

Die neue Emma lag auf dem Beifahrersitz. Die Psychologin blätterte das Heft durch. Da! Witz des Monats: Was ist ein Mann in Salzsäure? Ein gelöstes Problem. Maggi gluckste vor Vergnügen. Frauenkurs in der Volkshochschule: Backen ohne Mehl. Eine Frau geht hin und kommt in einen Raum mit nackten Frauen in Rückenlage auf Isomatten und fragt: "Ist das hier Backen ohne Mehl?" "Nein", so die Antwort. "Das hier ist Bumsen ohne Männer!" Die Psychologin lies ihrer Fröhlichkeit freien Lauf. Dadurch bekam sie nicht mit, wie ein Radler vom Rochusberg aus langsam nach unten fuhr und im Weinberg auf der anderen Seite hinter der Plakatwand an der Straße verschwand.

Wozu überhaupt Männer? Spontan fällt ihr eine Anzeige aus der Tageszeitung ein: Frauen-WG sucht Samenspender. Kein Sex! Ja, es ist schon wichtig, dass sich Frauen gegen die Männer zusammenschließen.

Fünf vor fünf, langsam wurde es Zeit. Sie legte das Heft auf die Seite, stieg aus und ging über die Straße zur schräg gegenüberliegenden Plakatwand. Eine andere Frau stand auch schon da, scheinbar war die Stelle am Ortsrand Bingen und dem Abbieger zur Fähre nach Rüdesheim ein beliebter Abholpunkt für Pendler. Die Plakatwand zeigte einen umgestürzten Joghurt, eines von diesen leckeren Erzeugnissen aus der modernen Milchwirtschaft.

"Hallo." Ein leiser Ruf. Zu sehen war niemand. Täuschte Sie sich? Nein, auch die andere wartende Frau drehte ihren Kopf in ihre Richtung, dann aber wieder weg.

"Hier, ich bin hingefallen. Weiter rechts."

Die Psychologin war verwirrt. Zu sehen war immer noch nichts. Doch da! Ein dünner lila Stab tauchte mitten aus dem Joghurt auf. Was sollte das? Der Stab verschwand wieder. Sollte sich ein Kind einen Streich erlaubt haben? Oder war Kaulen inzwischen da und spielte ihr einen Streich? Maggi hatte sich die Stelle gemerkt, an der der Stab aufgetaucht und wieder verschwunden war.

Entschlossen trat sie mit zwei Schritten dahin und fand ein Loch im Joghurt-Bild. Sie schaute hinein. Ein leichtes goldenes Schimmern war das Letzte, was sie sah, bevor etwas in ihrem Gehirn explodierte und sie wie vom Blitz gefällt zu Boden fiel.

*

Willi war zufrieden. Das Geld war da und mit den neuen Kondensatoren hatte Lucy ein paar Kakerlaken in einer hundertstel Sekunde zum Platzen gebracht. Auch die Löcher in der Plakatwand waren gebohrt. Die Voraussetzungen stimmten und heute würde Lucy wieder zu ihrem Recht kommen. Sorgfältig bereitete er sich vor. Eigentlich behagte ihm die Helligkeit des Tages nicht, aber das Laub auf den Rebstöcken gab ihm Deckung, als er vorsichtig mit seinem Rad die Gassen zwischen den Rebzeilen herunterfuhr. Kurz bevor er die Rückseite der Plakatwand an der Straße erreichte, spürte er einen kurzen Ruck am Rad, den er aber nicht lokalisieren konnte. Dann war er da.

So, so, die Nächste bitte. Was ist das? Da ist bereits jemand da. Die Tussi? Nein, die muss falsch sein. Aha, da geht auf der anderen Seite eine Wagentür auf. Das ist sie. Pünktlich, pünktlich. Komm nur nicht zu spät zur Beerdigung, Geldvögelchen. Es wäre doch geradezu schade, wenn du beim Überqueren der Straße überfahren würdest. Lucy würde um ihren Spaß gebracht. Lucy summt schon erwartungsvoll aus ihrem Kraftpaket, sie saugt schon deine Witterung ein. Bald, bald, komm nur näher.

Da ist dein Schatten, warum gehst du weiter zu der anderen? Hallo, hallo, komm. Ja, so ist es gut. Schau hier hinein, hier ist der Halm. Hier, genau hier. Und jetzt streichele sie, Lucy, töte sie. Komm, Lucy, komm. Ja!

Braves Mädchen, ab nach Hause. Zeit zum Ausruhen. Gleich kommt die Müllabfuhr mit Blaulicht.

*

Die Überfahrt mit der Fähre nach Rüdesheim dauert nur einige Minuten und ich biege rechtzeitig auf die B42 Richtung Lorch ein. Das Wispertal lockt mit schön geschwungenen Kurven, doch der durch Blätter sehr schlüpfrige Asphalt mahnt zur Vorsicht. Als ich beim Haus bin, in dem meine Ex bei ihrem neuesten Freund wohnt, sind Linda und Dominik noch nicht fertig, so dass ich noch fast zwanzig Minuten warten muss. Beide sind hoch erfreut, mich zu sehen, laden aber erst einmal die Tasche mit den Schuhen ein. Eine richtige Begrüßung verschieben wir lieber, weil ihre Mutter Verbundenheitsbekundungen vor ihren Augen wahrscheinlich nach deren Rückkehr ahnden wird. So beeilen uns, schnell weg zu kommen. Auch der Wuschelhund Flocki kommt mit.

“Wollen wir noch mal zum Opa, ihr beiden?”

“Nein, nach Hause. Direkt nach Hause. Bitte Papa! Wir sind so wenig bei Dir.” Dominik fällt ihr sogar noch ins Wort: “Immer, wenn wir Mama sagen, dass wir mehr bei dir sein wollen, brüllt sie gleich los. Wie geht es meinen Fischlis? Haben die Dornaugen schon Nachwuchs bekommen?”

“Ich glaube nein, aber das kannst du Aquarien-Experte ja sicher schneller herausfinden. Sollen wir eigentlich übers Wispertal fahren und dann die Fähre in Rüdesheim nehmen? Vielleicht wandern sogar heute die Kröten?”

“Au ja.”

“Wie waren die zwei Wochen? Ich habe versucht, Euch anzurufen, aber das ging nicht.”

“Ja, es hat ab und zu geklingelt, aber wir dürfen ja nicht ans Telefon. Und selbst telefonieren auch nicht, wie du weißt.”

“Leider wahr. Aber was gab es Positives?”

“Ich habe eine Eins in Bio und in Mathematik bin ich der Zweitbeste.” Dominik ist zu Recht stolz auf seine schulischen Erfolge.

“Und ich habe eine Eins minus in Deutsch.” Linda steht da nicht nach.

“Nun, auch ich habe eine Überraschung für Euch, ich bin wieder verliebt.”

“Und in wen?” kommt es wie aus einem Mund.

“Sie heißt Jana ...”

“... und ist natürlich die schönste, klügste, netteste Frau auf der Welt, stimmt´s Papa?” Dominik ist mal wieder etwas vorlaut.

“Genau.”

“Ha, ha, Papa hat ´ne Freundin, Papa hat ne Freundin.” lässt Linda sich nicht lumpen. “Hat sie denn wenigstens Kinder? Am besten Mädchen?”

“Nein, noch nicht.” Grinse ich. “Aber das kann ja noch werden. Aber jetzt genug davon, ich muss mich auf´s Fahren konzentrieren.”

Auf dem Rückweg nehmen wir wieder die Fähre, eine kleine Abwechselung im Autobahn-Einerlei rund um Mainz und Wiesbaden. Schnell queren wir den Fluss, während sich die Kormorane auf den Felsen vor dem Binger Loch, den Eingang ins Rheintal, das Gefieder putzen. Meine beiden Schätze plappern auf dem Rücksitz unentwegt über die Erlebnisse der vergangenen zwei Wochen, weil die Mutter seit dem letzten Besuch ja keinen Telefonkontakt zugelassen hat.

Auf der linken Rheinseite sehen wir schon während der Überfahrt Blaulicht und einen Notarztwagen auf der Mainzer Straße. Ein Unfall im Feierabend-Verkehr? Es ist fast halb sechs und es dämmert schon stark. Vielleicht hat ein Autofahrer einen Fußgänger mit dunkler Kleidung auf die Kühlerhaube genommen? Tatsächlich hat die Polizei die Mainzer Straße halbseitig gesperrt und beim Warten sehe ich Wülfing inmitten seiner Kollegen von der Verkehrspolizei herumlaufen und Anweisungen geben. Ich winke ihm, aber er bemerkt mich nicht. Jana ist nicht zu sehen, sie wollte ja in die Frauengruppe gehen.

Dann werden wir an der Unfallstelle vorbeigewinkt. Zu sehen ist nichts. Der Notarztwagen und die vielen Leute verdecken den Bürgersteig von der Seite vollständig ab. Morgen früh wird mir Jana sicher sagen können, was da geschah.

Zehn Minuten später sind wir zu Hause und die Kinder springen jubelnd aus dem Auto. Während der Hund seine zwei Wochen alten Duftmarken auffrischt, ist Dominik gleich am Teich und Linda bei der Nachbarstochter Sandra verschwunden. Zum Abendessen gibt es die traditionelle Eiersuppe nach Ronni-Art. Um halb neun gehen die Kinder ins Bett und ich komme endlich dazu, den neuen SPIEGEL mit fast einwöchiger Verspätung anzulesen.

Jana ruft mich um halb elf an, als die Kinder schon lange schlafen.

"Hallo Ronni, ich habe dich schon vermisst. Kaum gehst du weg, will ich hinter dir herspringen und dich zurückholen. Aber wir sehen uns ja bald wieder." Ihre Stimme hat diesen tiefe Ruhe mit einem Hauch Melancholie.

"Ich habe dich auch vermisst. Wie ist es denn bei der Frauengruppe gelaufen?" Meine Neugier ist schon berufsbedingt.

"Ach, das ist etwas uneinheitlich. Das kann man nicht alles am Telefon erzählen. Auf jeden Fall einige ganz interessante Hinweise."

"Ich habe heute Abend Wülfing in Bingen gesehen, etwa um halb sechs. Weißt du davon was?" Hake ich nach.

"Nein, ich war ja schon um fünf in der - du würdest sagen - Emanzen-Gruppe. Bis eben. Da werde ich gleich mal heute Abend nachhören. Der sitzt sicher mit seinem Handy irgendwo in einer verräucherten Kneipe und lauscht dem Piano-Mann. Ich rufe dich gleich zurück, OK?" Sie wirkt interessiert und legt gleich auf.

Merkwürdig, werden Leute von der Mordkommission bei einem normalen Verkehrsunfall hinzugezogen? Gleich werden wir es wissen. Keine fünf Minuten später lässt Jana wieder mein Telefon schrillen.

"Da ist was im Busch, Ronni. Es scheint, dass der Mikrowellen-Mörder wieder zugeschlagen hat. Hast du morgen Zeit? Gestern im Dunkeln war nicht mehr viel am Tatort zu erkennen. Herbert will sich Morgen früh dort wieder umsehen, vielleicht hast du ja auch Interesse? Ich bin natürlich auch da."

"Überzeugt, spätestens mit deinem Nachsatz. Aber meine Kinder und den Hund muss ich mitbringen." Gebe ich zu bedenken.

"Kein Problem, die Leiche ist längst weg und die Spurensicherung ist mit der Arbeit fertig. Vielleicht wollen deine Minis ja Detektiv spielen." Sie lacht. "Der Sherlock Holmes aus der E-Jugend und seine Miss Marple mit ihrem Barbie-Koffer. Dazu der Feldberg-Yeti mit seinen schneeweißen Rasta-Locken, ganz wie auf den Bildern in Deinem Hauseingang."

"Unterschätze meine Kinder nicht! Die sind schon auf Sachen gekommen, die ich mir nicht vorstellen konnte. Wann treffen wir uns?"

"Soll ich morgen zum 9-Uhr-Frühstück bei dir einlaufen?"

"Na klar, ich hole schon mal vorab die Croissants und brühe einige extrastarke Tassen fein gemahlenen Blutdruck-Pusher. Dann bis morgen früh. Ich vermisse dich."

“Ja, ja ich weiß: Ich bin klein, mein Herz ist rein, immer schlaf ich allein, muss das sein?” Sie lacht und legt auf. So bleibt mir nur, mich in die Kissen zu vergraben und sie herbei zu sehnen.

Samstag Morgen wache ich schon um halb sechs auf und hänge mich gleich an den Arbeitstisch. Ganz früh bin ich am produktivsten und ich komme auch gut voran, während draußen die Morgendämmerung zinnoberfarbene Streifen am Himmel über dem Westerberg zieht. Um halb acht rumort es draußen und Dominik turnt offensichtlich schon ins Erdgeschoss zu seinen heiß geliebten Schuppenträgern. Kurz nach acht höre ich Linda an der Tür zu meinem Schlafzimmer und dann geht die Tür zum Büro auf.

“Da bist du ja! Schon wieder am Arbeiten!” Mit vorwurfsvoller Miene klettert sie zu mir auf den Schoß und zeigt auf den Bildschirm. “Was machst du da?”

“Ich bereite einen Bericht für die Bild am Sonntag vor. Es gibt nämlich ein Verbrechen in Bingen, über das ich berichten will. Und ihr dürft mitkommen, wenn ich da arbeite. Also Fotos machen und die Polizei fragen!” Eine tolle Neuigkeit für meine große Tochter, die immerhin zwanzig vor neun ist. Dominik sogar schon fünf vor elf.

“Wir? Echt? Darf Sandra auch mit?” Diese Frage musste ja kommen.

“Ich denke eher nein. Auch wir dürfen nur ausnahmsweise dorthin. Weil wir mit Jana hingehen.”

“Jana kommt auch mit? Au ja. Dominik, Dominik!” Sie rutscht vom Stuhl herunter und rennt runter zu ihrem Bruder, um die tolle Neuigkeit zu verkünden. An Arbeit ist nicht mehr zu denken und ich gehe in die Küche, um das Frühstück vorzubereiten. Sandra klingelt gerade und so schicke ich Linda mit ihr und Flocki zum Bäcker Brötchen und Croissants kaufen. Dominik hat seine morgendliche Fischvisite schon beendet und ist in ein Micky-Maus Taschenbuch abgetaucht.

Um viertel vor neun rollt Janas R4 mit der heiß bemalten Motorhaube vor die Garage und ich kann sie endlich gebührend in die Arme nehmen. Genug Zeit für die neuesten Neuigkeiten, bis mein “Tiger” aus der Bäckerei kommt.

“Dich interessiert sicher, wie es gestern gelaufen ist, Ronni.” Sie lächelt, wohl wissend um meine kritische Einstellung zu den Funktionärinnen in der Scheidungsindustrie.

“Aber brennend.”

"Nun, wir waren nur zu fünft. Weil die "Maggi", eine Kinderpsychologin, nicht da war. Und auch Kopro-Litt war ursprünglich in der Gruppe. Ihr Tod war jedenfalls Hauptthema und Anlass für deutliche Artikulationen ihrer Vorstellungen über die Männer. Vor allem die Frieda vom Jugendamt war sehr aufgeregt und verstand nicht, warum ihre Freundin nicht da war. Frieda Kurz-Wittrig. Als Mann wärst du in dieser Runde" sie lächelt nachsichtig "kurzweg gelyncht worden. Die waren gut in Stimmung."

"Das kann ich mir schon denken. Diese ideologische Krampfbasis mit dem Mann als Wurzel allen Übels. Vom friedlichen Matriarchat der Urzeit zum kriegerischen Patriarchat durch Fleisch fressende Monster mit stärker wachsenden Geschlechtsteilen."

"Ja, ja ich weiß. Die Arbeiten von Göttner-Abendroth sind nicht der Weisheit letzter Schluss." gibt sie zu.

"Als Naturwissenschaftler kann ich nur den Kopf darüber schütteln, wie diese Frau mit Doppelnamen auf einigen Kunstobjekten aus ganzen zwei Siedlungen - Catal Hüyük und Knossos - eine ganze Matriarchats-Geschichte über fünf Millionen Jahre aufbaut. Am Anfang war die große Mutter, eine Urgottheit und Urschöpferin und alles war gut."

"So, so, du hast dich wohl auch dafür interessiert."

"Klar. Und dann kam das Patriarchat mit Urgewalt über die Menschheit." Ich weiß nicht, ob ich über solchen Humbug lachen oder weinen soll. "Wilde Männer wurden von der Frauengesellschaft ausgeschlossen, sie streunten umher und begannen, vom Hunger getrieben, Tiere zu töten und deren Fleisch roh zu verzehren."

"Ja, ja, ich weiß schon: Das stammt von Elizabeth Gould Davis." Jana kommentiert lächelnd meinen aufgeregten Vortrag. "Und dies führte zur Eroberung der Matriarchate, denn Fleischfresser haben größere Geschlechtsorgane als Vegetarier und diese Entwicklung war für die Frauen unwiderstehlich."

"Oder wie die Bild-Zeitung in einem Dino-Artikel schrieb: Wer am lautesten mit dem Schwanz schlägt, bekommt das Weibchen."

"Kurz, aber treffend." Jana grinst. "Doch diese Extremfeministinnen sind - ebenso wie die Dinos - kurz vor dem Aussterben. In den Anfängen der Achtziger war da noch mehr los. Heute sind nur noch einige Unverbesserliche auf diesem Extrem-Trip. Wobei man diesen zugute halten muss, das es auch Männer gibt, die ihre wahnhaften Herrschaftsvorstellungen haben und diese leider auch brutal umsetzen. Misshandelte Frauen gibt es viele."

"Das mag durchaus sein, auch wenn ich selbst in meinem Freundeskreis niemand kenne, dem ich so etwas zutraue oder bei dem so etwas tatsächlich vorgefallen ist."

"Nun, wir haben bei der Arbeit oft diese Fälle. Leider. Was da hinter scheinbar schönen Fassaden abgeht - das reicht bis zu Mord und Totschlag. Und für davon betroffene Frauen muss es entsprechende Unterstützungs-Einrichtungen geben. Da viele davon Männern nicht mehr trauen, bevorzugen sie dann natürlich Frauen als Ansprechpartner. Diese Radikalfeministinnen schaden allerdings den berechtigten Anliegen dieser Betroffenen nur. Die praktizieren Geschlechterkrieg aus politischen Kalkül anstatt Praxisarbeit vor Ort zu leisten."

"Nun, für gewalttätige Männer kann man sich nur schämen." stimme ich zu. "Entsprechende Anlaufstellen für Frauen sind da völlig richtig. Was meine Familiensaga betrifft, ist es allerdings so, dass diese Anlaufstellen von meiner ehemaligen Frau als einseitig spitze Waffen im Scheidungskrieg missbraucht werden, was sie auch gern mit sich machen lassen. Und zwar mit Absicht und breiter Unterstützung durch Kopro-Litt und diverse FunktionärInnen der Scheidungsindustrie. Das Schema ist ebenso einfach wie wirkungsvoll. Es geht vom alleinigen Sorgerecht für die Mutter aus. Die wiederum verbietet mit Hinweis darauf jeden Kontakt zwischen Vater und Arzt, Kindergarten, Schule, Psychologen und so weiter. So entsteht ein Informationsmonopol, in dem die Mutter bei allen möglichen Institutionen über den Vater hetzt und der nichts davon erfährt - bis er mal wieder in offene Messer läuft. Besonders bemerkenswert ist dabei, wie bereitwillig diese Institutionen sich vor den Mütterkarren spannen lassen. Einerseits logischerweise, weil sie über die Kindertherapie - das sollte man in Fragezeichen setzen - Geld verdienen. Und bei Nichtgefallen wandert die Mutter mit den Geldeseln weiter zur Nächsten. Andererseits ist da die vielbeschworene Frauensolidarität äußerst nützlich. Und so entstehen Jugendamtsberichte, psychologische und ärztliche Atteste, die von der Mutter beauftragt und sortiert beim Gerichtsverfahren eingereicht werden, damit das alleinige Sorgerecht im Sinne der Kontinuität weitergeführt werden kann. Der nicht unbeträchtliche Rest wird totgeschwiegen oder aber gar dreist umgedichtet."

"Nun, da kannst du dich aber doch beschweren."

"Wo denn, Jana? Straf- oder zivilrechtlich sind diese Psychologen in diesem unserem Justizstaat sakrosankt und es gibt ja noch nicht einmal eine Psychologen-

Kammer, die Arbeitsgrundsätze aufstellt und überwacht. Diese Kinderpsychologin lacht einfach darüber, die “therapiert” weiter im rechtsfreien Raum.

Dienstaufsichtsbeschwerden beim Jugendamt? Lachhaft, welches Amt bescheinigt sich schon selbst Fehler. Nehmen wir beispielsweise die Grundschulleiterin im Dorf. Die fühlte sich durch meine bloße Anwesenheit bei offiziellen Schulfesten, bei denen jeder Zugang hat, so gestört, dass sie mir angeblich Schulverbot erteilte. Jedenfalls kursierte das Gerücht im Dorf. Als ich sie selbst schriftlich darauf ansprach, antwortete sie nicht. Und das Schulamt machte mal wieder fast nichts. Zwar hat sich später schriftlich für andere verbale Entgleisungen entschuldigen müssen, aber sonst blieb alles beim Alten.

Der einzige mögliche Ansatzpunkt ist da der Bürgerbeauftragte des Landes. Der kann den Ämtern Dampf machen. Wenn man denn diesen Zugang zu den Schaltstellen der Macht kennt. Strafanzeigen? Werden ergebnislos nach einem Jahr eingestellt. Vorgeblich wegen mangelnden öffentlichen Interesses, aber wohl eher wegen Arbeitsüberlastung, die der Staatsanwalt selbst definiert. Was bleibt, ist die Zivilklage. Und mal wieder ist man vor Gericht und zwar demselben Gericht und demselben Richter, der dich ohnehin schon in seine Schublade eingeordnet hat. Aber was machen eigentlich die Aktivitäten in Sachen Kinderpornografie?”

“Tja, wir haben erstmal einen Antrag auf Überwachung der Telefon- und Internet-Anschlüsse von Kaulen gestellt und den auch von Ulrike Radling genehmigt bekommen. Das ist eine nette Richterin, die sagt, dass sie gern Rad fährt.”

“Ich glaube, die kenne ich. Eine Blonde aus Kiel mit einem netten Lachen, so etwa Ende Zwanzig und einssechzig groß?”

“Stimmt, Ronni. Wieso kennst du sie so genau?”

“Och, nach einer Radtour mit dem ADFC sind wir mal auf dem Wiesbadener Weinmarkt gewesen. Da hat sie dem Rheingauer Riesling schon ganz gut zugesprochen und wir haben ein wenig herumgeflirtet.”

“Sie an, sieh an. Deshalb bist du also so oft dabei, wenn die Speichen rotieren.” Jana lacht. Ist sie etwa eifersüchtig?

“Nein, nicht nur. Wir sind halt echte Gesinnungstäter, die einfach einen diebischen Spaß daran haben, sich auf Feldwegen die frische Luft um die Nase wehen zu lassen. Schon ganz unterschiedliche Leute, Mechthild, Paul, Roland, Heribert, Sabine, Wilhelm, Thomas, Florian und wie sie alle heißen. Und natürlich auch Ulrike. Der Langsamste bestimmt das Tempo. Bei schlechtem Wetter kommt nur der harte Kern aus den bereits genannten. Und dann geht es richtig los, auch wenn nicht alle so die Berge hochtoben wie ich."

"Angeber!" grinst sie.

"Und was ist bisher bei der Überwachung herausgekommen?"

"Nichts, mein Lieber." Sie stupst mir auf die Nase.

"Und wieso?"

"Weil die technischen Voraussetzungen erst geschaffen werden müssen. Die Post muss das alles erstmal installieren. Ich denke, das wird alles erst am Montag laufen."

Es klingelt.

"Warte mal, Jana, ich mache schnell Linda und Sandra die Tür auf. Dann frühstücken wir, damit wir nach Bingen kommen."

Natürlich haben die beiden Mädels sich mal wieder ein Prinzessin-Heft gegönnt, aber auch sonst alles mitgebracht und so kauen wir bald aus vollen Backen auf Croissants und den Spitzweck von Bäcker-Becker und Geib-Mohr herum. Die Kinder können es kaum erwarten, bei einem echten Kriminalfall zu assistieren und so sind wir schon kurz nach halb zehn auf dem Weg zum Tatort. Sandra allerdings muss zu Hause bleiben und schmollt. Wülfing ist auch schon da und recht guter Laune für Samstag Morgen. Seine untersetzte Figur passt genau in den überdimensionalen Joghurtbecher hinter ihm, der mit dem sinnreichen Spruch "Zum Vernaschen Gut" Werbung für einen mit Konservierungsstoffen angeteigten Aromaextrakt aus der Chemiefabrik macht.

"Hallo Jana, hallo Herr Sander. Ihr habt ja Verstärkung mitgebracht, wie ich sehe. Nun, am besten spielen die beiden Kinder mit dem Hund hinter der Mauer im Weinberg. Dann lauft ihr auch nicht auf die Straße." Bereitwillig klettern meine beiden Minis mit meiner Unterstützung über die Mauer und ich reiche Flocki hinterher. Vor der Plakatwand erläutert der Hauptkommissar Jana und mir die bisherigen Erkenntnisse.

"Das sieht mir schon wieder nach unserem Mikrowellen-Mörder aus, fürchte ich. Wieder keine äußeren Verletzungen, wieder diese helle Stelle, aber diesmal ein wenig Ruß auf der Wunde. Darauf kann sich Zweipfennig noch keinen Reim machen. Fällt ihnen dazu etwas ein, Herr Naturwissenschaftler?" wendet er sich an mich.

“Auf Anhieb nicht.” Gebe ich zu.

“Erzähl doch erst einmal, was genau passiert ist, Herbert.” Bittet Jana.

“Nun, inzwischen haben wir immerhin Augenzeugen, die den Mord gesehen haben. Aber nicht wussten, dass es einer ist. Die Frau Margarethe Jola-Fuhr - grinsen Sie nicht, das ist ihr wirklicher Name - wartete hier offensichtlich um 17 Uhr auf jemand, der nicht kam. Stattdessen kam der Mörder. Sie stand einfach vor der Plakatwand, drehte sich dann zur Wand um, klappte zusammen und war auf der Stelle tot.” Wülfing klatscht zur Verdeutlichung die Hände zusammen. “Gerade zwei Meter daneben stand unsere Zeugin.”

“Und wahrscheinlich hat die nichts gehört oder gesehen, sondern an einen Herzschlag gedacht.” Mutmaße ich.

“Genau, Herr Sander. Sie stehen übrigens direkt auf der Stelle, an der die Psychologin starb.” Ich trete unwillkürlich einen Schritt zur Seite. “Und die Plakatwand ist unverändert, ein vorbeifahrendes Auto war es wohl auch nicht und einen Meteoritentreffer oder einen Blitzschlag hätte unser Zeuge sicher bemerkt. Den Mann der Toten haben wir übrigens benachrichtigt. So richtig betroffen schien der nicht zu sein.”

“Ein Psychologe erzählte mir einmal, dass er und seine Kollegen die meisten Beziehungsprobleme haben.” werfe ich ein.

“Vielleicht ist das hier auch so. Der Mann hat aber wohl ein Alibi, auch wenn wir das noch prüfen. Zweipfennig macht heute Frühschicht, aber ich denke, bei der Obduktion wird das Gleiche wie beim letzten Mal herauskommen. Also nichts, bis auf geronnene Denkstrukturen.” Wülfing schaut erwartungsvoll auf mich und Jana. “Das passt makaber gut zum Opfer, oder?”

“Was machen eigentlich meine Minis?” wechsle ich das Thema, um Zeit zum Nachdenken zu gewinnen. “Die sind so merkwürdig leise.”

Ich schaue an der Plakatwand entlang und sehe einen Grashalm, der scheinbar unmotiviert aus der Plakatwand hervorschaut, wo ich eben stand. Genau da, wo die unnatürlich gelbe Flüssigkeit aus dem umgestürzten Joghurtbecher fließt. Zumindest optisch. Ich mag mir nicht vorstellen, darin zu baden und greife spielerisch nach dem Grashalm. Doch der weicht mühelos vor meiner Hand zurück. Mir schwant etwas und so tippe ich Jana und Wülfing an und lege die Finger auf die Lippen. Dann deute ich auf den Grashalm, der in Augenhöhe aus der Plakatwand zur Straße hervorschaut und keinen halben Meter daneben kommt noch einer raus.

Ich greife wieder, und diesmal schnell, nach dem Halm und habe ihn schon, als er mir wie von Geisterhand aus den Händen gezogen wird und wieder nach hinten in die Plakatwand verschwindet. Gleichzeitig ertönt fröhliches Gelächter hinter der Plakatwand und der Hund bellt.

“Na wartet, ihr Halunken. Jetzt erwische ich euch.” Scherze ich.

“Komm doch, kriegst uns nicht!” tönt es selbstbewusst von der Rückseite der heilen Joghurt-Welt.

Das lasse ich mir nicht zweimal sagen und turne schnell um die Plakatwand herum, während mir Wülfing und Jana zweifelnd nachschauen. “Typischer Fall von kinderverrückt.” Konstatiert Jana zielsicher.

Hinter der Plakatwand sehe ich meine beiden Frechdachse auf dem Mäuerchen stehen, an das die Plakatwand angebracht ist. Sie sehen mir lachend entgegen, während Flocki mich schwanzwedelnd anbellt.

“So, Ihr Schlaumeier. Ihr habt uns also die ganze Zeit beobachtet.” Stelle ich fest.

“Und abgehört.” bemerkt Dominik stolz.

“Und geärgert.” triumphierend hält Linda ihren Halm hoch.

“Ich glaube, ihr beiden Detektive habt ein Geheimnis entdeckt.” Ich rufe Jana und Wülfing zu mir hinter die Plakatwand. Während sie wie eine Gazelle über die kleine Mauer springt, schnauft er über die alten Bruchsteine, die den dahinter liegenden Weinberg am Rochusberg gegen die Straße abgrenzen. Ein reißendes Geräusch verrät, das die Schrittnaht seiner Hose im Kampf gegen den Innendruck der überflüssigen Pfunde just nachgegeben hat.

“Auch das noch.” Stöhnt Wülfing. “Na, was verschafft uns die Ehre der sportlichen Betätigung?” Vorsichtig tastet er im Schritt die Länge der gerissenen Nahtstelle ab, während Jana grinst.

“Nun, meine beiden Detektive” ich schaue stolz auf Dominik und Linda “haben gerade eine wichtige Entdeckung gemacht. Zeigt Jana und dem Hauptkommissar einmal, was ihr entdeckt habt.”

Beide lassen sich das nicht zweimal sagen und zeigen den beiden “Großen” insgesamt vier Löcher, durch die sie durchgeschaut und die Grashalme durchgesteckt haben. Jana und Wülfing schauen durch, während die beiden Junior-Detektive weitersuchen.

“So, man kann nicht viel sehen, aber für einen kleinen Überblick reicht es.” Stellt der Kommissar fest. “Von hier hat er also sein Opfer beobachten können.”

“Aber die Löcher sind sehr klein. Jeweils zwei sind übereinander. Was mag das bedeuten? Und wie soll er die Waffe durch die Löcher hindurchgezwängt haben?” Jana weiß noch nicht richtig weiter.

“Nun, der Zeuge hat gesagt, das sich die Jola-Fuhr zur Plakatwand hin umdrehte.” Wiederhole ich Wülfings Anfangs-Information. “Der Täter hat also irgendetwas getan, um sie zum Umdrehen zu bewegen. Beispielsweise einen Halm durch eine Öffnung gesteckt oder einfach dadurch gerufen.”

“Und dann durch das zweite obenliegende den Erfolg seiner Bemühungen beobachtet.” Jana hat die Situation bereits erfasst. “Aber wie hat er dann gemordet? Es muss schnell gegangen sein. Das Loch ist zu klein, um eine Mikrowellen-Waffe durchzustecken, wenn wir von diesem Mordinstrument ausgehen und deine Einschätzung zugrunde legen.”

“Wie war das eigentlich beim Kopro-Litt-Mord in Ingelheim, vor der Plakatwand?” erinnere ich an den letzten Tatort. “Von wo hat der Täter da gemordet?”

“Nach Zweipfennigs Ergebnissen kam der tödliche Strahl direkt von hinten, horizontal in Kopfhöhe.” Beschreibt Wülfing. “Das ergibt sich aus dem Kanal, den das koagulierte Gewebe bildet. Also ein starker, gerichteter Strahl.”

“Für den aber braucht man nach meinen physikalischen Kenntnissen eine Fokussierungs-Einrichtung, um die Leistung nicht durch Interferenz gleich wieder zu verlieren. Vielleicht so etwas wie ein Horn, wie es früher bei Grammophonen üblich war.”

“His Master´s Voice.” Grinst Wülfing.

“Lassen Sie mich einmal überlegen. Die Öffnung muss mit der Wellenlänge der Strahlung korrelieren. Bei Mikrowellen sind das wohl einige Zentimeter. Und die sollte auch das Horn haben.” Ich überlege. “Gibt es Öffnungen in der Plakatwand?”

“Das ist Spanplatte massiv. Wohl eher nicht.” Wülfing ist sich sicher.

“Dann stellen sich zwei Fragen. Erstens: Von wo hat der Täter gemordet? Vor der Plakatwand war er sicher nicht, dann hätte die Richterin sich wehren können, spätestens mit der Pistole. Zweitens: Wenn er sich aber hinter der Plakatwand versteckte, wie sah er sein Opfer? Drittens: wie konnte der tödliche Strahl durch die Spanplatte treten? Oder ganz einfach gefragt: Hat jemand die Plakatwand auf Bohrlöcher untersucht?”

Betretenes Schweigen. Dann greift Wülfing zum Handy und ruft die Ingelheimer Kollegen an.

“Schaut bitte mal nach, ob es etwa in 1,50 Meter Höhe Löcher in der Plakatwand gibt, vor der die tote Richterin lag. Wann? Sofort. Ruft mich bitte zurück.”

“Ohne Zweifel, Ronni.” Jana hat mit einer Schublehre inzwischen an einem Loch gemessen. “Acht Millimeter Durchmesser. Etwas Betonstaub und auch etwas Ruß. Die Löcher wurden erst vor kurzem gebohrt.”

“Ich habe noch zwei Löcher gefunden!” tönt dazwischen Linda und auch Dominik meldet sich: “Ich auch!”. Beide suchen auf dem Boden weiter.

“Da hat einer also einen Akkubohrer gehabt. Immerhin acht Löcher M8 in leichten Beton mit Stahlarmierung sind schon eine Aufgabe für ein starkes Gerät.” stelle ich fest.

“Und der Mörder war vorher zu einer unbelebten Zeit hier, da das Bohren sicher Krach macht. Obwohl natürlich die viel befahrene Straße jederzeit genug Lärm liefert.” meldet sich der Hauptkommissar zu Wort. “Da er nicht wusste, wo genau die Frau steht, hat er auf Verdacht oder halt auf Vorrat gebohrt.”

“So weit so gut. Doch wie hat er dann gemordet, wenn er nicht durch die Löcher?” Jana bringt es wieder mal auf den Punkt.

“Fassen wir einmal zusammen. Er lokalisiert sein Opfer, mordet es aber nicht durch die Öffnung.” Warum nicht das Einfache denken? “Warum nicht direkt durch die Wand?”

“Ja, geht das denn?” Wülfing ist verblüfft. “Das ist doch Beton!”

“Nun, der Beton ist ein Hindernis, nicht zu vergleichen mit der Spanplattenwand in Ingelheim. Noch schwerer aber wiegt die Armierung, also das Eisen, mit dem diese Plakatwände verstärkt sind. Wenn ein starker Mikrowellen-Strahl darauf gerichtet ist, fliegen Funken. Andererseits: Wenn der Abstand der Armierung groß genug ist, kommt trotzdem reichlich Leistung durch. Stimmt!” Ich klopfe mir auf die Stirn. “Natürlich! Es gab einen Funkenüberschlag im Loch, als er abdrückte. Daher die Rußpartikel am Kopf und dem Loch. Das ist einfach ein wenig verkohltes Plakatpapier.”

Ich ziele mit dem Finger auf das Loch. “Voila! Der Mörder hat durch die Wand hindurch gemordet!”

“Das ist ja erschreckend. Hat er das beim Ingelheimer Mord auch getan?”

“Das ist nicht auszuschließen. Immerhin ist Spanplatte für Mikrowellen gut zu durchdringen. Die Plakatwand gab ihm die notwendige Deckung gegenüber der Straße und den benachbarten Häusern. Der Damm tat ein übriges. Wie aber hat er dann sein Opfer genau lokalisieren können? Denn er hat nicht daneben gemordet, um es einmal salopp zu sagen. Das ging über die gebohrten Löcher, hier zumindest. Warum nicht auch in Ingelheim? Und bald wissen wir von den Ingelheimer Kollegen, ob sie auch Löcher gefunden haben. Was sagt Zweipfennig? Sind andere Körperteile getroffen worden?”

“Nein, definitiv nicht.” Bestätigt Jana. “Ich glaube, wir sollten das nicht nur den Ingelheimer Kollegen überlassen, sondern auch selbst einmal dort vorbeischauen.”

“Du hast Recht. Vielleicht haben wir etwas übersehen. Bleiben die toten Käfer auf dem Boden. Vielleicht hat er einfach einmal probehalber vorher abgedrückt. Macht ja keinen Krach, so als Funktionstest. In jedem Fall hat er höchstens dünnes Papier und Spanplatte durchstrahlt, was auch mit geringer Leistung möglich ist. Aber hier konnte er es nicht und er hat es trotzdem geschafft. Die Leistung dazu dürfte allerdings nicht unbeträchtlich sein.” Ich überschlage einmal kurz. “Durch Beton mit einer letalen Dosis durchzukommen, das könnten leicht fünf Kilowatt oder mehr sein. Wenn wir es genau brauchen, fragen wir am besten Friederich.”

“Wie kann man diese Spannung vor Ort erzeugen?” Wülfing denkt praktisch. “Ein Auto konnte hier nicht ungesehen halten. Übrigens hatte sie ihr Auto ein Stück weiter auf der rechten Straßenseite geparkt. In ihrem Terminkalender war der Termin mit S. eingetragen.”

“Nun, die Höhe der Spannung ist kein Problem. Die Leistung ist es. Autobatterien schaffen zwar drei bis vier Kilowatt Leistung über etwa eine Minute, aber dann sind sie sehr schwer. Nicht gut für ein Rad, wenn wir davon ausgehen, dass der letzte Radfahrer unser Täter ist. Außerdem reicht bei dieser Leistung schon eine Sekunde für einen tödlichen Schuß. Was wir brauchen, ist eine leichte, aber kurzfristig hoch belastbare Energiequelle.”

“Ronni, gibst du mir noch einmal deine Kamera mit dem Makro-Objektiv und dem Blitz?” Jana will die Löcher in der Plakatwand fotografieren. Als ich den Blitz greife, fällt es mir wieder ein.

“Bingo! Das ist es! Unser Mörder arbeitet mit Kondensatoren. Wie ein normaler Kamerablitz. Langsam aufladen und dann schnell abgeben. Höchstleistung in kürzester Zeit. Damit kann der auch locker einige Kilowatt mehr erzeugen! Und leichter sind Sie ohnehin.” Es erinnert mich an den leicht defekten Olympus-Blitz, der infolge meiner Reparaturversuche in seine Einzelteile zerfallen und dann überhaupt nicht mehr zu brauchen war. Größtes Einzelteil war der Kondensator gewesen.

"Wenn ich Sie richtig verstehe, Herr Sander, ist ein solches System also nur wenige Male oder vielleicht nur einmal auslösbar, liefert dann aber einen sehr starken Strahl." Wülfing kombiniert wieder einmal. "Dann aber stellt sich die Frage, wieso er in Ingelheim das Risiko einging, einen Teil seiner Leistung zu verbrauchen."

"Richtig, Herbert." Pflichtet ihm Jana bei und schaut mich erwartungsvoll an.

"Ihr bringt mich ganz schön ins Grübeln. Da wäre zum einen eine Leistungsregelung möglich, so etwa Halbgas und Vollgas. Aber wozu diesen Aufwand? Oder aber die Kondensatoren sind so dimensioniert, dass es für mehrere Stöße reicht. Oder er hatte eine Batterie dabei und damit Leistung für eine Minute oder länger. Hatte der Zeuge nicht ein größeres Paket auf dem Gepäckträger gesehen?"

"Richtig, Ronni."

"Das könnte das Mordinstrument sein und auch die dazugehörige Stromversorgung. Wie eine Autobatterie, die immerhin locker ihre zwanzig Kilo auf die Waage bringt."

"Dann aber stellt sich die Frage, lieber Herr Sander, wie er denn mit dieser Autobatterie die Leistung für den zweiten Mord hier vor Ort erzielte." Wülfing lässt nicht locker, aber das ist gut so.

"Nun, auch da gibt es mehrere Möglichkeiten, Herr Kommissar. Zum einen könnte er beides einsetzen, eine Batterie, mit der er den Kondensator lädt oder aber er hat das Gerät weiterentwickelt. Dann fällt mir noch ein, dass die Richterin doch wohl einen langsameren, qualvollen Tod hatte, denn sie griff entsetzt zum Hals."

"Hier aber ging es so schnell, dass diese Psychologin wohl einfach so umkippte."

"Genau das spricht wirklich für eine Weiterentwicklung der Waffe."

"Wir haben es mit einem Technik-Freak zu tun, fürchte ich." Zieht Jana ihr Fazit.

Wülfings Handy klingelt. "Ja, ja. Das habe ich mir auch gedacht. Danke!" Er schaut uns an.

"Wie erwartet sind einige Löcher in der Wand. Zwischen 1.50 bis 1.70 Meter Höhe. Überplakatiert, so dass die Kollegen sie erst von hinten erkennen konnten. Sie haben richtig geraten, Herr Sander."

“Papa. Papa!!!” Dominik und Linda kommen angerannt und zerren mich den Hang hinauf. “Da hinten liegt ein abgefallenes Fahrrad-Rücklicht. Das hat die Flocki gefunden.”

Als wir den Hang hochlaufen, sehen wir auch noch Fußabdrücke und eine Fahrradspur. “Halt, wartet mal alle.” Wülfing hangelt sein Handy und bestellt seine Spurensicherung sofort wieder hierher. “Was habt ihr hier überhaupt gesichert? Hier hat sich scheinbar alles hinter der Plakatwand abgespielt und nicht davor, wo ihr ergebnislos gesucht habt. Wenn wir die Kinder vom Sander nicht hätten, wären wir jetzt noch nicht weiter. Kommt sofort her und sichert die Fuß- und Reifenabdrücke!” Er wendet sich zu mir.

“Hier müssen wir jetzt darauf achten, nichts zu zertreten. Am besten ist es, wenn Sie mit ihren Kindern jetzt den Rest des Tages selbst gestalten. Ich bin sicher, dass Sie Frau Haller auf dem Laufenden hält.” Er wendet sich zu Dominik und Linda.

“Und ihr beide werdet zu Detektiven ehrenhalber ernannt. Natürlich auch der Hund. Wollt ihr einmal Verbrecher jagen?”

“Nein, ich werde Wissenschaftler wie mein Vater, Naturforscher, um genau zu sein.”

“Und ich Ärztin.” Linda steht nicht hintenan.

“Genug, ihr Mäuse, es ist jetzt fast Mittag.” Ergreife ich das Wort. “Wo wir schon einmal hier sind: wir könnten ins Jagdhaus fahren. Da könnt ihr spielen und vielleicht sogar Tiere beobachten. Einen großen, netten Hund haben die auch. Kommst du mit, Jana?”

Wülfing bemerkt ihren fragenden Blick und nickt.

“Nun macht schon, dass ihr wegkommt. Ich warte hier auf meine Trantüten. Ein schönes Wochenende noch!”

Mit stoischer Miene wartet Wülfing auf seine Truppe. Die werden was zu hören bekommen. Wir aber fahren die steilen Serpentinen nach Weiler hoch, von denen wir einen phantastischen Blick ins Mainzer Becken haben und über Wald-Algesheim in den Binger Wald zum Forsthaus Heiligkreuz. Nicht weit davon steht im dichten Laubwald der Gedenkstein, der an den Mord am Oberförster Dammel in den Zwanziger Jahren, genau dem 25. April 1920, erinnert. Der hatte einen Wilderer gestellt und ward von diesem erschossen. Raue Sitten im Binger Wald ...

Auf dem kleinen Parkplatz vor dem Jagdhaus stehen schon einige Autos. Wandergruppen studieren die Übersichtstafel des Binger Waldes, um ihren Weg festzulegen. Einen Waldlehrpfad gibt es auch, aber der dürfte für meine Kinder zu langweilig sein und so gehen wir nach dem Mittagessen die wildromantische Kreuzbach-Klamm hinunter. Die Nässe in der engen Schlucht macht die vier Brücken recht glitschig, aber mit etwas Vorsicht ist das für die Kinder ungefährlich zu meistern. Etwa in der Mitte ist eine schöne Stelle, wo Dominik und Linda unter einem kleinen Wasserfall am Wasser spielen können, während Jana und ich Händchen haltend zuschauen.

"Es ist alles so friedlich hier, Ronni." Jana lässt ihren Blick schweifen.

"Und dennoch geschehen hier ständig irgendwelche bösen Dinge." Ich drücke ihre Hand, während Linda eine Schnecke entdeckt hat und Dominik Farnsporen sammelt. "Was hast du heute noch vor, Jana?"

"Meine Diplomarbeit muss vorankommen, ich habe nur noch fünf Monate Zeit bis zur Abgabe. Wenn du mich an meinem R4 abgesetzt hast, fahre ich wieder nach Hause. Du kommst Sonntag Abend?"

"Na klar." Ein Kuss auf die Backe, der von den Kindern grinsend kommentiert wird.

"Guckt mal den Papa. Verliebt, verlobt, verheiratet, geschieden. Viele Kinder wirst du kriegen. Ha, ha."

Ich habe selten etwas Unpassend-Zutreffenderes gehört. Schließlich gehen wir weiter, die Kinder toben voraus. An der B9 machen wir Halt, von dort wollen wir wieder die Klamm zurück hochgehen. Linda und Dominik sind kurz nach rechts im Gebüsch verschwunden und rufen. "Papa, da ist eine Höhle!"

"Die kenne ich schon, ihr beiden."

"Da ist aber einer."

"Was? Kommt sofort hierher." Mit fünf Sprüngen bin ich durch die Büsche bei meinen Kindern, kann aber nichts erkennen. Auch Jana kommt nach.

"Da hinten ist er reingelaufen, Papa. Darf der das?" Dominik ist sichtlich interessiert.

"So ein großer Mann mit Gummistiefeln und kurzen Haaren." Linda spielt ihre durch Mädchenhefte geschulte Beobachtungsgabe aus.

“Da ist ein Eingang zum Rheinstollen der stillgelegten Mangan- und Dolomitgrube Amalienhöhe-Elisenhöhe. Ein riesiges Bergwerk, das bis Ende der Sechziger Jahre in Betrieb war.” erläutere ich einige Hintergründe.

“Woher weißt du das alles?”

“Ich habe Unterlagen gesucht und Christian Ramthun vom Bücherwurm in Ingelheim hatte eine gute Idee: Das Bergwerk hat nach der Schließung seine Unterlagen der Universitätsbibliothek vermacht. Und tatsächlich fand ich da, was ich suchte. Denn bei Wanderungen ist es ganz gut, wenn man den Leuten ein wenig über die Gegend erzählen kann. Und das Bergwerk ist eine riesige, sehr markante Anlage mit dem Förderturm in Wald-Algesheim und den Stollen, die über mehrere Kilometer zum Rhein gehen.”

“Aber es ist doch schon lange zu!”

“Na, ja, so lange auch noch nicht. Es wurde auch einmal kurzfristig als Besucherbergwerk geöffnet. Aber dennoch sollte sich hier höchstens jemand zu Sicherungs-Befahrungen aufhalten.”

“Warum sollte der aber so schnell verschwunden? Und wohin?”

“Nach links geht der alte Stolleneingang unter der Straße hindurch, wobei man sich allerdings die Füße nass macht, weil ein großer Teil der Wasserführung des Bergwerks darüber läuft. Dann kann man durch einen zweiten Tunnel unter den Bahngeleisen durch und ist gleich am Rhein. Den sehen wir jedenfalls nicht mehr. Warum sollten wir es auch versuchen?”

“Du hast Recht, Ronni. Es ist heute schon genug geschehen.” Auf dem Weg nach oben kommen uns einige waghalsige Mountainbiker entgegen. Sie behindern nicht nur uns Fußgänger, vor allem die Kinder, sondern gefährden auch sich selbst. Die Hänge der Schlucht sind sehr steil und oft glitschig.

Als wir endlich am Forsthaus Heiligkreuz ins Auto steigen, sind wir ordentlich geschafft. Ich bringe Jana noch zu ihrem Auto und wir fahren im Zweierkonvoi auf die A60, wo ich bei Bingen-Gaulsheim nach Gau-Algesheim abfahre, vorbei am Wasserwerk und den überschwemmten Wiesen des Naturschutzgebietes. Wahrscheinlich läuft Renato hier bald wieder seine tägliche Runde. Ob er der neue Deutsche Außenminister werden will? Grün ist er ja und das Laufen lernt er gerade dazu.

*

Die Nacht zum Samstag hatte Frieda Kurz-Wittrig nicht gut geschlafen. Eine merkwürdige Seuche hatte die einst so starke Feministengruppe ergriffen. Erst der Tod von Hilda, dann fehlte auch noch Maggi. Immerhin kam eine Emma-Erfahrene Neue dazu, die aber die Lücke von Kopro-Litt nicht recht schließen konnte. Sie studierte Psychologie, hatte sie gesagt. Vielleicht konnte sie ihr wichtige Tipps bei der Ausgestaltung des Sorgerechts geben.

Im Morgenmantel, der ihre schlampige Figur gnädig verbarg, schlurfte sie mit der Kippe im Mund zur Küche, um die Kaffeemaschine in Gang zu setzen. In der Wohnung roch es säuerlich, Reste der gestrigen Spaghetti Bolognese gammelten in der Aluschale des Hausservice auf dem Tisch vor sich hin. Nach dem Kaffee fühlte sich die Langschläferin etwas besser. Halb zwölf, noch genug Zeit zum Einkaufen seit der verlängerten Ladenöffnungszeiten. Das könnte man ja zusammen mit Maggi machen, um sich anschließend zusammen ins Cafe zu setzen.

Allerdings piekste das Telefon so merkwürdig. "Diese mistigen Lockenwickler." Fluchte die Mittfünfzigerin, die im Amt nicht nur deshalb als "Wirtschaftswunder" bekannt war. Sondern vor allem wegen ihrer Vorliebe für verräucherte Kneipen, in denen sie seit Jahren ebenso penetrant wie erfolglos auf der Suche nach dem starken Geschlecht war. Ihr Mann hatte sie als Schlampe tituliert und war bereits vor fünf Jahren ausgezogen. Seitdem hatten sich die Falten in ihrem Gesicht - allen voran die Frustfalte - weiter verstärkt.

Nachdem sie sich die Lockenwickler aus Ohrnähe entfernt hatte, wählte sie Maggis Nummer, die bereits fest eingespeichert war.

"Klaus-Jürgen Fuhr." Maggis Mann meldete sich.

"Hallo Klaus, gibt mir mal Maggi ans Telefon."

"Tut mir leid. Die kommt nicht mehr." Seine Stimme klang entspannt.

"Wie, die kommt nicht mehr? Was ist los?" Frieda war empört.

"Nun, gestern Abend hat mich die Polizei angerufen. Sie ist etwa um fünf Uhr Nachmittags in Bingen ermordet worden. Am helllichten Tag."

“Waas? Wie ist das geschehen?” Frieda war außer sich.

“Die Polizei kann wohl noch nichts Genaues sagen. Ich jedenfalls habe ein Alibi, falls du mich anschwärzen willst. Und jetzt entschuldige mich, ich habe zu tun.” Sprachs und legte auf.

Frieda war sprachlos. Dass deren Ehe schon seit langem nicht zum Besten stand, war allgemein bekannt. Und jetzt machte der sich auch noch lustig über sie! Was hatte Frieda gesagt: Sie hatte am Freitag vor der Frauengruppe ein Treffen mit Kaulen. War das nicht um fünf?

Ein paar Tastendrücke später war Kaulen dran.

“Psycholog ...”

“Du hast Maggi umgebracht, du Schwein!” unterbrach Frieda den Psychologen.

“Mal langsam, Frieda, was ist passiert?” Ganz cool, es hatte wohl geklappt.

“Das weißt du genau. Du hast dich mit ihr verabredet. Du hast Sie umgebracht!” Friedas Stimme wurde zunehmend schrill.

“Werde mal nicht hysterisch. Ich war gestern nachmittag in der Werkstatt, mein Auto holen. Es war natürlich nicht fertig und ich musste fast drei Stunden warten.”

“Das glaube ich dir nicht. Ich rufe jetzt die Polizei an.” Frieda legte auf.

Obwohl sein Alibi sicher war, fühlte sich Kaulen unbehaglich. Was würde diese hysterische Frau noch alles anstellen? Zusätzlich zur neuen Motorhaube auf Versicherungskosten waren noch die Reinigung der verlaubten Polster und das Ausbeulen der Stoßstange auf seine Kosten gekommen. Insgesamt war er fast den ganzen Nachmittag von drei bis kurz vor sechs in der Werkstatt gewesen und hatte auf seinen geliebten fahrenden Untersatz gewartet.

Frieda war indes nicht untätig und blätterte im Telefonbuch nach der Nummer der Mainzer Kriminalpolizei. Polizeipräsidium, Klarastraße 06131-833403. Auf ihr Wählen kam allerdings: “Kein Anschluss unter dieser Nummer. Kein Anschluss unter dieser Nummer. Kein ...”

“Mist!” Sie warf den Hörer auf das Telefon. Einfach 110, warum nicht gleich.

“Notruf.” Eine Männerstimme am anderen Ende.

“Ich muss einen Verdächtigen melden. In einer Mordsache.” Siegessicher malte sich die Sachbearbeiterin ihre Rache an diesem Psychologen aus.

“Da rufen Sie bitte das Polizeipräsidium an: 123636. Die Vorwahl kennen Sie ja.”

Frieda notierte sich die Nummer auf dem Telefonbuch 1995/96, legte auf und wählte neu. Der Pförtner verband sie weiter zur Wochenend-Schicht.

“Kripo. Wülfing.”

“Hier Frieda Kurz-Wittrig. Ich habe vom Mord an Margarethe Jola-Fuhr erfahren. Das war der Kaulen, der Psychologe.” Den hatte sie am Wickel, das war ihr klar.

“Nun, Frau Kurz-Wittrig, wie kommen Sie denn darauf?” Wülfings Stimme klang beinahe väterlich.

“Sie hatte mir gesagt, dass sie sich Freitag Nachmittag mit Kaulen verabredet hatte. Und jetzt ist sie tot!”

“Das ist ja sehr interessant. Wissen Sie, wann diese Verabredung war?”

“Nicht genau. Aber sie wollte Abends um sieben in unsere Frauengruppe kommen. Und sie kam nicht. Und Kaulen behauptet, er sei nachmittags in der Werkstatt gewesen. Von drei bis sechs.”

“Haben Sie denn schon mit Kaulen gesprochen?”

“Eben gerade.”

“Meine liebe Dame, was haben Sie denn mit Kaulen zu tun?” Wülfing setzte sich gerade und erhob die Stimme am Telefon. “Bitte rufen Sie nicht alle möglichen Leute an, die in den Mord verwickelt sein könnten, sondern überlassen Sie das uns. Sie machen uns die Arbeit nur unnötig schwer. Und bitte kommen Sie für ihre genaue Aussage am Montag Morgen um neun ins Präsidium.”

“Ja, wollen Sie den Kaulen denn nicht verhaften?” Frieda war empört.

“So schnell geht das nicht, aber ich werde da gleich einmal anrufen, um nachzufragen. Und Sie verhalten sich bitte ruhig bis Montag Morgen. Guten Tag.”

Wülfing legte auf. Schon wieder so eine hysterische Frau, die das mühsam erarbeitete Wochenende gefährdete. Er wählte die Nummer von Kaulen, die noch auf Janas verwaistem Schreibtisch lag. Der Psychologe war sofort dran. Er hatte offensichtlich auf seinen Anruf gewartet und so machte Wülfing keine langen Worte.

“Ich denke, dass Sie eben Frau Kurz-Wittrig angerufen hat. Sie sprach davon, dass Sie am Freitag Nachmittag in der Autowerkstatt waren. Ist das richtig?”

“Ich hatte einen Termin, der bereits seit einer Woche feststand. Sie können das gern kontrollieren.” Kaulen war sich seiner Sache sicher.

“Na, dann geben Sie mal die Telefonnummer.”

“Rainer´s Garage, 06135 - 88999.”

“Ich werde das kontrollieren, muss Sie aber trotzdem bitten, am Montag um elf ins Präsidium zu kommen. Den gegen Sie erhobenen Vorwürfen müssen wir detaillierter nachgehen.”

“Na gut, wenn es sein muss. Selbstverständlich bin ich immer kooperativ.” Kaulen legte auf und Wülfing überlegte. Das Alibi war wahrscheinlich stichhaltig und der folgende Anruf bei der Werkstatt bestätigte Kaulens Angaben. Andererseits hatte Kaulen in beiden Fällen möglicherweise ein Motiv und jedes Mal ein perfektes Alibi.

Und woher wusste der Psychologe, wann die Kollegin ermordet worden war? Wenn er sicher war, ein Alibi zu haben, dann musste er den Todeszeitpunkt kennen. In der Presse war es noch nicht.

In Wülfing reifte ein Plan. Angenommen er teilte der Presse mit, dass Jola-Fuhr um Freitag abend um 19 Uhr ermordet worden war. Dann hatte Kaulen kein Alibi. Sein Alibi fußte darauf, dass der Mord zwischen 15 und 18 Uhr geschah. Wenn er den richtigen Todeszeitpunkt nicht aus der Presse erfahren konnte und vor allem nicht von dieser vorlauten Kurz-Wittrig, dann musste er Informationen haben, die nur der Täter hatte - oder die Polizei. Mal sehen, was Montag herauskam.

Wenn aber die Verunsicherungs-Taktik nicht funktionierte, blieb die Tatsache zweier Morde an Leuten, die mit Kaulen in enger geschäftlicher Beziehung standen und gleichzeitig dessen Alibis. Und natürlich die Verwicklung in Ringe mit Kinderpornografie. Spätestens am Montag würden die Überwachungseinrichtungen installiert sein, die die Richterin Radling genehmigt hatte.

Wülfing packte um zwei seine Sachen zusammen und verabschiedete sich ins Wochenende. Um vier spielte Rot-Weiß-Gelb Mombach gegen den FC Orient II, der Höhepunkt der Hartplatz- Saison und das Treffen unterschiedlicher Kulturen. Kebabs waren auch nicht schlecht und eine gute Abwechselung zu Hamburger und Pizza. Dazu ein paar Bier und die Völkerverständigung klappte. Auch ein Hauptkommissar braucht seinen Ausgleich. Ohne eine Frau wird sonst das Wochenende doch zu langweilig.

Vielleicht sollte er doch einmal in Wiesbaden bei MachMit! vorbeigehen. Wenn die jungen Hüpfer wie Jana nicht da waren. Wie er gehört hatte, gab es dort interessante Frauen. Sonntags gab es Wanderungen, sagte Sander. Wie wäre es mit diesem Sonntag? Sander ist mit seinen Kindern beschäftigt, Jana werkelt an ihrer Diplomarbeit. Sturmfreie Bude. Wie war das noch? Er zückte die Nummer, die Sander dagelassen hatte. Maria Radeberg, MachMit!-Gruppe. Maria war nach dem dritten Klingeln dran, wenn auch außer Puste. Ihr Freund Christian war da, meinte sie. Ja, die Wanderung am Sonntag starte um 13 Uhr am Mitfahrer-Parkplatz an der Autobahn-Ausfahrt Ingelheim-West. Von da gehe es nach Gau-Algesheim, dann über den Westerberg und schließlich zum Rotweinfest nach Ingelheim. Am folgenden Sonntag sei die Wanderung ein bisschen schwieriger. Sie beginne in den Rheinkrippen, an der B9 zwischen Bingerbrück und Trechtingshausen und führe durch den Binger Wald. Er sei jedenfalls herzlich willkommen. Auch wenn diese Maria äußerst nett und ein bisschen frech klang, so war sie leider doch schon vergeben. Aber es würde sicher noch andere interessante und interessierte Damen in der Wandergruppe geben. Doch halt, diese Katharina sah es nicht gern, wenn Leute direkt an Wanderungen teilnahmen, ohne dass sie zumindest erst interviewt wurden. Na gut, wenn es denn sein muss. Wülfing rief Katharina an und die machte für den Hauptkommissar gern eine Ausnahme. Schließlich verlangen besondere Leute eine besondere Behandlung. Und so schnürte Wülfing schon einmal in Gedanken die Wanderstiefel, als er zur Bezirkssportanlage nach Mombach fuhr, um die Fußball-Akrobaten anzufeuern.

*

Sonntag morgen begrüßt mich am Schreibtisch ein blendender Sonnenaufgang über dem Westerberg, während ich die Pressemeldung für die Montagausgabe vorbereite. Linda und Dominik oder Tiger und Bär liegen noch friedlich in den Federn und schmökern, Dominik im Aquarienbuch zwischen Otocinclus und Antennenwels, während Linda in ein Aufklärungsbuch für Kinder vertieft ist. Peter, Ida und Minimum - echt prima geschrieben und illustriert.

Was machen wir heute? Der gestrige Tag war aufregend genug. Entspannung ist angesagt: Ein Besuch beim Opa in Koblenz und dem dortigen Tauris-Freizeitbad wird die Gedanken wieder in andere Bahnen lenken.

Pünktlich um neun klingelt die Nachbarstochter Sandra, bald danach folgt das Frühstück.

“Und hat der Kommissar schon den Mörder gefangen?” Sandra ist wie immer gar nicht neugierig und gestern von Linda nur mit wenigen Details versorgt worden.

“Nein, so schnell geht das nicht. Aber Dominik und Linda haben schon wirklich viel geholfen.” erläutere ich.

“Der Mörder hat durch eine Wand hindurch gesehen, sagte Linda.”

“Ja, das ist richtig.”

“Wie in einem Aquarium.” Dominik ist wieder bei seinem Lieblingsthema. “Da kann man von allen Seiten reinschauen.”

“Genug der Kriminalistik, ihr drei. Wir fahren um eins zum Opa nach Koblenz und dann bringe ich euch auf dem Rückweg zu eurer Mutter in den Taunus.”

Den Rest des Vormittages ist freies Spielen angesagt. Um halb zwölf haue ich den Gulasch in den Topf und um eins geht es zum Opa. Flocki kennt Opa´s Hauskater Maxi schon und hat reichlich Respekt vor seinen Krallen. Als ich mich neben Maxi auf den Sessel im Wohnzimmer setze, wandert diese sofort demonstrativ auf meinen Schoß. So traut sich Flocki erst gar nicht, auf meinen Schoß zu springen. Als ich sie hoch hebe, lässt sie sich erst seitlich nieder, um dann durch gezieltes Drücken den Kater auf die andere Seite des Sessels zu schubsen. Und so habe ich bald danach Hund und Katz friedlich vereint auf mir liegen. Völkerverständigung im Kleinen.

Meine Schwester, für die Kinder das Tantchen, ist mal wieder irgendwo zwischen Neuseeland und der Karibik in Urlaub und sendet die übliche Postkarte nach dem Motto: Hier bin ich und ihr Armen dürft zu Hause bleiben. Ätsch!

Dann ins Schwimmbad nach Koblenz, Flocki bleibt beim Opa. Dominik und Linda toben herum, was Rutschen, Wasserfälle und Wildwasser hergeben, während ich im Whirlpool relaxe. Danach ist Tauchen angesagt und durch die früh hereinbrechende Dämmerung werden die Becken von den eingebauten Scheinwerfern schön illuminiert. Beim Tauchen zeichnen sich die Silhouetten meiner Kinder gegen die Strahler ab.

So wird es gewesen sein! Beim Mord an der Ingelheimer Rheinfähre war es Nacht, also dunkel. Die gegenüber einer Straßenlaterne liegende Plakatwand war die ganze Nacht beleuchtet. Das beruhigt, die Richterin hatte sich sicher gefühlt.

Hinter der Plakatwand aber lauert der Mörder, beobachtet sein Opfer durch die Löcher gegen das Licht und tötet. Wie sagte Dominik: Wie im Aquarium. Ich kann mir richtig vorstellen, wie der Mörder in aller Ruhe seinen Strahler einrichtet, während das Opfer vorn auf jemand wartet, der nicht kommt. Und wie der Mörder vorher vielleicht als Funktionstest ein paar Krabbeltiere gart.

Da der Täter wusste, wann die Richterin kommen würde, konnte er so spät kommen, dass sein Warten nicht auffiel, aber auch so früh, dass er rechtzeitig zum Morden da war. Er hatte also vorher Kontakt mit seinem Opfer, wie wir ja über die E-Mails von Kopro-Litt und ihrem "Tiger" wissen. Aber was war mit dem Binger Mord? Gab hier jemand dem Täter einen Auftrag? Jemand, der mit den Opfern ein soweit vertrautes Verhältnis hatte, dass diese zur vereinbarten Zeit zum vereinbarten Treffpunkt kamen. Vielleicht war Kaulen nur der Auftraggeber für die Morde? Es ist schon sehr verdächtig, wenn einerseits eine solche Motivation vorliegt und andererseits perfekte Alibis präsentiert werden. Elektrisiert nehme ich mir vor, heute Abend alles mit Jana durchzusprechen. Vielleicht können wir Kaulen eine Falle stellen.

Um halb fünf verlassen wir das Schwimmbad und fahren wieder zum Opa. Noch ein paar Brote, dann mache ich mich auf den Weg in den Taunus. Nach einer endlosen Kurverei über die Bäderstraße und dann über Nebenstraßen, die scheinbar ins Nichts führen, sind wir zehn Minuten zu spät bei der Mutter, die schon mit ihrem neuen Freund keifend an der Haustür wartet und Drohungen ausstößt. "Wenn du die Kinder noch einmal zu spät bringst, werde ich den Umgang einschränken. Du wirst schon sehen!" Schnell verschwinden Kinder und Hund im Haus, um der üblichen Szene zu entgehen.

Ich mache mich schnellstens auf den Weg zu Jana, um emotional aufzutanken und die neuesten Überlegungen mit ihr zu diskutieren. Sie wartet schon auf mich. Wie gut tut es, sie im Arm zu haben, wie gut sie mich drückt.

"Na, da hat deine Ex wohl wieder Zirkus gemacht, Ronni."

"Leider ja, sie braucht wohl immer geeignetes Publikum für ihre Auftritte. Aber lass uns über ein paar Ideen diskutieren, die mir im Tauris-Bad in Koblenz gekommen sind."

"Und das wäre?" Wir kuscheln uns auf ihrem einigermaßen unbequemen Schaumstoffsofa zusammen.

"Ich denke, dass Kaulen unser wichtigster Ansatzpunkt ist. Er hatte bei jeder Tat ein Motiv, er kannte zumindest beim Binger Mord die Zeitpunkt des Treffens und hatte eine mindestens geschäftliche Beziehung mit den Opfern."

"Und er hat zwei Alibis." Jana erkennt den Schwachpunkt.

"Doch: Wer außer dem Auftraggeber und dem Täter selbst kennt den Todeszeitpunkt so genau, dass er sich ein passendes Alibi zurechtlegen kann? Vielleicht können wir ihn darüber fangen."

"Wenn er so dumm ist und uns den Todeszeitpunkt verrät, ohne dass er ihn von irgendwo sonst erfahren hat, wäre das schon so ein Ding. Herbert hat schon so etwas gesagt, aber diese Jugendamts-Mitarbeiterin Frieda Kurz-und-Mickrig oder so hat uns möglicherweise einen Strich durch die Rechnung gemacht."

"Na, wer wird schon so einen Namen haben, Ronni?"

"Für diese Doppelnamen ist mein Gedächtnis irgendwie nur kümmerlich ausgeprägt." grinse ich.

"Jedenfalls sehen wir Morgen früh weiter. Um zehn kommt diese Frieda und um elf der Psychologe. Vielleicht lässt sich ja auch ein Treffen der beiden arrangieren." Jana freut sich auf die zu erwartende Szene, hat sie doch gerade für ein Referat ein Streitgespräch anzufertigen.

"Was machen wir nun, Schatz? Hast du Lust auf meine Spielwiese? Ich bringe dich dann auch morgen zur Arbeit. Und nach der Arbeit nach Hause. Dazwischen werde ich nochmal Friederich interviewen wegen der technischen Details. Und auf dem Weg fahren wir am Fährzubringer vorbei, so dass wir Dominiks Idee einmal überprüfen können."

"Na, wenn es so dienstlich ist, kann ich natürlich nicht nein sagen." Lacht sie und wir fahren durch die Nacht zu mir nach Hause. Eine tiefe Ruhe, eine sanfte Gewissheit leitet mich, doch zuerst ist die Arbeit zu erledigen. Ingelheim-West fahren wir runter, dann Richtung Fähre. Es ist zwar erst zehn, aber dunkel ist es sowieso. Ich halte direkt auf der Straße, da die Fähre bereits ihren Betrieb für heute beendet hat. Die Straßenlaterne am Damm beleuchtet die Straße und auch die Plakatwand. Sie ist allerdings nicht transparent, durchsehen kann man leider nicht. Das Rotweinfest ist zwar schon vorbei, aber die Wand ist noch nicht abgebaut. So nutzen auch andere die nachts beleuchtete Fläche für ihre Plakate.

Stefan Moser macht RPR1-Disco, die Schauspielgruppe der Evangelischen Kirchengemeinde Gau-Algesheim gibt Spot(t)lights von Kishon und einige Lokal-Ereignisse mehr verdecken so nach und nach die Rotweinfest-Botschaft. Jana stellt sich vor die Wand und ihr schlanker Körper wirft im Licht der Straßenlampe einen Schatten auf den Hintergrund. So ähnlich wird die Richterin auf ihren Mörder gewartet haben. Ich mag es mir nicht vorstellen.

“Komm da weg, Jana. Ich mag es nicht mehr sehen. Lass uns fahren.”

Fünf Minuten später sind wir zu Hause und die Meerschweinchen huschen in ihrem Käfig herum. Noch schnell unter die Dusche und dann ab ins Bett. Die erzwungene Trennung von den Kindern schmerzt jedesmal aufs Neue und Jana ist besonders zärtlich zu mir. Wir liegen noch lange nackt auf dem Bett und sie streicht mit ihren Fingern sanft über meinen ganzen Körper. Ich liege ruhig da und lasse mich wortlos verwöhnen. Die Gedanken flirren durch den Kopf. Wie mag es den Kindern gehen?

Morgen würde es einen Auftritt im Polizeipräsidium geben mit dieser Frieda vom Jugendamt und dem Psycho-Pfuscher Kaulen als Hauptpersonen. Was mag dabei herauskommen? Wer mag der Mörder sein? Kaulen sicher nicht.

“Denk nicht soviel nach. Komm.” Jana zieht die Decke über uns und schmiegt sich eng an mich. Ich bleibe auf dem Rücken liegen und lasse mich weiter von ihr verwöhnen.

Sie setzt sich auf meine Beine und streicht mit ihren festen Brüsten über den ganzen Körper, von den Schultern über die Brust und die Hüfte bis zu den Beinen. Mit geschlossenen Augen genieße ich ihre Liebkosungen und lasse mich von ihrer Energie anstecken. Lichter tanzen über die geschlossenen Augenlider, mit der flachen Handinnenseite streiche ich an ihren Seiten entlang zum Po, knete dann ihren Rücken, während sie weiter über mich flutet. Dann birgt sie meinen Kopf in ihrem Busen und setzt sich aufrecht auf meinen Penis, der schnell seinen Weg in ihre Vagina findet. Wir stöhnen beide und sie preßt meine Hände fest gegen ihre Brüste, während ich mein Becken nach oben strecke, um noch tiefer in sie einzudringen. Mit fester Gewissheit hält sie gegen, der Weg in sie ist lang und weich, warm und feucht. Wild lässt sie ihre Hüfte kreisen, drückt meinen Penis hin und her, während ich an ihren Brüsten versuche, gegenzuhalten, um dem wilden Ritt etwas von seiner Härte zu nehmen. Doch das törnt sie nur noch mehr an, sie wirft ihren Kopf hin und her, bevor sie sich auf dem Höhepunkt auf mich beugt und in meine Schulter beißt. Wie biegsam sie ist! Leise stöhnend ruht sie sich erst einmal auf mir aus. Doch ich gebe noch keine Ruhe und bewege meinen Penis langsam und sanft in ihrer Scheide auf und ab. Langsam steigere ich das Tempo, ganz langsam. Fester wird der Druck, immer fester. Meine Erregung steigt und ich klammere sie auf mir fest. Sie versucht sich aufzusetzen, doch ich lasse sie nicht los, während ich unentwegt auf Neue in sie eindringe. Ihr Stöhnen wird lauter und auch ich komme zum Höhepunkt, wir verkrallen uns ineinander. Die Ekstase fasst uns, wirft uns in ein fernes Land, wo die Gefühle die Wesen sind. Als ich aus der Dämmerung ein wenig aufwache, sehe ich, dass wir größtenteils unbedeckt auf dem Bett liegen. Ich ziehe die Decke über ihren wunderschönen Körper, worauf sie sich im Schlaf auf die Seite rollt, von mir abgewandt. In der Löffelstellung schlafe ich fest und traumlos ein.

Welch ein Montagmorgen! Nach einer Liebesouvertüre im Bett gelüstet es ihr nach Konfitüre und schnell hole ich mit dem Rad frische Brötchen und Croissants als Grundlage für unser Frühstück. Der Kaffeeduft zieht sie zielsicher aus dem Bad in die Küche, sie umschlingt mich mit ihren Armen, drückt ihre vom Duschen noch nassen Haare gegen meine Wange.

“Schön, dass du an mich gedacht hast. Wir müssen uns aber beeilen. Ich muss um neun bei Herbert sein, weil doch diese Frieda vom Jugendamt und der Kaulen kommen. Außerdem beginnt heute die Telefon-Überwachung von Kaulen, endlich. Eine Raumüberwachung haben wir leider nicht genehmigt bekommen. Dabei wäre es gerade heute Morgen einfach gewesen, das bei ihm zu installieren, weil er im Präsidium ist und seiner Sekretärin freigegeben hat. Wir können uns zum Mittagessen im Gonsenheimer Hof treffen, wenn du willst.”

“Aber klar, mein Jana. Ganz auf Zuckmayer´s Spuren. Der soll da seine Inspiration zu “Des Teufels General” bekommen haben.” So berühmt werde ich sicher nicht werden, aber dafür bin ich mit Jana zusammen. Wer würde da nicht neidisch auf mich sein? Der Verkehr ist merkwürdig spärlich auf der Autobahn, weil ein umgekippter Gefahrgut-Laster auf dem Zubringer von der A61 aus Richtung Bingen auf die A60 in Richtung Mainz dort für kilometerlange Staus sorgt und die Autobahn nach Mainz ab Ingelheim frei ist. So kommen wir pünktlich am Valenciaplatz an.

“Ich komme um zwölf mit dem Bus Dir. Halte mir einen guten Platz frei.” Sie drückt mir einen Kuss direkt neben meine Lippen, wie es ihre Art in der Öffentlichkeit ist, lächelt und sprintet die Stufen der breiten Treppe hinauf. Ich drehe und fahre über den Südwestrundfunk SWR auf dem Hartenberg zur Uni. Wie üblich ist fast alles vollgeparkt, aber gerade vor Onkel Mo´s Hütte hat der Zufall mir eine passende Parklücke für mein Fünf-Meter-Auto gelassen. Er ist aber gerade nicht da und ich beschließe, zuerst zu Friederich zu gehen, wo ich für halb zehn angesagt bin.

Friederich ist wieder bereits von Fragenden umlagert, gilt der Physiker doch als ausgewiesener EDV-Experte seit den Anfangszeiten der Mainzer EDV mit der berühmten Telefunken TR440 in den siebziger Jahren. Mit Magnetbändern als Massenspeicher und Batch-Rechenläufen durch die Nacht. Heute hat jeder PC mehr Rechenleistung als die damalige Riesenanlage, auf der ich mich an einigen inzwischen ausgestorbenen Programmiersprachen versuchte.

“Ah, hallo Ronni. Warte noch einen kleinen Augenblick, ich bin gleich fertig.” Friederich konzentriert sich noch einmal auf seine Frager und nach fünf Minuten zieht auch der letzte wieder ab. “Komm, wir gehen in den Nebenraum, hier haben wir keine Ruhe.”

Das schmucklose Zimmerchen war wahrscheinlich einmal eine Besenkammer gewesen und ist jetzt der unitypischen Platznot entsprechend zum Konferenzraum für vier umgemodelt worden. Einsam flimmert im Hintergrund ein Terminal vor sich hin.

“Wir sind beim Mikrowellen-Mörder ein wenig weitergekommen, aber uns fehlen noch wichtige Einzelheiten.” beginne ich das Gespräch direkt, denn Friederich hat bereits angekündigt, das er mir nur zwanzig Minuten gibt. Höchstens!

“Du willst wahrscheinlich wissen, wie das Mordwerkzeug aussieht?”

“Genau, so viel wie möglich.”

“Das ist nicht ganz trivial. Nun, die Idee ist eigentlich so neu nicht, denn die Gefahren unsichtbarer Strahlung wurden und werden oft unterschätzt. Vor allem die Radioaktivität wurde in ihrer Gefahr zunächst überhaupt nicht erkannt. Was man nicht sieht, das ist auch nicht gefährlich.”

“Und auch heute noch von Staats wegen negiert.” Füge ich hinzu. “Die Lobby der Atomindustrie ist eine der mächtigsten, weil finanziell am besten ausgestatteten.”

“Nun, da geht es um viel Geld, wie du weißt. Aber Radioaktivität tötet relativ langsam und sehr qualvoll.”

“Wie beispielsweise Tausende Opfer von Tschernobyl beweisen ...”

“ ... aber hier haben wir es mit Mikrowellen zu tun, wenn ich dich richtig verstanden habe. Die werden in großem Umfang beispielsweise für Küchengeräte genutzt. Oder beispielsweise in Radargeräten.”

“So weit die sinnvolle Seite. Wie aber tötet man in vielleicht einer Sekunde einen Menschen mit Mikrowellen?”

“Ganz nüchtern betrachtet, gibt es da zwei Möglichkeiten, wenn es schnell gehen soll. Große Leistung oder kleine Fläche. Am besten beides, also eine hohe Leistungsdichte auf einem kleinen Bereich. Schon eine kleine überhitzte Stelle im Gehirn führt zu einer Thrombose und damit zu einem Gehirnschlag. Das ist wahrscheinlich sofort tödlich. Eine hohe Leistung zu erzeugen, dazu braucht man einen starken Strahler und eine entsprechend leistungsfähige Spannungsversorgung.”

“Mit Kondensatoren?”

“Beispielsweise. Batterien sind dagegen schwer und kurzfristig nicht so hoch belastbar.”

“Und die Fokussierung?”

“Zum Bündeln brauchen wir ein Horn mit einem der Wellenlänge der Strahlung angemessenen Durchmesser. Also ein metallischer Trichter, vereinfacht gesagt. Je nach eingesetzter Mikrowellenstrahlung sind das fünf bis zehn Zentimeter Wellenlänge, also muss der Durchmesser fünf bis zehn Zentimeter betragen. Je genauer auf die Wellenlänge abgestimmt, umso effektiver.”

“Und die Leistung?”

“Das hängt stark von den Umgebungsbedingungen ab. Bei ungehindertem Eintritt ins Gewebe würden bei einer starken Fokussierung wahrscheinlich relativ geringe Leistungen schon ausreichen. Vielleicht ein Kilowatt, vielleicht schon weniger. Tritt aber der Strahl vorher durch andere Materialien, kommt es zu Streueffekten und die Fokussierung lässt nach. Das kann leicht eine fünffache oder zehnfache Leistung erfordern, wenn es denn überhaupt geht.”

“Und ein Loch von acht Millimeter Durchmesser?”

“Das ist zwar knapp, könnte aber schon reichen. Wenn es tatsächlich direkt zum Gewebe führt.”

“Abschirmung durch Papier oder Plexiglas?”

“Kannst du wahrscheinlich vernachlässigen. Das Wichtigste ist, wie bereits gesagt, nicht die Leistung, sondern die Fokussierung. Bereits eine relativ geringe Leistung auf einer sehr kleinen Fläche kann extreme Effekte erzeugen, denke einmal an einen Laser. Ein gebündelter Laserstrahl mit 1000 Watt Leistung schießt dicke Bleche und Steine durch, während ein 1000 Watt Heizofen gerade mal ein kleines

Zimmer heizt. In deinem Fall sollte so eine Art selbstgebauter Maser das Äquivalent zum optischen Laser sein."

"Schöne neue Welt, oder?"

Friederich grinst. "Genau. Sind wir fertig? Die User warten."

"Danke, du hast mir sehr geholfen."

"Immer zu Diensten, Ronni." Friederich ist schon auf dem Gang und taucht in der Menge der User unter, die sich vor seinem Büro gesammelt haben.

Inzwischen ist Mo da, wie ich mit dem Handy anteste und ich kündige mich für einen Tee um elf an. Beim Überqueren des Campus komme ich am alten Physikgebäude vorbei und schaue unwillkürlich in die Fenster, als ob ich dort den Mörder sehen könnte, wie er mit verbissenem Gesicht an einem futuristisch verdrahteten Mordinstrument herumbastelt. Hier noch ein Kondensator mehr, dort einen besonders leistungsfähigen Oszillator, ein computerberechnetes Horn zur Fokussierung der Strahlung, das alles dann mit zwei Handgriffen in ein formschönes Kunststoffgehäuse verpackt. Mit seinem Laborkittel bringt er das wetterfeste System zum Einsatzort, ein wilder Geselle mit Lockenkopf auf seinem Trekkingrad, lautlos und tödlich.

Es könnte jeder der Tausenden von Physikstudenten sein, die in den vergangenen Jahren das Studium abgeschlossen oder abgebrochen haben oder aber ein technisch interessierter Laie oder aber ein Chemiker mit physikalischen Interessen, oder oder oder.

Ich will mir etwas gönnen und gehe zunächst in die neue Mensa, die erst gegen Ende meiner Studienzeit gebaut wurde. Das Essen soll jetzt besser sein, sagt Jana, die aber jetzt unten im Präsidium beim Kaulen-Verhör sitzt. Bei einem Cappuccino hänge ich meinen Gedanken nach.

Die frei verfügbaren Informationen in den Bibliotheken und vor allem im Internet haben Technologie für jeden verfügbar gemacht. Auch für Mörder. Wollen Sie ihre Atombombe bauen? Voila, die technischen Beschreibungen bekommen Sie übers Internet, erprobte Plutonium-Schweißer aus den Atomschmieden im Ural. Eine Niere von einem indischen Tagelöhner für 500 DM? Sie finden uns unter Organspende plus Indien plus Niere. Brauchen Sie einen Mörder? Kein Problem, hinterlassen Sie ihre E-Mail, wir melden uns bei ihnen. Viertel vor elf mache ich mich auf den Weg und überquere die Saarstraße über den Fußgänger-Überweg zur Bushaltestelle.

Als ich in Mo´s Labor auftauche, sitzt der promovierte Chemiker hinter seinem Tisch und bläst süßlich riechenden Pfeifenqualm in die Luft.

“Na, was ist mit den Käfer-Ergebnissen, Ronni? Hast du schon gefrühstückt?” begrüßt er mich und stellt mir mit orientalischer Gastfreundlichkeit gleich einmal einen Joghurt und einen Kaffee hin.

“Nein, danke, Mo. Ich habe schon ein äußerst schönes Frühstück genossen. Mit Jana.” Er lächelt gönnerhaft, während ich fortfahre. “Die Käfer sind wohl bei einem kleinen Test als Funktionskontrolle in die ewigen Krabbelgründe eingegangen. Bei der enormen Leistung, die unser Täter nutzt, hatten die nicht die geringste Chance.”

“Ganz schön pervers, lautlos mit großem Aufwand zu töten.”

“So ganz neu ist das leider nicht.” Erwidere ich Mo. “Neu ist allenfalls der Einsatz hochentwickelter Tötungstechnik im kleinen Maßstab und besonders schnell. Wir brauchen nicht bis zu den Atombomben oder “intelligenten” Waffen zu gehen, die in Millisekunden intelligentes Leben vernichten. Denken wir nur einmal an Tod auf Raten, wie er in der DDR von der Stasi praktiziert wurde. Da wurde ein missliebiger Mensch, ein “Regimegegner” im Terminus der real herrschenden Klasse, zum Fototermin zitiert und dabei mit einer überhöhten Dosis Röntgenstrahlung “behandelt”. Derart verstrahlt, entwickelten sich Krebsgeschwüre und das Opfer starb einige Zeit später unter üblen Qualen. Alles im Auftrag eines menschenverachtenden Regimes. Hier wie da haben wir heimtückisches, lautloses Morden, nur dass “unser” Täter schnell tötet.”

“Und wie willst du weiter vorgehen?” Eine breite Rauchschwade quillt aus seiner Holzpfeife und bringt mich zum Husten.

“Ich schicke dich zum Ausräuchern nach Nackenheim, mein Lieber.” Kritisiere ich ihn. “Nein, wahrscheinlich wohnt unser Täter irgendwo in der Umgebung von Bingen, Ingelheim und Gau-Algesheim. Er fährt offensichtlich mit dem Fahrrad und die beiden Tatorte sind schnell zu erreichen, binnen weniger als 20 Minuten selbst mit einem Rad. Heute Mittag weiß ich mehr, denn heute wird ein Tatverdächtiger vernommen.”

“Na, dann will ich dich nicht länger aufhalten. Sagst du mir Bescheid?”

“Bescheid!”.

Um halb zwölf mache ich mich auf den Weg zum Gonsenheimer Hof, um auf Jana zu warten. Sie kommt pünktlich, offensichtlich wurden die Morgentermine nicht überzogen.

“Du hast mir gefehlt.” Sie drückt sich an mich.

“Na, langsam wirst du süchtig. Wir haben uns doch gerade ein paar Stunden nicht gesehen.” Die Sehnsucht ist auch auf meiner Seite ausgeprägt. “Wo setzen wir uns hin?”

Sie blinzelt nach Süden. “Schönes Wetter, Sonnenschein - draußen?”

“Eine gute Idee. Zumal hier ein wunderschöner windgeschützter Innenhof lockt. Da steht auch das frische Salatbüfett. Dosen kennt man hier nur vom Hörensagen.” Ich war schon öfter einmal da.

Gesagt, getan. Zunächst einmal fallen wir über das Salatbüfett her, um mit den Vitaminstößen die schönen Anstrengungen der vergangenen Nacht aufzuarbeiten. Dann will ich es wissen.

“Na, wie war es denn?”

“Ganz schön neugierig, wie?” Sie lacht und streckt sich im Stuhl nach hinten, so dass ihre schönen Linien durch den erdfarbenen Pullover sichtbar werden. Schade, dass hier soviel Leute sind. “Nun, eine ausgefeilte Dramaturgie ist die Seele vom Geschäft.”

“Und?”

“Na ja, zunächst kam diese Frieda vom Jugendamt zwanzig Minuten zu spät. Murmelte etwas vom Morgennebel. Dass ich nicht lache, die wohnt in der Innenstadt. Vielleicht hat die sich zwischen Bettkante und Kaffeetasse im Zigarettenqualm nicht richtig orientieren können.” Jana grinst genüsslich bei der Vorstellung und ich schließe mich an. “Sie sah jedenfalls wie frisch aus dem Bett gefallen aus.”

“Na los, komm zur Sache.” Drängele ich.

“Also: die hält den Kaulen für den Mörder sowohl von Kopro-Litt als auch dieser Kinderpsychologin mit dem bezeichnenden Spitznamen Maggi. Der sei schon immer neidisch auf sie gewesen, weil sie vom VAMV empfohlen worden sei und so viele alleinerziehende Mütter mit ihren Kindern auf diesem Weg zu ihr gekommen seien.”

“Da geht es also ums liebe Geld.”

“Genau. Und er selbst lebt wohl vor allem von den Gutachten im Auftrag der Kopro-Litt, ist also abhängig von ihr.”

“Ein einfach verdientes Geld. Sechstausend Mark für eine Woche Arbeit, also sagen wir mal 40 Stunden. Das macht locker 150 DM die Stunde, ein fürstlicher Lohn. Das schwierigste ist dabei, die Ergebnisse so zu frisieren, dass das von der Richterin gewünschte Ergebnis irgendwie herauskommt. Dieses Verfahren kenne ich aus dem Physik-Praktikum auf der Uni. Da wurden die Ergebnisse aus dem Vorjahr abgeschrieben, mit leichten Abweichungen, damit es nicht zu offensichtlich wurde.”

“So so, also auch du hast so gearbeitet.”

“Ich gebe es zerknirscht zu. Allerdings nur wegen Zeitnot. Dabei entwickelten sich mehrere interessante Effekte. Im einen Fall wurden die Abweichungen Jahr für Jahr immer weiter in eine Richtung geschoben, so dass nach ein paar Jahren die Assis aufmerksam wurden. In den meisten Fällen aber wurde gar nichts bemerkt, auch nicht, dass die Messeinrichtung bereits nicht mehr zu gebrauchen war. Als man das nachverfolgte, entpuppte sich eine Anlage zur molaren Gefrierpunktserniedrigung bereits als seit zehn Jahren defekt. Leicht an den Versuchsprotokollen nachzuvollziehen.” Ich zucke mit den Achseln. “In den meisten Fällen aber war das Frisieren der Werte aufwendiger als die echte Messung.”

Inzwischen wird schon die Suppe serviert und stoppt unseren Redefluss. Wir bestellen zur Feier der vergangenen Nacht einen spritzigen Chardonnay.

“Wo waren wir stehen geblieben, Ronni? Ach so, beim leichtverdienten Geld. Die Motive allerdings bringen uns nicht weiter, das kennen wir schon. Interessanter ist die Alibi-Frage und da wollte Herbert dem danach bestellten Kaulen eine Falle stellen. Diese Frieda hat nämlich gesagt, dass die Maggi Freitag um fünf mit dem Kaulen verabredet war. Der aber hat ein Alibi von drei bis sechs, rechnet man die Fahrt nach Bingen dazu, sogar bis halb sieben. Aber,” sie erhebt den Zeigefinger “Angenommen, Kaulen hat den Mörder beauftragt und kannte den Tatzeitpunkt, könnte er sich verraten. Vorausgesetzt, diese Frieda hat in ihrer dümmlichen Rachsucht Kaulen nicht das verraten, was sie von Friedas Mann erfahren hatte, nämlich den tatsächlichen Todeszeitpunkt fünf Uhr. Das wussten wir nicht.”

“Und hat es geklappt?”

“Dummerweise nicht. Weil Frieda zu spät kam und uns mit ihren endlosen Vorwürfen stundenlang hinhielt...”

“In Kaulens Gutachten nennt sich sowas “... hoher Gesprächsanteil in schneller Sprache ...” und kennzeichnet eine besondere emotionale Qualifizierung zur Kindererziehung.” Werfe ich ein.

“Bleib einmal beim Thema, Ronni! ... also stundenlang hinhielt, wurden wir damit erst kurz vor elf fertig.”

“Und schon stand Kaulen vor der Tür und es gab Mord und Totschlag.” Mutmaße ich.

“Nicht ganz, aber fast.” Jana rapportiert mit einem Lächeln. “Die ist wie eine Tarantel auf ihn los und hat ihn dabei beschimpft wie ein Rohrspatz. Der ging in Deckung. Und dann hat sie es verpatzt. Du warst um fünf mit ihr verabredet und sie ist um fünf umgebracht worden, du Mörder, schrie sie.”

“Dumm gelaufen, oder?”

“Tja, Herbert war sauer und hat sie angefaucht, Kaulen wusste ja nun Bescheid und so kam bei seinem Interview nichts heraus.” Jana seufzte. “Jetzt müssen wir ihn über die Telefon-Überwachung erwischen. Aber die ist schon wieder verzögert worden, wahrscheinlich läuft das erst heute Abend um sechs.”

“Da kommt schon unsere Hauptspeise.” Jozef Kubljan, der Inhaber, serviert die gigantische Scholle persönlich und zwinkert mir zu. “Vergessen wir den ganzen Kram für einen Moment, denken wir an die letzte Nacht.”

“Und die vielen, die noch kommen werden.” Sie lächelt verheißungsvoll und erhebt ihr Glas. Nach dem vorzüglichen Essen setze ich Jana an der Uni ab. Ein Seminar, dazu ein Kolloquium und zum Abschluss eine Abendvorlesung warten auf sie. Sie wird erst gegen sieben Uhr fertig sein.

“Sehen wir uns heute Abend, Jana?”

“Nein, Ronni. Lass mich mal heute alleine. Ich will an meiner Diplomarbeit weitermachen. Das ist mir sonst auch zu viel Nähe.”

Zu viel Nähe? Die letzte Nacht konnte es nicht nahe genug werden. Zweifelnd gebe ich ihr einen Kuss und schaue ihr nach, wie sie Richtung Cafeteria verschwindet. Diese Psychologen sind wahrscheinlich einiges komplizierter als ich denke. Ich mache mich mal auf den Weg nach Hause. Der Nachklang von letzter Nacht hat einen merkwürdigen Beiton bekommen, den ich noch nicht recht identifizieren kann.

Wieder in meinen vier Wänden, mache ich mich erst einmal an die Aufräumarbeiten nach dem Gefühlsbeben der letzten Nacht und sammle herumliegende Unterwäsche ein, die noch das Schlafzimmer dekoriert. Wir sind schon ganz ordentlich durch das Haus getobt, erinnere ich mich. Wenn das jetzt ein Hotel gewesen wäre, hätte der Zimmerservice morgens einen spitzen Schrei ausgestoßen und wäre in

Ohnmacht gefallen. Auch Janas String-Tanga hängt noch über meinem Schreibtisch-Stuhl. Da fällt mir ein, dass ich Olaf am letzten Freitag nachmittag Richtung Bingen düsen sah, hinter dem Knöllchen-Polo her. Was ist eigentlich aus seiner merkwürdigen Stinkmorchel-Liebhaberin geworden?

Hat Olaf Urlaub? Er meldet sich gleich nach dem ersten Freizeichen zu Hause, obwohl es erst halb drei Nachmittags ist.

"Hallo Olaf, hier Ronni. Na, wie ist es mit der Stinkmorchel-Geschichte geworden?"

"Ach, etwas durchwachsen, wie kommst du drauf?"

"Ich habe dich letzten Freitag hinter einem roten Polo nach Bingen düsen sehen. Das war doch der Polo von diesem Knöllchen, oder?"

"Ja, ja der MZ-ED 666. Tja, das hätte auch fast funktioniert. Ich habe die Frau aus der Tiefgarage der Kreisverwaltung in Ingelheim fahren gesehen und bin gleich hinterher. Die ist schnurstracks in den Binger Wald gefahren, ich hinterher. Den Heiligkreuzweg hoch zum Forsthaus. Und da rutscht die Kupplung von meinem Trabi und ich musste zurückrollen, gegen die Einbahnstraße! Gottseidank kam der Förster nicht vorbei."

"Und was hast du dann gemacht?"

"Zunächst bin ich zum Dammelstein zurückgerollt und habe das Auto dort geparkt. Dann bin ich zu hoch zum Forsthaus Heiligkreuz, habe sie aber oben nur noch wegfahren gesehen. Aber ich erwische sie schon noch."

"Hast du sie denn wenigstens gesehen?"

"Nur wenig. Schulterlange wirre Haare, wohl etwas rötlich getönt. Besonders schön ist sie wohl nicht, eher etwas dicklich, Birnenfigur. Oben schlaff und unten breit. Aber ich bin ja auf der Suche nach Besonderheiten." Olafs dreckige Lache ist in MachMit!-Kreisen berühmt. "So wie unser neuer Herbert, der bei der MachMit!-Sonntagswanderung dabei war. Er ist wohl bei der Polizei, wie unsere Damen heraushörten."

"Ein Mitt- bis Endfünfziger, leicht, sagen wir mal, untersetzt? Mit knarriger Stimme, aber durchaus nett?" Mir keimt ein Verdacht.

"Genau, Ronni. Kennst du den? Ist der wirklich bei der Polizei oder will der sich nur wichtig tun?"

"Ich denke, den kenne ich. Der ist wirklich bei der Polizei, aber mehr will ich dir nicht verraten, das ist seine Sache. Wie gesagt ein netter Mensch und vielleicht findet er ja sein Töpfchen bei euch."

“Die Auswahl ist gut.” bestätigt Olaf. “Wenn du jetzt nichts weiter auf dem Herzen hast, werde ich mich mal aufs Ohr legen. Ich hatte gestern Nachtschicht.”

“Im Tanzbrunnen.” Mutmaße ich.

“Genau.” Olaf legt auf.

Das finde ich ja nett, dass Wülfing jetzt Anschluss an die Singlekreise gefunden hat. Da kann ich ihn ja bald endlich mit Vornamen ansprechen, weil das da absolut üblich ist. Ich muss innerlich grinsen. Jana wird ganz schön dumm schauen, wenn ich ihr das erzähle.

Abends nach zehn ist die Welt noch in Ordnung, zumindest sind die Telefongebühren dann relativ günstig. Bestimmt wird sie mich wieder anrufen, weil Nähe und Distanz bei ihr sehr eng zusammenliegen. Der grundsätzliche Widerspruch, der unsere Beziehung aus meiner Sicht sehr belastet, ist aus ihrer Sicht völlig normal; halt abhängig von unserer Vorgeschichte mit einer sehr unterschiedlich verlaufenen Jugend.

Ihr geht die Arbeit vor. Meist ruft sie erst an, wenn ihre Augen vor dem Computer zufallen. Heute ist sie sehr fleißig, denn erst eine halbe Stunde vor Mitternacht schellt das Telefon. Ich erkenne ihre Nummer auf dem Display.

“Hallo Schatz, ich liebe dich.” Begrüße ich meine Geliebte.

“Hast du dir das gerade erst überlegt?” Sie lacht.

“So ziemlich. Bist du gut vorangekommen?”

“Ja doch, die Tabellen meiner Auswertung sind jetzt fertig und ich bin recht müde.”

“Ich will dich nicht lange vom Bett abhalten, Jana, aber sehen wir uns morgen?”

“Tja, ich weiß nicht. Vormittag bin ich auf der Uni und Nachmittag habe ich Spätschicht bis Abends um acht.”

“Danach?”

“Du lässt nicht locker, was? Wir telefonieren, ja? Ich vermisse dich auch sehr, aber ich muss auch viel arbeiten.”

“In Ordnung, Jana. Soll ich dich anrufen?”

“Nein, ich rufe dich an. Gute Nacht, ich träume von dir.”

“Ich auch von dir.”

*

Als Frieda Kurz-Wittrig pünktlich zur Mittagspause im Jugendamt eintraf, schüttelte ihr Abteilungsleiter zunächst missbilligend den Kopf.

“Frieda, das ist wirklich ein wenig spät heute. Mach es doch nicht so offensichtlich.”

“Kein Problem, Hans. Kein Grund zum Mosern.” Sie zückte ihre Bescheinigung vom Polizeipräsidium. “Ich werde diesen Kaulen hinter Gitter bringen.”

“Wovon redest du, Frieda?”

“Am Freitag um fünf ist die Maggi ermordet worden. Und um fünf war sie mit Kaulen verabredet. Der hat aber angeblich ein Alibi, sagt die Kripo. Die lassen sich von diesem Schleimi einwickeln.”

“Ob du ihm den schwarzen Peter zuschieben kannst, weiß ich nicht. Das musst du wissen. Aber dass Maggi nicht mehr lebt, ist in der Tat bedauerlich. Wir haben doch so gut mit ihr zusammengearbeitet.”

“Genau, Hans. Und deshalb werde ich ihm das Handwerk legen. Ich habe ihn schon so gut wie im Sack. Hilfst du mir?”

“Diesen Schuh will ich mir nicht anziehen, Frieda. Und einen Rosenkranz werde ich auch nicht dafür beten. Lass das die Kripo machen. Wenn wir da mitmischen, stellen die am Ende auch uns noch unangenehme Fragen. Das gilt in diesen Kreisen als schick.”

“Na gut, du Feigling. Dann werde ich es eben alleine machen.” Frieda ließ ihren Abteilungsleiter einfach stehen und ging erst einmal in die Kantine, um die Rettungsringe wieder aufzufüllen. Ein voluminöses Eisbein mit gut gebräuntem Sauerkraut, dazu Kartoffelbrei und über allem die leckere Maggisauce würden das richtige Fundament für einen kreativen Nachmittag schaffen. In trauter Runde mit ihren Kolleginnen entwarf die Sachbearbeiterin Rachepläne.

Wie konnte frau den Kaulen packen? So lang war es noch nicht her, dass er sich zum Gerichtsgutachter für das Amtsgericht Nackenheim hochgedient hatte. Er war aus dem Norden gekommen, aus Hannover? Hamm? Celle? Bönen? Bönen hatte er einmal gesagt. Mal sehen, ob die Kollegen vom dortigen Kreisjugendamt etwas wussten. Es klopfte und die Tür ging einen Spalt auf. Unwirsch winkte die Sachbearbeiterin einem vor der Tür wartenden Vater ab.

“Sehen Sie nicht, dass ich zu tun habe? Warten Sie gefälligst!” Sie wählte die Nummer der Auskunft, während der Mann kopfschüttelnd die Tür von außen schloss. Schnell hatte sie die gewünschte Nummer und wählte die Kollegen an.

“Kreisjugendamt Bönen.”

“Hier Frau Kurz-Wittrig vom Kreisjugendamt Mainz-Bingen. Ich bräuchte Informationen über den Psychologen Kaulen. Kau-len. Ja, ich warte.”

“Wozzek, Leiter der Abteilung Sorgerecht.”

“Frau Kurz-Wittrig, Kreisjugendamt Mainz-Bingen. Wir arbeiten mit dem Psychologen Kaulen zusammen, der nach unseren Unterlagen aus Bönen kommt. Haben Sie nähere Informationen über ihn?”

“Kaulen, der Name kommt mir bekannt vor. Der hatte vor meiner Zeit intensiv mit meinem Vorgänger zusammengearbeitet und mit Herrn Lüder, der auch heute noch als Gutachter am OLG tätig ist. Schicken Sie mir doch ein Fax mit einer offiziellen Anfrage. Ich sende ihnen dann, was wir hier haben.” Wozzek legte auf und schaute frustriert auf die Uhr, deren Zeiger im Schneckentempo gegen Feierabend kroch. Jetzt war es erst halb zwei, noch drei endlose Stunden.

Kaulen war damals schnell von der Bildfläche verschwunden, als die ersten Missbrauchsvorwürfe auftauchten. Nach den ersten Presseberichten wurde die Affäre ganz schnell totgeschwiegen, die Honoratioren der Stadt hatten lediglich seinen Vorgänger Klaus Teufelberg in die Abteilung für Adoption versetzt.

Das Fax piepste und da war auch schon das Schreiben mit der Bitte um Auskunft, abgesandt vom Kreisjugendamt Mainz-Bingen. Immerhin kein Journalist, der über das Telefon an Informationen herankommen wollte.

Erwin Wozzek holte die Sonder-Akte seines Vorgängers hervor. Abschlägig beschiedene Dienstaufsichtsbeschwerden, Korrespondenz im Fall Mohler. Das war es! Schreiben an Lüder und Antwortschreiben vom Oberbürgermeister. Schreiben vom Verband deutscher Psychologen. Zeitungsartikel. Was war dran an den Vorwürfen? Missbrauch bei der Therapie, Zeugenaussagen der Eltern betroffener Kinder, Beschwichtigungsversuche durch Lüder, ein Kompromissvorschlag vom Psychologenverband, als die Wellen immer höher schlagen: Kaulen soll keine Jungen mehr therapieren dürfen. Schließlich ein Machtwort vom OB: Der Mann muss weg, damit der Presserummel endlich aufhört. Tatsächlich ist Kaulen wohl danach weggezogen und sein Vorgänger wurde auf die andere Stelle versetzt. Wozzek hatte eigentlich keine Lust, sich mit der Sache zu beschäftigen, aber jetzt war ein Fax auf dem Tisch. Er rief seinen Vorgänger an.

"Hallo Klaus, hier ist eine Anfrage wegen diesem Kaulen." Gespannte Stille am anderen Ende der Leitung. "Das Kreisjugendamt Mainz-Bingen hat offensichtlich ein Problem mit dem Psychologen. Wie war die Sache damals?"

"Das ist, äh, eine lange Geschichte. Immerhin ist Kaulen damals nicht verurteilt worden, weil erst gar kein Verfahren eröffnet wurde." Teufelberg zögerte. "Lass mich etwas klären, ich rufe dich gleich zurück."

Das Handy-Klingeln erreichte Lüder in der Massage-Sauna, wo er sich gerade von jungen Hostessen aus Osteuropa und Asien verwöhnen ließ. Diese kamen seinen pädophilen Neigungen am ehesten entgegen. Unwirsch griff er zum Handy, das er auf der Ablage neben dem Whirlpool gelegt hatte. "Was, schon wieder Kaulen? Wer will was wissen? Halten Sie es völlig unverbindlich. Es liegt nichts gegen ihn vor und so. Wofür bezahle ich Sie eigentlich? Machen Sie auch einmal etwas selbst." Lüder sackte wieder in den Whirlpool zurück, doch eine rechte Entspannung wollte sich nicht mehr einstellen. Was war in Nackenheim geschehen? Schon eine Stunde später verlies der Alte seine Entspannungsstätte und machte sich auf den Weg in die Praxis. Die Woche fing ja gut an. Wer rührte da wieder in alten Geschichten? Er ließ sich in seinen Schreibtischsessel fallen und wählte Kaulens Kurzwahl über den Telefoncomputer.

"Verdammt noch mal, Kaulen, was ist da schon wieder passiert? Das Jugendamt ist hinter ihnen her!"

"Wieso das?" Kaulens Stimme klang erschrocken. "Was wissen die?"

"Noch nichts, aber wenn nicht bald etwas passiert, vielleicht alles. Und dann können Sie ihren Job vergessen. Dann kann ich Sie nicht mehr decken."

"Wie kommen Sie denn darauf, dass es da Nachforschungen gibt?"

"So eine Frieda Kurz-Wittrig hat eine offizielle Anfrage an den Teufelberg gestellt. Wissen Sie, was das bedeutet?"

Kaulen wurde bleich. "Diese Giftspritze. Ich kann mich aber darum kümmern."

"Sie werden es müssen, mein Lieber." Lüders Stimme wurde plötzlich ganz süßlich. "Ich bin, ehrlich gesagt, etwas besorgt über den Stand der Dinge und habe beschlossen, einmal selbst vor dem Weihnachtsgeschäft nach dem Rechten zu sehen." Weihnachten war die Hochzeit der Trennungen und der damit verbundenen Verfahren, die professionellen Helfer scharrten schon ungeduldig in den Startlöchern zum großen Geld. Lüders Stimme wurde wieder scharf. “Am Mittwoch bin ich um fünfzehn Uhr bei ihnen. Ich will dann Fakten erfahren und keine billige Herumrederei.”

“Und die Jugendamts-Geschichte?”

“Ich werde dafür sorgen, dass nichts nach Mainz dringt. Das ist aber das letzte Mal. Das andere ist ihre Sache!” Lüder legte auf und wählte Teufelberg an.

“Haben Sie das Schreiben schon herausgegeben?”

“Nein, noch nicht, Herr Lüder. Aber gleich.” Teufelberg stotterte ein wenig vor Aufregung.

“Gut, schreiben Sie, dass nichts gegen Kaulen vorliegt und er als ein kompetenter Gutachter in Bönen bekannt ist. Kurz und bündig.” Lüder legte auf. Alles musste man allein machen. Zur Zerstreuung rief er seine Lieblingsseiten im Internet auf. Es waren auch Kaulens Lieblingsseiten. Passion zu Kindern verbindet halt.

Teufelberg rief Wozzek an und beschied ihm, ein Standard-Formschreiben nach Mainz zu faxen. Wozzek war froh, die Arbeit schnell vom Tisch zu haben und beobachtete fasziniert, wie das Papier in das Faxgerät eingezogen und dann wieder ausgespuckt wurde. Auch die Uhr sah schon etwa freundlicher aus. Es war halb drei, nur noch zwei Stunden bis zum Leben. Um sechszehndreißig fängt das Leben an, um sechzehndreißig bist du endlich dran ...

Als Frieda erwartungsvoll das Fax aus dem Gerät nahm und dabei vor lauter Aufregung ihre halbvolle Kaffeetasse über den Schreibtisch entleerte, schaute sie erbost. Das Aufwischen würde schon die Putzfrau besorgen und Kaffeeflecken hatten etliche Ordner ohnehin. Das war es nicht. Nein, dieses Fax war so nichts sagend, da musste etwas dahinter stecken. Aber wie darankommen? In ihre Überlegungen hinein schrillte das Telefon. Kaulen war dran.

“Hallo Frieda.” klang es zuckersüß über ISDN. “Das war heute Morgen wirklich unglücklich gelaufen. Ich denke, wir beiden haben einfach eine unterschiedliche Wahrnehmung. Lass uns doch einmal wie erwachsene Leute darüber sprechen.”

Frieda überlegte. Das war vielleicht eine gute Gelegenheit, es ihm zu zeigen.

“Nun gut, Helmut.” Kam es zuckersüß mit Nikotingeschmack zurück. “Wir gehen einmal zusammen spazieren.”

“Das ist schön, dass du so vernünftig bist. Wo sollen wir uns treffen?”

Frieda überlegte fieberhaft. Wo kannte sie sich gut aus, wo war sie im Vorteil? Die Kreuzbachklamm mit ihrem reichen Schatz an großgewachsenen, gut ausgebildeten Pilzen. Die Schlucht mit ihren schön hohen Brücken und den wackligen Brückengeländern. Wenn jemand aus der Frauengruppe mitmachte und ihm ganz zufällig auf der Brücke einen Schubs gab, konnte das Problem Kaulen ganz einfach aus der Welt geschafft werden. Notfalls machte sie es noch selbst. Gegen ihre Pfunde hatte dieser Gnom keine Chance.

“Wie wäre es mit dem Jagdhaus im Binger Wald? Kennst du das?” Eine fröhliche, unverfängliche Stimme.

“Nein, wie kommt man da hin?”

Frieda war zufrieden. Das sah gut aus. “Wenn du von Bingen nach Bingerbrück fährst, geht an einer unmöglichen Kreuzung eine Straße links hoch nach Weiler und Waldalgesheim. Dort ist es dann ausgeschildert zum Forsthaus Heiligkreuz.”

“Sagen wir Morgen um elf?”

“In Ordnung. Du darfst mich dann zum Essen einladen.”

Vorfreude auf beiden Seiten bestimmte den Rest des Tages im Kreisjugendamt Mainz-Bingen und der psychologischen Praxis Kaulen in Nackenheim.

Leider gab es bei der Telekom wieder eine Verzögerung bei der Telefontechnik. Aber Dienstag Mittag sei die Überwachungstechnik definitiv startbereit, beschied man dem ungeduldig fragenden Herbert Wülfing.

So verpasste die Kripo leider die elektronische Post zwischen einem Zeus in Bingen und einem hot.balls in Nackenheim am Montag kurz vor vier Uhr Nachmittags.

hot.balls an Lucille: Auftrag morgen 11 Uhr. Jagdhaus Binger Wald.

Lucille an hot.balls: Sehr früh und hell. Alternative? Jetzt Zeus.

Kaulen überlegte. Eine Verlegung des Termins in die Abendstunden wäre sicherer, würde aber Frieda misstrauisch machen. Frauen treffen sich nicht gern im Dunkeln. Nein, der Termin musste bleiben. Die Änderung der E-Mail Adresse in Zeus war eine Vorsichtsmaßnahme. Ob er auch mal schnell die Adresse ändern sollte? Wozu, es gibt genug Datenverkehr im Internet. Wer sollte da etwas herausfinden?

hot.balls an Zeus: Keine Alternative. Bild als JPEG-Format dabei. Treffen vor Wandertafel Binger Wald.

Zeus an hot.balls: OK. Geld heute 20 Uhr bekannte Stelle. 10.000.

Kaulen schluckte. Solche Summen würden auffallen. Aber Frau Radeberger von der Bank war diskret, da würde nichts in Nackenheim zirkulieren. Hatte er eine Alternative? Leider nicht! Immerhin war Frieda die letzte aus der Frauengruppe, mit der er etwas zu tun hatte. Vielleicht folgte ihr ja auch ein männlicher Nachfolger im Kreisjugendamt nach und nicht wieder so eine ideologieüberfrachtete Feministin. Das Alibi war kein Problem, sollte doch bereits um 10 Uhr eine Alleinerziehende mit ihren beiden Kindern zur Begutachtung eintreffen. Noch ein kleiner Nachschlag von Kopro-Litt. In dubio post mortem oder so. Dazu noch seine Sprechstundenhilfe, die er so beschäftigen würde, dass sie sich ganz sicher daran erinnerte, dass er da war. Das würde auch diesem schnüffelnden Wülfing von der Kripo genügen. Doch zunächst war es wichtig, dass er die notwendigen Summen heranschaffte. Die Banken waren nur noch eine Viertelstunde offen. Er musste allerdings einen Darlehensvertrag unterschreiben, bevor ihm Maria Radeberg das Geld aushändigte. Wo er schon einmal dabei war, hatte er gleich noch 5000 draufgepackt, da die Zinsen niedrig waren.

Derweil traf auch Frieda ihre Vorbereitungen, erntete allerdings bei einem Rundruf der Mitglieder der Frauen-Selbsterfahrungsgruppen leider nur Absagen. Niemand konnte oder wollte ihr bei der Aktion im Binger Wald helfen, obwohl die Kinder um diese Zeit in der Schule waren. Um fünf Uhr Nachmittags machte sie sich gezwungenermaßen selbst mit dem Polo auf den Weg zum Jagdhaus. In der beginnenden Dämmerung nahm sie ihren Fuchsschwanz mit in die Kreuzbachklamm. Es dunkelte bereits und es waren auch keine unliebsamen Beobachter da, als sie das Geländer an der vierten Klammbrücke ansägte. Die Sägespäne fielen in den Fallwinden am Abend von der Brücke lautlos herunter in die dunkle Tiefe. Lediglich als sie zurückging, kam gerade ein Radfahrer mit seinem Trekkingbike den Weg hoch, fuhr aber weiter. Auch sie machte sich schnell auf den Weg nach Hause und startete ihren Polo. Eine Pizza wäre das richtige Abendessen nach dem leckeren Schweinebauch. Der Radler hielt an und schaute ihr nach. Dann interessierte er sich intensiv für die Wandertafel Binger Wald. Kurz danach surrte ein Akkuschrauber und fräste insgesamt vier Löcher mit jeweils zehn Millimeter Durchmesser in das Schild. Danach schwang er sich wieder aufs Rad und kurvte schnell die Straße durch den Wald hinunter nach Bingen. Sein Vorderlicht brannte sehr hell, wohl auch, weil sein Rücklicht fehlte und der Dynamo nur noch eine Lichtquelle versorgen musste.

Der Radler fuhr in Bingerbrück runter zum Rhein und dann immer am Fluss entlang bis zur Hindenburgbrücke. Ein Wagen mit Mainzer Kennzeichen hatte inzwischen

ein Paket in die Fensteröffnung am Brückenkopf gelegt und war wieder verschwunden. Der Radler nahm das Paket, packte es auf seinen Gepäckträger. Auf dem Rückweg verschwand er lautlos in der Dunkelheit des Rheinuferpfades.

Kapitel 4

Am nächsten Morgen surrte um Viertel nach elf ein roter Polo die Strecke von Bingerbrück zum Jagdhaus hoch. Frieda war wie immer zu spät dran, aber schließlich wollte ja Kaulen was von ihr, der sollte ruhig warten. Sie kurvte auf den Platz, doch Kaulens Auto war nicht da, nur ein Trekkingrad ohne Rücklicht lehnte an der Wandertafel Binger Wald. Merkwürdig, sollte sich der Psychologe schon aus dem Staub gemacht haben? Die Gaststätte war noch geschlossen, zumal Dienstag Ruhetag war. Wo war Kaulen?

Ein Zettel klebte mit Tesafilm befestigt auf der Wandertafel. Vielleicht war Kaulen, statt zu warten, wieder weggefahren. Frieda trat näher, um den kleingedruckten computergeschriebenen Text zu lesen. Doch da stand nichts von Kaulen, sondern eine Einladung ins Kulturzentrum Bingen auf normalem Briefpapier. Aber das war ohnehin egal.

Etwas explodierte in ihrem Gehirn und sie fiel wie vom Schlag gefällt um. Ein Mann mit kurzen Haaren trat hinter der Wandertafel hervor und zog mit viel Mühe den schweren Körper hinter den Busch auf der anderen Wegseite. Dann packte er ein Paket auf den Gepäckträger, schwang sich auf das Rad und fuhr die zunächst flache und dann steil abschüssige Strecke nach Bingen. Er hielt auch nicht an dem Aussichtspunkt an, von dem man einen wunderschönen Blick vom weiten, dicht besiedelten Mainzer Becken bis zum engen, burgenbestückten Rheintal hat. Von hier ist auch die Naheaufstauung und Rheinverengung optimal zu sehen, die Ende des 19. Jahrhunderts den Wasserstand im Binger Loch entscheidend erhöhte, so dass Schiffe auch im Sommer weiter den Rhein herunter fahren konnten, ohne zu leichtern. Freilich führte das damals zu erbitterten Protesten auf der anderen Rheinseite, weil die Rüdesheimer Hochwasser befürchteten.

Gegen Mittag legte der Postbote einige Prospekte auf die Stufen vor der Eingangstür der Gaststätte, sah aber die Leiche nicht. Erst am späteren Nachmittag gegen drei Uhr kam ein behelmter Mountainbiker auf dem leicht abschüssigen Weg von Burg Rheinstein über das Schweizerhaus kurz vor dem Forsthaus Heiligkreuz ins Rutschen und schlitterte ins Gebüsch und damit in etwas Halbweiches. Als er sich aufrichtete und Kleidung und Haare unter sich bemerkte, erschrak er nicht unbeträchtlich. Er erkannte schnell, dass er auf einer Leiche lag, zog sich vorsichtig nach hinten zurück und alarmierte über sein Handy die Polizei.

Die traf schon fünf Minuten später mit Blaulicht auf dem Parkplatz ein. Vorsichtshalber hatte der Leiter der Binger Polizeiwache, Norbert Jouaux, gleich

Wülfing angerufen. Der verfuhr sich aber zunächst einmal im Straßengewirr unterhalb der Jugendherberge und kam erst mit Janas Pfadfinder-Kenntnissen ein paar Minuten später als geplant zum Forsthaus Heiligkreuz.

"Hallo Herbert, hallo Frau Haller." Jouaux begrüßte herzlich die beiden Kollegen, mit denen er bereits bei Freitagsmord zusammen gearbeitet hatte. "Dein Bingen scheint ein heißes Pflaster zu sein, mein lieber Norbert. Morde im Dreitagetakt. Wenn die Bahn hier genauso oft fährt, kommen die Leute nicht zum Schlafen."

Wülfing schüttelte die Pranke des geborenen Rheinhessen, der offensichtlich einen fruchtbaren Vorfahren aus Frankreich als Namensgeber hatte. Jouaux war ein durchaus häufiger Name in Bingen, Ingelheim und Gau-Algesheim. Und der phonetisch richtig "Schu-Oh" ausgesprochen, was Zugereiste nicht immer hinbekamen. Die französische Besatzung hatte zu einer Blutauffrischung geführt, das zeigte sich auch noch viele Jahre danach. "Wo liegt denn die Leiche?"

"Hier, hinter dem Busch." Jouaux bog einige Äste zur Seite und Wülfing stieß einen Pfiff aus. "Die Identifizierung kannst du dir sparen, Norbert. Das ist Frieda Kurz-Wittrig, oder vielmehr, das war sie. Gestern hat sie noch bei uns im Präsidium gesessen, heute ist sie tot."

"Wo ist sie umgebracht worden?" Jana äugte auf den Boden.

"Es gibt eine Schleifspur von der Wandertafel direkt hier ins Gebüsch." Berichtete Jouaux.

"Also spricht alles mal wieder für unseren Hightech Killer. Oder sieht jemand äußere Verletzungen am Opfer?" Jana sah sich die Wandertafel genauer an. "Vier frisch gebohrte Löcher, diesmal aber nicht im Joghurt, sondern zwischen Botmannsstein, Waldlehrpfad, Steckeschläfer-Klamm und Burg Rheinstein. Sonst alles wie am Freitag. Ob die Lokalisierung der Löcher etwas zu bedeuten hat?"

"Glaube ich nicht." Meinte Wülfing, ein passionierter Heimwerker mit einer echten Werkbank im Keller. "Die Löcher sind von der Rückseite gebohrt. Wenn die Anordnung der Löcher in Verbindung mit der Vorderseite stehen sollte, warum sollte er sich die Arbeit unnötig schwer machen?"

"Na ja, einfach einmal nachschauen kann man ja mal, Herbert. Aber die Anordnung der Löcher ist natürlich schon dem Plakatwand-Mord sehr ähnlich. Doch halt, was ist das?" Sie zeigte mit dem Finger auf ein Stückchen Klebfilm, an dem noch ein kleiner Papierfetzen hing.

Wülfing trat näher. “Gut beobachtet. Die Karte sieht nicht so aus, als ob sie normalerweise als Plakatwand missbraucht wird. Vielleicht hat der Mörder dort eine Nachricht hinterlassen. Darum soll sich unsere Spurensicherung kümmern. Vielleicht bekommen wir sogar einen Fingerabdruck! Und das da vorn dürfte wohl ihr Auto sein.” Er deutete auf den roten Polo, der auf dem Parkplatz stand. “Die Autoschlüssel dürften Sie bei der Dame dort finden, nehme ich an. Same procedure as last time.”

“Bleiben wir mal ernst. Denn hier handelt es sich um Mord, da gilt es auf jede Kleinigkeit zu achten. Beispielsweise ist hier noch etwas Lack am Rand der Tafel, darunter Radspuren. Ob der Täter hier das Rad abgestellt hat?” Jana wurde sich immer sicherer, dass es exakt derselbe war, der diese Kinderpsychologin am Freitag umgebracht hatte.

Inzwischen waren auch Dr. Zweipfennig und die Leute von der Spurensicherung eingetroffen.

“Na, bis auf Herrn Sander sind ja alle wieder friedlich vereint.” Zweipfennig strahlte die demonstrativ gute Laune von Leuten aus, die eine Kompensation zur ihrer Beschäftigung mit dem Tod brauchen. “Ihrer traurigen Miene nach zu schließen ist es wieder derselbe Täter wie am Freitag.”

“Sieht verdammt danach aus.” Wülfing räusperte sich. “Ich will nicht mit dem berühmten Besen-Fressen kommen, aber alles deutet darauf hin.”

Zweipfennig beugte sich über die Leiche und hielt ihren Arm hoch, drehte sie kurz zur Seite. “Der Tod trat wahrscheinlich vor etwa fünf Stunden ein. Jetzt ist es Nachmittags viertel vor vier, also etwa um elf Uhr am Vormittag dürfte sich das Verbrechen zugetragen haben. Plus minus eine halbe Stunde. Und noch etwas ist bemerkenswert. Wenn es sich um denselben Mörder handelt ...”

“ ... und davon ist auszugehen ...” ergänzte Wülfing,

“ ... dann gibt es möglicherweise eine Änderung in der Waffe.”

“Beschreiben Sie das bitte genauer, Dr. Zweipfennig.” Bat Jana.

“Aber gern, junge Dame.” Der im Obduktionsraum ergraute Mediziner verneigte sich leicht. “Zunächst einmal hat das Opfer beim ersten Mal, diese Richterin, noch ziemliche Todesqualen gehabt und wurde von hinten erschossen, oder sollten wir sagen erstrahlt?”

“Lassen wir es bei getötet.” Wülfing war ein praktisch denkender Mensch, nicht nur als Heimwerker.

“Das deutet darauf hin, dass die Strahlungsdosis nicht unbeträchtlich erhöht wurde.”

“Oder besser fokussiert wurde, wie Sanders Freund Friederich meinte.” erinnerte sich Jana, “Vielleicht wird ja auch durch die gebohrten Löcher die Strahlung wesentlich besser übertragen als durch eine noch so dünne Wand. Aber nein, das hatte Friederich ja ausgeschlossen.”

“Daneben gibt es noch einen weiteren Unterschied: Beim ersten Mord erfolgte der Tod von hinten, bei den folgenden Morden von vorn. Vielleicht ist da die Einstrahlung einfacher? Auch hier ist es so gewesen.” Zweipfennig strich die langen Haare aus dem Gesicht der Toten. “Hier im Stirnbereich ist die Schminke verkrustet. Die Dame hatte wohl die berühmte Spachtel beim Einsatz der Gesichtscreme benutzt. Tja, ab einem gewissen Alter sind Falten unausweichlich.”

“Sie brauchen mich nicht anzugrinsen, Zweipfennig.” Maulte Wülfing. “Ich stehe zu meinen Runen, die machen mich für Frauen nur noch interessanter.”

“Aber klar doch, Herbert.” Jana lächelte gönnerhaft. “Da fällt mir ein: Ronni hat schon einige Wanderungen mit diversen Single-Gruppen hier gemacht und kennt den Binger Wald wie seine Westentasche. Vielleicht hat er Zeit, kurz zu kommen?”

“Na, wenn es denn der Wahrheitsfindung dient.” Wülfing grinst und denkt zurück an seine Achtundsechziger Zeiten. Jana vermisste wieder ihren Ronni. Muss Liebe schön sein! “Na, dann mach mal. Hier ist mein Handy.”

*

Nanu, eine mir unbekannte Handy-Nummer auf dem Display? “Einen wunderschönen Nachmittag, hier Sander.”

“Hallo Ronni, hast du Zeit, zum Jagdhaus im Binger Wald zu kommen?” Warum ruft Jana während der Arbeit an?

“Was ist passiert?”

“Frieda Kurz-Wittrig ist tot. Ermordet worden wie die anderen zwei. Kommst du?”

“Sofort. In fünfzehn Minuten bin ich da.”

Ohne Umwege fahre ich den kurzen Weg zum Jagdhaus; der Förster würde die Dringlichkeit meiner Mission sicher verstehen. Reporter nimmt Mörderfährte auf. Bahn frei, jetzt komme ich!

Ich unterbiete meinen Waldrekord um zwei Minuten und Punkt sechzehn Uhr fünfzehn rollt der Omega auf dem Parkplatz vor dem Jagdhaus aus. Die meisten Beamten kennen mich schon, die anderen schließen sich der Mehrheit an und fragen mich nicht, wer ich bin. Praktizierte Verantwortungs-Diffusion würde Jana in ihrem Fachchinesisch sagen. Erwartungsvolle Blicke, als ich schnurstracks auf die Gruppe um Wülfing zusteuere.

"Hallo Herr Sander." begrüßt mich Wülfing. "Jana hat gemeint, dass ihre Ortskenntnisse uns von Vorteil sein könnten."

Der aufmunternde Blick aus Janas Bernstein-Augen lohnt schon mein Kommen.

"Nun, ich habe schon so einige Wandergruppen hier durchs Gebüsch geführt und kenne daher so ziemlich alle Ameisenhaufen in der Gegend. Am letzten Sonntag haben aber Maria und Christian die Leithammel gegeben." Grinse ich.

Wülfing quittiert die Anspielung etwas irritiert. "So, so. Wo, denken Sie denn, konnte der Täter herkommen und hinfahren? So, dass er möglichst nicht gesehen wird."

"Hier am Jagdhaus laufen einige Wege zusammen, ich zeige es Ihnen einmal auf der Karte." Die Löcher irritieren mich. Ich bilde mir ein, jeden Moment könnte ein tödlicher Strahl hervorschießen, doch ich reiße mich zusammen. "Der Platz ist für eine Flucht ideal, egal ob mit dem Auto, zu Fuß oder mit dem Rad. Stets gibt es Fluchtmöglichkeiten in mehrere Richtungen. So geht der Rheinhöhenweg nach Norden parallel zum Rhein weiter, dann über das Schweizerhaus und die Burg Rheinstein. Kurz vor dem Schweizerhaus kann man zum Rhein hin abbiegen. Mit einem guten Fully durchaus möglich, aber mit einem Trekkingrad wäre ich da nicht so sicher."

"Fully?"

"Full Suspension Bike, vollgefedertes Rad. Kleiner Rahmen, keine Querstange. Gut fürs Gelände und die Wirbelsäule, aber schlecht fürs Portmonee."

"So genau wollte ich es eigentlich gar nicht wissen. Wenn es keine Querstange gibt, dann war es wohl ein Herren-Trecking-Bike. Ich habe die Höhe des Lacks an der Karte gemessen. Das sind etwa 60 cm ab Erdboden. Ein paar dunkle Lacksplitter, die gehen ins Labor. Sie fielen sofort ab, als ich darüber strich und können deshalb nicht sehr lange hier hängen. Der nächste Regen würde sie wegspülen."

"Das ist richtig. 60 cm Rahmenhöhe sind selbst für ein Trekkingrad ein stolzes Maß, Fullys und Mountainbikes haben wesentlich kleinere Rahmen. Damit fallen auch die Wege über das Bellekreuz nach Süden und ganz besonders durch die Kreuzbachklamm nach unten weg. Was bleibt," Ich zeige es auf der Karte, "sind die asphaltierten Wege raus zum Bodmannstein und von da weiter nach Waldalgesheim oder aber - und das ist die wahrscheinlichste Variante - den direkten, asphaltierten Weg hinunter nach Bingerbrück. Da ist man mit qualmenden Bremsen in weniger als fünf Minuten mitten in der Stadt. Den Berg hinauf geht es im kleinen Gang in vielleicht zwanzig Minuten mit Pausen."

"Das alles spricht wieder dafür, dass unser Mörder in Bingen wohnt, denn je länger er fährt, umso größer ist die Wahrscheinlichkeit, dass er auffällt. Aber," Wülfing macht eine seiner bedeutungsvollen Kunstpausen, "nehmen wir an, dass der Lack an der Wanderkarte von einem anderen Rad ist und er doch ein Fully hat, welchen Weg würde er dann nehmen, um möglichst schnell und ungesehen von hier wegzukommen?"

"Wenn er mutig ist, direkt die Kreuzbachklamm hinunter. Das erfordert ein gutes Rad und einen guten Fahrer, dafür bleibt er bis zur B9 werktags praktisch ungesehen. Sogar die Straße und die Bahn kann er unterqueren, ohne gesehen zu werden und sich bis zu Dunkelheit dort verstecken. Da gibt es alte, verfallene Bahnanlagen, Stellhäuschen und auch ein großer Reparaturschuppen für Güterwagen. Alles sonst nur von Schrebergärtnern genutzt, vor allem ehemaligen oder aktuellen Bahnangestellten. Wenn es dunkel wird, treffen sich hier die Berber."

"Zeigen Sie mir doch einmal die Strecke, Herr Sander." Er wendet sich an seine Kollegen von der Spurensicherung. "Wir gehen einmal diesen Weg hinunter. Wenn Sie fertig sind, transportieren Sie ruhig schon die Leiche ab. Und nehmen Sie das Auto mit. Die Schlüssel sind wie gehabt in der Handtasche. Wann bekomme ich das Obduktionsergebnis, Zweipfennig?"

"Morgen Vormittag, Wülfing." Zweipfennig war nicht unbedingt begeistert davon, vor anderen Leuten so abgefertigt zu werden.

"Gehen Sie vor, Herr Sander." Wülfing gibt die Führung nicht ab.

"Einen Moment. Wollen Sie nachher den Weg wieder hinauflaufen? Oder könnte jemand unsere Autos nach unten fahren?" Bei seiner Figur stelle ich mir den Aufstieg doch recht schweißtreibend vor.

“Sie haben Recht.” Wülfing ruft zwei Leute von der Spurensicherung, denen ich kurz erkläre, wo Sie die Fahrzeuge am unteren Ausgang der Kreuzbachklamm parken sollen.

“Da fällt mir ein: Ist der rote Polo da vorn das Auto der Frieda Kurz-Wittrig?” Mit dieser Frage verblüffe ich Wülfing, steht doch längst der ganze Parkplatz vor dem Forsthaus Heiligkreuz mit Vehikeln unterschiedlicher Provenienz voll.

“Woher wissen Sie das?”

“Nun, es war nur so eine Ahnung, der Olaf hatte sich das Kennzeichen gemerkt. MZ-ED 666. Sie kennen doch den Olaf von der Wanderung?”

“Jetzt wird mir einiges klar, mein lieber Herr Sander.” Wülfing schmunzelt. “Und was weiß der Olaf sonst noch davon?”

“Nun, da sollten wir ihn einmal selbst fragen. Mir hat er nur einige, sagen wir mal, oberflächliche Dinge erzählt. Doch wir sollten starten, bevor es zu dunkel wird. Etwas Licht und Trittsicherheit kann bei dem abschüssigen und rutschigen Weg den Kreuzbach hinunter nicht schaden.”

Endlich gehen wir los. Zunächst nebeneinander auf der asphaltierten Straße, dann über die Wiese in die Schlucht hinein. Ich mache den Anführer, dann Jana. Wülfing macht den Abschluss. Inzwischen ist es halb fünf, die Sonne steht schon tief und der Hangschatten füllt bereits die ganze Schlucht aus. Nur wenige Vögel begleiten mit ihren Rufen unseren direkten Weg nach unten. Der Weg wechselt über insgesamt vier Holzbrücken mehrmals die Hangseite, an einer Stelle ist sogar eine Hangbrücke an den Felsen gehauen. Mehrere Felsbrocken sind schon in die Klamm gestürzt; der Weg ist derzeit auch mit einem Fully kaum zu befahren. Schweigend wandern wir über die erste Brücke, als sich Wülfing niederbeugt.

“Was ist das?” mit seinen Fingern streicht er über Sägemehl, das auf einer Bohle der Brücke liegt. “Hier war wohl der Waldspecht zugange.” Bereits ein vorsichtiges Drücken am Brückengeländer biegt dieses stark nach außen. “Aha, das würde nicht gut enden. Bis unten sind es sicher zehn Meter. Und da warten spitze Felsbrocken. Wir müssen dem Förster sagen, dass er das absperrt und repariert. Fürs Erste muss mein Band reichen.” Er zieht ein Absperrband aus Plastik aus der Jackentasche und sichert das angesägte Geländer. “Sehen wir einmal weiter.”

Doch auf den nächsten Brücken ist alles in Ordnung, so dass wir eine halbe Stunde später am unteren Ausgang der Klamm stehen.

“Links geht es zum Schweizerhaus, rechts zum Rheinstollen. Und geradeaus ist direkt die B9.” Erläutere ich Wülfing und gehe schon einmal in den Stolleneingang. Hier hatten doch die Kinder einen Mann gesehen, erinnere ich mich. Vielleicht “unser” Mann? Im Stolleneingang ist jedoch nicht viel zu sehen. Wülfings Taschenlampe reicht nicht, um den Eingang komplett zu beleuchten. Der nebenliegende Raum ist voll mit Gerümpel und Sperrmüll. Nein, das ist zu ungemütlich, um darin zu leben. Aus dem Bergwerk kommt ein richtiger Bach glasklares Wasser, das in dem Tunnel unter der Straße gen Rhein fließt. Wir folgen dem Tunnel bis zur anderen Straßenseite, doch dann wird das Wasser zu tief.

“Hier hat der Hausbesitzer den Bach etwas aufgestaut.” Erläutere ich Wülfing, während sich Jana von hinten an mich lehnt. “Sonst könnte man hier trockenen Fußes weiter und mit dem nächsten Tunnel auch unter der Bahn durch. Ohne gesehen zu werden. Ich zeige es Ihnen gern.”

“Tun Sie das.” Wir klettern wieder aus dem Stolleneingang zurück auf die Straße, wo die zwei Leute von der Spurensicherung mit unseren Autos auf uns warten, uns die Schlüssel geben und dann mit dem Dienstwagen Richtung Bingen verschwinden. Wir überqueren die Straße, dann die Bahn und ich führe Wülfing und Jana schließlich in den Tunnel unter der Bahn hindurch.

Wülfing ist beeindruckt. “Ein perfekter Fluchtweg, das muss man ihnen lassen.”

“Und es geht noch weiter. Wenn Sie wollen, zeige ich ihnen noch einige leer stehende Stellhäuschen und den besagten großen Waggon-Reparaturschuppen mit den zugehörigen Nebengebäuden. Dazu noch eine Unterführung direkt in den Bahnhof hinein.”

“Das wird ja immer interessanter, Herr Sander.”

Nachdem ich ihm auch noch diese Verstecke gezeigt habe, grübelt Wülfing lange. “Da können wir natürlich lange suchen, hier finden wir nichts. Und Nachts ist alles menschenleer bis auf die Berber, die im Schuppen neben den Schrebergärten ihre Feste feiern, wie man sieht.”

Schweigend gehen wir zurück zu unseren Autos. Hier nachts einen Mörder zu finden, gleicht der Suche nach der Stecknadel im Heuhaufen.

“Eine Frage habe ich noch, Herr Sander.” Wülfing schließt seine Autotür auf und schaut mich über die Schulter an. “Könnte es sein, dass der Täter nach der Abfahrt über die Straße ungesehen hierher ausweichen kann?”

“Ganz ungesehen wohl nicht, aber durch die Stadt muss er dann nicht. Oder aber er hat sein Rad geschoben. Dann kann er sogar mit einem Trekkingrad durch die Kreuzbachklamm absteigen.”

“Ich fürchte, das Rätsel werden wir heute nicht mehr lösen.” Wülfing schwingt sich hinter sein Lenkrad. “Jana, willst du mit Herrn Sander fahren? Es ist Feierabend, bis wir in Mainz sind. Es ist schon sieben, zu sehen ist ohnehin nichts mehr.”

Jana schaut mich mit großen Augen an und natürlich nicke ich.

“Na dann viel Spaß, Ihr zwei.” Wülfing passt eine Lücke im Verkehr ab und fädelt sich auf die B9 ein. Auch Jana und ich beschleunigen unser Auto und bummeln über Gaulsheim nach Hause zu mir. Als wir zu Hause sind, ist es schon halb acht. Eier mit Speck stillen unseren Bärenhunger, ein Dornfelder aus Rheinhessen lockert die Sinne. Wir quatschen noch lange über Gott und die Welt, bevor wir unter der Bettdecke verschwinden.

Heute kuscheln wir nur miteinander, Jana ist noch satt von unserer letzten Nacht. Ich denke noch lange daran, wie oft ich schon Wanderungen durch den Binger Wald geführt habe und wie gern ich meine Kinder dazu mitgenommen hätte. So ist es bei wenigen Ausnahmen geblieben.

“Woran denkst Du?”

“Wie einfach es in unserer hochtechnisierten Zeit ist, jemand zu ermorden, ohne Spuren zu hinterlassen. Es kann jeden treffen, eine Sicherheit gibt es nicht.”

“Alles zu überwachen, das geht auch nicht, Ronni. Ich würde mich nie überwachen lassen, ich fühlte mich eingesperrt. 1984 kann ich uns allen nicht wünschen, auch wenn wir das Jahr kalendarisch schon lange hinter uns gelassen haben.”

“In Orwell´s Geschichte vom absoluten Staat werden auch die Kinder versklavt, das zumindest haben wir in unserem Rechtsstaat schon weitgehend erreicht. Wir sind zwar Mitglied der UN und der EG, aber die Menschen- und Kinderrechts-Konventionen dieser Organisationen haben wir nicht vollständig anerkannt. Es gibt eine Vorbehaltserklärung bezüglich des deutschen Familienrechtes.”

“Das kann nicht wahr sein, Ronni.”

“Ist es leider doch. Diese unsere Bundesrepublik spielt sich als moralischer Richter über andere Staaten auf und achtet selbst elementarste Menschenrechte im eigenen Land nicht. Jedes Kind hat das Recht auf freien Zugang zu seinen Eltern. Lese diesen Passus aus der UNO Kinderrechtserklärung mal einem deutschen

Familienrichter vor. In vielen Fällen wirst du schallendes Gelächter ernten und ein Urteil, mit dem dein Kind und du gleichermaßen abgestraft werden."

"So wie bei Kopro-Litt, oder?"

"So wie bei dieser. Mit der war während und nach der Verhandlung nicht zu reden. Nach dem "Einigen Sie sich mit ihrer Frau, sonst lege ich etwas fest und dabei kommen Sie schlechter weg." wurde sie zwar vorsichtiger. Und hat gar nichts mehr während der Verhandlung gesagt. Sondern aus sicherer Entfernung einige Wochen später ihr einsames Urteil verkündet. Die Kinder bleiben bei der Mutter - im Sinne der Kontinuität. Vier Wochen nach der Mitnahme der Kinder bei der Mutter sind mehr wert als sechs Jahre im Elternhaus. Im Namen des Volkes. Der blanke Zynismus. Übrigens eine hübsche Wortschöpfung, die Mitnahme. Bei einem Vater würde es wahrscheinlich Entführung heißen.

"War da nichts wegen Parteilichkeit zu machen?"

"Wir hätten es versuchen sollen. Meine erste Anwältin hat das aber nicht auf die Reihe bekommen und setzte auf die sanfte Tour. Worauf die Richterin sich wahrscheinlich in ihrem Kämmerlein totlachte."

"Und was die Kinder gesagt haben?"

"Das war so peinlich für diese Juristin, dass sie die Äußerungen einfach nicht ins Protokoll genommen hat. Wie soll sie begründen, dass sie beide Kinder gegen deren erklärten Willen zur Mutter gibt?"

"Weshalb hat sie dann überhaupt die Kinder gefragt?"

"Das wird auf ewig ihr Geheimnis sein. Allein die fehlende Protokollierung sagt wohl genug."

"Muss sie denn protokollieren?"

"Muss sie schon, aber was passiert, wenn sie es nicht macht? Nichts, einfach nichts. Die Juristen decken sich oft gegenseitig. Der bekannte Effekt, dass eine Krähe der anderen kein Auge aushackt. Das Jugendamt, das Gericht und die Psychologen kommen dann auch noch dazu."

"Ja, in der Frauengruppe liefen in diesem Falle die Fäden zusammen, mit denen die Macht über die Kinder ausgeübt wurde."

"Immerhin ist diese Möglichkeit zerschlagen worden. Von wem? Kaulen ist ein ganz heißer Kandidat auf drei Morde, aber bisher hat er zwei sichere Alibis. Und morgen wird das wahrscheinlich auch nicht anders sein, wenn wir ihn fragen, wo er heute um elf war. Und der Mörder kommt, tötet und verschwindet. Bekommt also offensichtlich die Informationen von anderer Seite, höchstwahrscheinlich von Kaulen, der sich mit den Damen jeweils verabredet."

"Frechheit siegt nicht immer, Ronni." Tröstet mich Jana.

"Wer weiß, wozu es gut ist, pflegte mein Lehrer in der Schule immer zu sagen. Vielleicht kommen ja neue, kompetentere und vor allem ehrlichere Leute an die Positionen dieser drei."

"Das entbindet uns aber nicht von der Verpflichtung, den Täter zu erwischen. Dann können wir wahrscheinlich auch diesem Psychologen das Handwerk legen."

"Wenn das nicht motiviert. Da fällt mir ein: Olaf wird seine Nachforschungen jetzt ja wohl einstellen können."

"Wovon sprichst Du?"

"Der war doch wegen der Stinkmorcheln hinter ihr her. Sie wird ihr Geheimnis wohl mit ins Grab genommen haben."

"Genug davon, Ronni. Komm, lass uns träumen." Wir kuscheln uns zusammen, strecken und rollen uns unter der Decke herum, bis wir die richtige Stellung gefunden haben, in der wir ganz eng zusammen sind und es trotzdem bequem ist. Warum ist jede Nacht anders? Die Erlebnisse des Tages bewegen uns auch im Schlaf noch weiter.

In der Nacht wache ich noch mehrfach auf. Die Kinder gehen mir nicht aus dem Kopf. Wie werden sie den neuerlichen Umzug der Mutter verkraften, ihre ständigen Drohungen, den Kontakt zu mir weiter einzuschränken? Die Sterne funkeln ihr beruhigendes Licht zum Fenster herein. Eine kalte, sternenklare Nacht, in den nächsten Tagen sollen Sternschnuppen zu sehen sein. Staubkörner im Universum, genau wie wir. Warum machen wir uns das Leben selbst so schwer? Warum dieser bedingungslose Gebrauch der eigenen Kinder als Waffe in einem von Ideologinnen losgetretenen Geschlechterkampf? Gut, dass Jana mir ihre Wärme gibt.

Am nächsten Morgen weckt sie mich. "Ronni, es ist schon nach acht. Wie lange willst du noch schlafen?"

Ich strecke mich und drehe mich von ihr weg. Sofort umklammert sie mich von hinten. Ihre warme Brust ist wunderbar auf meinem Rücken zu spüren. Spielerisch kreist sie mit den Fingerspitzen über meine Brust, dann den Bauch, dann einen Abstecher über die Beine, um dann wieder hinaufzurutschen und ...

“Ich hab´ ihn! Sag nicht, dass du keine Lust hast!”

Wie kann man schöner geweckt werden? Die Morgensonne strahlt hinein, die feinen Haare ihrer Haut schimmern golden im Gegenlicht, als sie sich auf mich setzt. Ich stoße durch die Wolken in die aufgehende Sonne. Unter mir tauchen kleine Landschaftsfetzen durch die Löcher in der Wolkendecke auf, huschen vorbei. Im Süden schüttet unser Zentralgestirn seine Strahlen heiß auf die Haut, die Konturen verschwimmen in der gleißenden Helligkeit. Noch immer sind wir am Steigen, die Wolken rücken immer weiter nach unten. Turbulenzen. Sie wirft sich hin und her, ich stoße hart dagegen. Ganz plötzlich, wie sie gekommen sind, verschwinden sie wieder. Ohne Decke ist meine Haut etwas abgekühlt und es tut gut, wie ihr glühender Körper sich auf mich legt. Ich ziehe die Decke über sie. Wir verharren einige Minuten und schöpfen Kraft für den Tag.

“Ronni, same procedure as last time?”

“Sure, my dear. Welcome in Heartbreak Hotel.”

Schnell dusche ich mich und flitze frische Brötchen holen, während sie die Kaffeemaschine anwirft. Danach verschwindet auch sie in den Dampfwolken der Dusche. Als ich mit Croissants und Mehrkornbrötchen bepackt wiederkomme, ist der Tisch bereits gedeckt. Wir genießen das gemeinsame Frühstück und besprechen den Tagesablauf.

“Heute habe ich volles Programm, Ronni. Erst Uni und dann Spätschicht. Da werden wir uns wohl nicht sehen.”

“Wo ein Wille ist, ist auch ein Busch. Warten wir mal ab. Immerhin ist für heute einiges geplant, vielleicht kannst du mich brauchen.”

“Ausschließen kann ich es nicht, aber zunächst einmal hoffe ich, dass endlich die Telefonüberwachung von Kaulen in Gang kommt. Oh, verdammt, das darf ich gar nicht sagen.”

“Kein Problem. Ich habe auch schon Überwachungstexte fürs BKA Korrektur gelesen. Ich bin verschwiegen wie ein Grab.” Ich senke meine Stimme auf Gruft-Niveau und sie lacht.

“Doch jetzt sollten wir langsam unseren verträumten Morgen in den emsigen Tagesablauf überführen.” Mit dem Geräusch eines startenden Flugzeuges breite ich meine Arme aus, kurve durch die Küche und räume dabei den Tisch ab. Während sich Jana im Bad stylt, füttere ich den Geschirrspüler mit dem Frühstücksgeschirr. Dann turnen wir frohen Mutes hinaus zur Autogarage. Nachdem ich Sie an der Uni abgesetzt habe, fahre ich zum SWR.

Kultur im Foyer ist eine beliebte Veranstaltungsreihe des öffentlich-rechtlichen Senders. Musik, Kabarett, Literatur und Kunst haben hier eine anregende Heimat gefunden. Offene Räume, offene Köpfe, offene Gespräche. Die Auswahl ist den einzelnen Ressorts zugeordnet, wobei bekannte und auch weniger bekannte Künstler und Autoren eine Chance bekommen.

Nach der letzten überlaufenen Promiveranstaltung werden nun Karten ausgegeben, wenn ein bekannter Name kommt. Ein bisschen Kommensfreiheit weniger, aber dafür bleibt man nicht ungewollt draußen vor der Drehtür. Bei den weniger bekannten Künstlern kommt man weiterhin ohne Karte rein. Was bestens zu meinem Faible für Neulinge und Newcomer passt.

Um elf fahre ich dann wieder zur Uni, um mir einen gemütlichen Kaffee in der etwas ungemütlichen Cafeteria in der Mensa der Mainzer Uni zu gönnen. Vielleicht taucht ja auch Jana zwischen zwei Vorlesungen auf einen braunen Aromaschluck hier auf. Ich habe es mir gerade gemütlich gemacht und schmökere in psychotherapeutischen Kurzgeschichten, als das Handy klingelt.

"Hallo Herr Sander, hier ist Wülfing. Ich habe Ihre Nummer von Jana. Wo sind Sie jetzt?"

"Auf der Uni. Na, wie kann ich Ihnen helfen?"

"Wenn Sie Jana vor mir sehen, möchte sie direkt bei mir anrufen. Wie kann ich Ihren Freund Friederich erreichen?"

"Ich will sowieso zu ihm. Können wir Sie von dort anrufen?"

"Klar, ich habe einige technische Fragen."

Aus der gemütliche Vormittag. Das Leben ist hart, aber ungerecht. Seufzend mache ich mich auf den Weg ins Zentrum Datenverarbeitung, ZDV. Computer- und Seelenspezialist sollte auf dem Türschild zu seinem Büro stehen. Entsprechend umlagert ist er auch jetzt, doch ich drängele mich durch.

"Hereinspaziert, hereinspaziert. Komm nur herein, Ronni. Womit kann ich dir helfen?"

"Wir brauchen ein paar wichtige Informationen rund ums Internet. Das muss aber unter vier Augen und sechs Ohren laufen."

"So, so. Wer ist wir?"

"Sage ich dir gleich, es ist wirklich wichtig und dringend."

“Na gut, dann gehen wir am besten nebenan ins Kämmerchen, das hat auch einen Telefonanschluss.” Friederich wühlt sich durch die Wartenden. “In zehn Minuten geht es weiter, OK?”

Nebenan liegen Chips liegen auf dem Tisch und die zwei Stühle sind zwar nicht neu, aber durchaus bequem.

“Willkommen im Konferenzraum! Worum geht es nun?”

“Hauptkommissar Wülfling möchte schnell mit dir sprechen.” Ich schiebe ihm einen Zettel mit seiner Telefonnummer rüber

“OK, dann rufen wir ihn an.”

Wülfing ist sofort am Apparat, er hat ja bereits auf unseren Anruf gewartet.

“Herr Neugebauer, schön dass Sie uns helfen wollen.”

“Immer zu Diensten.” Friederich grinst.

“Nun, wir überwachen einen ISDN-Anschluss in Nackenheim. Der Kunde führt allerdings nicht nur Telefongespräche, sondern nutzt auch E-Mail und Internet-Zugang. Unsere Leute kommen nicht weiter. Es müsste doch möglich sein, diese elektronische Post zu lesen. Unsere Leute können nur Absender und Empfänger lesen, aber das ist es wohl schon, sagen sie. Kann das sein?”

“Es kommt darauf an, welche Hard- und Software sie oder die Telekom in diesem Fall einsetzen. Prinzipiell ist es möglich, kann aber sehr schwierig sein.” Er wiegt bedenklich seinen Kopf.

“Konkret: Wie aufwendig ist es, eine Mail zu lesen. Ich hörte, es gibt so Programme, mit denen irgendwelche Hacker im Internet Kreditkartennummern ausspähen.”

“Sie meinen Sniffer, so heißen diese Programme. Theoretisch ja, aber trivial ist das nicht. Man muss zunächst einmal überhaupt die Nachricht abfangen. Verpasst man diese Millisekunde, ist sie weg, beim Empfänger. Pech gehabt. Hat man diese Nachricht, muss man sie erst einmal zusammensetzen. Die wird nämlich in unterschiedlichen Protokollen gesandt, beispielsweise nutzt die Telekom das PPP. Und dann muss man sie auch noch lesen. Auch nicht trivial.”

“Alles, ohne dass diese Nachricht verschlüsselt ist?”

“Tja, auch das kam vor kurzem im Fernsehen. Sie meinen wahrscheinlich PGP, pretty good privacy. Wenn dieses kostenlos im Internet erhältliche Programm genutzt wird, dann Gute Nacht. Dann ist für unsereins in jedem Fall Ende. Etwas anderes ist das bei den Geheimdiensten. Die haben die Leute und das Equipment, mit denen sie sogar PGP-Codes knacken können, allerdings mit gigantischem Aufwand an Rechenleistung und Zeit. Wir und die Telekom haben einfach nicht die Mittel und Kenntnisse dazu. Leider."

"Ob die uns helfen?" Wülfing lässt nicht locker.

"Ich kann nicht für James Bond sprechen," betont Friederich, "ob die so kooperationsbereit sind, müssten Sie schon selbst herausfinden."

"Danke, Herr Neugebauer." Wülfing wird jetzt ziemlich zornig in Pullach anrufen, denke ich mir. Und dort abblitzen. Auch leider.

"Friederich, ich habe Hunger. Sollen wir mal zusammen in die Mensa?"

"OK. Ich schließe noch gerade die Bude zu."

Es gibt Fischfilet a la Bordelaise mit Kartoffeln, grünem Salat und Obstsalat. Jana ist nicht zu sehen und so setzen wir uns an einen halbwegs freien Tisch.

"Der Wülfing scheint ja ziemlich sauer zu sein." Friederich wischt mit der linken Hand die massenhaft auf dem Tisch herumliegenden Einladungen zur Seite.

"Ja, der kommt nicht recht voran. Jetzt sind es schon drei Morde und er hat einen Verdächtigen, aber der hat immer ein Alibi. Der wird wahrscheinlich den Mörder beauftragen, wie es aussieht, übers Internet. Und wir stehen da, sehen, wie er´s macht und können nichts tun."

"Ein Mistgefühl." Bestätigt Friederich. "Wozu diese ganze Kriminalität - seid lieber nett zueinander. Zerstörung bringt keinen Fortschritt. Die Natur erinnert nur Erfolge."

"Recht hast Du. Ob es unnormale Menschen unbedingt geben muss? Wahrscheinlich erzählen uns die Psychologen, wie wichtig und toll diese für eine Gesellschaft sind. Ob wir es glauben oder nicht: Es gibt sie und wir müssen mit ihnen leben."

"Oder sterben." Eine Hand streicht über meine Schulter und ich schaue verwundert hoch.

"Hallo Jana!" Friederich schaut interessiert zu, also stelle ich sie einfach vor.

"Friederich, das ist Jana. Jana, das ist Friederich." Beide grinsen ob der förmlichen Vorstellung.

"Wülfing will dich schnellstmöglich sprechen."

“Der alte Brummbär kann bis nach dem Essen warten.” Entscheidet Jana und gräbt mit Messer und Gabel entschlossen in den Salatberg hinein, den sie am Buffet aufgehäuft hat. Friedrich eilt schon bald wieder zu seinen heiß geliebten Usern und auch Jana hat ihr Grünzeug schnell vertilgt. Ich leihe ihr mein Handy und sie ruft Wülfing an.

“Ja, Herbert. Ich frage mal.”

“Magst du heute Nachmittag mit mir überwachen? Zu den üblichen Bedingungen natürlich.”

“Kein Geld, aber dafür erste Infos? Na klar.”

“Geht klar, Herbert.” Sie drückt auf die rote Taste und gibt mir das Handy.

“Wir sollen Kaulen überwachen. Da gab es gerade einen Anruf von einem Geschäftspartner, der heute um fünfzehn Uhr dort eintrifft.”

Ich schaue auf die Uhr. “Noch eine Stunde. Wir sollten uns auf den Weg machen.”

Auf dem Parkstreifen neben dem Amtsgericht Nackenheim parke ich mein Auto. Durch die Hanglage haben wir freie Sicht auf den Praxiseingang. Praxis kommt von praktisch, oder? Als zehn Minuten nach drei immer noch niemand eintrifft, werde ich schon unruhig, doch Jana deutet nach vorn: “Da kommt einer!”

Ein dunkelbrauner Audi A8 kurvt langsam auf den Parkplatz vor der Praxis. Mit einem satten “Plopp” fällt die Fahrertür zu und der Fahrer richtet sich auf.

“Den kenne ich, Jana. Das ist der Lüder!” flüstere ich unwillkürlich, obwohl er uns mit Sicherheit nicht hören kann.

“Dieser Mensch aus Norddeutschland, der mit den vielen Praktikantinnen?”

“Genau.” Inzwischen ist der dicke, alte Mann hinter der Haustür verschwunden.

“Den habe ich mir ganz anders vorgestellt.”

“Ob du bei dem auch mitmachen würdest?”

“Auch wenn es dir weh tut, Ronni: Jeder ist käuflich. Als Frau ist es schwer, ein Bein in irgendeinem Beruf auf die Erde zu bekommen. Da muss frau jede Chance wahr nehmen. Ich würde es natürlich gut machen.”

“Aber wenn es ihm nicht gefällt: Meinst du, die Abweichlerin bekommt noch einmal ein Gutachten?”

“Wohl kaum.” Jana hat einen grundlegenden Mechanismus der Scheidungsindustrie verstanden. “Vordringlich ist allerdings die Frage, was er dann hier bei Kaulen macht.”

“Eine Raumüberwachung haben wir nicht?” Ich würde zu gern wissen, was die beiden Mauschler da von sich geben.

“Nein, das ging der Richterin doch zu weit.”

“Na prima. Wir bekommen also E-Mails, die wir nur sehr rudimentär lesen können. Wir wissen nicht, was die da drin beschnacken. Und Telefonüberwachung ist nutzlos, wenn die direkt miteinander reden.”

“Du hast Recht, Ronni. Dumm gelaufen. Wir sollten uns dranhängen, um zu sehen, was die machen.”

“Vom Kurschatten zum Kriposchatten.” Ich muss über meine Rolle grinsen. Was lohnt eigentlich die ganze Zeit? Die Nähe zu Jana. Diese ruft gerade Wülfing an und der gibt sein Einverständnis zur Observation. Zunächst einmal rührt sich nichts in und um die Praxis. Dennoch liegt greifbar etwas in der Luft, die Spannung ist fast körperlich zu spüren.

*

Als Lüder klingelte, zuckte Kaulen zusammen. Da sich um drei nichts rührte, hatte er zunächst gehofft, der Dicke würde nicht kommen. Aber das tiefe Brummen des Achtzylinders zehn Minuten später machte ihm die Unausweichlichkeit der Situation klar. Doch als Lüder in der Tür stand, schien plötzlich alles anders.

“Hallo Helmut. Schön, dich zu sehen.” Mit der grinsenden Freundlichkeit eines Haifischs schüttelte der Bönener Kaulen die Hand. Dem fiel ein Stein vom Herzen, sein Mentor schien mit seiner Arbeit nun doch zufrieden zu sein.

“Hallo und herzlich willkommen.” Sollte er Lüder duzen oder siezen? “Setzen wir uns doch.”

“Nun, mein lieber Helmut, wie soll ich sagen? Es sind derzeit turbulente Zeiten. Wie ich aus der Zeitung erfahren habe, gibt es hier einen merkwürdigen Mörder, der nicht zu fassen ist. Der Hightech-Mörder oder so. Zwei Opfer hat er schon auf dem Gewissen. Bedauerlich, bedauerlich.”

“In der Tat.” pflichtete Kaulen bei. “Gestern hat er scheinbar schon wieder zugeschlagen.”

“Tatsächlich?” Lüder war mehr interessiert als überrascht.

“Und es hat schon wieder eine Person getroffen, mit der ich zusammen arbeitete. Frieda Kurz-Wittrig.”

“In der Tat sehr bedauerlich. Wenn ich mich recht erinnere, war das auch die Dame, die beim Wozzek in Bönen nachgefragt hat. Neugier kommt vor dem Fall, scheint es.” Eine Kunstpause.

“Sagen Sie mal, Helmut. Haben Sie eine Idee, wer dieser Hightech Killer sein könnte? Nur so nebenbei. Man munkelt ja, der würde seine Aufträge übers Internet bekommen. Ich habe auch einmal zufällig einen entsprechenden Beitrag von einem jump_tiger gesehen. Gerade vor ein paar Tagen.”

“Ja, ja, den habe ich auch gesehen. Aber inzwischen hat er seinen Namen ein paarmal gewechselt. Erst Lucille und jetzt Zeus.”

“So, so. Ein umtriebiges Kerlchen, scheint es. Aber irgendwie verrückt, wenn man das so unter Kollegen sagen darf.”

“Da scheint Geld das Triebmittel zu sein, könnte ich mir vorstellen.” Kaulen blieb auf der Hut. So dumm, sich Lüder gegenüber als Auftraggeber der Morde zu outen, war er nicht. “Das waren sicher nicht unerhebliche Anstrengungen, finanzielle Anstrengungen.”

“Ja und?” Lüder zeigte sein zuvorkommendstes Haifischgrinsen. Nur original mit dem doppelten Doppelkinn.

“Nun, es war auch in unserem Sinne, was da geschah, oder nicht?” Kaulen ging zum Angriff über.

“Worauf wollen Sie hinaus?”

“Bis die Stellen neu besetzt sind, werden noch ein paar Wochen ins Land gehen. Wochen, in denen ich durch diese Ereignisse kein Einkommen habe.” Kaulen näherte sich im Bogen seinem Ziel.

“Ja, ja, das Leben ist teuer.” Lüder seufzte demonstrativ. “Auch der neue Audi hat schon über 100.000 gekostet.”

“Nun, könnten Sie sich einen ... Beitrag zu meinen ... Auslagen in dieser Zeit vorstellen, ... Gottfried?” Kaulen schlug einen bewusst kumpelhaften Ton an.

“Nun, wieso sollte ich, mein lieber Helmut?” Ein Außenstehender hätte die Spur aus vergiftetem Schleim sicher orten können, die über den ungepflegten Teppich waberte und wieder an den Kaulens ungeputzten Schuhen anschlug.

“Weil wir, sagen wir mal, in einem Boot sitzen, oder? Wir helfen uns gegenseitig, oder?” Kaulen fand sich ganz schön mutig.

So etwas hatte Lüder schon erwartet. “Nun, an wie viel denken Sie denn?”

Das ging ja schneller als erwartet, Kaulen fühlte sich sicher. “Ich denke, 20.000 wären eine gute Kompensation für meine Auslagen.”

“Ja, ja, wahrscheinlich haben Sie Recht, mein Lieber.” Lüder legte sich so im Sessel zurück, dass dieser drohte, nachzugeben. “Ich werde das mal wohlwollend prüfen. Ich bleibe sowieso noch ein paar Tage im Lande. Wir könnten das morgen einmal konkret besprechen. Ich rufe Sie aus dem Hotel an.”

Lüder hatte es plötzlich eilig, in sein Hotel zu kommen, während Kaulen darüber nachgrübelte, woher dieser plötzliche Sinneswandel des Dicken kam. Als Lüder in seinen Wagen stieg, turtelte am gegenüberliegenden Hang ein Liebespaar bei leicht geöffnetem Fenster in einem weißen Omega zwischen Lenkrad und Handbremse, also mehr auf der Fahrerseite. Zwei ältere Damen blieben kopfschüttelnd stehen.

“Nein, wie unbequem.”

“So eine Kutsche war in meiner Jugend da doch was Besseres. Eine gepolsterte Bank, das schöne Schaukeln ...”

“Du bekommst ja ganz glänzende Augen, Elfi. In deinem Alter!”

“Na und, du hättest auch gern meinen Otto gehabt.”

“Deinen Otto? Du Biest!”

Erschrocken sah die junge Frau auf dem Beifahrersitz nach draußen, als plötzlich zwei alte Damen neben dem Auto mit ihren Handtaschen aufeinander losgingen. Auch der Fahrer erwachte wie aus einem Traum, schaute zunächst verwirrt um sich, startete dann schnell den Motor und fuhr hinter dem wegfahrenden Audi her. Der schwere Wagen fädelte sich stadteinwärts in den Verkehr ein und verschwand dann in die Tiefgarage des Hyatt Regency Hotels.

Das moderne Hotel gehört zum Fort Malakoff Komplex zwischen dem Mainzer Winterhafen und der Rheinallee. Die Gesamtkonzeption ist eigentlich recht gelungen. Da ist zum einen die imposante glasüberdachte Passage, deren Tragwerkkonstruktion in Mainz und Umgebung sicher ihresgleichen sucht. Auch wurde das postmoderne Hyatt Regency Hotels mit den Kasematten des ehemaligen Fort Malakoff ganz sinnvoll verbunden, sieht man von der unmöglichen gefährlichen Treppe am Ausgang der Bar ab, die seitlich über spitze Ecken direkt in einen kleinen Kunstbach mündet. Leider ist der Ladenkomplex wirtschaftlich ein Sorgenkind, weil Anbindungsprobleme an die Fußgängerzone die Passantenzahlen in Grenzen halten. So beleben vor allem das Hotel und am Abend die Gastronomie das Areal. Und natürlich macht RPR1 von hier aus Programm.

Zum Komplex gehört auch eine sehr helle, freundliche Tiefgarage, die Haller beim Abendbummel wohl gern nutzte, aber jetzt war die Zeit knapp und sie parkte ihren R4 frech neben den Nobelkarossen in der Vorfahrt. Beide gingen über den Vorplatz direkt ins Foyer und fragten an der Rezeption nach Herrn Lüder. Die Dame dort wollte zuerst den Polizeiausweis sehen und gab dann bereitwillig Auskunft. Ja, er sei heute, Donnerstag morgen, eingecheckt. Selbstverständlich habe er ein Zimmer mit Internetanschluss und ISDN, alle Zimmer seien so ausgestattet. Er bewohne das Zimmer allein. Haller bedankte sich und setzte sich mit ihrem Partner ins Foyer, versteckt hinter einer Zeitung. Die Receptionistin war gebeten worden, Lüder nicht auf die Wartenden aufmerksam zu machen.

Tatsächlich tauchte der Gesuchte aus dem Fahrstuhl von der Tiefgarage auf, holte seinen Zimmerschlüssel und verschwand im Fahrstuhl. Allein. Wo war Kaulen? Als Haller und Sander ihren Fehler bemerkten, eilten Sie schnell nach draußen, um nach Nackenheim zu Kaulen zu fahren. Durch den stadtauswärts drängenden Feierabendverkehr auf der B9 brauchten sie fast zwanzig Minuten bis zur Praxis des Psychologen. Doch die war bereits verwaist. Und wenn jetzt auch noch Lüder verschwunden wäre?

Ein Anruf beim Portier beruhigte. Lüder hatte sein Zimmer noch nicht verlassen, zumindest nicht an der Rezeption vorbei. Und so fuhren die beiden wieder ins Hotel und flegelten sich in die tiefen Sessel im Foyer. Doch Lüder verlies sein Zimmer nicht mehr. Internet und Video waren alles was er brauchte, das erste fürs Geschäftliche, das zweite zum Vergnügen.

Zuerst die Arbeit. Ab in den Chat.

golf.hit an zeus: Info?

Die Antwort schon ein paar Minuten später

Zeus an golf.hit: zeus. der mit dem blitz.

Lüder überlegte. Zeus: Machstreben und Bildung vereint. Einer, der sich selbst als Gott sieht. Wahrscheinlich ein Uni-Absolvent. Einer, der Bestätigung braucht.

Golf.hit an Zeus: gute arbeit bisher!:)

zeus an golf.hit: klaro.

Golf.hit an Zeus: express-auftrag möglich?

Zeus an golf.hit: wann?

Golf.hit an zeus: übermorgen, freitag. abends. kosten?

Zeus an golf.hit: geht. 20.000 im voraus.

Golf.hit an Zeus: ok. wo?

Zeus an golf.hit: rochusberg, Schild Rupertskloster unterhalb Kapelle. 20 uhr.

Golf.hit an Zeus: ok.

Golf.hit loggt aus. Zeus loggt aus.

Der Telekom-Techniker, der die Psychologen-Praxis in Nackenheim überwachte, bekam von dieser Kommunikation natürlich nichts mit. Und auch die beiden Beobachter im Foyer wurden um neun so müde, dass sie sich nach draußen trollten und in den Wagen stiegen. Obwohl Haller eine Kopie ihres Dienstausweises hinter die Windschutzscheibe gelegt hatte, hatte doch eine Politesse nicht widerstehen können, ihren Bondrucker in Betrieb zu setzen und ein Knöllchen hinter die abgenutzen Wischerblätter zu klemmen.

*

Ein merkwürdiger Stimmungsumschwung hat Jana und mich ergriffen. War es heute Morgen noch eitel Freude und Sonnenschein, ziehen jetzt unterschwellig Gewitterwolken auf. Wir sagen nichts, als ich sie nach Hause bringe. Sie will allein sein, Abstand gewinnen. Schon wieder erwähnt sie das, so wie bereits die letzten Tage öfter. Die Beziehung mit mir ist ihr zu viel. Sind wir uns zu nah gekommen? Vielleicht nur ein kurzes Intermezzo. Oder mehr? Wozu trübe Gedanken, es ist scheinbar alles normal. Das Knöllchen regelt sie schon morgen im Präsidium, der Tag war zwar nicht besonders erfolgreich, aber das Auftauchen von Lüder ein echtes Highlight. Als wir über die Theodor-Heuss Brücke den Rhein überqueren, funkeln die Lichter der Pieter van Aemstel vom Wasser hoch.

Ehemals zum Heringsfang im Nordmeer eingesetzt, dient der Dreimastsegler schon seit vielen Jahren als Restaurantschiff. Hier hatten Jana und ich uns schon einmal getroffen. Auch da hatte sie schon Angst vor zuviel Nähe, doch diese legte sich dann schnell. Und jetzt wieder? Sicher eine Klippe, die wir umschiffen können.

Das Auto rollt ruhig nach Wiesbaden, wir halten vor ihrem R4, dessen Scheiben schon von der feuchten und kalten Luft beschlagen sind. Draußen sieht es ungemütlich aus und trotz ihrer Nähe ist es auch im Auto etwas unbehaglich.

“Ronni, du bist mir näher gekommen als irgendjemand vorher. Bitte gib mir etwas Zeit.” Sie schaut mich nachdenklich an.

“Warum hast du Angst vor zu viel Nähe? Vielleicht, weil es wirklich ernst werden könnte?”

“Ja, vielleicht. Sei nicht böse.”

“Wieso böse? Traurig vielleicht, aber auch froh über die tolle Zeit, die wir bisher hatten. Ich hoffe, dass sie weitergeht.”

“Das kann ich dir nicht versprechen. Es ist alles noch so unklar. Aber bald wird es klarer werden, ich verspreche es dir.”

“Sehen wir uns morgen?”

“Na klar.” Sie haucht mir einen Kuss auf den Mundwinkel und verschwindet hinter dem Hoftor. My home is my castle. Und dazu gehört ein Hoftor. Schön braun gestrichen, mannshoch und dahinter der Eingang zum Haus. Wird es zu einer Barriere werden?

Ich reiße mich von den Gedanken los und kurve hinaus auf die Autobahn nach Rüdesheim, dann auf die Schiersteiner Brücke. War die Baustelle vorher jahrelang verwaist, arbeiten jetzt die Monteure rund um die Uhr. Auch heute huschen im Flutlicht der aufgestellten Strahler behelmte Gestalten über die gesperrte Fahrbahn, Autokrane heben Teile der Fußwegkonstruktion an ihren Platz. In den vergangenen Jahren habe ich mich an die schmalen Fahrspuren gewöhnt und überhole einige Langsamfahrer. Um zehn bin ich zu Hause, lese und sehe noch ein wenig fern. Jana will mir nicht aus dem Kopf. Sie ruft noch einmal an, aber wir wechseln nur oberflächliche Worte. Wir beide wissen, dass wir den anderen nicht über unsere Gedanken belügen können und so bleibt das Telefonat kurz. Ich ahne, dass unsere Beziehung schneller zu Ende sein könnte, als ich mir vorstellen möchte. Kurz nach Mitternacht schlafe ich endlich ein.

*

Meine Stimmung passt zum trüben Herbstwetter, der Nebel hängt bleiern um mein Haus. In ihrem Käfig grummeln die Meerschweinchen gegen den grauen Morgen an und pfeifen protestierend, als ich ihnen nach der morgendlichen Streicheleinheit nicht sofort ein Leckerli hinlege. Ein Stück Banane stellt sie ruhig. Die Fische im Aquarium treiben ruhig hinter den nur mäßig geputzten Scheiben und verfallen in plötzliche Aktivität, als ich das Licht einschalte. Fütterungszeit. Guppys, Schlusslichtsalmler und Mollys streiten sich ums Futter, während die Purpurprachtbuntbarsche im anderen Becken souverän das hineingestreute Futter ignorieren und sich in ihrer Höhle genüsslich aneinander reiben. Das Dornauge reagiert erschreckt auf die plötzliche Helligkeit und rast wie ein losgelassener Luftballon in Schlangenlinien herum, bis es im Halbdunkel einer kleinen Höhle endlich zur Ruhe kommt.

Was steht an? Eigentlich warte ich auf einen Anruf von Jana, der aber nicht kommt. Heute ist sie wieder vormittags auf der Uni und nachmittags zur Spätschicht bei Wülfing. Dann wird sie sich sicher melden. Ich fange an zu schreiben, aber es will mir nichts so recht gelingen. Schott entwickelte ein neues Verfahren für höchstauflösende Teleskopspiegel mit minimalem Gewicht. Eigentlich eine tolle Sache, mit Anbindung an den Weltraum und Assoziationen für den Leser, der sein pflegeleichtes Glaskeramik-Kochfeld aus Mainz jeden Tag nutzt.

Doch heute stehen die Sätze sperrig auf dem Monitor, mit Sinn zwar und Inhalt, aber einer Melodie, die rauer und kratziger nicht entstehen kann, wenn trockene Kreide über eine Schultafel reibt. Auch Technik kann man so formulieren, dass es dem Leser Spaß macht, sie und ihren Inhalt aufzunehmen. Die Tasten blockieren und die Leerzeichen zwischen den Buchstabenballungen grinsen mich höhnisch an. Worte kannst du noch schreiben, aber einen Sinn macht das nicht.

Vielleicht bin ich nur ausgepowert und muss erst einmal auftanken. Ich setze mich ins Wohnzimmer, mache es mir gemütlich und fange an, die Vorsicht zu lesen, das schön gestylte Magazin aus Kreuznach. Zunächst schmökere ich in den Grüßen, die für Außenstehende meist ziemlich witzlos sind, dann studiere ich die Bekanntschaftsanzeigen, schließlich die Veranstaltungshinweise für die nächsten Tage. Doch ich kann mich nicht recht konzentrieren. Da liegen auch noch die Spiegel-Ausgaben der letzten drei Wochen. Bin ich wirklich so lange nicht dazu gekommen? In der neuesten Ausgabe steht auch etwas über "unsere" Morde. Zumindest die ersten zwei, der dritte geschah, als die Ausgabe schon am Kiosk lag. Spekulationen über Spekulationen. Nichts Genaues weiß man diesmal auch in Hamburg nicht, beim weltweit gewöhnlich bestinformierten Magazin. Natürlich macht ein Richtermord Aufsehen, so wie die letzten Male, als einige aufs Blut gequälte Väter ausrasteten und es ihren Peinigern heimzahlten. Richterin, Sozialarbeiterin, Rechtsanwältin vor Gericht erschossen, in einem Fall sogar die Mutter der Kinder. Wie übel sind diese Leute mit dem Vater umgegangen, dass er so zurückschlägt? Natürlich wird so jemand von amtlicher Seite gleich als geisteskrank dargestellt.

Diese Arroganz der Macht, diese blasierte Ignoranz habe ich selbst mehr als reichlich genossen. Wie sagte mir ein anderer betroffener Vater: Gott weiß alles, ein Lehrer weiß alles besser und ein Richter und Jugendämtler steht doch noch hoch über beiden.

Und doch: Gegen die Mordserie ist die Polizei immer noch machtlos. Die Leute, die Grund dazu hätten, waren es wohl nicht gewesen. Stattdessen wird hier offensichtlich für Geld gemordet. Wenn für Geld gemordet wird, geht es um Geld.

Das Geld! Warum bin ich nicht eher darauf gekommen? Aufgeregt wähle ich Wülfings Nummer an. Der aber ist nicht im Büro, sondern kommt erst zur Spätschicht. Jana ist auch nicht zu Hause, sondern wahrscheinlich an der Uni. Verdammt, ich will meine Idee loswerden. Maria, Maria ist bei der Bank. Schnell habe ich ihre Nummer von der Zentrale der Rheinhessen-Bank erfahren. Sie arbeitet als "Springer" mal in dieser, mal in jener der vielen Zweigstellen der Bank.

“Rheinhessen-Bank, Maria Radeberg. Womit kann ich Ihnen helfen?”

“Hallo Maria.”

“Hallo Ronni, ich habe dich gleich an der Stimme erkannt. Schön, dich zu hören. Was macht die Liebe?” Ein fröhliches Lachen am Ende der Leitung.

“Frisch verliebt, was kann besser sein?”

“Und wie heißt sie?”

“Jana.”

“Na, der Name hat Klang. Aber was hast du auf dem Herzen?.”

“Wenn man mal eben so ein paar Tausender braucht, ist das ein Problem?”

“Nein, du kannst auch Beträge über 10.000 DM direkt abheben. Wenn du sie denn auf dem Konto hast.”

“Und wenn nicht?”

“Nun, da müssen wir einen Darlehensvertrag machen. Das aber kann ein paar Tage dauern. Wenn du einen Dispositionskredit hast, ist es aber sofort möglich.”

“Würdest du mir sagen, was jemand in den letzten Tagen von einem Konto abgehoben hat, wenn ich dir dessen Name sage?”

“Nein, Ronni, natürlich nicht. Bei aller Liebe, Diskretion ist die Seele vom Geschäft. Du brauchst eine richterliche Genehmigung.”

“Danke, Maria. Dann werde ich da mal triggern.”

Inzwischen ist es kurz vor Mittag, aber Wülfing und Jana sind immer noch nicht da. Gezwungenermaßen werfe ich erst einmal Basmati-Reis in den Topf und brutzel einen Fisch dazu. Um halb eins ist das Essen fertig und endlich - um viertel vor eins ist auch Wülfing da.

“Hallo Herr Sander, was verschafft mir die Ehre?” begrüßt er mich gut gelaunt.

“Entschuldigung, Herr Hauptkommissar, aber ich war wie von Blindheit geschlagen.” Ich bin einigermaßen aufgeregt und das bringe ich rüber. “Nonverbale Kommunikation” würde das Jana nennen. “Gehen wir einmal davon aus, dass unser Täter seine Mordaufträge übers Internet bekommt, dann ist das für uns kaum oder eigentlich gar nicht zu kontrollieren, wenn er das halbwegs geschickt macht. Und davon ist hier auszugehen.”

“Nichts gegen Sie, aber ich habe mich inzwischen auch etwas schlau gemacht. Mein Neffe hat mir erzählt, dass die E-Mails auf Servern gespeichert und erst danach vom Empfänger abgerufen werden. Wäre da nicht eine Chance, das zu nutzen?"

"Eigentlich eine gute Idee, aber der Server hält die Mails nur so lange, bis sie abgerufen werden. Dann sind sie weg, davon gibt es keine Kopie und keine Sicherung. Und bei einem schnellen Abruf - und davon dürfen wir ausgehen, sind das allenfalls ein paar Minuten. Und auf einem großen Server laufen jede Minute möglicherweise hunderttausende von E-Mails durch."

"Also auch wieder Sackgasse."

"Vermutlich leider ja. Aber: wie Jana sagte, dürfen wir davon ausgehen, dass unser Mörder einige Gründe für die Morde hat. Sicher will er mangelndes Selbstwertgefühl durch seine offen zur Schau getragene Macht kompensieren. Dazu zählt die Selbstdarstellung im Internet und das Katz-und-Maus-Spiel mit uns. Vielleicht auch Rache, wer weiß?"

"Dagegen spricht, dass er auf Geld aus ist."

"Richtig. Er mordet auch aus Habgier und kassiert Geld dafür. Dann aber muss das Geld ja auch irgendwo übergeben werden. Und es muss irgendwoher kommen. Wir sollten einmal die Kontenbewegungen von Kaulen überwachen."

"Eine gute Idee, Herr Sander. Kennen Sie zufällig seine Bank?"

"Kein Problem, dieser Herr hat mir schon einmal ein Pfuschachten geschrieben und berechnet. Auf seinem Briefbogen steht auch die Kontonummer bei der Rheinhessen-Bank in Nackenheim."

"Na, dann wollen wir mal unsere Richterin Ulrike Radling bemühen. Jana hält Sie dann auf dem Laufenden." Wülfing legt auf und ich überlege. Maria ist heute in der Nackenheimer Filiale, die wird staunen, wenn ich bei ihr mit Jana reinschneie.

Dann der Anruf von Jana, die inzwischen im Präsidium eingetroffen ist.

"Hallo Ronni, auf deine radelnde Richterin ist Verlass. Wir haben die Verfügung auf Auskunftserteilung!" Eine kleine Pause. "Wir müssen sie nur noch im Amtsgericht abholen. Willst du ...mitkommen?"

"Und wie. Bei der Bank kenne ich sogar jemanden. Ich flitze los."

"Komm doch direkt nach Nackenheim, ich fahre von hier mit dem R4 dahin. Wir treffen uns um zwei Uhr Nachmittags an der Bank."

"Aber sicher."

Ich fahre die kürzere, wenn auch langsamere Strecke über die rheinhessischen Dörfer. Viele Freunde wohnen hier, beispielsweise Silke mit ihrem Gunter und den beiden Maxi-Minis Christopher und Gerrit in Gau-Odernheim, dann Mo mit seiner Anje in Bechtolsheim, Renate mit Andreas in Dolgesheim und natürlich Gaby in Jugenheim. In Gundersheim hat mein ehemaliger Chef mit seiner Frau und seinen Kindern ein schönes Heim aufgebaut. Gern würde ich noch einen Abstecher zur Junkermühle in Neu-Bamberg machen, sicher einem schönsten Orte Rheinhessens, aber die Zeit habe ich leider nicht.

Von Lörzweiler den Hang zum Rhein hinunter und schon bin ich in Nackenheim. Gerade um die Ecke ist das alte Zollhaus, auch Hilde mit Bärchen wohnt nicht weit entfernt. Janas R4 parkt schon vor der Nackenheimer Zweigstelle der Rheinhessen-Bank. Sie selbst lässt locker ein Bein aus der geöffneten Tür hängen und schwenkt einen Zettel in der Hand, wohl die Genehmigung von Ulrike.

Nachdem ich neben ihrem Auto geparkt habe, gehe ich zu ihr und drücke sie zur Begrüßung. Mit ihrer Nähe fängt sie mich problemlos ein. Wie konnte ich an ihr zweifeln? Doch der Druck ihres Körpers ist ein wenig kalt, zurückhaltend statt drängend. Ich schaue sie zweifelnd an, doch Sie weicht meinem Blick aus. "Gehen wir mal rein, Ronni."

Maria hat gerade die Mittagspause beendet und alle ihre Kollegen sind bester Laune, als sie mich und Jana hereinkommen sieht.

"Hallo Ronni. Na, das ist bestimmt Deine Angebetete! Hallo, ich bin die Maria." streckt sie Jana die Hand hin. Mit Freude hatte ich ihr von Jana erzählt, aber gerade jetzt bin ich wieder so unsicher. Ich lächle etwas gequält und auch Jana ist befangen. Maria fängt das mit ihren feinen Sensoren sofort auf und wird gleich geschäftlich.

"Wahrscheinlich seid ihr wegen dieses Psychologen hier." Auf Janas fragenden Blick erläutert sie: "Ronni hat heute schon mal vorher gefragt, ob ich ihm Auskunft geben könnte. Ich konnte allerdings nicht ohne richterliche Auskunftsverfügung."

Jana zückt das Schreiben von Ulrike Radling. "Hat Herr Kaulen in letzter Zeit einige höhere Beträge in bar abgehoben oder eingezahlt?"

Maria schaut sich das Schreiben genau an. "Aha, so sieht so etwas aus. Nun, ich habe es mir schon einmal zurechtgelegt, was so in der letzten Zeit gelaufen ist. Wie weit zurück?"

“Sagen wir drei Wochen.”

“Nun, der erste höhere Betrag fiel auf den Samstag vor zwei Wochen. Da hat er einmal 1000 DM von einem Geldautomaten unserer Bank abgehoben. Welcher genau, kann ich so nicht sagen. Soll ich da nähere Nachforschungen anstellen?”

“Das ist auch nicht so wichtig.” Meint Jana. “Wenn wir es brauchen, melden wir uns.” Sie schaut seitlich zu mir. “Hatte dieser Marek nicht 800 DM bei sich, als er Sonntags an der Grenze geschnappt wurde?”

“Ich denke schon. Da hätten wir ja einen möglichen Abnehmer schon einmal ausgemacht.”

Maria blättert weiter in ihren Unterlagen. “Letzte Woche Donnerstag hat er 5000 DM in bar vom Konto abgehoben. Das war dann fast auf Null.”

“Denkst du, was ich denke, Ronni? Freitag wurde Maggi ermordet.”

Maria stört das nicht, eifrig vergleicht sie die nächsten Buchungszeilen. “Dann hat er am Montag einen Kredit über 15.000 DM aufgenommen und gleich bar ausbezahlen lassen. Ich kann mich noch genau erinnern, es ist ja gerade drei Tage her. Der sollte angeblich für ein neues Auto sein. Dabei hat er doch bereits eins. Aber was interessiert mich das?”

“Sieh mal an, Montag also Geld und Dienstag dann ...”

“... war Frieda dran.” Reimt Jana meine Überlegungen zu Ende. “Können wir diese Daten noch einmal kurz auf Papier haben, Frau Radeberg?”

“Ja gern, einen Moment bitte.”

“Alles Indizien.” Meint Jana zu mir. “Alles passt gut zusammen, aber der entscheidende Punkt fehlt, Ronni.”

“Der Beweis.”

“Genau. So wird uns das ein Strafrichter nicht abnehmen. Da geht es normalerweise nicht so nach Gutdünken wie bei Deiner Familienrichterin. Schließlich kann er auch sonstwo sein Geld losgeworden sein.”

“Spielbank ...”

“ ... oder Bordell. Oder es einem Bettler geschenkt haben. Wir werden weiter auf der Lauer liegen müssen. Irgendwann machen er oder sein Auftragsmörder einen Fehler.”

“Was treibt den Auftragsmörder? Ist es reine Habgier?”

“Weil du es gern pauschal hast, würde ich mal sagen, dass da jemand der Welt zeigen möchte, wie toll er ist. Das ist typisch für Leute mit geringem Selbstwertgefühl. Er demonstriert Macht, er hat Macht. Das ist die beste Motivation, denke doch einmal daran, warum sich viele Politiker so an ihre Pöstchen klammern. Man nennt das eine affektive Störung. Dabei steht nicht unbedingt das Sichern von Pfründen im Vordergrund. Auch wenn das Streben nach Macht normal ist, gibt es auch dort Übersteigerungen.”

“Rache scheidet wohl aus. Dagegen spricht doch, dass er Geld nimmt.”

“So einfach kannst du das auch wieder nicht sehen. Ein Mord geht nun einmal viel weiter als nur das kriminelle Umleiten von öffentlichen Geldern in die eigenen Taschen. Vielleicht ist Rache sogar ein wichtiger Aspekt? So eine eher diffuse Rache, kombiniert mit einem in diesem Falle ungesunden Geschäftstrieb. Beispielsweise ein Hass auf Frauen allgemein? Bisher waren die Opfer weiblich, vergiss das nicht.”

“Ich habe nichts mitgehört. Auch nicht vom Frauenhass.” Fröhlich taucht Maria neben uns auf und hält uns triumphierend den Beleg hin. “Voila, mes amis. Mit der Unterschrift des Zweigstellenleiters perrrrsönnnlich.”

Jana und ich lachen und machen uns auf den Weg zu unseren Autos. Maria zwinkert mir noch vergnügt nach. Seit sie ihren Christian hat, ist sie wieder positiv ausgelastet. Diese tolle Frau hat das auch wirklich verdient.

Wir rufen bei Wülfing an. Wen sollen wir überwachen? Kaulen oder Lüder? Wülfing entscheidet sich für Lüder. Er hat inzwischen eine rege Internet-Korrespondenz vom gestrigen Abend von seinen Technikern bekommen, die aber nicht viel nutzte, deren Inhalt noch nicht dechiffriert werden konnte. Immerhin: der Empfänger war ein gewisser Zeus. Das war ein merkwürdiger Name. Einen Betreff hatten die Mails auch nicht, auch das war merkwürdig. Da bleibt uns nur, auf die altbewährte Methode der Personenüberwachung zu setzen.

Vielleicht kennt Lüder noch meinen Wagen von gestern und so nehmen wir Janas Schlaglochsucher. Kurz vor drei Uhr Nachmittag parken wir zielsicher vor der Ausfahrt der Tiefgarage des Hyatt. Ich gehe mit Jana zur Reception, um nach Lüders Verbleib zu fragen. Mit einem diskreten Wink deutet der Portier in Richtung des Feinschmecker-Lokals. Tatsächlich, dort sitzt der Psychologe, die Beine lässig lang gestreckt, die Jacke offen und genehmigt sich einen

Espresso. Über seinen Bauch hinweg schaut er durch die Glasfront zum Rhein hin, wo die Mainzer Jugend herumskatet, was die Treppenkanten hergeben.

Während Jana zum Auto zurück geht, halte mich diskret im Hintergrund. Als Lüder aufsteht und auf mich zukommt, verschwinde ich in die nächste Toilette. Verdammt! Hat er mich entdeckt? Zielsicher kommt er mir auch hier nach. Er kann mich noch gar nicht kennen! Schnell verschwinde ich in einer Kabine und schließe die Tür zu. Draußen geht die Tür. Schwere Schritte, dann schlägt nebenan die Kabinentür. Ein tiefes Schnaufen und dann eine Kakophonie ersten Ranges. Bevor mich die damit sicher gekoppelten Stinkschwaden erreichen, flüchte ich schnellstens ins Foyer. Dort wage ich es wieder, Luft zu holen. Als Lüder aus der Toilette kommt, wirkt er erleichtert und steuert stracks die Fahrstühle an. Schnell setze ich mich zu Jana in ihren R4.

“Na, was war?”

“Kennst du “Das große Fressen”? Oder die Fress-Szene aus Monty Pythons “Wunderbare Welt der Schwerkraft”? Dann hast du nichts verpasst.”

“Und jetzt?”

“Er sah so aus, als wollte er auf Tour gehen. Warten wir einfach mal ab.”

Tatsächlich erscheint um halb vier Lüder´s Kilometerfresser an der Ausfahrt und wir folgen ihm in den dichter werdenden Mainzer Stadtverkehr. Kaiserstraße, dann große Bleiche, schließlich hält er im engen Parkhaus der Dresdner Bank. Jana flitzt hinterher und treibt sich in den Kassenräumen herum. Schon nach fünf Minuten kommt sie wieder und springt auf den Beifahrersitz.

“Gleich muss er kommen. Er hat eine ganze Menge Geld in bar dabei. Sicher mehr als 10000 DM, vielleicht das Doppelte oder Dreifache. Ein richtig dickes Bündel. Lauter Hunderter.”

Dann taucht Lüder auch schon auf und fährt Richtung Südbahnhof. “Will der wieder ins Hotel?” fragt mich achselzuckend Jana. Doch er parkt jetzt im Parkhaus des Multiplex-Kinos mit seiner glasdominierten Fassade. Auf der anderen Seite der angrenzenden Bahngleise buddeln schon seit Wochen Mainzer Bürger die Reste des vielleicht größten römischen Amphitheaters nördlich der Alpen aus dem Hang unterhalb der Zitadelle. Das passt. Das Auto haben wir im Blick, er selbst verschwindet im Innern des neuen Gebäudes. Ich gehe hinterher, während Jana im Auto wartet. Im Foyer wartet Lüder offensichtlich auf jemand, der aber wohl nicht kommt und kehrt nach zehn Minuten wieder ins Parkhaus zurück. So mache ich mich auch auf den Weg zurück, bezahle brav den Parkschein und achte darauf, dass mich Lüder nicht sieht.

Wir kurven zwei Autos hinter Lüder die enge Abfahrt im Parkhaus hinunter. Er fährt auf die Altstadt-Tangente, dann Richtung Pariser Straße an der Zitadelle vorbei. Jana mit ihrem R4 hinterher. Eifrig rührt sie die Handschaltung, um die 34 PS in Vorwärtsbewegung umzusetzen. Bis zum Mainzer Kreuz kommen wir dank Geschwindigkeitsbeschränkung gut mit, dann geht es rechts auf die A60 Richtung Bingen. Janas R4 ist aber fast am Anschlag und als die Geschwindigkeitsbeschränkung aufgehoben ist, tritt Lüder aufs Gas. In weniger als einer Minute ist der Audi am Horizont verschwunden. Jana tritt das Gaspedal bis zum Boden, doch mehr als 130 Spitze sind nicht drin.

"Verdammt, Ronni, hätten wir nur deinen Wagen genommen."

"Und wären vielleicht entdeckt worden. Nein, Jana, wir müssen es auch so schaffen."

Tatsächlich haben wir Glück, denn zwei Laster liefern sich offensichtlich schon längere Zeit auf ihrem Weg nach Holland ein Langstreckenduell. Wir kommen langsam näher, Lüders Audi hängt direkt hinter den Sattelzügen. Beim Abzweig nach Bingen fährt er auf die rechte Spur und mit einem Gasstoß ist er wieder weg.

"Verdammt, der fährt zu schnell. Warum ist da keine Geschwindigkeitskontrolle?" Jana duckt sich nach vorn, wie sie es auf ihrer Vespa auch immer getan hatte, um die Geschwindigkeit zu erhöhen.

"Mal langsam, Jana. Siehst du ihn vor uns? Nein? Also ist er hier in Bingen-Kempten heruntergefahren. Und dann sicher in Richtung Stadt. Also runter hier."

Jana zwingt die Studentenschüssel mit radierenden Reifen und schwankender Karosserie in die Abfahrt. "Jetzt links!". Es kommt keiner und so ist das Stopp-Schild eine unnütze Staffage. In der Kurve vor Kempten sehen wir gerade noch die Rücklichter des schweren Wagens nach links verschwinden.

"Hinterher, gleich haben wir ihn!" feuere ich Jana an. "Wie interessant!" Der Audi biegt nach links zum Rochusberg ein und fährt zielsicher bergan.

"Ob da unser Täter wohnt? Wohl eher nicht." spekuliere ich, während Jana den schwachbrüstigen Motor hochtourig den Berg hochprügelt. Teure Häuser beiderseits der Straße, mitunter stilsicher verunglückte Kombinationen von klassizistisch-modern bis altgriechisch besäult. Selbstdarstellung und Weitblick ins schöne Rheintal sind hier optimal kombiniert. Lüder fährt parallel zum Kreuzweg hoch bis zum Gipfel und dann langsam nach links, Richtung Rochuskapelle. Die neugotische Kirche ist mit ihrer einmalig schönen Lage ein weithin sichtbares Wahrzeichen der Stadt Bingen.

“Langsam, Jana, halte genug Abstand. Das ist eine Sackgasse. Wir folgen erst einmal vorsichtig, er muss sowieso wieder an uns vorbei.”

Am Hildegardis-Forum parken wir dann vorsichtshalber und ich folge Lüder zu Fuß.

“Sei vorsichtig.” Sie streicht mir über den Arm.

Lüder fährt langsamer, er sucht offensichtlich etwas. Kurz vor der Rochuskapelle hält er an und fährt dann vorsichtig den Weg zum Rupertskloster herunter. Von der Terasse oben sehe ich das hölzerne Hinweisschild auf das Kloster im Scheinwerferlicht des Audis auftauchen. Lüder hält an und steigt mit einem Päckchen in der Hand aus. Er schaut sich vorsichtig um, sieht mich aber nicht und legt schnell das Paket in das Gebüsch unter dem Schild. Dann steigt er wieder in seinen Wagen und fährt schneller wieder zurück. Ich flitze so schnell wie möglich zu Jana zurück. Lüder hat gedreht und fährt jetzt schneller wieder zurück. Ich warte vorsichtshalber, bis er an Jana vorbei ist und gebe ihr einen hochgereckten Daumen als Handzeichen.

Jana fährt schnell zu mir.

“Was ist, Ronni?”

“Er hat ein Päckchen unter dem Schild da vorn versteckt, kurz hinter dem kleinen Friedhof, wo Mönche und Nonnen streng getrennt bestattet liegen. Würde mich sehr wundern, wenn das nicht das Geldpaket ist und bald der Abnehmer auftaucht. Vielleicht ist nicht Kaulen, sondern Lüder unser Mann. Schau, dass du schnellstens einen Wagen von den Binger Kollegen bekommst. Ich beobachte, was sich tut.”

Während Jana per Handy Hilfe herbeiholt, sehe ich vor mir einen Radler gemütlich von Büdesheim hoch zur Rochuskapelle strampeln. Ein großer Kerl mit einem schwarzen Trekkingrad. Vor dem letzten Steilstück macht er eine Pause und schaut sich aufmerksam um. Dann schiebt er sein Rad den steilen Weg hinauf und macht wieder eine Pause - direkt neben dem Schild. Jana und ich schauen gebannt zu, als er sich langsam zu seinem Hinterrad bückt. Dann geht alles blitzschnell. Er zieht das Päckchen aus dem Gebüsch, steckt es sofort in die Jacke und rast mit dem Rad wieder den abschüssigen Weg herunter. Schnell springe ich zu Jana ins Auto.

“Gib Gas! Das ist er.”

Mit Vollgas erwacht der Motor zum Leben, mit aufgeblendeten Scheinwerfern und quietschenden Reifen jagt Jana von der Rochuskapelle den steilen Weg herunter. Der Radler hat fast hundert Meter Vorsprung und biegt nach einer Vollbremsung rechts in den nächsten Querweg ein. Längst hat er uns bemerkt und duckt sich im Scheinwerferlicht, doch offensichtlich kennt er die Gegend wie seine Westentasche und wir holen kaum auf.

Schaffen wir es? In der nächsten Kurve müssen wir ihn haben! Oder?

“Halt Ende!” schreie ich. Keine Sekunde zu früh bringt Jana den R4 mit einer Vollbremsung zum Stehen. Der Weg ist hier zu Ende, der Radler fährt ungehindert mit seinem Rad auf den mit Pfosten verengten Fußweg. Bis zur nächsten Kurve sehen wir noch in seinen Rücken im Scheinwerferkegel, dann verschwindet er nach unten im Dunkel.

“Mist, verpasst. Da oben sind weitere Lichter, wahrscheinlich die Kollegen.”

“Kannst du eine Fahndung auslösen, Jana?”

“Klar. Wenn der hier in Bingen wohnt, werden wir ihn aber wahrscheinlcih nicht mehr erwischen. Mit dem Rad bist du in weniger als zehn Minuten von einem Ortsende zum anderen. Aber versuchen kann man´s ja mal. Komm, wir sagen oben den Binger Kollegen Bescheid.”

“Du hast sicher Recht. Schauen wir mal, ob vielleicht am Klosterschild etwas liegen geblieben ist.”

Doch dort finden wir leider nichts. Die Kollegen der Binger Polizei übernehmen die Fahndung und wir fahren unverrichteter Dinge zurück nach Hause.

“Prima, ein voller Erfolg, Ronni. Ich bin nicht zufrieden mit mir.”

“Ach, weißt du, die Basketballer in Ingelheim sagen dazu “Shit happens”. Recht haben sie. Nimm die Welt einfach so, wie sie ist. Die Welt hat recht, sie war zuerst da. Akzeptiere dich, wie du bist und auch mich. Vielleicht passen wir ja doch zusammen.”

“Ich muss dich ja auch noch in Nackenheim absetzen, Ronni.”

“Wenn du willst, komme ich auch mit zu dir nach Hause.”

“Nein, du weißt doch.” Sie lächelt traurig.

Bis wir bei meinem Auto sind, hängen wir unseren Gedanken nach. Dem Hightech Killer sind wir so nah gewesen wie noch nie, aber er ist uns wieder entwischt. Werden wir ihn jemals erwischen?

Und jetzt ist auch noch unsere Beziehung “eher unklar”, wie die Psychologen sagen. Auch nicht besonders motivierend. Sie setzt mich bei meinem Auto ab. Erschöpft und frustriert fahre ich nach Hause.

*

Nachdem er das Päckchen deponiert hatte, fuhr Lüder zunächst einmal nach Bingen ins Rheintal-Kongress-Zentrum und schaute sich dort etwas um. Was er sah, befriedigte ihn offensichtlich, denn er kehrte nach kurzer Zeit scheinbar gut gelaunt ins Hyatt zurück. Heute Abend war die Spielbank angesagt, die dem Hilton Mainz und der Rheingoldhalle angegliedert war. Doch zuvor musste er noch etwas erledigen. Auf dem Zimmer verband er seinen Notebook-Computer mit der ISDN-Buchse und rief das Internet auf. Wie erwartet, hatte sein Zeus bereits reagiert.

Zeus an golf.hit: geld ok. wann, wo, wer?

Golf.hit an Zeus: morgen abend. freitag. 19 Uhr. naheeck. vorschlag.

Eine Pause. Zeus überlegte offensichtlich. Dann die Antwort.

Zeus an golf.hit: zu viele leute. besser: kilometertafel 529. genau vor der 2. identifikation ziel?

Golf.hit an Zeus: vorschlag?

Pause, nach fünf Minuten.

Zeus an golf.hit: ziel mit laserpointer oder kamerablitz vor kilometertafel in richtiger position anleuchten. abstand halten. zeit einhalten. ok?

Golf.hit an Zeus: ok.

Lüder überlegte. Was meinte Zeus mit “Abstand halten”? Wahrscheinlich würden einige Meter reichen, denn mit einer Schrotflinte würde er wohl nicht schießen. Wie sollte man Kaulen in die richtige Position bringen? Der hielt sich für den Nabel der Welt und war sicher eitel genug, sich mit ihm, seinem großen Gönner, fotografieren zu lassen. Dann würde er aber auch im Wirkungskreis der Waffe stehen. Wie groß war der Wirkungskreis? Er nahm noch einmal Kontakt auf.

Golf.hit an Zeus: wieviel abstand?

Zeus an golf.hit: seitlich ein meter.

Ein Problem. Ein Meter war zu wenig, um sich mit Kaulen zusammen zu fotografieren. Wie aber sollte er sonst Kaulen zu genau der Stelle lotsen und dort verharren lassen, ohne dass dieser Verdacht schöpfte? Wenn er ihn einfach dort hinstellte, fragte sich der Psychologe sicher, wozu Lüder ein Bild von ihm wollte. Wenn er daneben stand, war er selbst gefährdet. Eine Lösung fiel ihm nicht direkt ein. Lüder verlies das Hotel und beschloss, zunächst einmal die Spielbank anzusteuern.

Er ging den Rhein entlang Richtung Theodor-Heuss-Brücke. In den Rheinanlagen tummelten sich, jetzt am späten Nachmittag, einige Liebespärchen und auch japanische Besuchergruppen waren noch unterwegs. Mit ihren Kameras mit eingebautem Blitz fotografierten sie weniger die Umgebung als vielmehr sich selbst mit Selbstauslöser. Hisashi und Tomoko vor der Anlegestelle, Tomoko und Hisashi vor der Tigerplastik aus Bronze, Pegelhäuschen hinter Hisashi und Tomoko. Immer gleich: Hisashi stellte ein kleines Stativ auf und dirigierte Tomoko zentimetergenau dahin, dann stellte er sich daneben. Warum war er nicht selbst darauf gekommen?

Schnellen Schrittes ging der Dicke weiter zur Spielbank. Morgen würde er auf einen Schlag etliche Probleme lösen. Oder vielmehr, er schmunzelte, auf einen Blitz.

Die Kugel rollte wieder einmal gegen ihn und so ging er schon vor Mitternacht ins Hyatt zurück. Nebel war am Rhein aufgezogen und verdeckte die Skulpturen der Rheinpromenade. Lüder fröstelte. Seine glatten Schuhe waren nicht für Spaziergänge gedacht. Geräusche näherten sich von hinten, doch zu sehen war nichts und er beschleunigte seine Schritte. Fast rutschte er aus, als er in einen Kothaufen trat, dessen Dimensionen mindestens einem 50-Kilo-Hund zuzuordnen waren. Fluchend hastete er weiter und erreichte das Foyer der Nobelherberge völlig außer Atem. Die Dame hinter der Rezeption schwieg taktvoll über den üblen Geruch, der dem Psychologen anhaftete und reichte ihm mit einem zuvorkommenden Lächeln den Schlüssel. In seinem Zimmer ließ sich Lüder völlig außer Atem aufs Bett fallen und bemerkte fluchend, dass er die Schuhe noch nicht ausgezogen hatte.

In der Hyatt-Bar, den ehemaligen Kasematten des Fort Malakoff mit ihren meterdicken Mauern brodelte derweil das Leben. Cleo und Anton heizten der gut gemischten Menge mit Brasilian Funk & Soul heftig ein. Während der Tastenvirtuose seine Finger über drei miteinander gekoppelte Keyboards fliegen ließ, füllte Cleo´s Stimme den Raum mit einer Leichtigkeit, die der zierlichen Brasilianerin kaum zuzutrauen war. Dazu fegte der Wirbelwind mit einer Intensität über die Bühne, dass vor allem die männlichen Barbesucher feuchte Augen bekamen. Aber auch einige Damen ließen sich animieren und tanzten mit dem Derwisch um die Wette, mal auf und mal vor der Bühne. Auch Anton amüsierte sich prächtig. Das Publikum in der beliebten Bar war voll in Stimmung und Cleo würde wie immer mindestens bis zwei Uhr früh singen.

Weniger warm war es in Bingen kurz vor Mitternacht, als ein Radfahrer am Rhein entlang fuhr. Sein akkubetriebener Halogen-Scheinwerfer leuchtete den Weg gut aus und er fuhr sicher über die wechselnden Oberflächen zuerst der Rheinpromenade und dann des Rheinuferpfades. Um diese Zeit war der Nebel direkt am Rhein schon recht dicht und auch die Frachtschiffe lagen vor dem Binger Loch im Rhein vor Anker. Es war keine Menschenseele zu sehen. Kurz vor der Einmündung der Nahe hielt der Radler auf dem mit Bruchsteinen gepflasterten Treidelpfad an der Tafel an, die den Stromkilometer 529 markiert.

Ein sirrendes Geräusch ertönte, als er mit seinem Akkuschrauber vier zehn Millimeter durchmessende Löcher etwa eineinhalb Meter über dem Boden in die Ziffer 2 bohrte. Dann nahm er einen grauen Kasten vom Gepäckträger und kletterte die Bruchsteinböschung hinter der Tafel hoch. Es klackte, als er den Kasten so an der Rückseite befestigte, dass die runde Öffnung direkt auf die Bohrlöcher zu liegen kam. Zufrieden zog er nochmal leicht an dem Kasten, der sich aber nicht bewegte und ging um die Tafel herum. Mit einem dünnen Kunststoffklebeband verdeckte er die Bohrlöcher und machte sich wieder auf den Weg. Auf dem Weg den Rhein rheinaufwärts verschmolz er mit der Dunkelheit.

*

In seinem Hotelzimmer wachte Lüder wie gerädert auf. Der penetrante Geruch im Zimmer hatte sich in seiner Kleidung so festgesetzt, dass nur kräftiges Lüften half. Da er sowieso nicht mehr schlafen konnte und gegen Mittag beim Kongress in Bingen sein wollte, stand er zügig auf. Noch vor dem Frühstück rief er um neun Kaulen in seiner Praxis an.

“Hallo Helmut, gut geschlafen?”

“Danke, Gottfried. Und Sie?”

“Auch gut, mein Lieber, auch gut. Ich bin heute beim Psychologen-Kongress in Bingen. Heute Abend habe ich etwas Luft. Da könnten wir uns treffen, um das ... Geschäftliche zu regeln. Passt das?” Lüders Stimme war von geschliffener Zuvorkommenheit.

“Aber sicher.” Kaulen antwortete schnell, zu schnell, wie Lüder fand. Seine Habgier machte ihn unvorsichtig.

“Wir könnten uns direkt am Rhein-Nahe-Eck treffen. Das ist nur ein paar Meter vom Kongress-Zentrum entfernt. Bei der Gelegenheit könnte ich ihnen auch einige Kollegen vorstellen, wenn wir das Geschäftliche geregelt haben.” Lüder hatte den Fisch an der Angel. Kaulens Geltungsbedürfnis würde den Rest zum Kinderspiel machen.

“Eine gute Idee.” Versicherte Kaulen eifrig. “Wann sollten wir uns treffen?”

“Sagen wir ...., sagen wir kurz vor 19 Uhr? Direkt am Rhein, unterhalb des Hildegard-Museums am Strom? Da sind wir ungestört. Um 19 Uhr 30 gibt es übrigens das Dinner.”

“Aber klar.”

“Na, dann bis heute Abend.” Lüder legte auf und schmunzelte. Mit Speck fängt man Mäuse. Und diese Maus hatte zu deutlich nach Speck verlangt. Speck? Das Frühstück wartete. Nach dem continental breakfast fuhr Lüder direkt nach Bingen und parkte vor dem Kongress-Zentrum im Rheintal-Hotel. Bis zum Mittag erstand er kostengünstig in der Fußgängerzone einen Laserpointer (29.95 DM, Sonderangebot), ein einfaches Stativ (29.95 DM) und eine einfache Fotokamera mit Blitz (29.95 DM im Notfallset fürs Auto). Der Psychologe wollte nichts dem Zufall überlassen. Pünktlich zum Mittagessen war Lüder wieder im Zentrum und tummelte sich beim warmen Büfett in der Schar seiner Kollegen, die den schönen Tagungsort genossen. Der Nachmittag verrann schnell und Ausflugspläne mit den Köln-Düsseldorfer Schiffen zur Loreley und nach Koblenz wurden bereits für Sonntag fixiert.

Kapitel 5

Was ist das für ein Lärm vor dem Haus? Verschlafen schaue ich aus dem Schlafzimmerfenster auf die Straße, wo der Abfallentsorgungswagen seine Runde dreht und zunächst die Papiertonnen leert. Eine Stunde später dann der nächste orangefarbene Müllsammler, der in seinem Reißwolf den Plastikmüll, pardon, die Wertstoffe zerhackt.

Halb acht meldet sich schließlich der Digitalwecker an meinem Bett mit dem Gutenmorgen-Pieps. Ich habe nicht gut geschlafen, Jana geht mir immer wieder im Kopf herum. Ihre Orientierungsprobleme stecken mich an. Dabei sollte ich ihr mit klaren Linien eine Stütze sein. Wir brauchen Zeit, einfach Zeit. Einfach? Was ist für uns Menschlein so rationiert wie die Lebenszeit? Das sind wohl die Vorboten der Midlife-Crisis, mein Lieber, oder?

Auch das Frühstück mit Bananen-Ananas-Quark hebt meine Stimmung nicht entscheidend. Lustlos löffele ich die Eiweiß-Zucker-Bombe in mich hinein. Auch am Schreibtisch kann ich mich nicht so richtig konzentrieren. Was rettet den Tag? Ich blättere im Terminkalender: Die BIG Birthday Party steigt nächste Woche am Rhein-Nahe-Eck, immerhin. Gerhard Backes feiert sein Magazin und seine Arbeit. In kurzer Zeit hat der hauptberufliche Lehrer das Regional-Magazin für Bingen, Ingelheim, Stromberg, Gau-Algesheim und die Umgebung nach oben gebracht. Kulinarische Highlights, reichlich guten Wein aus Rheinhessen und von der Nahe und als besonderes Bonbon die "Lustigen Weiber von Windsor". Ob die auch soviel Einsatz zeigen wie der Magazingründer? Dann dürfte das Rhein-Nahe-Eck wanken. Meine Laune bessert sich zusehends.

Ein schöner Nachmittag und Abend am Rhein-Nahe-Eck. Lauschige Ecken und Winkel am Zusammenfluss der beiden Flüsse, der romantische Blick auf den Mäuseturm auf der Binger Seite und Burgruine Ehrenfels am anderen Ufer - vielleicht lässt sich Jana wieder verzaubern? Doch die Woche bis dahin muss ich schon noch durchhalten. Mit meiner Laune hebt sich auch der zunächst zähe Morgennebel, bis die Sonne durchbricht und die Temperatur in meinem Wintergarten in kurzer Zeit auf 30 Grad bringt. Passend zu meinen Überlegungen klingelt kurz vor elf das Telefon. Jana!

"Nun, was bedeutet die Ehre Deines Anrufes?" Ein bisschen Sarkasmus hat sich schon in die normale Konversation eingeschlichen.

"Neuigkeiten. Die Überwachung hat doch was ergeben. Lüder hat heute Morgen Kaulen angerufen." Den Hintergrundgeräuschen nach telefoniert sie aus der Uni-

Cafeteria. Sie hat wohl eine Pause zwischen zwei Vorlesungen und justiert ihren Koffeinpegel wieder nach oben.

“Und?” Ich kann meine Ungeduld kaum zügeln. Jana serviert mir ihre Infos häppchenweise.

“Sie treffen sich. Heute Abend, direkt in Bingen. Da ist ein Psychologen-Kongress im Rheintal-Kongress-Zentrum, an dem Lüder teilnimmt. Der geht wohl bis Sonntag. Treffen will sich Lüder mit Kaulen ein paar Minuten vor 19.00 Uhr, direkt am Nahe-Eck.”

“Da sollten wir beide dabei sein, Jana. Vielleicht bekommen wir etwas heraus. Viele Psychologen mögen sich untereinander nicht, habe ich gehört.”

“Das trifft leider zu. Denke ich an die dauernden Grabenkämpfe jeder gegen jeden auf der Mainzer Uni, werden wir sicher einige auskunftsfreudige Kollegen treffen.”

“Die Chance sollten wir uns nicht entgehen lassen.”

“Natürlich nicht. Aber wir müssen im Hintergrund bleiben. Schließlich kennt Kaulen sowohl dich als auch mich. Ich fahre dann um achtzehn Uhr los. Wo können wir uns treffen?”

“Willst du nicht vorher zu mir kommen, Jana?”

“Nein, ich muss wieder mehr auf der Uni machen.” Nach allem, was vorher geschehen ist, ist diese Neutralität in der Stimme grausam.

“Wir können uns vor dem Hildegard-Museum am Strom treffen. Direkt unterhalb kannst du am Rhein parken. Das ist zwar kein offizieller Parkplatz, weil er so oft überschwemmt ist. Aber jetzt ist der Wasserstand recht niedrig.”

“Sagen wir halb sieben?”

“Ich bin da, Jana.”

“Bis dann, Ronni.” Jana legt auf.

Ob das noch einmal etwas werden kann? Ich fange an zu zweifeln und versuche, mich auf meine Arbeit zu konzentrieren. Doch es läuft nicht gut. Die Zeit verrinnt und das Texten verläuft zäh wie das Umrühren von Zuckerrüben-Sirup. Was mögen die beiden Psychologen dort zu besprechen haben? Wie steht das in Zusammenhang mit dem Päckchen, das Lüder am Vorabend für den mutmaßlichen Mörder hinterlassen hatte?

529

Ich rufe Wülfing an, um den aktuellen Stand zu erfahren, aber der Kommissar ist zu einem anderen Termin außer Haus, Jana immer noch auf der Uni. Nachdem auch der Nachmittag kaum vorübergehen will, mache ich mich schon um siebzehn Uhr auf den Weg.

Mein Auto stelle ich sicherheitshalber bereits an der Bahnlinie ab, um Lüder und Kaulen nicht aufmerksam zu machen, und laufe die letzten Meter. An der Nahemündung scheint alles normal zu sein, ich kann nichts entdecken. Ich gehe über die Nahebrücke, und dann durch die Unterführung im Binger Hauptbahnhof auf die andere Naheseite. Alles so verwildert wie gehabt. Der Blick auf die Nahemündung von der anderen Seite enthüllt auch nichts Ungewöhnliches.

Viertel nach sechs - Zeit, sich zum Treff mit Jana auf den Weg zu machen. Es sind immerhin ein paar Meter durch den Bahnhof bis zum Naheeck, auch wenn die Luftlinie oder besser Wasserlinie nur etwa achtzig Meter beträgt. Die Unterführung im Bahnhof ist nichts für zarte Gemüter, die sich vor der Dunkelheit fürchten. Ausnahmsweise pünktlich warte ich auf Jana am angegebenen Punkt, doch sie ist noch nicht da. Erst viertel vor sieben turnt ihr R4 um die Ecke. Ich gehe gleich auf sie zu und sie kurbelt das Fenster hinunter.

“Hallo Ronni, was ist?”

“Es ist wohl besser, nicht hier direkt zu parken. Sonst begegnen wir wahrscheinlich Kaulen und Lüder. Das wäre nicht klug.”

“OK, steig ein.”

Wir fahren den R4 neben mein Auto und müssen uns dann beeilen, zum Rhein zu kommen. Als wir die Straße überqueren wollen, kommt gerade Kaulen angefahren und biegt zielsicher zum Rhein hin ab. Wir schauen schnell in die andere Richtung. Er scheint nichts zu merken.

“Mensch, das war knapp, Jana. Du bist spät dran.”

“Ich habe mindestens zehn Minuten am Bahnübergang hier gestanden. Die scheinen zu schlafen.” Wir hasten zusammen los.

“Ja, das ist eine Katastrophe. Erfahrene nehmen daher immer die Überführung hinten zur Fähre. Das dauert weniger als eine Minute. Jetzt aber Vorsicht: wir sollten uns von oben vom Hildegard-Museum am Strom nähern, unten können die uns sofort sehen, die Lampen des Kongress-Zentrums sind sehr hell.”

Vorsichtig schleichen wir uns von oben an. Kaulen ist inzwischen aus seinem Auto ausgestiegen und wartet offensichtlich auf Lüder.

“Kommt Wülfing eigentlich auch noch?”

“Der meinte, das würde ich auch selbst hinbekommen. Wir müssen halt nur die Augen offenhalten und vor allem die Ohren.”

“Ich denke, einer schönen Frau gegenüber sind die Psychologen sicher gesprächig ...”

Jana lächelt. “Mal sehen, was die überhaupt vorhaben, Ronni.”

Inzwischen sind die Türen des Tagungssaales aufgegangen und einige der Teilnehmer drängen heraus, bleiben aber nur kurze Zeit auf der Terrasse, bevor sie zurückkehren. Es ist ihnen offensichtlich zu kühl. Eine runde Gestalt aber kommt zielsicher auf Kaulen und seinen Wagen zu. Sie hält etwas Längliches in der Hand.

“Das ist Lüder.” Flüstere ich. “Glaubst du, dass er uns gesehen hat?”

“Nein, sicher nicht. Was hat er in der Hand?”

“Ich weiß nicht, Jana, aber nach einer Pistole oder einem Gewehr sieht das nicht aus.”

“Na gut. Aber sei einmal leise, wir sollten uns auf das Beobachten konzentrieren.”

Tatsächlich geht jetzt auch Kaulen auf Lüder zu und sie schütteln sich freundschaftlich die Hände. Kaulen lässt sich sogar zu einem Klaps auf die Schulter des dicken Mannes hinreißen. Dann reden die beiden etwas und Lüder deutet rheinunter zu dem Rhein-Nahe-Eck, das nur wenige Meter entfernt ist. Kaulen nickt und beide gehen gemütlich in diese Richtung.

“Mist, da ist es dunkel.” Jana huscht hinterher. “Komm, wir müssen sehen, was sie tun.”

Wir gehen schnell die Treppe vor dem Hildegard-Museum herunter und versuchen möglichst ungesehen zu bleiben. Kaulens direkt am Ufer geparktes Auto gibt uns Deckung. Wir können sehen, ohne gesehen zu werden. Tatsächlich schaut sich Lüder ab und zu einmal scheinbar beiläufig um. Der Wind weht leider in die falsche Richtung, so dass wir nicht richtig hören können, was die beiden bereden. Plötzlich bleibt Lüder stehen und spricht zu Kaulen. Der scheint zunächst überrascht, schaut dann aber interessiert zu, wie Lüder den länglichen Gegenstand auseinanderzieht und aufklappt.

“Ein Stativ! Was wollen die wohl damit?”

"Ruhe, Ronni!"

Lüder zieht offensichtlich eine Kamera aus der Tasche, zeigt sie Kaulen und montiert sie auf dem Stativ. Kaulen lacht und geht bereitwillig auf die einige Meter weiter befindliche Kilometertafel zu, wobei plötzlich auf seinem Rücken ein roter Laserpunkt aufleuchtet.

"Was ist das, Ronni?" Jana ist sehr aufgeregt.

"Ein Leuchtdioden-Laser. Wird bei Vorträgen genutzt. Sehr vielseitig, aber ungefährlich."

"Was soll das hier? Gehört das zur Kamera? Das ist sehr merkwürdig."

Kaulen ist inzwischen vor dem Schild und dreht sich um. Sofort erlischt der rote Punkt und Lüder steckt etwas zurück in die Tasche. Anschließend dirigiert er Kaulen mit Handbewegungen direkt in die Mitte der Tafel und drückt ab. Ein Blitz blendet Jana und mich. Als wir wieder sehen können, steht Kaulen nicht mehr da, sondern liegt auf dem Boden vor der Tafel. Lüder indes ist immer noch an seiner Kamera und reibt sich die Augen.

Jana und ich springen sofort herunter zu Lüder, der von unserem Auftauchen zunächst überrascht ist, sich aber erstaunlich schnell fängt. Jana beugt sich über Kaulen.

"Wer sind Sie? Was ist passiert?"

Doch Jana spricht erst einmal zu mir: "Der gibt kein Lebenszeichen von sich. Rufe sofort den Notarzt." Während ich über Handy die Notrufnummer wähle, wendet sich Jana dem alten Psychologen zu und zeigt ihren Dienstausweis.

"Jana Haller, Kripo Mainz, Herr Lüder. Das ist Herr Sander." Sie zeigt auf mich.

"Woher kennen Sie meinen Namen?" Lüder schaut derweil scheinbar besorgt auf seine Kamera auf dem Stativ. " Und was ist mit meinem Kollegen passiert, Frau Kommissar? War an der Kamera etwas nicht in Ordnung?" Das klingt wirklich besorgt. Sollte Lüder selbst von Kaulens Tod überrascht sein?"

"Nun, ich dachte, Sie könnten etwas dazu sagen." Kommt die kühle Antwort.

"Nun, ich konnte auch einen Moment nichts sehen, weil der Blitz auslöste. Und danach - das sehen Sie ja. Ein Herzschlag, bestimmt ein Herzschlag! Welch eine Tragödie!" Es fehlt nur noch, dass er in Tränen ausbricht, denke ich mir, aber diese Peinlichkeit erspart uns der fette Mann mit seinen wirren weißen Haaren.

Schon nach weniger als fünf Minuten kommt der Notarztwagen mit Blaulicht am Ufer entlang gebraust und mit einer Vollbremsung kurz vor uns zum Stehen. Das Heilig-Kreuz-Hospital ist nur ein paar Hundert Meter weg. Die Aufbauten schwanken noch leicht, als der Arzt bereits mit seinem Koffer heraus springt.

Schnell kniet er neben Kaulen nieder, fühlt den Puls, legt ihn auf den Rücken und begann eine Herzmassage, während der Fahrer die Beatmung übernimmt. Dann fühlt der Arzt wieder den Puls und beginnt von Neuem. In der inzwischen abgekühlten Luft ist trotz des Gegenlichts der aufgeblendeten Scheinwerfer des Notarztwagens über dem Mund des Psychologen kein Atem zu sehen. Die Sanitäter legen Kaulen auf eine Trage und verfrachten ihn ins Auto, wo Schatten auf den Milchglasscheiben hektische Aktivitäten im Laderaum anzeigen. Zum Bedauern der inzwischen vollständig auf der Terrasse versammelten Kongressteilnehmer wird die Hecktür verschlossen. Während die inzwischen eingetroffenen Polizisten der Binger Kripo den Tatort absperren, entdecken die Kongressteilnehmer auch Lüder. Dieser sonnt sich in der unerhörten Publicity.

"Hallo Gottfried, was ist passiert?" Huldvoll lächelnd nimmt der Psychologe das Interesse seiner Kollegen entgegen.

"Unterstehen Sie sich, hier irgendwelche Auskünfte zu geben." Warnt ihn Jana. "Ich kann Sie auch gleich mit aufs Präsidium nehmen."

"Aber nicht doch, meine Dame. Ich stehe ganz zu Ihren Diensten." Lüder ist von einer widerlich-schleimigen Zuvorkommenheit.

Jana zieht mich ein paar Meter zur Seite. "Was ist passiert? Kann der mit der Kamera jemand töten?"

"Nun, so ganz auszuschließen ist das nicht, falls die Kamera entsprechend modifiziert ist." Mir fällt etwas Wichtiges ein. "Bei dieser Gelegenheit werden wir möglicherweise ein Foto des Mordes bekommen. Hole schnell die Kamera, bevor er am Gehäuse etwas manipulieren kann."

Schnell gehen wir beide zu Lüder, der aber scheinbar noch nichts an der Kamera getan hat. Ich sehe sie mir an. Ein einfaches Modell mit eingebautem Blitz, ähnlich wie die, die ich meinen Kindern schenkte. Das Stativ ist recht wacklig. Ich ziehe Jana ein paar Schritte weg, wir behalten aber Lüder genau im Auge. Den scheint das nicht zu stören.

"Wir sollten den Standort des Stativs genau markieren. In Verbindung mit dem Foto und den Verletzungen von Kaulen können wir vielleicht entscheidende Rückschlüsse ziehen."

“Gute Idee. Der Film - könntest du den Film schon herausnehmen?”

“Bevor ich im Dunkel und der Aufregung etwas falsch mache und den Film belichte und damit zerstöre, sollten wir lieber bis morgen früh warten. Euer Labor ist jetzt bestimmt auch nicht besetzt. Dann können wir den Film auch in einer Stunde beim Kodak Express im Globus Gensingen entwickeln lassen.”

Jana geht entschlossen zu Lüder, markiert mit Fettkreide die Aufsetzpunkte des Stativs und kommt wieder zu mir. Lüder schaut weiterhin ungerührt zu.

“Es ist schon erstaunlich, wie schnell er sich wieder gefangen hat. Ob das der Schockzustand oder ein Selbstschutz-Mechanismus ist?”

“Vielleicht auch einfach nur das Wissen, dass er das erreicht hat, was er wollte und dass wir, pardon: Du, ihm nicht an den Hals kannst.”

“Vielleicht bist du wieder auf der richtigen Fährte.”

Jana packt die Kamera vorsichtig in einen Plastikbeutel und auch das Stativ lässt sie unverändert ausgefahren.

“Die Kollegen von der Spurensicherung dürften auch bald da sein, aber Herbert ist derzeit nicht erreichbar.”

“Reifeprüfung, Jana. Du bekommst das auch ohne Wülfing hin.” Wo kommt plötzlich diese Unsicherheit her? Sie hält sich sehr nah bei mir auf. “Gehen wir doch einfach einmal nach Schema F vor. Was können wir Lüder nachweisen? Er war hier, hat ein Foto gemacht und davon stirbt man normalerweise nicht. Moment!”

“Was denn, Ronni?”

“Wir sollten einmal in seine Taschen schauen, vielleicht ist da etwas Verdächtiges, beispielsweise der Laserpointer.”

“Genau. Komm bitte mit.” Jana geht vor, Lüder hat es sich inzwischen auf einem Poller bequem gemacht und friert offensichtlich in seinem Tagungsdress. Aus dem Rettungswagen steigt der Arzt aus und kommt zu Jana.

“Sie führen hier die Untersuchungen?” Mehr eine Feststellung als eine Frage. “Nun, aus ärztlicher Sicht war eine Reanimation bisher erfolglos. Ich glaube auch nicht, dass wir Erfolg haben werden. Auf jeden Fall wollen wir nichts unversucht lassen und fahren jetzt ins Krankenhaus. Sie können uns dort jederzeit erreichen.”

Der Arzt steigt wieder vorn ein und der Motor wird angelassen. Langsam dreht der schwere Wagen auf dem Platz und fährt sehr vorsichtig über den unebenen

Uferbelag. Als die Scheinwerferkegel von uns wegwandern, fällt die Dunkelheit fast übergangslos über uns her und wir spüren die Kälte direkt am Fluss wieder stärker. Die Spurensicherungsleute haben inzwischen einige Halogenlampen an der Hotelterrasse angeschlossen und schalten diese ein. Die Helligkeit blendet. Uns wird es zu ungemütlich hier.

"Kommen Sie, Herr Lüder. Wir müssen Ihnen einige Fragen stellen. Möchten Sie mit ins Präsidium kommen? Sonst können wir uns auch einen Raum im Hotel suchen."

"Das Hotel ist mir schon lieber, wenn Sie verstehen." Lüder will schnell ins Warme und zittert reichlich.

"In Ordnung. Ein Kollege und auch Herr Sander werden bei dem Gespräch dabei sein. Er ist fachkundig in der Fotografie."

Auf der Terrasse bildet die Menge der Psychologen unserem Dreiertrupp ein Spalier und zerstreut sich danach im Hotel. Nach kurzer Rücksprache mit der Rezeption kommen wir in der Künstlergarderobe hinter der Bühne des Kongresszentrums unter. Gegenüber früheren Zeiten sind die Garderoben heute geradezu luxuriös. Der Künstler zählt in unserer verwöhnten Gesellschaft wieder etwas.

Jana, Lüder und ein Beamter der Binger Polizei sitzen am Tisch, während ich mich gegen den Schminktisch lehne. Ich sitze seitlich zu Lüder, so dass ich ihn beobachten kann und Jana Zeichen geben kann, ohne dass er es merkt. Jana legt die Kamera und das Stativ auf den Tisch und eröffnet das Gespräch.

"Nun, Herr Lüder, wie haben Sie den Tod ihres Kollegen erlebt? Wir dürfen davon ausgehen, dass er das Bewusstsein nicht wieder erlangen wird." Ich hebe den Daumen, um ihr Mut zu machen. Das wird ihr erster großer Fall werden, den sie ohne Wülfings knorrig-väterliche, aber auch einschränkende Anwesenheit erledigen wird.

"Nun, ich habe mich mit Herr Kaulen hier verabredet, weil das mit dem Kongress so gut passte. Wir hatten uns lange nicht mehr gesehen, wissen sie." Jana lies sich nichts anmerken, aber Lüder begann das Gespräch schon mit einer Lüge. Gestern war er ja in Kaulens Praxis gewesen.

"Wenn ich die Plakate im Foyer richtig gelesen habe, ist das hier das Treffen der deutschen forensischen Psychologen. Arbeiten Sie auch auf diesem Gebiet? Kennen Sie Kaulen auch daher?"

“Ja, Frau Haller. Er hat mit mir in Bönen zusammengearbeitet und ist dann nach Mainz gegangen.”

“Worüber wollten Sie sprechen?”

“Wir wollten uns nur einfach so privat austauschen. Schließlich, aber das sagte ich bereits, haben wir uns lange nicht gesehn.”

“Und da wollten Sie ein Erinnerungsfoto machen?”

“Richtig.”

“Wenn Sie blitzen, brauchen Sie aber kein Stativ.” Jana versucht Druck zu erzeugen, aber Lüder weicht lächelnd aus.

“Nun, ich wollte schließlich auch selbst mit auf das Foto.”

“Na, dann wollen wir doch einmal sehen, wie das Foto geworden ist. Herr Sander, bitte nehmen Sie den Film heraus, aber fassen Sie die Kamera nur mit einem Taschentuch an.”

Jana reicht mir die Kamera. Ich bin inzwischen wieder ruhiger. Nach kurzer Suche finde ich den Entriegelungsknopf und drehe die Rückspulkurbel. Es gibt keinen Widerstand. Ob der Film nicht gepackt hat? Nachdem ich einige Umdrehungen keine Änderung bemerke, öffne ich die Rückwand. Es liegt kein Film in der Kamera! Ich halte die Kamera hoch, so dass alle am Tisch es sehen können.

“Nun, Herr Lüder, wie erklären Sie sich das?” Jana hakt gleich ein.

“Ich habe die Kamera und das Stativ erst heute Morgen gekauft. Ich kenne mich nicht so aus in diesen Dingen. Der Verkäufer vergaß wohl, einen Film einzulegen.” Sollte Lüder den Film nach dem Blitzen unbemerkt aus der Kamera genommen und in den Rhein geworfen haben? Unsinn, wir standen ständig dabei. Warum sollte er überhaupt einen Film einlegen, wenn es ohnehin nicht darum ging, möglicherweise verräterische Fotos zu machen. Ich mische mich in die Befragung ein.

“Wie wollen Sie mit aufs Bild kommen - ohne Fernauslöser oder Zeitauslöser?”

Lüder schaut über seine Schulter mit einem drohenden Ausdruck zu mir.

“Ich sagte ihnen bereits, ich kenne mich nicht aus in der Fotografie. Es ging also nicht, wie schade.” Seine Stimme wird lauter und bekommt einen spöttischen Unterton. “Dann hätten wir es morgen nachholen können, der Kongress geht ja noch bis Sonntag.” Jana ist im Vorwärtsgang und nicht mehr zu bremsen. Ich hebe den Finger wie ein Pennäler und Jana schaut wie eine Lehrerin zu mir auf. “Ja, Herr Sander.”

“Nun, ich möchte die Aufmerksamkeit auf den Laserpunkt lenken, der kurz auf dem Rücken von Herrn Kaulen zu sehen war, als er zum Schild ging. Besitzt Herr Lüder vielleicht einen Laser?”

“Bitte leeren Sie einmal ihre Taschen auf den Tisch, Herr Lüder.” Jana ist energisch.

Zum Vorschein kommen ein Schlüsselbund mit Auto- und Hausschlüsseln, ein gebrauchtes Taschentuch, eine dicke Geldbörse mit etlichen Kreditkarten und - ein Laserpointer.

“Den Pointer brauche ich für meine Vorträge. Damit zeige ich auf entsprechende Punkte auf den Folien. Sie können gern meine Kollegen fragen.” Mit einer huldvollen Geste deutet Lüder die Gesamtheit der Kongressteilnehmer an.

Ich nehme den Laserpointer in die Hand. “Auf den ersten Blick scheint es sich um einen normalen, unmodifizierten Laserpointer zu handeln.”

“Habe ich doch gesagt. Was wollen Sie?” Lüder ist wieder im Vorwärtsgang.

“Nun, es stellt sich die Frage, was sie auf dem Rücken von Herrn Kaulen zeigen wollten.” Stelle ich süffisant in den Raum. “Krimhild petzte damals und markierte Siegfrieds verwundbare Stelle mit einem gestickten Kreuz. Mit dem bekannten Ausgang. In der aktualisierten Fassung der Nibelungen scheint ein Laserpointer den Platz von Nadel und Faden eingenommen zu haben.”

“Ich verstehe nicht, worauf Sie anspielen, Herr Sander.” Lüders Blick wurde sehr bedrohlich. Ich habe offensichtlich einen wunden Punkt getroffen. In mir reift eine Idee, die ich aber noch nicht greifen kann. Stille im Raum.

Schließlich ergreift Jana das Wort: “Sie wollten also mit einer Kamera ein Foto machen, in die kein Film eingelegt war, die weder Fernauslöser noch Zeitauslöser hat. Sie haben mit einem Laserpointer auf eine Stelle gezeigt, wo es nichts zu zeigen gibt, es sei denn, man hat eine andere Verwendung als vorgesehen im Sinn. Und außerdem haben Sie Kaulen schon lange nicht mehr gesehen. Sie scheinen zusätzlich noch recht vergesslich zu sein.”

“Worauf spielen Sie an?” Lüder reagiert gereizt, wie ein angeschossenes Tier.

“Darauf, dass Sie gestern bereits fast eine Stunde in Kaulens Praxis in Nackenheim waren.” Jana triumphiert und sieht mit Stolz meinen nach oben gereckten Daumen.

“Nun, das habe ich vielleicht vergessen.” Versucht sich der dicke Mann heraus zu reden.

“Nun, ich denke, wir sollten einmal im Präsidium weitersprechen. Ihre Geschichten sind etwas - überprüfungsbedürftig.”

“Sie werden verstehen, dass ich mich unter diesem Umständen zunächst mit meinem Anwalt beraten will.”

“Das geht in Ordnung, Herr Lüder. Ich werde Sie mit meinem Kollegen auf ihr Zimmer im Hyatt begleiten, damit Sie dort nichts vergessen. Ihr Auto lassen wir hier stehen, wir nehmen den Dienstwagen. Ich darf Sie dann bitten, mitzukommen.”

Sie steht auf und gibt ihrem Binger Kollegen einige schnelle Anweisungen. Der geht mit Lüder schon einmal raus, so dass Jana und ich allein in der Garderobe sind.

Sie umschlingt mich mit ihren Armen und drückt sich fest an mich.

“Ronni, es tut mir leid. Ich war ungerecht zu dir. Du hast mir geholfen, sehr geholfen.” Sie küsst mich. “Ich muss den Lüder erstmal ins Präsidium bringen, dann dauert es noch etwa eine halbe Stunde. So gegen 23 Uhr dürfte ich fertig sein. Ich weiß, es ist ziemlich unverschämt, aber könntest du mich vielleicht dort abholen? Wir fahren dann zu dir, ja?”

Ich weiß, es ist falsch, inkonsequent, weichlich und sowieso und überhaupt. Also sage ich “Ja”. Jana strahlt und verschwindet aus der Tür. Aus dem Foyer sehe ich, wie sich die Türen des weiß-grünen Wagens schließen und der Mondeo Richtung Stadt fährt.

Jetzt bin ich mit meinen Gedanken allein. Es ist 22 Uhr, ich habe noch etwas Zeit. So schlendere ich noch einmal zum Tatort. Das Wasser ist wie immer um diese Jahreszeit wieder angestiegen, aber noch gut einen Meter unter dem Treidelpfad, auf dem früher die Pferde die Lastkähne bergauf schleppten. Die Leute von der Spurensicherung haben ihre Arbeit bereits beendet und sind gerade dabei, ihre Gerätschaften in den Dienstbus zu packen. Der letzte Scheinwerfer ist schon abmontiert und nur noch der angestrahlte Mäuseturm leuchtet schemenhaft durch den aufziehenden Flussnebel.

Jetzt möchte ich nicht mit einem Schiff durch das Binger Loch fahren, obwohl die Passage heute natürlich schon viel sicherer ist als in früheren Jahren. Hier mussten damals im Sommer die Schiffe geleichtert und die Ladung auf mehrere Kähne verteilt werden, um den Tiefgang zu vermindern. An den Felsklippen des Binger

Lochs waren schon viele Schiffe gescheitert. Im letzten Jahrhundert wurden dann verschiedene Felsen weggesprengt. Dadurch floß der Rhein natürlich dann noch schneller und der Wasserstand sank erneut. Um den Wasserstand dauerhaft anzuheben, wurde die Nahe an der Mündung aufgestaut und das Fahrwasser am Mäuseturm eingeengt: die Rheinkrippen entstanden. Heute ein wunderschönes Biotop, das unmittelbar hinter dem Binger Hauptbahnhof beginnt und sich Richtung Trechtingshausen am Rhein entlangzieht. Verwilderte, große Wasserbecken, gespeist von kristallklarem Wasser aus dem Bergwerk, das seinen Weg über Tunnel unter der Straße und der Bahn hindurch nimmt.

Tief sauge ich tief die feuchtkalte Luft ein und stoße spielerisch einen Kieselstein in die Nahe.

Eine Nacht mit Jana, unvergleichliche Lust zusammen. Aber wie wird es morgen sein? Ist das nur ein Strohfeuer oder kommt sie mir doch wieder nahe? Ich beschließe, mich mit solch trüben Gedanken derzeit nicht zu beschäftigen. Am Tatort ist immer noch nicht Ungewöhnliches zu entdecken. Vielleicht ist Kaulen einfach an Herzschlag gestorben, als er den Lüder im Dunkeln kurz aufblitzen sah. Aber warum lügt dieser so offensichtlich?

Ich gehe langsam zum Auto und fahre nach Mainz. Der Sog, der mich noch vor wenigen Tagen so unwiderstehlich in ihre Nähe gezogen hat, ist nicht mehr da. Wird er wieder kommen?

Einzelne Nebelfetzen zwingen mich immer wieder zu langsamer Fahrt, aber ich bin ohnehin früh dran. Dennoch wartet Jana bereits vor dem Präsidium, als ich ankomme und sie springt schnell in mein geheiztes Auto.

“Wartest du schon lange, Jana?” Sie hat kalte Hände

“Noch nicht sehr lange. Es ist aber schon recht ungemütlich draußen.” Sie zittert ein wenig.

“Lüder wird sich auch nicht so wohl fühlen in seiner Zelle. Morgen früh dann zum Untersuchungsrichter. Da hast du es besser.” Ich nehme ihre verschränkten Hände und lege sie zwischen meine Oberschenkel.

“Danke.” Sie schmiegt sich an mich. “Lass uns fahren.” Wir fahren über die Rheinallee raus und sind bald bei mir zu Hause. Eine kleine Eiersuppe wärmt uns wieder auf und als wir ins Bett gehen, haben wir richtig Lust aufeinander. Die Gefühle explodieren, wir schreien uns frei und vergraben uns ineinander und miteinander. Nach mehr als zwei Stunden sind wir körperlich so ausgepumpt, dass wir kaum noch den Kopf bewegen können und an die fünf Meter ins Bad nicht zu denken brauchen. Ineinander verschränkt schlafen wir ein. Emotional so satt wie Mann und Frau es sich nur wünschen können

*

Morgen, Morgen. Morgen. Morgen? Morgen! Die dumpfe Gewissheit, dass die Sonne morgens aufgeht, hat etwas Tröstliches in sich. Nur, warum, verdammt nochmal, ausgerechnet jetzt? Mühsam versuche ich die Augenlider zu öffnen und irgendwie schaffe ich es. Den Kopf zu Jana umdrehen? Nicht dran zu denken. Wozu auch? Sie hat mich fest im Griff. Erschöpft von der Anstrengung schließe ich die Augen wieder. Sogar das Denken scheint wie ein Stolpern in einem dicht mit Watte gefüllten Raum. So ungefähr hat Messner die Atemnot beschrieben, die über 8000 Meter einsetzt. Warum so hoch? Mein Haus liegt nur etwa 200 Meter hoch, ganz sicher.

So sicher wie ich Jana spüre. Alle ihre Fasern strahlen eine unglaubliche Wärme und Ruhe aus, wir sind eins. Ich spüre, dass sie wach ist, aber auch sie kann sich nicht rühren. Ich bin nicht müde, sondern einfach nur voll mit Gefühlen. Jede Körperzelle meldet so etwa eine Mischung zwischen Muskelkater und tiefer Entspannung. Wenn die Welt untergehen würde, es würde mir egal sein. Warum aber ausgerechnet scheint die Sonne? Ich versuche mich zu strecken, aber auch das funktioniert mehr schlecht als recht. Jana bemerkt meine Bewegung, die einen winzigen Spalt zwischen unsere Körper gelegt hat und schließt ihn sofort. Wieder flutet ihre Wärme über mich. Wir liegen noch mindestens eine Stunde da, aber eine richtige Erholung will sich nicht einstellen.

“Ja.. na?” Noch nicht einmal der Mund arbeitet richtig mit.

“....Ronni?” Die Verzögerung sagt alles.

“Kannst du dich auch nicht bewegen?”

“Nein, gar nicht. Ich bin so satt.”

“Ich will es einmal versuchen.”

“Warum?”

Ohne zu antworten rutsche ich etwas von ihr weg und lege mich auf den Rücken. Ich habe immer noch das Watte-Gefühl. Sie liegt entspannt neben mir und sieht so unheimlich glücklich aus. Dann dreht sie sich weg und ich schmiege mich an sie. Wir rutschen ein wenig aneinander herum und plötzlich bin ich wieder in ihr. Ein leises Stöhnen.

“Ronni, ich schaff es nicht. Ich bin zu kaputt.” Doch ihr Körper macht ganz sanfte Wellen und wir treiben wieder auf dem breiten Strom der Liebe und der Zuneigung. Ganz entspannt, ganz ziellos. Dann treiben wir langsam ans Ufer.

“Ronni, mir geht es jetzt besser.”

“Mir auch. Ich versuche aufzustehen und bis ins Bad zu kommen.”

Gut, dass es ein richtiges Bett und nicht so eine auf dem Boden liegende Matratze ist. Dadurch bin ich wenigstens schon auf allen vieren, als ich mich zur Seite rolle. Irgendwie ziehe ich mich hoch und dann stehe ich. Draußen ist heller Tag, die Uhr zeigt fast elf Uhr. Rekord. Zumindest für mich. Auch das kalte Wasser im Bad bringt meine Lebensgeister nicht so recht in Schwung und so schleiche ich mich in die Küche, um einen Kaffee der Sorte Extrastark aufzubrühen. Die Meerschweinchen pfeifen mich herbei, um Karotten und Stroh serviert zu bekommen. Wieso sind die so munter, wo die doch auch jeden Tag zugange sind?

Mit dem dampfend heißen Kaffee gehe ich zum Bett, wo Jana sich in die Kissen und Decken vergraben hat.

Auf mein “Kaffee, olé!” kommt verdächtig schnell die Antwort.

“Mörder. Komm, wir bleiben den ganzen Tag im Bett.”

“Ob wir das aushalten, darf bezweifelt werden.” setze ich nüchtern dagegen.

“Und du willst Journalist sein und Schriftsteller werden? Keinen Sinn für Romantik. Gib´ mir mal den Kaffee, bitte.” Der Kaffeeduft war einfach zu verführerisch und ihr Gesicht taucht zwischen den Kissen auf. Sie setzt sich auf und ich liebkose ihre kleinen festen Brüste.

“Halt, erst den Kaffee!” Nach der ersten halben Tasse lässt sie sich entspannt sinken. “Jetzt komm!”

Wir lieben uns noch einmal und haben dann genügend Spannung, um aufzustehen. Unsere Köpfe kommen erst langsam wieder in Schwung. Der Körper gehorcht zwar unseren Wünschen, aber nur wie in Zeitlupe. Vielleicht hilft ein bisschen Frischluft. Ich ziehe mich zügig an und radel schnell zum Bäcker. Auf dem Weg habe ich den Eindruck, dass viele Augen mir neiderfüllt folgen. Der Rückweg geht ein wenig berghoch, aber auch das schaffe ich merkwürdigerweise. Als ich in der Küche ankomme, sind die Brötchen und Croissants noch warm.

Jana hat den Tisch gedeckt und taucht frisch gestylt aus dem Bad auf. Wir haben ein tolles Frühstück, irgendwie sind meine Sinne extrem aufnahmefähig. Danach sind wir zwar immer noch leicht schlafwandlerisch, aber so leidlich funktioniert unser Kopf wieder.

“Jetzt weiß ich, was ich die Jahre vor dir verpasst habe, Jana.”

“Danke für das Kompliment. Das gilt auch für dich.”

“Was wollen wir heute tun? Der gestrige Mord war ja echt ein starkes Stück.”

“Ich sehe schon die Schlagzeilen. “Braver Bürger geh´ zur Ruh. Es geschieht ein Mord und die Polizei schaut zu.” Herbert wird nicht begeistert sein.”

“Wer ist das schon von einem Mord? Ob der Lüder damit etwas zu tun hat? Ein Motiv haben wir nicht, vielleicht finden wir das in der gemeinsamen Vergangenheit in Bönen. Aber wenn: wie hat er es gemacht? Die Kamera sah völlig normal aus. Wenn er sie morgens erst im Laden gekauft hat, hat er sie mit Sicherheit nicht so schnell umbauen können. Nein.” Ich schüttele den Kopf. “Da werden wir nichts finden.”

“Vielleicht löste der Kamerablitz eine sensorische Überreaktion aus. Kaulen war stets nervös.” Spekuliert Jana. “In Japan haben vor kurzem einige hundert Kinder zum Teil lebensgefährliche epileptische Anfälle nach der Ausstrahlung eines Kinder-Comics mit schnell wechselnden Bildfolgen bekommen.”

“Möglich. Aber wahrscheinlich? Immerhin kann unser Täter nicht da gewesen sein. Den hätten wir sicher bemerkt. Wann bekommen wir das Ergebnis der Obduktion, Jana?”

“Ich habe gestern Zweipfennig aufs Band gesprochen. Wenn er es heute Morgen abhört und sich an die Arbeit macht, vielleicht heute Mittag. Außerdem filzen meine Kollegen gerade Lüders Zimmer im Hilton. Radling hat den Durchsuchungsbefehl sofort rausgerückt. Mal sehen, was er auf seinem Notebook hat.”

“Wir haben bereits Mittag.” Tatsächlich überschreitet der Zeiger gerade die High-Noon Markierung. “Ruf doch mal an, Jana.”

“Na gut, du Quälgeist.” Jana lässt noch ihren berühmten letzten Schluck in der Tasse und zieht das Telefon heran. Offensichtlich erreicht sie Zweipfennig direkt, denn sie hört gebannt zu. Dann legt sie auf.

“Hier die Ergebnisse, mein Lieber. Wie erwartet konnte Kaulen nicht animiert werden, Pardon, reanimiert werden.”

“Freud lässt grüßen, du Psychoanalytikerin.” Ein bisschen Sticheln gehört zum Geschäft.

“Die Obduktion ging schnell. Wieder wie gehabt, meinte er. Als er die hintere Kopfhaut sah, wusste er Bescheid, meinte er.”

Ich pfeife durch die Zähne. “Also wieder unser Hightech Killer.”

“Sieht so aus. Aber wo war er, als der Mord geschah?”

“Jedenfalls nicht da, soviel ist klar. Ich glaube nicht, dass der todbringende Strahler im Fotoapparat versteckt ist. Nein, ausgeschlossen. Wo sagtest du, war die Haut, Entschuldigung, gegart?”

“Am Hinterkopf.”

“Und genau dahinter ist die Kilometertafel! Schnell, Jana, wir müssen los. Sofort!” Aufgeregt springe ich in den Flur und meine Klamotten. Jana schüttelt den Kopf, kommt aber gleich hinterher.

“Ich erkläre es dir gleich, Jana, während der Fahrt.”

Der Wagen springt sofort an und vor lauter Schwung verliere ich fast den rechten Außenspiegel bei der Ausfahrt aus der Garage. Im Ort fahre ich auch in dieser Situation nur 35, aber außerorts lasse ich den Omega laufen.

“Jetzt erzähle endlich, was los ist.” Jana hält sich auf dem Beifahrersitz am Türgriff fest.

“Vielleicht haben wir es verpasst, aber vielleicht hat der Täter jetzt seinen entscheidenden Fehler begangen.”

“Was meinst du?”

“Wenn der Mörder nicht da war, aber sehr wohl gemordet hat, dann kann das Zweierlei bedeuten: Erstens hat er wahrscheinlich per Fernbedienung gemordet, sofern halt doch nicht eine Auslösung durch den Blitz stattfand und zweitens konnte er seinen Strahler erst wieder holen, als wir wieder weg waren. Zeit dazu hatte er eigentlich genug. Aber: Der Teufel ist ein Eichhörnchen und wir sollten” ich nehme die nächste Kurve mit quietschenden Reifen “nichts unversucht lassen.”

“Wir haben keine Chance, also nutzen wir sie. Verdammt noch mal, Ronni, gib Gas!” Jana legt sich wie auf ihrer roten Vespa in die Kurven.

“Mache ich doch, mache ich doch.” In rekordverdächtigen zehn Minuten sind wir am Ortseingang Bingen auf der gewöhnlich radarverseuchten Mainzer Straße.

Ich fahre nur die erlaubten 60, weil uns ein Anhalten durch die Polizei sicher mehr Zeit kosten würde als eine geringfügig langsamere Fahrt. Fünf Minuten später halten wir am Rheinufer, direkt unterhalb des Hildegard-Museums. Einige Fußgänger haben den schönen Morgen zu einem Rheinspaziergang genutzt, so dass die Szene recht belebt ist. Beim Aussteigen rieche ich heißen Reifengummi, doch Jana scheint das zu mögen. Die Rheingau-Kurven in der Gegend um Kiedrich dürfte sie mit ihrem R4 mehr als einmal auf zwei Rädern genommen haben, so wie ich sie kenne.

“Na, das war ein heißer Reifen, Ronni. Versuchen wir mal unser Glück.”

“Wir müssen schon wirklich Glück haben. Der Täter hat sein Gerät sicher noch in derselben Nacht abmontiert. Mit seiner Fernbedienung kann der irgendwo in der Nähe gesessen haben. Dann hat der abgewartet, bis wir fertig waren und hat sich sein Gerät geholt. So war´s. Vielleicht hat er wenigstens dabei brauchbare Spuren hinterlassen.”

Inzwischen sind wir bei der Kilometertafel 529. Ich schaue dahinter und Jana von der anderen Seite. Wir sehen es beide: Da hängt ein mattgrauer Kasten exakt in der Mitte des Schildes.

“Mensch, Ronni, jetzt haben wir ihn!” Jana jubelt.

“Langsam, Jana. Dem ist alles zuzutrauen. Vielleicht sitzt der hier in der Nähe, sieht uns und löst einfach mal eine kleine Sicherungsbombe aus. Fass es nicht an!” Ich bin wirklich besorgt. “Der hat bisher alles perfekt geplant, warum sollte der einen solch gravierenden Fehler machen? Solange wir nicht wissen, warum er das Ding hier gelassen hat, traue ich dem nicht über den Weg. Stell dir vor, eines der Kinder mit den funkgesteuerten Rennautos in der Nähe kommt nahe genug an das Ding heran und seine Frequenz trifft den Empfänger. Dann - bing - haben wir vielleicht den nächsten Toten.”

“In Ordnung. Wir sperren erst einmal den Pfad hier ab. Die Leute können oben herum gehen. Die Binger Polizei kann das dann übernehmen.” Sie führt von ihrem Handy ein Telefonat und dann ein zweites und noch ein drittes.

“Die Binger Kollegen sind gleich da. Wülfing habe ich nicht erreicht, vielleicht ist er über den Sieg von Mainz 05 irgendwo in einer rotweißen Fantraube versackt. Auf jeden Fall ist ein Bombenexperte vom BKA unterwegs, der wird in etwa einer halben Stunde hier sein.”

Erfreulich schnell sperrt die Binger Schutzpolizei den Treidelpfad ab, so dass wir uns wieder genauer der Mordmaschine widmen können.

“Gehen wir dem Ding einmal auf den Grund, Jana. Der Täter hat mit diesem Gerät gemordet, das scheint klar. Gehe übrigens auf keinen Fall vor der Mitte der Kilometertafel herum.” Ich habe jetzt noch mehr Angst um sie, nachdem wir doch wieder näher zusammen gerückt sind. “Außerdem ist spätestens nach der Geldübergabe klar, dass Lüder mit dem Mörder kooperierte.”

“Und er dirigierte seinen Kollegen genau an die tödliche Position! Ich rufe sofort in Mainz an, damit der Lüder in Haft bleibt.” Sie greift nach ihrem Handy, doch ich ziehe sie schnell auf die Seite.

“Bitte geh mehr zur Seite. Falls das Ding aus irgendeinem Grund auch mit deiner Handy-Strahlung auslöst, solltest du nicht dabei stehen. Übrigens bleibt die Frage, warum er das Ding nicht im nächsten unbewachten Moment wieder abmontieren und es stattdessen als Bombe dalassen sollte. Das wäre dumm, schließlich ist so ein Ding reichlich aufwendig zu bauen. Eine Bombe selbst aber nicht.”

“Das schließt aber nicht aus, dass dieses Gerät einen Selbstschutz-Mechanismus hat für den Fall, dass es einmal in unbefugte Hände fallen würde.”

“Genau, Jana. Aber das kann uns unser Bombenexperte sicher bald sagen.” Wir warten noch weiter während sich oberhalb der Rheinböschung die scheinbar unvermeidbaren Schaulustigen sammeln. “Können wir die nicht wegschicken, Jana? Die tratschen das in der ganzen Stadt herum und der Mörder wird vielleicht gewarnt. Wenn der aber nicht weiß, dass wir sein Gerät entdeckt haben, dann wird er es sich überlegen, ob er es abholt. Wenn er es aber nicht weiß und wir so tun, als ob wir etwas anderes suchen oder so tun, als ob wir gar nicht da sind ...”

“Dann schnappen wir ihn.” Jana schaut nachdenklich auf die Menschenmenge oberhalb. Jeder ein potentieller Gerüchteverbreiter. Sie spricht ein paar Worte mit den Binger Polizisten und die sperren das Gebiet um die Kilometertafel weiträumig ab.

Wir schauen uns das Gerät in Ruhe etwas genauer an. Die Kilometertafel ist aus Stahlblech und würde Mikrowellenstrahlung sicher weitgehend blocken. Also müsste der Täter wieder einige Löcher hineingebohrt haben. Ich sehe auf den ersten Blick nichts, doch dann fällt mir das schwarze Klebeband mitten in der “2” auf.

“Da sind vielleicht Fingerabdrücke vom Täter dran, Jana. Könnt ihr die sichern?”

“Klar, Ronni. Schau, da kommt gerade der Wagen vom BKA. Hey, das sind ja Zobi und Tobi!”

“Wer?”

“Entschuldige, natürlich Zobel und Tobel. Die habe ich schon ein paarmal getroffen. Die sind sich sehr ähnlich und schier unzertrennlich. Man sagt sogar, dass es sich eigentlich um eine Person handelte, die sich bei einer mißglückten Entschärfung entzweite. Aber das ist natürlich Blödsinn. Immerhin haben beide passenderweise Zwillinge geheiratet.”

“Und wohnen auch in einem Doppelhaus, stimmt´s?”

“Na klar.”

Jana grinst und geht schnell zu den beiden, die ausgestiegen sind und auf uns zu kommen. Zwei Anfangsfünfziger mit gemütlicher Figur, deren fröhliches Lächeln und schlendernder Gang sie mir gleich sympathisch macht.

“Hallo Zobi, hallo Tobi!” Jana begrüsst die beiden wie alte Bekannte und stellt mich dann vor: “Das ist Ronni Sander, ein Journalist.”

Allgemeines Händeschütteln. Dann ergreift Zobel das Wort.

“Sie denken also, es könnte eine Bombe sein?”

“Nun, sicher bin ich natürlich nicht. Aber wir haben es mit einem technisch und physikalisch äußerst versierten Mörder zu tun. Und selbst, wenn er das Gerät nicht mit einer Sprengladung gesichert hat, ist es möglicherweise immer noch scharf.”

“Was meinen Sie damit, Herr Sander?”

“Mit dem Gerät wurde innerhalb einer Sekunde der Psychologe Kaulen getötet, jedenfalls ist das höchst wahrscheinlich. Da es keine konventionelle Explosion war, muss das System eine leistungsfähige Stromversorgung haben. Möglicherweise ist es zudem ferngesteuert worden.”

“Dann sollten wir erst einmal herausbekommen, wie es ausgelöst wird, damit wir sehen, ob es noch scharf ist. Was genau geschah im Moment des Mordes?”

Jana ergreift das Wort: “Ein Kamerablitz wurde ausgelöst und blendete uns. Danach lag das Opfer schon auf dem Boden. Es war kein Film in der Kamera.”

Zobel überlegte. “Eine optische Auslösung wäre also auch möglich. Probieren wir das einmal aus. Wer hat einen Blitz dabei?”

“In meinem Auto habe ich immer die Fototasche dabei, aber der Blitz ist natürlich wesentlich stärker als der beim Mord verwendete.” Ich denke an Dominik und

Linda. “Meine Kinder haben auch jeweils eine Kamera, ziemlich genau dieselbe, wie sie beim Mord eingesetzt wurde. Ich hole sie gleich.”

Als ich mit den Kameras zurückkomme, nimmt sie Zobel in die Hand und mustert sie. “Ja, die haben nur einen schwachen Blitz. Mal sehen, ob es damit geht. Wie aber stellen wir fest, ob das Mordgerät auslöst?”

“Mikrowellen bringen Wassermoleküle in Rotation. Die damit verbundene Reibung erzeugt Hitze. Meine Kinder haben einmal Mohrenköpfe in der Mikrowelle aufgeblasen. Sollen wir das hier machen?”

Jana schüttelt den Kopf. “Nein, zunächst einmal wüssten wir nicht, wie wir die auf dem glatten Schild befestigen sollten. Und dann gibt es sicher einige Schmiererei, wenn ich an die Experimente Deiner Kinder denke.”

Tobel nickt. “Bleiben wir doch beim Wasser. Wir haben eine genau definierte Austrittsöffnung und einen starken Strahl.”

“Mehrere Kilowatt sicher.” Stimme ich zu und Tobel fährt fort. “Wir sollten einfach Wasser vor den Austritt hängen, vielleicht - in einem Ballon. Der platzt dann einfach ohne Schaden zu hinterlassen und das Wasser absorbiert die Strahlung. Hat jemand Ballons dabei, vielleicht der stolze Kindervater?”

“Na logo.” Wenige Sekunden später reiche ich die Ballontüte für den nächsten Geburtstag weiter.

“Das wäre also geritzt.” stellt Zobel fest. “Dann brauchen wir noch den Scanner.” Er geht zu seinem Dienstwagen.

Janas fragenden Blick fängt Tobel auf und beantwortet die noch nicht gestellte Frage. “Wenn dieses Gerät ferngesteuert ist, dann hat es einen Empfänger mit einem Oszillator. Ein Scanner kann die Frequenz herausfinden, in dem dieser Oszillator schwingt - und das ist die Auslösefrequenz.”

“Ganz einfach also.” meint Jana zweifelnd.

“Genau.” grinst Tobel.

Inzwischen haben wir einen Ballon mit etwas Rheinwasser gefüllt, mangels Druck allerdings etwas schlaff. Einen Faden zum Festhalten habe ich auch im Auto gefunden. Tobel nimmt die Kinder-Kameras sowie Ballon und Faden mit und geht mit seinem Kollegen vor die Kilometertafel. Dann hängt er den Ballon locker über die mit dem schwarzen Klebeband verdeckte Stelle.

“Fangen wir einmal mit dem Blitz an, auch wenn ein schwarzes Klebeband nicht dazupasst.” meint er locker und tritt ein paar Schritte zur Seite. “Hier stand ihr Fotograf?”

Wir nicken und er löst erst eine und dann beide Kameras aus. Nichts passiert. Ich hole noch meinen großen Blitz und löse ihn dazu aus: Wieder nichts.

“Ok, das war es dann wohl nicht. Das spricht für eine Funk-Fernsteuerung, zumindest fürs Erste.” Meint er locker. “Gehen wir einmal an den Scanner.” Tobel nimmt den Scanner in die Hand und stellt sich wieder vor das Schild, mit Respektabstand zu der mit Klebstoff markierten Stelle. Er dreht etwas an den Skalenknöpfen herum, schüttelt den Kopf und tritt näher zum Schild hin, bis er fast am Klebestreifen ist. Dann streift ein Lächeln über sein Gesicht.

“Unser Mörder ist ein ganz schön schlaues Kerlchen.” meint er anerkennend. “Der Empfänger arbeitet im 35 Megahertz-Band, hat aber nur einen schmalen Empfangswinkel. Bei seitlicher Abweichung reagiert er nicht, zumal das Blech der Kilometertafel stark schirmt.”

“Und das bedeutet?” Jana will konkrete Ergebnisse.

“Nun, er muss das Gerät in Empfangsrichtung ausgelöst haben. Seitlich geht das nicht. Er muss irgendwo drüben am anderen Ufer gewesen sein oder auf einem Schiff. Höchstwahrscheinlich handelt es sich um eine Funkfernsteuerung für Modellflugzeuge.” erläutert Tobel.

“Ein Schiff kam zum Zeitpunkt des Mordes nicht vorbei, Ronni.”

“Nein, Jana. Außerdem wäre es viel zu aufwendig und auch die Zeit wäre nicht genau einzuhalten, falls Kaulen nicht pünktlich gekommen wäre. Auf der anderen Naheseite kann er nicht genau sehen, was hier abgeht, auch der Mäuseturm ist noch zu stark seitlich von der Tafel. Außerdem bräuchte er ein Boot, ein zu großes Entdeckungsrisiko.”

“Also stand er auf der anderen Rheinseite, irgendwo an der B42.”

“Wahrscheinlich an der anderen Kilometertafel.” Spekuliere ich. “Da hat er dann genau die richtige Position, um praktisch senkrecht auf seinen Empfänger zu treffen. Wir sollten später einmal hinüber fahren und uns das ansehen.”

“Und wie geht es hier jetzt weiter, Ronni?”

“Nun, fragen wir doch einmal deine Kollegen. Wenn es wirklich eine Fernsteuerung aus dem Modellflugzeugbau ist, könnte uns Clausfriedrich von den Albatrossen in Gau-Algesheim helfen. Der hat sicher Quarze für das ganze 35 Megahertz-Band, mit denen wir dann den tödlichen Strahl auslösen können."

"Das brauchen wir nicht, Herr Sander." Zobel zeigt auf seinen Scanner. "Unser Scanner arbeitet auch als Signalgenerator, wir machen es einfach damit. Bitte gehen Sie auf die Seite, ich fange gleich an."

Zobel stellt sich auf soweit weg wie möglich und dreht an seinen Skalen.

"Achtung jetzt!" Bumm, ein zerfetzter Ballon hängt vor der "2". Eine kleine Dampfwolke verflüchtigt sich, der Rest des Wassers läuft rheinbraun die Kilometertafel herunter. Genau wie gedacht: eine sehr hohe Impulsleistung. Allerdings auch stark gerichtet, weil sonst das ganze Wasser verdampft wäre. "Wie viele Ballons haben Sie noch, Herr Sander?" Ein fröhliches Kichern. "Füllen Sie noch ein paar auf Vorrat."

Auch der nächste Ballon wird noch problemlos gemordet, aber der sechste überlebt. "Der Akku ist leer." grinst Zobel. "Jetzt können wir."

Zunächst nehmen die beiden das Klebeband unter die Lupe, aber Fingerabdrücke sind Fehlanzeige. Unser Täter hat mal wieder an alles gedacht.

"Wie ist es wohl befestigt?" überlegt Zobel laut und zieht vorsichtig am Gehäuse. "Sicher ein Magnet. Oder mehrere. Wenn wir das Gerät jetzt mit Gewalt abziehen, könnten wir etwas auslösen."

"Und wenn wir von vorn einen entgegengepolten Magneten auf die Tafel drücken? Dann sollte sich das Gerät wie von selbst lösen lassen." Rege ich an.

"Gute Idee, Herr Sander." Meint Tobel und verschwindet zum Dienstwagen. Nach etwas Kramerei kommt er mit einem Tütchen und einem schweren Magneten zurück. Jana scheint beeindruckt.

"Hier ist Eisenpulver, Jana." Tobel gibt Jana das Tütchen. "Wirf einfach ein wenig davon rund um das Klebeband." Schnell ist das typische Magnetfeld-Muster zu erkennen.

"Wir haben Glück." Meint Tobel, der sich das Ganze genau anschaut. "Nur ein Magnet. Sicher ein Hochleistungs-Typ auf Seltenerd-Basis. Der ist sehr stark und erheblich kleiner und leichter als herkömmliche Magnete gleicher Leistung." Er wischt die Eisenspäne weg und zieht dann mit einem Ruck das Band ab. Darunter kommen vier Bohrungen zum Vorschein.

“Ganz ähnlich wie bei den anderen Morden.” Meint Jana. “Aber hier sind vier Löcher relativ eng zusammen, warum?”

“Eine Bohrung ist sicher für den Empfänger vorgesehen.” Erläutert Tobel und zeigt auf die Bohrung oben rechts. “Die anderen lassen die Leistung durch. Doch jetzt nehmen wir das Gerät ab. Bitte zurücktreten, das ist jetzt unsere Aufgabe.”

Wir ziehen uns bis zu den Autos zurück und beobachten, wie Tobel den starken Magneten auf die Vorderseite der Kilometertafel drückt, während auf der Rückseite Zobel das Gerät festhält und dann leicht abnimmt. Er dreht es nach oben, kommt grinsend auf uns zu und macht dabei das Geräusch abprallender Kugeln aus genretypischen Westernfilmen.

“So, ihr Angsthasen. Da wollen wir mal sehen, was sich unser Mörder da ausgedacht hat. Im Wagen haben wir alles, was wir brauchen.”

Zunächst wird das Gerät sorgfältig auf ein weißes Tuch gelegt und Zobel und Tobel nehmen erst einmal Fingerabdrücke. Offensichtlich sind sie endlich fündig geworden. Vielleicht haben wir unseren Mörder bald. In dieser Zeit schaue ich mir das Gerät einmal sorgfältig an. Im Prinzip ist es wie eine Schüssel mit Inhalt aufgebaut, wobei diese jetzt offen vor uns liegt. Dominierendes Bestandteil ist ein graues, metallisches Horn mit etwa acht Zentimeter Austrittsöffnung, offensichtlich zur Strahlbündelung vorgesehen. Seitlich daneben ist der überraschend kleine Haftmagnet angebracht, genau wie Tobel sagte. Den dritten großen Block bilden etwa zwanzig Hochleistungs-Kondensatoren mit einer Kapazität von je zehn Farad, seriell geschaltet. Die kenne ich aus meinen Berichten für die technischen Fachzeitschriften. Und dazu kommt natürlich die Elektronik mit dem Funkempfänger an der Oberseite.

“Das ganze erinnert mich an eine Miesmuschel mit einer Schale, die sich genau an die glatte Kilometertafel anpasst. Der Magnet sorgt für gute Haltekraft. Grau lackiert, kaum zu sehen. Vor allem nicht bei Nacht.”

“Und absolut tödlich.” Ergänzt Tobel. “Mit den Kondensatoren kann der an die zehn Kilowatt durch den Strahler pumpen.”

“Das ist heftig.” Stimmt Jana zu. “Können wir das Ding unbrauchbar machen?”

“Na klar, soll ich?” Grinsend deutet Zobel an, das Gerät in den Rhein zu werfen.

“Nein, natürlich nicht.” Ein heftiger Ausruf von Jana. “Nein, sagen wir entschärfen.”

“Das haben wir schon getan, liebe Kollegin. Die Verbindung von den Kondensatoren zum Strahler ist unterbrochen und die Betriebsbatterie für die

Elektronik und den Funkempfänger haben wir auch schon lahm gelegt. Der Magnet und der Funkempfänger sind übrigens erst nach den anderen Komponenten angebracht worden."

"Das deckt sich mit unseren Vermutungen." Bestätigt Jana. "Wann können wir das Gerät wieder an der Tafel anbringen?"

"Meine liebe Kollegin, wir sind bald fertig mit der Untersuchung, bitte nicht drängeln. Sie wollen wohl den Täter beim Abholen erwischen, oder?"

"Genau." nickt Jana eifrig.

"Nun, es ist ein Beweismittel und wenn es verloren geht ..."

"Herr Sander und ich übernehmen die Überwachung. Dazu kommen noch einige Kollegen von der Binger Polizei."

"Na, wenn du meinst." Tobler sehnt sich wieder nach seinem freien Wochenende. "Also gut: wir sind fertig. Sicherheitshalber sollten wir aber die meisten Innereien entfernen, insbesondere das Horn und die Elektronik. Selbst wenn die Hülle verloren gehen sollte, kann der Täter damit erstmal nichts mehr anfangen."

"Ist eigentlich eine Sendeeinrichtung im Gerät?" mische ich mich ein.

"Wir haben nichts gesehen. Warum fragen Sie?"

"Weil der Mörder ja über seine Fernsteuerung etwas abfragen oder auslösen könnte, das ihm den Status des Gerätes anzeigt."

"Nun, wir haben nichts gesehen, Herr Sander. Außer natürlich dem Mikrowellenstrahler selbst. Den dürfen wir nicht in Betrieb lassen. Das wäre zu gefährlich."

"Und absperren können wir den Tatort nicht, sonst riecht der Mörder Lunte. Wir müssen uns auf die Überwachung verlassen." Jana sieht eine durchwachte Nacht auf sich zukommen.

"So, jetzt sind wir soweit, Jana." Zobel reicht uns das teilweise ausgeweidete Gehäuse. "Macht damit, was ihr wollt, wir fahren ins Wochenende." Er steigt auf der Fahrerseite ein, Tobel auf der Beifahrerseite und dann fahren Sie los. Tobel kurbelt noch mal das Fenster runter, ruft "Vergessen Sie den Klebstreifen nicht!" und weg ist er.

Jana und ich bringen das Gehäuse wieder an der Rückseite der Tafel an. Dann noch die Vorderseite von den Wasserresten befreit und der Klebstreifen rübergeklebt: “Voilà, nous sommes des assasins, ma chère.” Ich ziehe Jana in einen Mini-Walzer und sie lacht.

Anschließend sagen wir den Binger Kollegen Bescheid, damit sie die Absperrbänder wegnehmen, so dass das Volk wieder an Deutschlands großen Strom strömen kann. Wir beobachten noch eine Weile, ob jemand sich für den Bereich hinter der Kilometertafel 529 interessiert, aber das ist nicht der Fall. Ein Binger Kollege hält erstmal weiter Wacht, damit nicht irgendein Passant unseren Köder mitnimmt.

Jana hat Hunger, ich auch. Zuerst einmal gehen wir ins Hotel Krone und lassen uns verwöhnen. Eine Belohnung für unsere Arbeit haben wir wirklich verdient. Jetzt, wo ein Teil der Spannung genommen ist, spüre ich wieder die letzte Nacht. Vielleicht geht es ja doch weiter? Jana geht es offensichtlich ähnlich wie mir.

Nach dem Essen ist es schon 15 Uhr, Zeit unsere anderen Arbeiten in Angriff zu nehmen. Wir fahren zunächst mit der Fähre nach Rüdesheim und laufen bis zur Kilometertafel 529 auf der anderen Rheinseite, da Parkplätze an der B42 sowieso nicht vorhanden sind. Der Täter ist natürlich wieder mit dem Rad gekommen, so wie die anderen Male, stelle ich mir vor. Am Ziel angekommen, untersuchen wir Vorder- und Rückseite der Tafel, finden aber nichts. Ein paar leere Wasserdosen - das wird uns nicht weiterbringen. Wie breit ist der Rhein an dieser Stelle? Etwa fünfhundert Meter meldet die Karte. Genug, um nicht gesehen, erkannt oder gar erwischt zu werden, zumal der Fluss ein massives Hindernis bildet.

“Gehen wir einmal davon aus, Jana, dass der Täter hier saß, und vielleicht sein Rad auf den Sockel der Kilometertafel stellte. Dann hatte er freien Blick, aber in der Dämmerung sicher ein Problem, sein Opfer überhaupt zu erkennen.”

“Gut möglich. Dann muss das Opfer zum Opfer erklärt werden, indem ein Helfer es unmissverständlich anleuchtet, wenn es in der Nähe ist und es dann genau dahin bugsiert, wo der Mordapparat steht.”

“Wobei Lüder der Helfer war und die erste Aufgabe sein Laserpointer und die zweite Aufgabe der Fotoblitz erledigte.”

“Exakt, Ronni. So dürfte es gewesen sein.”

“Bleibt nur ein Problem: Warum hat der Mörder sein Gerät nicht geholt? Der Mord war um sieben, danach war massenhaft Zeit.”

“Erstmal nicht. Wir waren ja da bis nach zehn zugange. Da konnte er das Gerät nicht holen. Zumal wir es möglicherweise ja entdeckt hätten.”

"Also gut, dann hätte er es dann halt um Mitternacht oder später geholt. Hat er aber nicht!"

"Was hat ihn mehrere Stunden aufgehalten?" Jana überlegt. "Gestern war es neblig, feucht, aber sonst nichts Besonderes."

"Komm, wir fragen einmal die Fährleute. Vielleicht ist denen was aufgefallen."

Auf dem Rückweg schauen wir noch oft auf die Binger Seite, die vom Rochusberg und der Burg Klopp dominiert wird. Ein schönes Fleckchen Heimat am Eingang zum Rheintal mit seinen vielen Burgen. Auf der Fähre gibt uns der Kapitän einen klaren Hinweis: Gestern Abend sei der Fährbetrieb schon vor 22 Uhr eingestellt worden. Zu viel Nebel und - das fügte er auch hinzu - wenig los. Ob er einen Radfahrer gestern vor sieben mit nach Rüdesheim genommen habe? Nun, da mögen wir die Bediensteten fragen. Tatsächlich erinnert sich auch ein Pakistani an einige Radler gestern Abend, vielleicht so um 18 Uhr. Um diese Zeit sei das aber nicht ungewöhnlich, weil das schöne Wetter nachmittags zu einer Tour auf die andere Rheinseite einlade. Nach sieben aber sei kein Rad mehr übergesetzt worden, weder von noch nach Bingen.

Jana und ich bedanken uns und sind schon wieder ein Stück weiter. Während die Fähre bei der Annäherung an die Anlegestelle eine 180-Grad-Drehung vollführt, kommen wir zeitgleich auf dieselbe Idee.

"Ronni, stell dir vor, der sitzt mit seinem Rad da und schaut uns genüsslich zu."

"Und will erst übersetzen, wenn sich die Aufregung gelegt hat, denn die Bingen-Rüdesheimer Fähre fährt normalerweise bis 24 Uhr."

"Angenommen, er fährt um 22 Uhr 30 los, dann waren wir schon auf dem Nachhauseweg. Dann machte er einen Fehler, weil die Fähre infolge Nebels schon um 22 Uhr ihren Betrieb einstellte. Und da sitzt er dann, der arme Tor und kommt sich ganz bescheuert vor." Jana fängt an, meinen Jargon zu adaptieren.

"Er radelt nach Oestrich, was keine große Strecke bei gutem Wetter ist. Bei Nebelbänken aber ist die B42 ein Risiko für ihn, mit der ständigen Gefahr von einem Raser angefahren zu werden. Also fährt er auf dem schlechten Radweg, im Nebel bei schlechtem Untergrund. Braucht eine Stunde, also ist es jetzt 23.30 Uhr. Und stellt in Oestrich-Winkel fest, dass die Fähre nach Ingelheim bei jedem Wetter höchstens bis 21.30 Uhr fährt. Er radelt durch den Nebel Richtung Wiesbaden, um über die Schiersteiner Brücke zu kommen. Denn natürlich hat auch die Budenheimer Fahrradfähre längst seinen Betrieb eingestellt. An der Schiersteiner Brücke ist er vielleicht eine oder eineinhalb Stunden nach Mitternacht, stinksauer, durchfroren und mit der ganzen Strecke nach Bingen noch vor sich. Dann über die Brücke, weitere 30 Kilometer nach Bingen - dann wäre er um etwa vier bis fünf Uhr morgens wieder hier."

"Und könnte sein Gerät abmontieren."

"Hat er aber nicht. Warum? Was ist passiert?"

"Fahren wir mal zur Schiersteiner Brücke, vielleicht ist da jemand etwas aufgefallen. Die arbeiten da ja Tag und Nacht." Inzwischen hat die Fähre angelegt und wir gehen zu meinem Auto.

"Auch heute, am Samstag?"

"Ich denke schon. Komm, wir fahren los." Gesagt, getan. Das Jagdfieber lässt mich nicht mehr los. Auf dem Weg zur Schiersteiner Brücke klingelt das Handy. Jana nimmt es wie selbstverständlich aus der Freisprech-Einrichtung. Sieh an, wir sind doch wieder ein Paar, scheinbar. Sie lauscht gebannt zu, so dass ich mich frage, welche weltbewegenden Dinge geschehen sind.

"Hallo, Jana. Was ist los? Das ist übrigens mein Handy."

"Einen Moment, Ronni." Noch eine Minute, dann steckt Sie das Handy wieder in die Freisprecheinrichtung. "Entschuldige, aber das war für mich. Und es war sehr wichtig."

"Na los, erleichtere dich!"

"Die Untersuchung von Lüders Zimmer hat ein Notebook zu Tage gefördert, auf dem Kinderpornos und eine ganze Menge E-Mails gespeichert sind. Daraufhin hat der Haftrichter erst einmal Untersuchungshaft angeordnet."

"Na prima, einer hinter Gittern. Dann brauchen wir nur noch den Mörder. Nur noch."

Wiesbaden-Biebrich/Schierstein fahren wir ab und parken an der Containerstadt für die Monteure unter der Brücke. Heute ist ein Zugang gesperrt, einer ist frei. Wie aber war es gestern Nacht? Die Renovierungsarbeiten sind in vollem Gange, hier wird fast rund um die Uhr gearbeitet.

Der Vorarbeiter ist schnell ausfindig gemacht. Ja, gestern sei ein Radweg frei gewesen. Auch gestern Nacht? Nein, natürlich nicht. Da war die ganze Brücke komplett gesperrt, weil mit Autokranen die Geländerkonstruktion eingehängt wurde. Etwa um zehn. Die Umleitung für Autos sei die Weisenauer Autobahnbrücke oder halt die Theodor-Heuss-Brücke. Treffer! Wir bedanken uns und steigen von der Brücke zum Auto hinunter.

“Du hattest den richtigen Riecher, Jana.” klopfe ich anerkennend auf ihre Schulter. “Wenn er etwa eineinhalb Stunden nach Mitternacht an der Schiersteiner Brücke war, musste er weiter zur Theodor-Heuss-Brücke, sagen wir eine halbe Stunde und dann von Mainz nach Bingen, also über vierzig Kilometer über unbeleuchtete Feldwege im Nebel. Sagen wir also mal mindestens zwei Stunden, eher drei Stunden. Bei Nebel verfährt man sich leicht in den verzweigten Schrebergärten von Budenheim. Dann wäre er frühestens um fünf Uhr morgens in Bingen gewesen. Wenn er sich nicht verfahren hat oder eine Panne hatte.”

“Das macht verständlich, dass er sein Gerät nicht abgeholt hat. Vielleicht wähnte er sich auch einfach sicher.”

Inzwischen sind wir wieder zurück in Bingen und biegen zur Rheinpromenade ein. Der Binger Kollege ist froh über die Ablösung und berichtet, dass ein Rottweiler seinem Durchfall genau unter der Kilometertafel Geltung verschafft habe. Das dazugehörige Herrchen an der Leine sei ihm übrigens äußerlich recht ähnlich gewesen, fügt er grinsend hinzu. Das halte die Leute zuverlässig davon ab, die Gegend genauer zu untersuchen. Ob sich der Mörder davon abschrecken lässt? Ich glaube nicht.

Bei der Einteilung der Nachtwache verfluchen die Binger Kollegen die Idee, das Mordinstrument zu überwachen. Einer schlägt vor, den Boden unter der Tafel mit Sekundenkleber zu tränken, ein anderer das Aufstellen eines Fangeisens. Er habe noch eins von seinem Urgroßvater im Keller. Der sei damals von einem gewissen Dammel überrascht worden, als er die Falle leeren wollte und habe da wohl selbigen Oberförster ins Jenseits befördert. Wovon der Dammelstein als Denkmal im Binger Wald noch heute künde. Leider habe man den Uropa später erwischt. Aber das Fangeisen sei noch da. Ob er ...?

Aber Jana winkt müde ab, murmelt etwas vom ausreichenden Rottweiler-Effekt, und so wird eine Dreimann-Truppe stationiert. Ein Beamter sitzt auf dem Schiff “Stadt Bingen”, das am Anleger direkt an Kilometertafel 529 liegt und beobachtet die Szene, zwei weitere parken in einem Zivil-Auto direkt vor dem Hildegard-Museum. Natürlich stehen alle drei in Funkverbindung. Ablösung ist nach jeweils vier Stunden.

Jana und ich sind von Mitternacht bis vier Uhr morgens dran. Das Schiff schaukelt gemütlich, doch die Bänke sind entschieden zu unbequem, um die Umsetzung aufkeimender Gelüste zu fördern. So tut sich nichts und wir harren in dicke Decken gehüllt auf den Mörder, der aber nicht kommt. Um zwei Uhr noch ein paar Nachtschwärmer, die in die Unterführung pinkeln. "Männer!" schnaubt Jana verächtlich. Ich trete etwas später aus und erleichtere mich an einen Baum am Naheufer, unbeobachtet von Jana. Warum kommt mir ausgerechnet da ein merkwürdiger Gedanke? Zurück auf dem Schiff, überfalle ich Jana gleich:

"Alles falsch!"

"Hat dich die Baumwespe in dein edelstes Teil gestochen? Was ist falsch? Komm endlich wieder unter die Decke!" Sie hat mich also doch beobachtet!

"Na klar." schon bin ich wieder bei ihr. "Aber wir müssen umdenken, ganz sicher."

"Wovon redest Du?"

"Wir sind doch die ganze Zeit davon ausgegangen, dass der Kaulen den Mörder irgendwie beauftragt hat. Aber sollte er den beauftragen, sich selbst umzubringen?"

"Natürlich nicht. Zumal Lüders Verhalten nach dem Mord ja merkwürdig genug war, was für ihn als Täter oder zumindest Auftraggeber spricht. Aber wer hat dann die vorherigen Morde in Auftrag gegeben? Auch Lüder?"

"Denkbar wäre es schon, aber dann passen wieder Kaulens Verhalten und seine E-Mail Aktivitäten nicht hinein."

"Wer immer der Auftraggeber und seine Motive sind, das können wir wahrscheinlich erst feststellen, wenn Lüder plaudert. Erst einmal sitzt er ja wegen der Kinderpornographie fest. Vielleicht will er ja seine Seele erleichtern. Oder wenn wir den Mörder erwischen."

"Das immerhin scheint sicher."

"Wie meinst du das? Ob unsere Falle zuschnappt, wissen wir nicht."

"Nein, ich denke, dass wir es sicher mit ein und demselben Täter bei allen Morden zu tun haben. Zu ähnlich sind sich die Tathergänge."

"Na, dann warten wir mal auf ihn."

Doch auch in den restlichen Stunden, die sich wie Kaugummi ziehen, ereignet sich nichts. Als unsere Ablösung kommt, sind wir heilfroh und fahren zu mir nach Hause und dann ins Bett. Viel zu kaputt, um an etwas anderes zu denken als unseren Schlaf.

*

Willi machte sich Sorgen. Die Geldübergabe wäre fast daneben gegangen. Fast hätten ihn die Schnüffler um seinen gerechten Lohn gebracht, aber sein Rad hatte ihn wieder sicher nach Hause getragen. Gut, dass er den Rochusberg wie seine Westentasche kannte. Den Hang herunter, dann ein Stück an der Nahe entlang und schließlich durch die Fußgängerzone. Keine fünf Minuten später war er in Sicherheit. Er musste noch vorsichtiger sein. Um ein Haar hätte ihn ein wild bespoilerter Kadett noch erwischt, der auf dem Weg in die Disco mit offenen Fenstern und dröhnenden Bässen durch die Fußgängerzone raste.

Sein normales Rücklicht hatte er schon vor etwa einer Woche verloren. Bei der Plakataktion an der Mainzer Straße wahrscheinlich. Auch das war einfach riskant gewesen. Bei Tageslicht würde er sicher nicht mehr arbeiten. Viel zu gefährlich. Das Rücklicht hatte er sicherheitshalber wie sein Frontlicht auf Akkubetrieb umgestellt. Wenn es eilig war, hemmte nicht der Dynamo sein Fortkommen. Verfolgern gegenüber aber waren beide Lichter unabhängig voneinander nach Bedarf abzuschalten. Gute Ideen machen sich bezahlt. Inzwischen sah seine Finanzlage schon ganz anders aus als noch vor zwei Wochen.

Dank Lucy. Sie war inzwischen erwachsen. Viel Leistung, schönes Gehäuse, starker Magnet. Sie durfte einmal ausgehen. Ganz allein? Willi grinste. Die Fernbedienung würde Lucy sagen, wann es soweit war. Seine gute alte Fernbedienung aus der Modellbauzeit, als die Reichweite noch nicht limitiert war.

Da, der Laserpunkt. Ein kleiner Mann sollte mit Lucy flirten. Sein Auftraggeber golf.hit machte seine Sache gut. Noch ein wenig Einrichten, dann der Blitz. Willi drückte auf seine alte Fernsteuerung. Kurz danach sprangen Leute von allen Seiten herbei. Aha, damit hatte er gerechnet, nachdem schon die Geldübergabe überwacht wurde.

Was sollte ihm schon geschehen? Über den Rhein könnten die so schnell nicht, selbst wenn Sie wüssten, das er hier wäre. In jedem Fall wäre er schnell genug weg. Die Ruine Ehrenfels bot genügend Verstecke. Doch die Schnüffler merkten nichts, Lucy war eins mit dem Schild. "Lucy 529" - ein guter Name. Später flammten Scheinwerfer auf und tauchten die Szene in gleißendes Licht. Leute standen vor dem Schild herum und suchten auf dem Boden und der Umgebung, aber nicht bei Lucy.

Wie auf der Bühne beobachtete er genüsslich die Untersuchungen der Kripo-Beamten. Ein Kitzel der besonderen Art, wie seine Lucy sich in ihrem kuscheligen Bett nach getaner Arbeit ausruhte. Ob er noch einmal abdrücken sollte? Einen Verfolger einfach so dazulegen? Ratatazong, auch durch Beton, dong! Einen Moment dachte er darüber nach, einen Moment schwebte sein Finger auf dem Servoknopf der Steuerung. Nein, das wäre zu gefährlich. Vielleicht würden Sie Lucy entdecken. Nein, und auch nicht fair. Mit seinen Verfolgern würde er sowieso jederzeit fertig werden. Genießerich leckte er über seine Lippen.

Die Kripo hatte offensichtlich einiges vor. Zwar wurde die Leiche des kleinen Mannes gleich abtransportiert, aber danach dauerte es bis 22 Uhr, bis die von den Bullen mitgebrachten Scheinwerfer ausgingen. Mit dem Ende des Schauspiels fiel die Dunkelheit unvermittelt über Willi her, er fühlte die Kälte in seine Lederjacke kriechen. Feuchte kroch vom Fluss hoch und kondensierte auf der Aluplatte seiner Fernsteuerung. Nebelbänke waberten über die Wasseroberfläche und versperrten mit zunehmender Schnelligkeit den Blick über den Rhein. Schon ragten nur noch die Zinnen des Mäuseturms aus der Nebelsuppe heraus. Es war an der Zeit, sich auf den Heimweg zu machen. Bis zur Rüdesheimer Fähre waren es vielleicht fünf Minuten, dann noch fünf Minuten über den Fluss und zehn Minuten nach Hause. Um 23 Uhr wäre er zu Hause, der Kaffee wartete schon auf ihn.

Nein! Lucy musste er noch abholen. Die Polizei war sicher schon weg. In dem Nebel würden sie ihn sowieso nicht sehen. Willi packte die Fernbedienung in die Tasche, in der auch sein Magnet lag und machte sich auf den Weg. Mit einem leichten Summen glitten die Reifen über den Asphalt der B42 nach Rüdesheim. Ein wohliges Gefühl durchrieselte Willi trotz des zunehmenden Nebels. Schon kurz später stand er am Fähranleger Rüdesheim. Die Fähre Michael lag schon da. Aber nicht am Anleger, sondern am Liegeplatz. Ein Zettel informierte in dürren Worten: “Fährbetrieb eingestellt. Nebel. Nutzen Sie die Schiersteiner Brücke.”

Willi fluchte. Scheiß Spiesbürger, schon wieder ist der Feierabend wichtiger als sonst was. Wie sollte er weiterkommen? Mit dem Zug? Zu gefährlich. Da hätte ihn jemand erkennen können in den hellen Waggons. Die Fähre Oestrich-Winkel fuhr sicher auch nicht mehr. Die ganze Strecke über Wiesbaden? Warum nicht? Getragen vom Gefühl des Sieges schwang er sich entschlossen wieder auf das Rad und radelte in der immer dichter werdenden Nebelsuppe über die B42 nach Wiesbaden.

Mist, Mist, Mist. Auch das englische Wort für Nebel heißt mist, wie passend. Am Anfang lief das Rad noch gut, aber nach und nach kroch die Kälte in Willis Kleidung, die Nässe stach in sein Gesicht. Warum hatte er seine Haare abrasiert?

Der Nebel wurde immer dichter, die Geräusche der überholenden Autos waren erst spät zu hören, Hindernisse erst spät zu erkennen. Fast wäre Willi auf ein parkendes Wohnwagen-Gespann aufgefahren, das auf der Radspur parkte und schemenhaft weiß und unbeleuchtet vor ihm auftauchte. Beim Ausweichmanöver rutschte er mit dem Rad in den Straßengraben und stürzte. Fluchend rieb er sich die Schenkel und stellte den Lenker wieder gerade. Sonst war nichts passiert und er fuhr vorsichtiger weiter.

Schließlich tauchte die Schiersteiner Brücke im Nebel auf, der Wendepunkt auf dem Rückweg. Doch die Auffahrt war gesperrt! Er brüllte "Scheiße" nach oben in die hellerleuchtete Nebelsuppe, in der behelmte Figuren herumturnten. Die aber bemerkten ihn im Kompressorenlärm nicht. Am liebsten wäre er ins Wasser gesprungen. Noch ein Umweg mehr, Mist Straßenbau für die Protz- und Prunkkarossen der neureichen Juppies im nahtlosen Übergang zur verrenteten Wirtschaftswunder-Generation. Die Oberschenkel schmerzten schon, als er entlang der Äppelallee weiter den Rhein hinaus fuhr. Zweiter Gang, dritter Gang an den Plakatwänden mit lächelnden Promomiezen vorbei, deren weißgeschminkte Haut teilweise mit Graffiti übersprüht war.

Dann endlich die Eisenbahnbrücke nach Mombach. Er trug mühsam sein Rad hoch und war damit bereits auf dem Rückweg. Die vorbei brausende S8 schob den Dunst zur Seite und drängte ihren Luftschwall derart heftig auf den Radweg, dass Willi sich am Geländer festhielt. Dann die steile Treppe runter zur Rheinallee, gerade ein paar Meter vor den Schott-Glaswerken. Ob er doch noch lieber den Zug nehmen sollte? Dann müsste bis zum Bahnhof strampeln und mindestens eine Stunde warten. Nein, viel zu auffällig, die letzten dreißig Kilometer schaffte er auch noch. Er nahm seine letzten Kräfte zusammen und strampelte am Damm entlang über Budenheim, Heidenfahrt und Ingelheim zurück nach Bingen. Nässe, Kälte, Dunkelheit, mehr als einmal kurz vor dem Sturz. Fast am Ziel geschah es dann: er fädelte in die offenen Schienen am Binger Hafen ein. Lenkung und Rad blockierten, der Sturz war unausweichlich. Er kippte seitlich um, versuchte den Sturz mit der Hand abzufangen und verstauchte sich das Handgelenk. Der Schmerz schoss wie eine glühende Nadel bis hoch in seine Schulter. Das Vorderrad war verbogen und er musste halb schieben, halb tragen. Fast hätte Willi vor Schmerz und Erschöpfung geheult. Als er schließlich an seiner Wohnung ankam, war es bereits ziemlich hell, aber immer noch neblig. Völlig ausgepumpt schob er sein Rad in die Garage und kroch ins Bett. Für seine Lucy hatte er keinen Gedanken mehr übrig.

*

Die Sonne scheint zum Fenster hinein und weckt uns. “Wieso hast du Folterknecht das Bett so hingestellt, dass mir die Sonne morgens ins Gesicht scheint.” Jana dreht sich um und vergräbt sich in die Kissen.

“Auch die Sonne will dich mal im Bett sehen, du Schönste der Schönen.” Spotte ich.

“Elender Schuft. Gleich werde ich wütend und nehme dich in einen Halte-Klammer-Würge-Griff.”

“Pass nur auf, ich kann Ikebana und Mikado!”

Wir toben noch etwas im Bett herum und haben dann doch keine Ruhe mehr. Noch vor dem Frühstück ruft Jana in Bingen an, doch der Mörder hat sich nicht blicken lassen. Das Gerät hängt noch unverändert da. Noch ein Anruf und ihre Miene hellt sich auf: “Herbert, wo bist du denn versackt?”

“Na und, ich habe auch mein Privatleben, Jana. Was gibt es denn?”

Jana rapportiert die letzten Ereignisse und ich werfe schon einmal die Kaffeemaschine an, die zischend Dampfschwaden in den Filter spuckt. Nach dem Tischdecken kommt Jana zu mir: “Herbert will den Ronni sprechen!”

Locker nehme ich den Hörer in die Hand.

“Hallo Herbert, wie läuft es, altes Haus?”

Jana steht sprachlos daneben.

“Alles OK, Ronni. Heute ist übrigens wieder Wanderung. Ganz groß angekündigt in der Zeitung. Da werden sicher etliche Neue kommen.”

“Auch etwas für dich vielleicht?”

“Nein, ich glaube, ich bin bereits an der Angel. Wir wandern übrigens in Bingen los, rund ums Rhein-Nahe-Eck und dann über den Bahnhof und die Rheinkribben die Kreuzbachklamm hinauf. Das ist wohl ursprünglich deine Tour gewesen.”

“Kann gut sein, wer führt denn?”

“Maria und Christian.”

"Na, dann viel Spaß. Ich stehe noch mit Jana Wache an unserem Mordinstrument. Wahrscheinlich lauft ihr da ja gerade vorbei."

"Aber klar, mein Lieber. Wir sehen uns dann am Eck." Herbert legt auf.

"Sag mal, was hast du denn mit dem gemacht, Ronni?" Jana ist immer noch fassungslos. "So kenne ich den gar nicht."

"Ich schätze, er ist den charmanten MachMit!-Damen erlegen. Vielleicht sehen wir seine Eroberung ja schon heute Nachmittag bei der Wanderung. Die gehen genau an unserem Überwachungsobjekt vorbei."

"Und wann?"

"Die starten um eins ab Wiesbaden Hauptbahnhof, jeden Sonntag. Dann mit Autos nach Bingen, ich würde sagen, um halb zwei Nachmittags sind die am Eck."

"Genug Zeit für ein Frühstück und danach vernasche ich dich." Und so kommt es dann auch.

*

Als sich Willi um zwei Uhr in der Nacht zum Sonntag an den Rhein schlich, um seine Lucy zu holen, war es verdächtig ruhig. Seine Hand schmerzte noch, aber tatsächlich war der Sturz nicht so schlimm gewesen, wie er befürchtet hatte. Auch das Vorderrad seines Drahtesels war schon wieder gerichtet und so war er frohen Mutes. Mit dem Geld in der Tasche war das nächste Rad längst kein Problem mehr. Doch was war mit Lucy?

Da stand ein Auto, dessen Scheiben nicht von außen beschlagen waren. Verdächtig, da war wohl eine Standheizung in Betrieb. Und tatsächlich kam ein Mann heraus und pisste an einen Baum. Wahrscheinlich eine Überwachung. Die Bullen hatten etwas gemerkt. Wie viel? Hatten Sie Lucy gefunden? Wenn ja, was hatten Sie mir ihr gemacht? Gefährlich, gefährlich. Aber auch reizvoll. Diesen untersetzten Sesselfurzern einmal zeigen, wie was abgeht.

Am Rhein lag ein kleines Fahrgastschiff, das gestern noch nicht da war. Merkwürdigerweise qualmte der Schornstein. Da war jemand auf dem Schiff. Wozu? Die sind normalerweise so leer wie der Weltraum, wenn sie nicht in Fahrt sind. Als dann noch ein glühender Punkt hinter der dunklen Scheibe einen Raucher signalisierte, wusste Willi Bescheid. Vorsichtig näherte er sich vom Hildegard-Museum her. Tatsächlich, seine Lucy hing noch da. Hatten sie sie doch noch nicht entdeckt? Oder war das eine Falle? Näher konnte er aber nicht ran, der Typ auf dem Schiff war wach. Schlafende rauchen keine Zigaretten. Er beschloss, vorsichtig zu sein.

Willi ging zu seinem Rad und fuhr in seine Kellerwohnung. Auf der Treppe lag das Binger Wochenblatt, noch vom Freitag. Leicht angefeuchtet und etwas ramponiert. Er nahm es mit. Vor seinem vertraut flimmernden Computer konnte er keinen klaren Gedanken fassen. Wie konnte er seine Lucy retten? Sie wurde scharf bewacht. Ob sie entdeckt worden war, wusste er immer noch nicht, es war aber wahrscheinlich. Trauten die sich nicht dran?

Wie kann man etwas holen, wenn es bewacht wird? Mit einem Ablenkungsmanöver, das lernt jedes Kind aus Kriminalromanen. Wenn es also Nachts mit wenigen Leuten nicht ging, dann halt am Tag mit einer richtigen Menschenmenge. Was war los? Er blätterte im Wochenblatt. BIG Birthday Party, prima. Da kommen sicher reichlich Leute und es gibt gute Sachen zum Essen und Trinken. Doch solange konnte man nicht warten. Ornithologische Exkursion direkt vom Anleger am Nahe-Eck. Gute Idee, bei diesen Federfreunden unterzutauchen. Da gab es genügend wunderliche Vögel. Doch nein, die Exkursion begann erst nächste Woche. Was lief diesen Sonntag?

MachMit!-Wanderung rund ums Rhein-Nahe-Eck. Start um 13 Uhr 30 am Zollamt am Eingang der Rheinanlagen. Willi schaute auf die Uhr. Jetzt war es fast vier Uhr Morgens. Und Mittags schon wieder raus? Kreative Leute haben andere Bedürfnisse. Aber es musste sein. Willi legte sich auf seine Matratze und vergaß sogar, seinen Computer auszuschalten.

*

"Wann müssen wir an der Nahemündung sein, Jana? An unserer Beobachtungsecke?"

"Nussecken? Warum Nussecken?"

"Nein, ich bin nicht der Schlagerstar mit der halblangen Nackenmähne. Peep, peep, peep, ich hab dich lieb." Ich rolle mich spielerisch auf sie, sehe ihr tief in die Augen und sage mit Grabesstimme. "Wann, Frau Kommissar und Rächerin der strahlenden Opfer, wann, oh Gebieterin, wann sollen wir unseren Posten am Rhein-Nahe-Eck beziehen?"

"Ach so." Jana kommt auch wieder aus dem Reich der Träume zurück. "Mörderfangen meinst du?"

"Genau."

"Um zwei. Wie spät haben wir jetzt?"

"Halb zwei, wir müssen uns beeilen."

"Und worauf wartest du noch?" Mit einem energischen Ruck wirft sie mich von sich und vom Bett gleich mit. "Entschuldige, das war vielleicht ein wenig heftig. Na dann los." Sie zieht mich hoch und wir verteilen uns auf die Bäder, um möglichst schnell fertig zu werden. Ich werfe noch schnell unsere beiden Räder in den Kofferraum des Kombis. Nach unserer Schicht können wir noch etwas die flache Strecke nach Trechtingshausen und Bacharach radeln.

Viertel vor zwei sind wir bereits nach Bingen unterwegs. Und tatsächlich sind wir pünktlich da, sehnsüchtig erwartet von den Binger Kollegen, die sich an entenfütternden Eltern-Kind-Kombinationen und zwerghund-ausführenden Rentnerinnen satt gesehen haben. Wir sind auf uns gestellt, erfahren wir vor Ort. Die Binger Kollegen wollen auch einmal einen halbfreien Sonntag haben, zumal die Nacht auf Montag ja wieder volles Programm laufen soll. Was soll schon am Tag mit soviel Publikumsverkehr passieren? Die aus dem Gerät abgenommenen Fingerabdrücke sind übrigens inzwischen beim BKA verglichen worden. Es wundert mich nicht, dass auch dieser Ansatz nichts ergeben hat. Unser Täter ist sicher kein gewöhnlicher, altgedienter Verbrecher.

Nachdem wir die Räder direkt oberhalb der Kilometertafel in unserem Blickfeld geparkt haben, beziehen wir Posten auf dem Schiff, das noch von dem qualmenden Vorgänger verräuchert ist und lüften erst einmal gewaltig. Kein Wunder, dass sich in Deutschland keine Termiten halten können wie in Brooklyn. Dort führt meine ehemalige Geliebte Elisabeth ihren alljährlichen Kampf gegen die begeisterten Holzfresser. Während Termiten ihr Holzhaus in Brooklyn zernagen, kämpft sie sich in der Bibliothek der New York City University durch die afrikanische Literatur. Bücherwürmer und Termiten sind halt natürliche Feinde.

Unser Schiff schaukelt gemütlich, wenn die großen weißen Fahrgastdampfer der Köln-Düsseldorfer Flotte an uns vorbei zur Lorelei oder nach Mainz ziehen. Alle Stunde flitzt der Rheinpfeil auf seinen Tragflächen im Rekordtempo durchs Rheintal. Brave Bürger spazieren auf ihrem Verdauungs-Spaziergang nach Schweinebraten mit Rotkraut und Kartoffelklößen gemütlich über den Treidelpfad, der auch als Leinpfad bekannt ist.

“Heute wird tagsüber ohnehin nichts passieren, Ronni. So sind wir halt jetzt allein. Der Täter wird sich bei Tageslicht nicht trauen. Wann kommen deine Vergnügungssüchtigen?”

“Na, ja, die müssten eigentlich jeden Moment auftauchen. Mit der üblichen Verspätung sollten sie etwa um viertel vor zwei in der Nähe der Fähre geparkt haben. Bis hierher, sagen wir mal zwanzig Minuten.” Ich schaue auf die Uhr. “Die müssten eigentlich schon da sein. Vielleicht ist es der Pulk, der sich da hinten durch die Rheinpromenade schiebt.”

Tatsächlich trabt die Truppe zielstrebig näher und geht die Treppe vor dem Hildegard-Museum zum Rhein hinunter. Wir erkennen Herbert Wülfing, der zwar kein Händchen hält, aber seine Aufmerksamkeit sehr auf seine Begleiterin richtet. Die das natürlich genau mitbekommt, wie die psychologisch geschulte Jana bemerkt. Es sind mindestens fünfzig Teilnehmer, auch viele, die ich noch nicht kenne. Auch eine auffallend große, etwa 35-jährige in Jeans mit halblangen blonden Haaren, zu der aber die dunklen Augen nicht so recht passen. So einige Herren scharen sich um sie, was sie scheinbar gelangweilt hinnimmt.

Jetzt trabt die Truppe mit Maria und Christian an der Spitze um das Rhein-Nahe-Eck, die Umrundung von Kap Hoorn kann schöner nicht sein. Ich gehe raus auf den Anleger und rufe Maria, die begeistert zurück winkt. Ein großes Hallo entsteht.

“Ach der Ronni. Ja, ja, kaum in festen Händen, schon wandert er nicht mehr mit uns.”

“Arbeit, Arbeit” erwidere ich grinsend. Der Pulk versperrt den Blick auf die Kilometertafel, alle schauen zu uns aufs Schiff, wo sich jetzt auch Jana zeigt. Alle? Nein, die große Blonde nicht! Mir schrillen alle Alarmglocken und ich renne über den Anleger, Jana hinter mir her.

“Herbert, halt die Blonde fest!” Herbert schaut konsterniert, während die Blonde schnell etwas vom Boden unter der Kilometertafel aufhebt und die Böschung hinaufspringt. Dabei verliert sie ihre Perücke und ein fast kahl geschorener Schädel kommt zum Vorschein.

“Das ist er!” Ich wühle mich durch die aufgeregte Meute durch und renne hinter ihm her, gefolgt von Jana. Die Tarn-Blondine rennt durch die Unterführung Richtung Hauptbahnhof und Jana brüllt mir zu: “Hol dein Rad, damit bist du schneller. Ich bleibe dran.” Und schon ist sie auch in der Unterführung. Ich renne zurück zum Rad und trotz meiner zittrigen Finger schaffe ich es, das Schloss schnell zu öffnen. Herbert alarmiert schon einmal die Binger Kollegen.

“Lass´ die Übergänge in den Binger Wald und den Uferweg nach Trechtingshausen sperren, sonst ist der weg!” rufe ich ihm zu, während ich im ersten Gang von Fünfen durch die Unterführung und über den Bürgersteig auf die Straße jage. Der Täter ist inzwischen am Parkplatz vor dem Hauptbahnhof und hat etwa hundert Meter Vorsprung. Er wirft das ohnehin ausgeschlachtete Mordinstrument weg und schwingt sich auf sein Fahrrad, was er dort offensichtlich vorher abgestellt hatte. Zunächst komme ich schnell näher, aber auch er tritt kräftig in die Pedale und fährt auf den Bahnsteig zu.

Mit dem Zug will er sicher nicht fahren - dann muss er durch die Bahnunterführung in den stillgelegten Bereich hinter den Binger Hauptbahnhof mit seinen vielen Verstecken. Jana sieht ihr Rennen als verloren an und schaut zu, wie ich keuchend hinter dem Mörder herstrample. “Fahr in die Kreuzbachklamm, Jana, schnell.”

Ohne Rücksicht auf die wartenden Passagiere fahren wir mit vollem Tempo den Bahnsteig entlang, während der Lautsprecher plärrt. “Bitte absteigen, bitte absteigen. Das Radfahren auf dem Bahnsteig ist verboten. Bitte absteigen.”

Wie gedacht: fast am Ende des Bahnsteigs biegt er nach einer Vollbremsung in die Unterführung zu den Schrebergärten ein. Hinterher! Schnell noch die Akkuleuchte eingeschaltet. Er ist schon am Ende des Tunnels. Ein Knacken verrät, dass er in einen niedrigeren Gang geschaltet hat. Das kostet etwas Zeit, mit meiner Nabenschaltung bin ich schneller und hole auf, komme aber fast ins Schleudern, was den alten Abstand wieder herstellt. Mist! Durch die Brombeerbüsche, dann auf der zunächst gesplitteten, dann asphaltierten Strecke die Rheinkribben entlang. Ich hole auf, aber er ist immer noch etwa 50 Meter vor mir. Vollbremsung!

Ich bin fast dran. Er springt vom Rad und rennt in die Unterführung. Mit blockiertem Hinterrad bringe ich mein Rad zum Stehen und haste ihm hinterher. Der Weg ist teilweise überflutet, weil der Bachabfluss schon lange nicht mehr gereinigt wurde und meine kurzen Schuhe patschen im Nass. Am Ende des Tunnels kommt rechts der aufgestaute Bach in dem Tunnel unter der B9 hindurch, links geht der Fußweg zur Straße.

Er biegt nach rechts ein, voll ins Wasser. Er will durch zur Kreuzbachklamm! Oder hat er sogar einen Schlüssel zum Rheinstollen? Widerstrebend springe ich ihm hinterher, meine Hosen werden nass und pappen augenblicklich an den Beinen. Diese verdammten Jeans, in denen kann ich sowieso nicht so gut rennen. Aber der Mörder auch nicht, das tröstet.

Hoffentlich ist Jana gleich zur Kreuzbachklamm gerast, sonst bin ich gleich auf mich selbst gestellt und mir geht schon fast meine Luft aus. Er huscht vor mir durch das Halbdunkel und biegt nach rechts hoch zur Kreuzbachklamm ab. Wenn er in dem riesigen Bergwerk verschwinden würde mit seinen mehr als 20 Kilometern Stollenlänge und möglicherweise unbekannten Ausgängen - dann wäre er weg. So aber ist er noch über der Erde. Ist Jana da? Verdammt, wo ist Jana?

Ich biege um die Ecke, hoch zur Klamm und höre einen Schrei, dann einen Körper dumpf auf den Boden schlagen. Ich bleibe mit der Hose an dem neuen Gitter hängen, das den Eingang zum Rheinstollen zur Klamm hin abtrennt und falle wie ein nasser Sack mit dem Gesicht voran in die Dornbüsche. Jetzt ist er bestimmt weg! Als ich mich wieder aufrappele und mit brennendem Gesicht nach oben schaue, sehe ich im Gegenlicht Jana. Sie hat den Mörder sicher am Boden. Wie ein Großwildjäger steht sie da, einen Arm als Hebel fest gepackt und mit dem Fuß an seiner Halsschlagader.

"Hallo Ronni, wie siehst du denn aus? Du hast dir ja das Gesicht an den Brombeeren aufgerissen."

"Das gehört zum Geschäft, Jana." Grinse ich. "Gratuliere zum Fang."

"Herbst ist in Rheinhessen Treibjagd-Saison, das müsstest du wissen, Ronni."

*

Als kurze Zeit später die Kollegen der Binger Polizei eintreffen, lässt sich der Täter widerstandslos abführen und sagt kein Wort. Da ist offensichtlich eine Welt zusammen gebrochen, scheint es.

"Was sagt die Psychologin dazu? Hochmut kommt vor dem Fall, oder?"

"Der hat jetzt erst einmal ein ganz schönes Brötchen zu knabbern." Jana erinnert sich wohl unbewusst an unser Frühstück mit den aufgebackenen Brötchen vom Vortag. "Ein so übersteigertes Machtstreben und dann das - wenn der wüßte, dass niemand zusieht, würde der weinen."

"Genau das wird er aber nicht, denn ein Mann weint nicht."

"Bevor wir zu sehr spekulieren, sollten wir uns auf das Wesentliche konzentrieren."

"Also: Was geschieht mit ihm?"

Sie zuckt mit den Schultern. "Zunächst einmal zum Haftrichter. Der dürfte kein Problem haben, ihn fest zu setzen. Aber dann? Was haben wir gegen ihn in der Hand?"

"Das Geld."

"Wenn wir es finden, sagt das immer noch nicht, dass er es war. Deine Bekannte bei der Rheinhessen-Bank hat sich ja die Nummern der Scheine nicht notiert, oder?"

"Genial, wenn sie das hätte! Dann würden wir wissen, ob Kaulen doch dran beteiligt war!"

Schnell rufe ich Maria an, aber die hat es leider nicht gemacht. Woher sie das wissen soll? Bei anderen ist das auch nicht üblich, meint sie. Recht hat sie. Jana bekommt das Gespräch mit und schüttelt den Kopf.

"Das wäre ja auch zu schön gewesen."

"Und seine Mordmaschine? Bekommen wir ihn so?"

"Gut, er hat sie gebaut. Aber war er es, der sie eingesetzt hat? Alle Zeugen sind tot oder haben ihn nicht gesehen. Zudem wird er sich hüten, irgendetwas über seine Auftraggeber zu sagen, weil es auch ihn belasten würde. Die Schuld abzuwälzen dürfte ihm schwer fallen. Höchstwahrscheinlich kannte er seine Auftraggeber gar nicht persönlich. Also hält er den Mund."

"Halt, Jana! Wenn er sie nicht kannte, dann könnte der doch seinen Auftraggeber ermorden, wenn irgendetwas schief läuft, oder?"

"Theoretisch möglich. Aber wie sollen wir das nachweisen? Der wird schweigen wie ein Fisch."

"Und wenn du ihn psychologisch in die Mangel nimmst?"

"Der ist intelligent, der riecht den Braten. Vielleicht ist er auch so instabil, dass er doch redet. Versuchen werde ich es natürlich. Aber wahrscheinlich wird alles auf einen Indizienprozess hinauslaufen, wenn er den Mund hält. Sein Computer allerdings könnte uns allerdings so einiges an Material liefern, denke ich. Immerhin hat der sicher nicht damit gerechnet, geschnappt zu werden. Und frech, wie er im Internet war, könnte er es mit der Datensicherheit nicht so genau genommen haben. Mal sehen, was wir neben seiner E-Mail Korrespondenz noch so alles finden."

"Und Lüder?"

“Der ist wegen seiner Kinderpornographie dran. Aber wegen Mordes? Da können wir uns wieder höchstens auf seine E-Mails berufen. Ob das dem Richter reicht?”

“Al Capone wurde auch nur wegen Steuerhinterziehung verurteilt. Hauptsache, der wurde aus dem Verkehr gezogen. Und der dürfte Deine psychologischen Tricks auch drauf haben.”

“Leider wahr. Und einen teuren Anwalt obendrein.”

“In jedem Fall werdet ihr beiden, du und Herbert, noch viel Arbeit haben.”

“Leider wahr. Das wird Zeit kosten - und dazu kommt das Studium.”

“Wie viel Zeit wirst du dann noch für mich haben?”

Jana weicht meinem Blick aus.

“Lass uns nicht jetzt darüber sprechen, Ronni. Bitte verstehe den Vorrang des Studiums. Bald bin ich ja fertig und dann sehen wir weiter.”

Inzwischen sind auch die MachMit!ler am Eingang zur Klamm angekommen und stören unser Gespräch. Halli, hallo und halla. Pfunde werden energisch nach vorne geschoben, der Reiz des Erstwissers lässt Rücksichtnahme als überflüssigen Luxus erscheinen. Das wird wieder eine Räuberpistole werden, von der die Single-Stammtische noch Jahre später sprechen werden. Der Griff ins Wonnenland, der Tod von Mörderhand. Egal. Hauptsache, Gesprächsstoff.

Wir entschließen uns zum Gehen. Ich nehme Jana mit und setze sie an ihrem R4 ab. Zusammen fahren wir bis Ingelheim, wo ich die Autobahn verlasse, während sie weiter Richtung Mainz braust. Den Weg nach Hause bin ich wieder allein.

Meinen Abschlussbericht für die Boulevardpresse muss ich noch fertig stellen. Jetzt kann ich endlich frei schreiben, die Fahndung ist ja nicht mehr akut. Ob der Täter sprechen wird? Was findet die Kripo in seiner Wohnung? Futter für ein paar Berichte mehr, gar nicht so schlecht. Kaulen ist tot, Lüder und der Täter sitzen, aber halten voraussichtlich den Mund. Und wenn alle den Mund halten, ist eifrig spekulieren ...

Die neuesten Meldungen? Internet und Tagespresse verbreiten die Nachricht von Andrés Tod. André? Wieder so ein Vater, dem die Mutter seiner Kinder Missbrauch vorwarf, um den Kontakt mit den Kindern so lange wie möglich zu unterbinden. André hat ihr leider den Gefallen getan und den Freitod gewählt. “Lieber unschuldig sterben als unschuldig verurteilt werden.” Steht in seinem Abschiedbrief.

Pikanterweise hatten gerade einige Wochen vorher Bill Clinton und Madelaine Albright im Gespräch mit unserem Kanzler Schröder erreicht, dass eine Anweisung an das Jugendamt Freiburg ergeht, nach dem ein amerikanischer sorgeberechtigter Vater nach mehreren Jahren wohl seine Kinder wieder sehen kann. Die sind zwar nicht bei der Mutter, aber die Pflegefamilie wurde vom dortigen Jugendamt und Gericht wohl für wichtiger gehalten als der Vater - der überhaupt nicht vom Verfahren benachrichtigt wurde, obwohl die Adresse bekannt war. Immerhin schafft es also immerhin der mächtigste Mann der Welt, den örtlichen Behörden eines befreundeten Staates ein paar Stunden Umgang für den leiblichen Vater der Kinder abzuringen. Aber Superman hat nicht immer Zeit für die Menschenrechte und so wird sich auf absehbare Zeit in diesem unserem Lande nicht viel ändern. Wie sagte der Präsident des deutschen Familiengerichtstages? Das Umdenken in der deutschen Richterschaft braucht seine Zeit. In fünfzehn bis zwanzig Jahren werden sich die neuen Gedanken auch in Deutschland durchgesetzt haben. Tröstlich!

Der Alltag hat mich also wieder. Die Meerschweinchen grummeln in ihren Käfigen und meine Tastatur klimpert fröhlich Buchstabe um Buchstabe auf den flimmerfreien 19-Zoll-Monitor. Alles wie gehabt, Business as usual. Schöne neue Welt, schöne alte Welt.

***

Der nächste Krimi von Jean Becker

Als sich an einem schönen Sommermorgen die Mainzer Elite auf dem Dach des Kleinen Hauses des Staatstheaters versammelt, taucht auf spektakuläre Weise eine Leiche auf. Das Erschrecken ist auf manchen Gesichtern nicht nur gespielt, denn die Sünden der Vergangenheit bedrohen lieb gewonnene Pfründe. Die Spuren führen Hauptkommissar Wülfing und den Journalisten Ronni Sander zunächst in die Mainzer Unterwelt und dann weiter nach Berlin und Mallorca. Denn die Baukorruption ist international...

Ein spannender Krimi, der Zwischenmenschliches und allzu Menschliches nicht ausklammert. Und ein kleiner geologischer Streifzug durch das oft verwirrend schöne Rheinhessen.

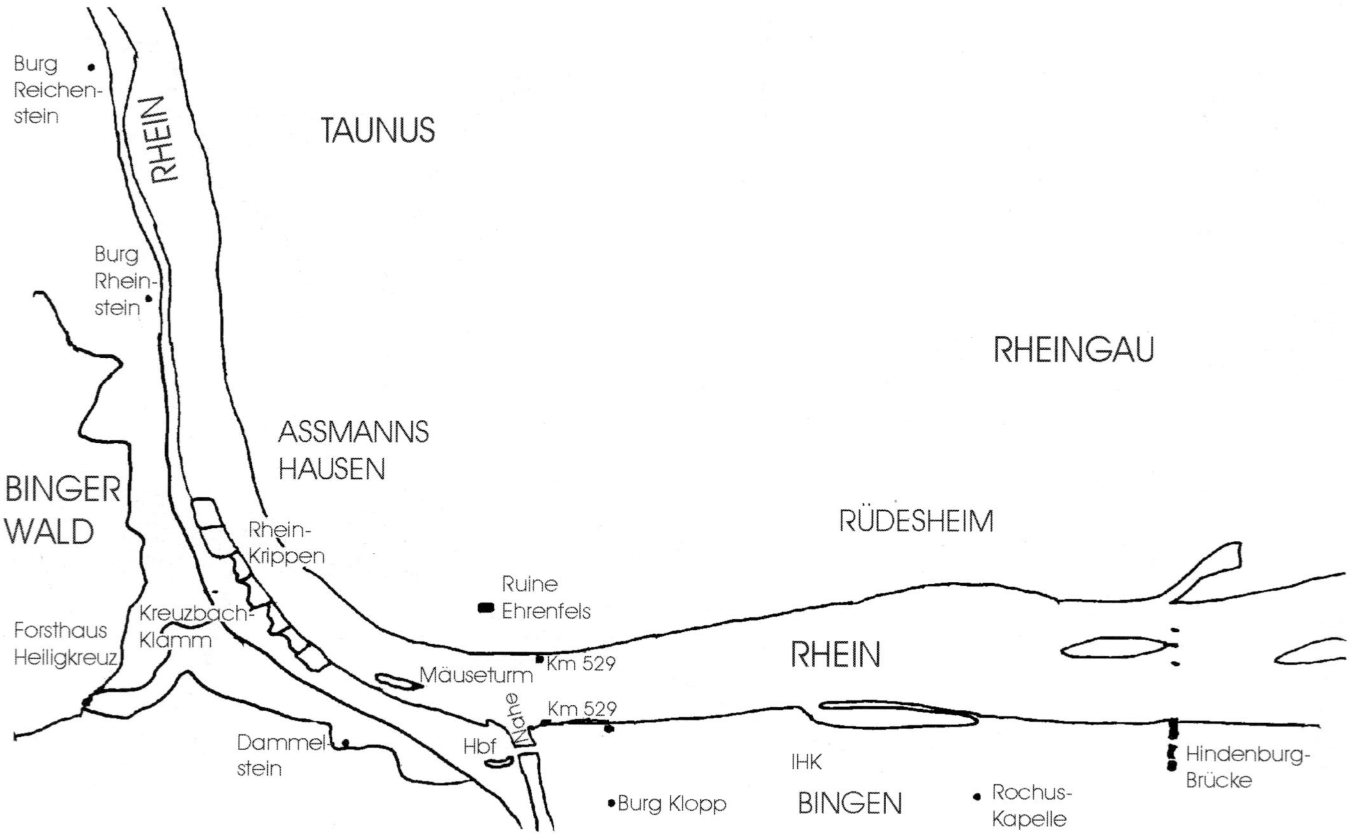
Burg Reichen-stein
RHEIN
TAUNUS
Burg Rhein-stein
RHEINGAU
ASSMANNS HAUSEN
BINGER WALD
RÜDESHEIM
Rhein-Krippen
Ruine Ehrenfels
Forsthaus Heiligkreuz
Kreuzbach-Klamm
Km 529
RHEIN
Mäuseturm
Nahe
Km 529
Hbf
Dammel-stein
IHK
Hindenburg-Brücke
Burg Klopp
BINGEN
Rochus-Kapelle